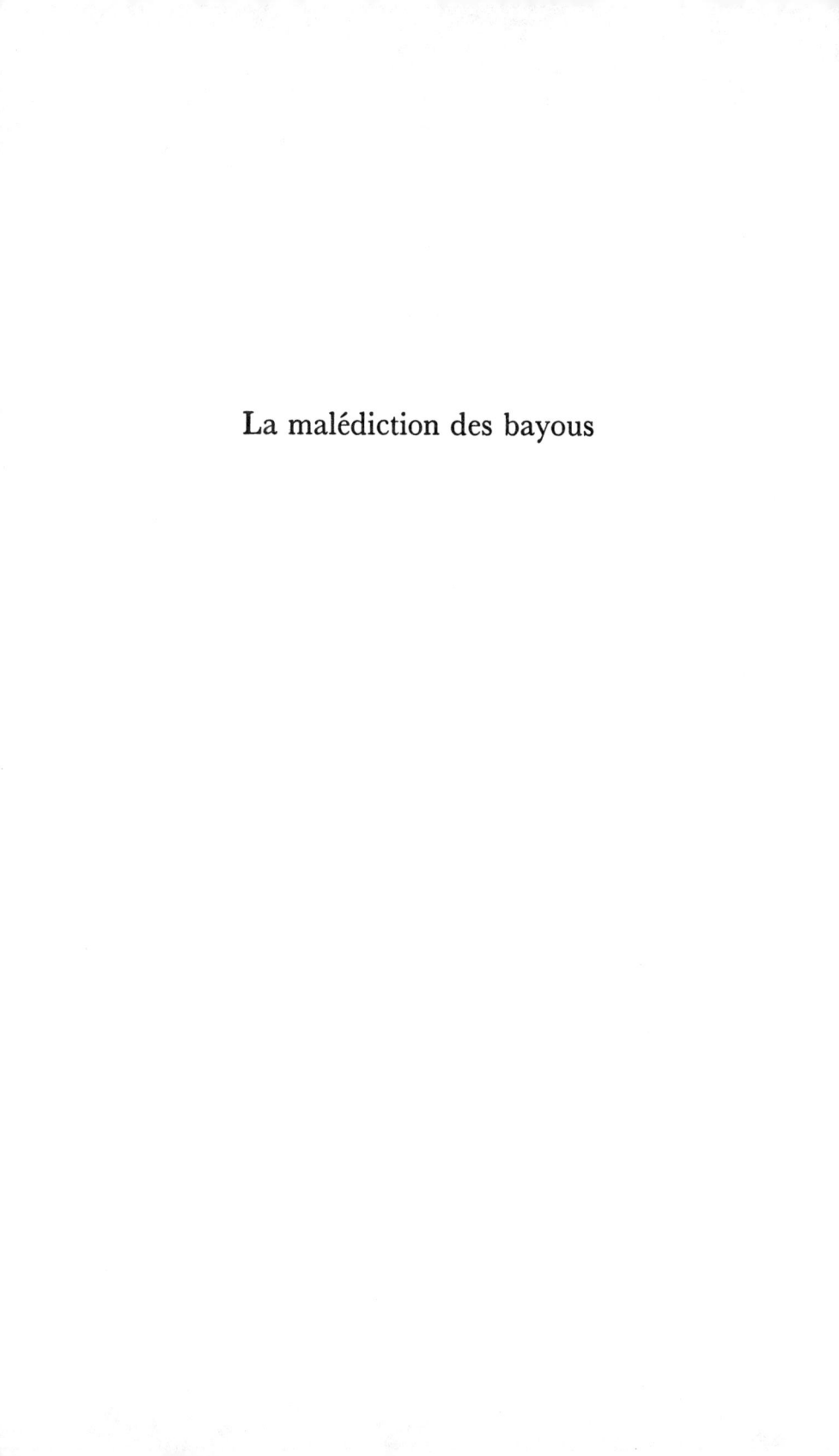

La malédiction des bayous

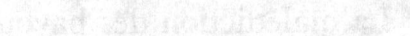

Gwen Hunter

La malédiction des bayous

ROMAN

Traduit de l'américain par
Berthe Schwartzenberg

ALBIN MICHEL

COLLECTION « SPÉCIAL SUSPENSE »

Édition originale américaine :

BETRAYAL

© 1994 by Gwen Hunter

Traduction française :

© Éditions Albin Michel, S.A., 1995
22, rue Huyghens, 75014 Paris
ISBN-2-226-07749-9
ISSN 0290-3326

Pour Bobbie Joyce Hennigan Prater Turner. Pour m'avoir à la fois montré ce qu'est le vrai courage et appris à survivre dans un monde injuste avec dignité, courage et foi. Pour sa fidélité et sa présence à mes côtés durant toutes ces années. Avec tout mon amour.

PROLOGUE

Je m'appelle Nicolette Dazincourt DeLande et j'ai commis un meurtre.

Comment résumer une vie ? En la taillant de haut en bas, et en l'assujettissant comme on le ferait d'une glycine rampante, avec ses grappes couleur lavande, et ses vrilles enroulées et asphyxiantes ? Comment élaguer et dompter le feuillage luxuriant d'une vie, le domestiquer et le soumettre docilement à une structure qui lui est étrangère ? Quelle sorte de vie serait-ce... celle qui n'a ni couleur ni relief et semble appartenir à quelqu'un d'autre ? Et pourtant...

Avez-vous la moindre idée de ce qu'une fille du Sud est tenue de faire ? Pas une fille d'une grande ville, non, une fille du pays cajun, une fille des marais, au sud et à l'ouest de La Nouvelle-Orléans, juste derrière la rivière Atchafalaya ? Mon père était vétérinaire, et pas un des plus riches. Aussi à douze ans étais-je aussi habile avec le revolver de papa qu'avec la vieille machine à coudre Singer de ma mère. Je savais broder, coudre le point chevron, monter une ligne pour poisson-chat, coasser avec les grenouilles, crocheter un pull afghan, pêcher au lancer, et tenir la clinique vétérinaire en un tournemain. Je savais éclisser la patte cassée d'un chien, le peser et lui administrer la bonne dose de morphine nécessaire pour qu'il patiente jusqu'au retour de papa, faire des radiographies, accoucher des chiots, des chatons ou des cochons, accomplir la manœuvre de Heimlich ou un massage cardiaque sur un animal étouffé ou électrocuté, endormir un animal blessé, apaiser ses propriétaires, récupérer l'argent qui nous était dû, et les laisser repartir satisfaits. Je savais jouer de la flûte, ce que je détestais, je savais dessiner, écrire de la mauvaise poésie, parler un français passable, chanter avec le chœur de l'église, et jurer en catimini. Je savais faire tout cela. Et c'était diablement bon.

J'ai rencontré Montgomery Beauregard DeLande alors que je n'étais encore qu'une adolescente maladroite, qui grimpait aux arbres et jouait à Tarzan et Jane et à la guerre. C'était un homme grand, roux, avec des yeux bleus et une silhouette fine qui subjuguait toutes les filles de Moisson. On voyait une balafre au couteau au-dessus de son œil droit et une autre à la naissance du cou. Elle apparaissait, avec une touffe de poils roux bouclés, lorsqu'il jouait au softball, ou restaurait une Ford antique avec Henri Thibodeaux, penché au-dessus du capot. Et son sourire aurait davantage éclairé une pièce sombre qu'un chandelier de cristal.

Montgomery était plus âgé. Vingt-deux ans et des poussières. C'était un des enfants DeLande de Vacherie, une ville à mi-chemin de La Nouvelle-Orléans. Dieu sait que j'aurais donné mon âme pour qu'il me regarde une fois. J'ai presque réussi. Peut-être...

1

La vie n'a jamais été facile dans le sud de la Louisiane, sauf pour ceux ayant les moyens de vivre dans le luxe. Papa n'était pas de ces veinards qui avaient trouvé dans leur berceau des biens et une position sociale élevée. Et la fortune qu'il avait espéré édifier grâce à ses investissements s'était effondrée dans les années soixante-dix avec le choc pétrolier, noyant dans la boue du paysage de Louisiane la réputation de la famille. Oh, nous n'avons jamais manqué de rien. Nous avons toujours mangé à notre faim, même si la nourriture provenait des eaux fraîches du marais du Grand Lac ou du bassin de la rivière. Et nous avons toujours eu des vêtements à nous mettre sur le dos, même s'ils étaient cousus sur la Singer fatiguée de maman à partir de modèles qu'elle copiait sur les magazines de mode.

Nous habitions une petite ville appelée Moisson, près de Loreauville, en Louisiane, dans le bassin de la rivière Atchafalaya. Baton Rouge était au nord-est, à deux bonnes heures de voiture pour ceux qui en possédaient une et avaient à la fois l'essence et le désir de voyager. La Nouvelle-Orléans se trouvait beaucoup plus à l'est, avec sa société divisée en castes. Mais aucune de mes connaissances n'appartenait ni au « beau monde » ni au clan des débauchés qui rôdaient dans les rues du Quartier Français en quête de frissons nocturnes.

Quand j'ai eu douze ans, maman a hérité. Dès lors, nous avons passé tous les mois de juillet à La Nouvelle-Orléans, baignant dans la culture dont mon père rêvait pour moi.

Maman était une Ferronaire — des Ferronaire de La Nouvelle-Orléans — et elle avait épousé un homme d'un rang inférieur, un Dazincourt, qui l'avait courtisée et séduite pendant un de ces bals « en robe blanche » organisés par les notables pour le carnaval, l'année où elle avait fait ses débuts dans le monde. Bien sûr, les Ferronaire ne pouvaient épouser que des personnes d'un rang inférieur puisqu'ils étaient au sommet de la hiérarchie. Quoi qu'il en soit, papa et elle désiraient pour moi ce qu'il y avait de mieux à Moisson. Aussi, chaque mois de juillet, maman, ma meilleure amie Sonja et moi dînions dans les restaurants les plus réputés, assistions aux opéras du théâtre des Arts du spectacle et aux pièces du Petit Théâtre du Vieux Carré et du théâtre Marigny. Nous allions écouter l'orchestre philharmonique de Louisiane au théâtre Senger, du jazz chez Tipitina, à la Feuille d'Érable, aux Eaux Boueuses, au bar Absinthe et chez Tyler.

Nous visitions les haras de pur-sang, fréquentions l'hippodrome de La Nouvelle-Orléans, nous prévalant du nom des Ferronaire. Nous nous rendions aussi dans les maisons de haute couture, où maman examinait, étudiait et mémorisait des modèles pour l'année à venir. Elle maniait l'aiguille comme personne. Si elle avait été une femme plus autoritaire, elle aurait tenu tête à papa et ouvert une boutique. Mais peut-être aimait-elle la solitude de Moisson et la soumission.

Moisson avait sa propre vie sociale, avec ses bals municipaux, ses pique-niques organisés par la paroisse et ses virées en charrette lors des journées d'automne. Mais il ne s'agissait pas d'une vie mondaine à proprement parler. Les robes de haute couture et les bals de mardi gras n'appartenaient pas à notre univers. Sans l'école, jamais je n'aurais eu l'occasion de rencontrer tous ces gens qui font partie de la haute société. Et je n'aurais certainement jamais rencontré non plus ceux qui ne font partie d'aucune société. Je suis entrée à Notre-Dame-de-Grâce, une école catholique de la paroisse Plaisant, à l'âge de neuf ans. Papa avait décidé qu'un jour je deviendrais une beauté. Son vœu le plus cher était que j'attire un homme susceptible de rehausser notre famille à son niveau social d'origine. En d'autres termes, il souhaitait me vendre au plus offrant. Nos liens avec les Ferronaire me permettaient de participer au bal des débutantes et au bal de mardi gras. La suite ne dépendait que de moi et des bonnes manières que je recevrais à Notre-Dame.

C'est grâce à Notre-Dame-de-Grâce que j'ai rencontré Montgomery et Sonja. Quelle ironie de penser que ce sont les religieuses qui ont été à la fois la cause de ma damnation et de mon salut. J'avais dix ans lorsque Sonja LeBleu a débarqué à la paroisse Plaisant. Elle était belle, avec des yeux sombres, de longs doigts effilés, des cils enjôleurs et une grâce naturelle qui faisait honte à toutes les filles de Notre-Dame quand venait le moment d'apprendre les pas des danses populaires dans les salles de bal créoles.

J'étais surprise que papa me laisse apprendre à danser. C'était un presbytérien au regard sévère dissimulé sous une défroque de catholique. Souvent, le soir, quand il nous prêchait la Bible, il nous mettait en garde contre les dangers de la danse, des rendez-vous galants, ainsi que contre le sexe et le péché. Mais c'était avant que je comprenne les projets de papa concernant mon avenir.

Sonja semblait née pour danser. Ses pieds apprenaient les pas et son corps ondulait naturellement en rythme, comme si elle savait déjà comment s'y prendre. Je n'avais pas cette chance. Trop grande pour mon âge et gauche de nature, j'avais autant de mal à apprendre à danser qu'à parler le français que nous étudiions trois fois par semaine. Sonja nous surpassait dans presque toutes les matières. Et si elle n'avait pas été au ban de la société — comme moi mais en bien pire —, nous ne serions probablement jamais devenues amies.

Sonja appartenait à la couche sociale la plus basse de Louisiane. Inférieurs aux métisses indiens et aux Cajuns blancs, les Français avec du sang noir dans les veines étaient considérés comme des parias par leur famille. Pratiquement des intouchables. Surnommés « peaux-basanées » ou « culs-denègre », ils n'avaient aucune chance de s'élever socialement — à moins qu'ils ne fussent beaux et talentueux. Sonja deviendrait les deux, s'établirait à New York et passerait pour une fille de notables cultivés mais pauvres. Une « passé-blanc ». Une

Blanche. Les Yankees, indifférents à la hiérarchie sociale en vigueur depuis si longtemps dans le Sud, se soucieraient peu de l'héritage de Sonja et elle pourrait faire un riche mariage avec un Yankee bourré de dollars. Du moins raisonnait-elle ainsi.

Montgomery arriva l'année de mes quatorze ans. J'étais trop grande, trop maigre et encore blessée — comme seules les jeunes filles peuvent l'être — par la continuelle disgrâce qui pesait sur mon nom. Mon oncle John Dazincourt avait été rayé du barreau pour corruption (les sommes d'argent qu'il avait reçues ayant été bien supérieures aux normes habituelles des politiciens de Louisiane) lors d'une audition retentissante au tribunal, un an auparavant. Comme il s'agissait du deuxième oncle Dazincourt à être discrédité ces dernières années, je n'aurais pu surmonter ma honte sans la présence de Sonja. Elle souriait de son sourire réservé, me caressait la main, et se tenait silencieusement à mes côtés, attendant la fin du scandale. Même là, Sonja savait quand parler et quand se taire. Tôt ce printemps-là, alors que le scandale était à son apogée, Sonja et moi déjeunions sur les pelouses de Notre-Dame, assises sur nos jupes plissées d'uniforme, des serviettes étalées sur nos genoux, à l'écart des autres filles qui chuchotaient entre elles. Installées près de la route, nous venions de terminer nos sandwiches et nos poires et nous nous essuyions délicatement les doigts avec nos serviettes quand un moteur s'est fait entendre dans le lointain. Une vieille Ford, maculée de boue, bruyante, s'est approchée et a pilé, nous couvrant, Sonja et moi, d'une pluie de poussière fine.

Un homme aux yeux bleus et aux cheveux roux, aux dents étonnamment blanches au milieu de son visage noir de poussière, a appuyé un bras contre la fenêtre ouverte et s'est penché hors de la voiture. Ses yeux sont tombés sur Sonja, et comme pour tous les hommes de Moisson, s'y sont arrêtés.

— Excusez-moi, mademoiselle. Pourriez-vous m'indiquer le chemin pour aller chez Henri Thibodeaux ? J'ai dû m'égarer.

Le rugissement de l'engin couvrait tous les bruits du jardin, mais j'imaginais les gloussements et les murmures alentour. Les religieuses nous avaient souvent répété de ne jamais parler aux étrangers, surtout s'ils étaient inconnus, poussiéreux, séduisants, au volant d'élégantes voitures, nous regardant comme il le faisait. Comme un renard devant une proie. Mais elles nous avaient aussi appris les bonnes manières. Ignorer l'inconnu en refusant de lui venir en aide n'était pas la bonne façon de s'y prendre.

J'étais muette, comme d'habitude. Mais Sonja, paupières baissées à cause de la poussière, a souri et indiqué à l'homme l'entrée principale. Sœur Ruth nous fixait avec des yeux menaçants. L'homme a retiré son chapeau — étrange geste d'une élégance démodée —, a fait marche arrière et s'est engagé sur le chemin. Visiblement gênées et écarlates, Sonja et moi nous sommes retirées dans la fraîcheur de la salle de classe parmi les ricanements de nos condisciples.

Plus tard cet après-midi-là, sœur Ruth est venue nous interrompre dans la salle de danse. Il semblait que Sonja avait répondu de manière appropriée en indiquant au charmant gentleman l'entrée principale au lieu de répondre à la requête elle-même. Sœur Ruth, les yeux brillants, remercia Sonja, et moi par la même occasion. Ce n'était pas exactement le genre de semonce qu'Annabella Corbello avait envisagée pour nous. L'homme aux cheveux roux avait charmé jusqu'à la sévère sœur Ruth — ce qui n'était pas rien. Mais c'était Montgomery : il aurait insufflé de la vie à un chêne.

Dès le premier moment où je l'ai vu, il s'est emparé de ma vie, s'est approprié les endroits les plus secrets, les plus intimes où se cachent les rêves dans le cœur de toute jeune fille. Dans ces sombres et humides repaires fleurissent le romantisme et la passion; ce ne sont que princes charmants, baisers volés, serments de fidélité et d'amour éternel — fantasmes nourris par des auteurs comme Devereaux et Lindsey et bien d'autres qui ont alimenté les aspirations romanesques de toute une génération de femmes. Ces fantasmes m'envahissaient dans les situations les plus inattendues. J'étais dans l'arrière-salle de la clinique vétérinaire de papa, à laver les cages des quelques pensionnaires d'une nuit ou d'animaux tout juste opérés, et mon Montgomery imaginaire avançait alors à grands pas vers moi. Otant le tuyau d'incendie (c'est ainsi qu'on appelle le tuyau d'arrosage dans le Sud) de mes mains, il me prenait dans ses bras puis m'enlevait, comme Richard Gere dans *Officier et Gentleman.* C'était un de mes rêves éveillés les plus fréquents.

Bien sûr, dans la vraie vie les déjections des chiens et le vomi des chats auraient rendu ma fuite hasardeuse, ma respiration difficile et tout romantisme impossible. Mais la réalité a peu à voir avec les rêves passionnés d'une jeune fille. Montgomery est devenu ma vie. J'ai appris à pêcher le crabe et le poisson-chat avec mes frères, à conduire la petite barge de papa ou la pirogue à travers les lacs, les marais et les affluents du bassin de la rivière Atchafalaya afin de passer devant chez Henri Thibodeaux dans l'espoir de l'apercevoir en train de travailler dans la cour, sur les voitures de collection dont les deux hommes étaient des passionnés. Je n'ai jamais eu cette chance.

Papa, lui, était ravi de voir que je mettais en pratique son éducation, que je n'avais pas oublié ce qu'il m'avait appris sur le marais. Je rendais au moins un homme heureux. J'ai eu plus de chance en ville. Je repérai Montgomery aux bals municipaux, il escortait une des jeunes beautés de la paroisse, dansait et buvait du punch. Je le vis à l'église pendant la messe, deux fois à confesse. J'y retournai les semaines suivantes, le même jour, au même moment et aux mêmes heures, espérant le revoir. Je l'aperçus à l'épicerie, il achetait des bouteilles d'alcool pour une des soirées qu'Henri Thibodeaux et lui donnaient pour la bande de jeunes rebelles de la paroisse.

Et j'interrogeais les gens autour de moi. J'ai tout appris sur cet homme roux aux manières si raffinées. Il charmait tous ceux qu'il rencontrait, du père Joseph, le prêtre de la paroisse, à l'homme qui balayait devant l'épicerie Therriot. Je ne pense pas qu'il m'ait jamais remarquée. Pas une fois. Mais quand j'ai eu seize ans, les choses ont changé. Je me suis métamorphosée. Un jour, alors que je passais devant le grand miroir doré de l'entrée, je me suis arrêtée, figée. Non, ce reflet n'était pas le mien. C'était la vision que papa avait de moi. J'ai eu presque peur de me retourner pour me contempler. Pourtant je l'ai fait. Et, ô Dieu, que j'étais jolie ! Grande, oui, mais « élancée » comme dit le magazine *Glamour,* avec de longues jambes, un profil régulier, gracieuse comme une ballerine. J'avais des pommettes hautes, une peau dorée, des yeux gris en amande —

des yeux de biche — et une chevelure châtain clair qui bouclait légèrement dans la moite chaleur d'août. J'ai su à ce moment-là que mes rêves pouvaient se réaliser. Je pouvais avoir Montgomery DeLande. Je le pouvais. Et je l'aurais.

Dix mois plus tard, j'ai obtenu mon diplôme de Notre-Dame-de-Grâce au cours d'une cérémonie en gants blancs et robe de dentelle. Montgomery était dans l'assistance. Il s'y trouvait, je le savais, parce que la sœur d'Henri Thibodeaux recevait elle aussi son diplôme, et qu'elle attendait qu'il la demande en mariage. Ce n'était un secret pour personne.

Mais je savais autre chose. Le Montgomery de mes rêves ne se marierait jamais avec une Marie-couche-toi-là. Montgomery DeLande choisirait la meilleure. La plus belle. La plus innocente.

Grâce à mes rêves éveillés et au fait qu'aucun garçon du coin ne pouvait rivaliser avec la perfection que j'attribuais à Montgomery, j'étais tout cela. Pure, immaculée et disponible pour l'homme qui aurait la patience et le pouvoir de me conquérir.

Cette nuit-là, a commencé notre jeu amoureux. Cette nuit-là, je suis entrée en enfer.

Montgomery et moi nous sommes fiancés l'année de mes dix-huit ans, le jour du nouvel an. Un nouveau toit en cèdre venait d'être posé sur la maison de cent cinquante ans bâtie sur pilotis dans laquelle j'avais grandi. Une bien étrange manière de sceller des fiançailles, mais personne ne me le fit remarquer. Papa était en extase. Son futur gendre était tout ce dont il avait toujours rêvé. Un homme qui savait pêcher, chasser et restaurer une voiture de collection aussi bien que n'importe quel homme de la paroisse. Et il avait de l'argent. Beaucoup d'argent. De l'argent qu'il investissait dans la nouvelle station balnéaire au bord du Grand Lac près de la paroisse Iberia. De l'argent qu'il voulait investir à Moisson. De l'argent qu'il avait prêté à papa et maman selon un arrangement financier dont on ne m'a jamais parlé.

J'ai épousé Montgomery pour mes vingt ans, j'ai eu mon

premier bébé la même année, mon second l'année suivante, et le troisième avant mes vingt-cinq ans. Mais nous étions amants depuis bien avant le jour de mon mariage.

Le sexe n'était pas ce que j'avais imaginé auparavant. Oh, tout d'abord, il y a eu le lent bouillonnement de la passion et le frisson de la découverte. Plus tard, cela se transforma en frénésie, comme un orage à la fin de l'été, qui balaie tout sur son passage. Et quand tout fut fini, il ne resta plus qu'un sentiment d'inachèvement.

La passion et le désir faisaient partie intégrante de moi-même, comme la chaleur lascive d'une nuit moite. Il y a, dans le sud-est de la Louisiane, quelque chose qui agit sur les gens. L'horrible chaleur humide, la pluie et les senteurs de la terre fertile ramènent à la surface tous les instincts cachés. La passion et le désir, l'obsession et la rage sont étroitement mêlés et portés à leur plus haut degré de fièvre. Constamment. Ma lune de miel a consisté en une semaine romantique aux États-Unis et dix jours qui ont passé trop rapidement à Paris, en France. Nous sommes revenus à La Nouvelle-Orléans en Concorde, où j'ai bu du champagne jusqu'à être trop éméchée pour marcher droit. Comme s'il s'attendait à ce que j'adopte un comportement étrange sous les effets de l'alcool, Montgomery me fixait avec des yeux intenses. Des yeux brûlants, habités par la passion. Peu accoutumée au vin, je me suis contentée de glousser et Montgomery a dû me soutenir depuis l'aéroport jusqu'à la limousine qui nous attendait et dans laquelle il m'a versé encore un verre de champagne.

C'était une des premières limousines ; elle appartenait à la famille depuis les années soixante et avait été utilisée pour les funérailles du président Kennedy. Gris métallisé avec des vitres bombées et des sièges en cuir, elle était dépourvue du confort des modèles plus récents, mais ses imperfections étaient compensées par un luxe authentique. Comme s'il était frustré, comme si nous n'avions pas fait l'amour dans notre suite à Paris la plus grande partie de la nuit, comme si le chauffeur ne se doutait pas de ce que nous faisions de l'autre côté de la vitre de séparation, Montgomery m'a arraché mes vêtements et m'a fait l'amour sur la banquette. Par-dessus son épaule, je voyais disparaître La Nouvelle-Orléans.

La limousine nous a conduits à travers la ville étouffante de chaleur vers la campagne, parmi les rues bordées de chênes moussus, pour notre dernier week-end de lune de miel près de Vacherie. À plusieurs kilomètres de cette petite ville, nous nous sommes arrêtés devant une propriété vieille de deux cents ans ceinte par une balustrade sur deux étages et portant sur le fronton de la porte principale ce qui ressemblait à un blason de famille — un oiseau de proie aux serres ensanglantées.

Une glycine grimpait le long de la porte d'entrée, une plante magnifique ployant sous les fleurs parfumées et bruissant d'abeilles. C'était le seul feuillage à ne pas avoir été taillé et élagué, contrairement au reste de la végétation du jardin, parfaitement domestiquée. Au lieu de cela elle avait été laissée en liberté depuis des années, enroulant ses minces grappes aériennes le long du tronc et des ramures de son arbre tuteur. Elle avait enlacé la haute charpente, presque amoureusement, étranglant à petit feu le tronc massif et ses branches de ses vrilles tenaces, au point d'étouffer le vieux chêne. Image de la vie et de la mort, à la fois sensuelle et cruelle, la glycine serpentait en longues lianes à travers la pelouse, puis le long du treillis et du porche à l'angle de la maison, comme si, abandonnée à elle-même, elle allait engloutir la maison et son jardin. Comme si quelque jardinier fou l'avait laissée proliférer dans le but d'anéantir la propriété. J'ai toujours adoré la glycine, particulièrement celle-là, libre et sauvage.

Bien que Montgomery ne m'ait rien dit, je savais où nous étions. J'avais attendu cet instant de notre lune de miel et je contemplais les pelouses entretenues à travers les vitres sombres. N'étant plus que l'ombre de son passé glorieux, la propriété DeLande couvrait maintenant cinq cents hectares d'arbres à pécan, de champs en friche, avec son élevage de pur-sang DeLande. Un des rares domaines à avoir été épargné durant la guerre de Sécession, il avait été entièrement conservé pour l'usage personnel de la famille DeLande.

Sans se presser, Montgomery m'a aidée à me rhabiller,

lissant le tissu froissé d'une main experte, le regard à nouveau aigu et sévère.

— Allons, Montgomery, je me tiendrai le mieux possible. Je te promets que ta famille m'aimera.

Il m'a dévisagée avec une expression indéchiffrable, les lèvres serrées, et s'est détourné, ouvrant la portière de la limousine sur l'air frais de la campagne.

— Ce n'est pas ça qui m'inquiète, a-t-il dit, ce qui m'inquiète c'est qu'ils t'aiment trop.

Troublée par cette réplique énigmatique, j'ai bouclé ma ceinture et enfilé mes chaussures, comprenant que je l'avais contrarié, mais déterminée à ne pas le lui montrer. Je ne commencerais pas ma vie de couple en me laissant intimider. Je ne deviendrais pas comme ma mère. C'était hors de question.

Mon père était un homme imposant, à la fois par son caractère et par son physique. Écrasant par moments. Pourtant, la plupart des femmes réussissent à vivre avec un homme tout en conservant des rêves et des ambitions personnelles. Elles apprennent à imposer leur personnalité à la maison tout en se conciliant l'amour de leur époux. Je le sais. Je l'ai pratiqué. Les héroïnes des livres que je lisais agissaient tout le temps ainsi. Mais ma mère n'a jamais osé.

J'ai lissé les derniers plis de la robe que Montgomery m'avait offerte à Paris et lui ai souri gaiement. Il m'a répondu par un air maussade.

Tandis que le chauffeur déchargeait les bagages, Montgomery m'a prise par le coude et escortée à l'intérieur, me présentant la maison, un lieu légendaire avec de longs corridors, des plafonds de sept mètres de haut, rempli de meubles de famille, jonché de tapis anciens et d'objets d'art d'une valeur inestimable. C'était une maison étrange, disproportionnée et déconcertante par la juxtaposition hétéroclite de son mobilier. Paraissant se détendre au fur et à mesure que nous avancions dans des couloirs frais et sombres, Montgomery me désignait les trésors de sa famille.

Dans le salon, il y avait vingt-six chaises Frank Lloyd Wright à dossier haut autour d'une table Louis XIV chantournée, et une collection de glaives antiques contre le mur. Astiqués comme si on les utilisait quotidiennement, ces derniers étaient cependant protégés des ravages de la pollution et de l'humidité par une vitrine fermée à clé.

Sur le mur opposé, il y avait une armoire moderne de style scandinave avec une vitrine de sept mètres de long et de trois mètres de haut contenant d'élégants vases orientaux et de la porcelaine du XVIIIe siècle dont la famille se servait toujours. Les murs étaient peints en noir mat, moucheté de vert foncé. Le vert sombre des plinthes et des moulures était assorti aux rideaux de trois mètres tombant du plafond jusqu'au parquet de bois sombre. Cette pièce aurait dû être plongée dans l'obscurité, mais un mur avait été abattu et remplacé par des portes vitrées pour laisser pénétrer la lumière de l'après-midi.

Des tapis d'Aubusson usés recouvraient les planchers, et chaque pièce possédait sa collection d'œuvres d'art. Sur les murs du salon, étaient accrochés des dessins de Picasso, dont les formes modernes contrastaient avec le mobilier d'époque ; dans le salon de musique, il y avait deux Monet, plusieurs violons, un vieux Steinway désaccordé et des fauteuils Art déco. Époques, genres et couleurs se mêlaient en d'étranges combinaisons. Le vert sombre des plinthes courait à travers la maison comme une eau profonde, lui imposant une unité.

Nous avons seulement visité le rez-de-chaussée de l'aile principale, mais c'était suffisant pour comprendre que les DeLande étaient une famille infiniment plus riche que les Ferronaire. Je me demandais ce que Montgomery avait pu trouver en moi alors qu'il aurait pu épouser quelqu'un de beaucoup plus fortuné.

Neuf des fils DeLande, plusieurs de leurs femmes et une bonne douzaine de petits-enfants nous attendaient dans la salle de réception à l'arrière de l'aile principale. La pièce était ornée de têtes de biches, d'aigrettes blanches empaillées, de dépouilles de serpents accrochées aux murs, et sur les étagères trônaient des trophées de chasse. Et partout il y avait des oiseaux de proie. Tout en haut, sur une étagère qui faisait le tour de la pièce : des chouettes et une demi-douzaine d'aigles, dont certaines espèces en voie de disparition, des effraies, des faucons et des aigles. Tous poussiéreux et à l'abandon. Certains semblaient avoir appartenu à de lointaines générations et je me suis souvenue de ce qui ressemblait à un blason au-dessus de la porte d'entrée — l'oiseau de proie aux serres ensanglantées. Des fauteuils rembourrés et des canapés usés jouxtaient de sévères bancs de bois, des petites tables abîmées par des traces de verres et des brûlures de cigarette et de cigare. Malgré ses immenses plafonds, cette pièce cossue restait intime, imprégnée de la personnalité des DeLande et de leur âme.

Ils étaient assis dans un coin de la pièce comme si notre présence dans l'embrasure de la porte avait interrompu une conférence informelle. Levant la tête, ils nous ont jeté un regard scrutateur, nous ont jaugés, tous rassemblés autour de la Grande Dame DeLande, cette ancienne beauté réputée dans la moitié de l'État depuis plus d'un demi-siècle. Je lui ai rendu son regard sans ciller. C'était encore une femme éblouissante aux yeux noirs, à la peau claire, aux cheveux argent torsadés par un rang de perles. Elle portait de lourds pendentifs en or, un bracelet d'or massif à la main gauche et une gigantesque bague en émeraude. Elle était vêtue pour le dîner de soie émeraude. J'enregistrais chacun de ces détails, consciente du silence des DeLande tandis qu'ils me détaillaient.

Les rumeurs sur cette ensorceleuse au regard noir étaient nombreuses, la plupart sombres et malveillantes. Selon l'une d'elles, le dernier garçon de la Grande Dame, Miles Justin, n'était pas l'enfant de M. DeLande, il aurait été engendré par un de ses propres fils lors de rapports incestueux avec la Grande Dame. Celle-ci aurait cocufié le vieil homme en couchant avec un de ses propres fils. Et lui aurait ri au visage.

Fou de rage, M. DeLande aurait alors tenté de la tuer mais aurait été abattu à bout portant par un de ses fils. Le plus âgé d'entre eux avait à l'époque dix-sept ans. La Grande Dame s'était accusée à tort d'avoir tué son époux mais n'avait jamais été inculpée, tellement pesait lourd le nom de DeLande. Personne ne savait lequel des fils avait engendré le bébé ou tué le vieil homme. Telles étaient les rumeurs.

Une autre rumeur la dépeignait sous les traits d'une héroïne sauvant de la mort un de ses fils en tirant sur son mari alors que ce dernier était devenu fou et menaçait la famille réunie avec un couteau de chasse. Selon ce scénario, DeLande avait été cocufié, mais par son propre frère.

Je n'avais pas d'opinion sur ces rumeurs ni le courage nécessaire pour demander des éclaircissements à Montgomery. J'étais aussi jeune, imprudente, insouciante et confiante dans ma propre sagacité, moi qui en avais si peu. J'ai détourné mes yeux des siens, consciente qu'elle avait lu dans mes pensées, qu'elle en était amusée et peut-être un peu agacée. Montgomery a rompu le silence.

— Je vous présente Nicolette Dazincourt DeLande. Ma femme.

L'accent mis sur ces deux derniers mots était celui du défi. J'avais accepté ses explications concernant l'absence de sa famille lors de notre mariage, mais en l'entendant me présenter d'une façon aussi officielle, je me suis mise à douter.

La pièce est restée plongée dans le silence un long moment après les paroles de Montgomery. Puis un des frères a applaudi lentement et distinctement, sans que je sache si c'était pour me féliciter ou pour applaudir la déclaration de Montgomery. Soulevant son long corps mince de la chaise en bois au dossier droit, il s'est avancé vers moi, un demi-sourire éclairant son visage juvénile. Prenant ma main, il l'a portée à ses lèvres, dans un geste qui aurait été absurde chez n'importe qui d'autre. Secouant la tête, il a souri et dit gentiment :

— Miles Justin. Le pacificateur.

J'ai eu le sentiment qu'il y avait de l'ironie au fond de ses yeux noirs, ironie qui rendait burlesque cette scène de félicitation. Je lui ai rendu son sourire, soulagée.

Un second frère, toujours assis, a salué de la tête.

— Andreu. L'aîné.

Un autre a incliné la tête.

— Richard.

Plus petit et plus massif que les autres frères, il avait des yeux froids et indéchiffrables.

Un homme au sourire libertin s'est avancé vers moi, écartant Miles d'un mouvement brusque, et m'a attirée dans ses bras, m'embrassant sur la bouche, durement. Il fixait

Montgomery derrière moi et a ri tout bas, comme s'il grognait, tout en me relâchant.

— Bienvenue à la maison, petite sœur. Je suis Marcus.

Montgomery s'est raidi et une de ses sœurs s'est hissée sur la pointe des pieds. J'ai pensé que c'était Angelica, la sœur préférée de Montgomery, la seule rousse du lot. Qui que ce fût, le bruit qu'elle a fait a détendu l'atmosphère et chacun a ri, s'est approché de moi pour des accolades, des baisers et surtout afin de m'observer de plus près.

Froide et distante, ou chaleureuse jusqu'à l'indécence, l'étrange famille de Montgomery m'avait accueillie, alors que la Grande Dame m'avait à peine regardée, les yeux aussi glacés que son sourire. Mon nouvel époux m'a conduite enfin vers elle et présentée à elle. J'ai humé son parfum au moment où elle levait la main droite. Mais au lieu de serrer la mienne comme je m'y attendais, elle m'a intimé d'un geste du doigt de me retourner afin de m'inspecter sous tous les angles comme elle l'aurait fait d'un vase précieux qu'elle aurait eu l'intention d'acheter. Ses yeux sombres ont étincelé, elle a souri à Montgomery et il a hoché la tête pour lui répondre. L'accueil était plus que favorable, et j'en ai eu la chair de poule.

Par bonheur, le maître d'hôtel a annoncé le dîner avant que mes sentiments ne se dégradent et nous nous sommes dirigés vers la salle à manger, la Grande Dame à ma gauche, Montgomery à ma droite. Miles Justin a approché ma chaise avec un sourire doux et affable. Il avait l'air très mûr pour son âge. Il ne pouvait pourtant avoir plus de quatorze ans.

La gigantesque table était largement suffisante pour nous tous, les plus jeunes des petits-enfants ayant été emmenés dîner à l'office. Le soleil se couchait à présent et jetait des ombres et des prismes de lumière sur les couverts. Les domestiques, silencieux et stylés, se déplaçaient discrètement dans les recoins sombres de la pièce.

La conversation était typiquement sudiste : quelques mots sur les chevaux, l'exploitation des terres, un zeste d'actualité économique mondiale et une grande dose de politique locale. Même si je paraissais me fondre dans le décor uniquement lorsque je gardais le silence, j'en savais assez sur les chevaux pour leur proposer un traitement à l'intention d'une jument dont l'allaitement provoquait des troubles digestifs. Seul Miles Justin a daigné me répondre, me demandant la recette de la pâte de céréales que papa utilisait pour soigner le délicat petit paso fino de M. Guidry.

Après le souper — un somptueux banquet de six plats — la famille s'est retirée dans la salle de réception. Là, je suis restée sans mot dire, consciente de l'agitation croissante qui envahissait Montgomery. Les membres de la famille allaient et venaient, seuls ou par deux, et la Grande Dame était la seule à rester immobile, ne se levant jamais de sa chaise, surveillant les faits et gestes de chacun, s'attardant souvent sur moi et Montgomery qui sursautait à chaque fois qu'il se rendait compte qu'elle l'observait.

À deux reprises, ses yeux ont rencontré les miens et j'ai soutenu son regard, ce qui a semblé l'amuser. Elle m'a fait un signe de tête les deux fois. Tard dans la soirée, bien après les premiers moments de surprise qu'avait suscités en moi la rencontre avec cette famille énigmatique et désagréable, la Grande Dame m'a appelée près d'elle. *Venez ici.*

Je ne sais pas comment elle s'y est prise ; elle n'a rien dit, n'a fait aucun geste, mais j'ai su qu'elle me réclamait.

Je me suis approchée et assise à ses pieds sur un coussin. Il y avait des douzaines de coussins semblables à celui-ci éparpillés dans la pièce, avec des pompons distendus, froissés et usés par les années, tous confectionnés dans le même antique tapis d'Aubusson couvert de taches marron. J'en ai choisi un décoré de roses pâles avec des pompons dorés, tâtant la frange pour me donner une contenance tandis que la vieille dame me regardait. Le souvenir de l'après-midi m'est revenu. J'ai frissonné.

— Vous allez enfanter.

C'était le genre de parole qu'un membre de la royauté aurait pu dire à une bonne juste avant de la renvoyer. Avec dédain et mépris. J'ai dégluti, parce que je n'en avais parlé qu'à Sonja et que Montgomery m'avait recommandé de ne pas l'annoncer à sa famille. Visiblement, il avait décidé d'en parler à sa mère, et elle n'en était pas ravie.

— Non. Il ne m'a rien dit, a-t-elle repris, devinant mes

pensées. Ma famille est un peu médium. Parfois, nous savons les choses.

Elle a souri enfin. D'un vrai sourire, celui qui avait éclairé les bals de carnaval à La Nouvelle-Orléans pendant quarante ans et j'ai alors compris comment elle avait conquis le pouvoir qu'elle exerçait désormais dans tout l'État. Quand elle a eu ce sourire, elle a étincelé comme une opale noire avec une étoile de lumière au centre.

— Quand devez-vous accoucher ?

Sentant qu'il était inutile de la contredire par un mensonge qu'elle finirait bien par découvrir, j'ai dit avec toute la dignité possible :

— Dans sept mois.

— Mon fils vous a-t-il épousée parce que vous portiez son bâtard ?

L'insulte était proférée de manière anodine, comme s'il ne s'agissait pas d'une grossière calomnie ; comme si je devais y répondre calmement. Au contraire, avec cette impulsivité que j'ai tenté de contrôler toute ma vie, je me suis levée. La toisant du regard, j'ai déclaré doucement :

— Votre fils et moi sommes fiancés depuis deux ans. Vous avez été invitée au mariage. Ce bébé était prévu. Je vous raconte cela maintenant parce qu'à l'évidence vous... il... ne vous a rien dit de moi jusqu'au moment où je suis entrée dans cette pièce. Je ne suis pas une quelconque traînée qui l'a piégé par le mariage.

Au lieu de répondre à ma tirade, elle m'a ri au nez d'un rire cristallin.

— Traînée. J'aime ce mot. Je n'ai entendu personne le prononcer depuis des années. Non, vous n'êtes pas une traînée. Votre nom ?

— Dazincourt et Ferronaire.

Elle pouvait lire la colère dans mes yeux mais peu lui importait.

— Oh, oui ! Le scandale Ferronaire. Je me souviens quand votre mère s'est enfuie pour se marier avec un homme tellement inférieur socialement. Mais votre père était un homme séduisant et beaucoup l'ont enviée. Y compris moi. Vous ferez l'affaire. Dites à mon fils de se détendre. Il a été excité comme une puce toute la soirée.

J'étais congédiée. Montgomery, qui se tenait derrière moi et avait entendu chacune de ces paroles, m'a attrapée par le coude et traînée dehors. Nous avons emprunté deux longs couloirs jusqu'à notre chambre, l'un qui traversait l'aile principale de la maison, l'autre qui le coupait à angle droit au niveau des cuisines. Montgomery me tenait si fort par le coude que mes doigts s'ankylosaient tandis que des frissons de douleur me remontaient dans le bras. Après le second tournant je me serais perdue, mais Montgomery ne se trompait jamais, accélérant le pas, me tirant dans un escalier sans lumière et me lâchant au bout d'un corridor devant une chambre éclairée.

C'était une suite somptueuse vert sombre avec des meubles rustiques français qu'en d'autres circonstances j'aurais pris le temps d'admirer, mais là j'étais en colère. Tellement en colère que j'en tremblais.

Nos bagages avaient été défaits, nos vêtements de nuit disposés sur nos lits selon un service à l'ancienne, et Montgomery a claqué la porte derrière lui. Lâchant mon bras comme si ma peau allait le brûler, il s'est dirigé droit vers la salle de bains. Frémissante d'indignation, je l'ai suivi.

— Comment as-tu pu ? Comment as-tu pu ne pas leur dire ? Comment as-tu pu ne pas me prévenir ?

Il a pressé méthodiquement le tube de dentifrice, avant d'enduire sa brosse à dents. L'eau coulait si fort dans le lavabo qu'elle giclait sur le miroir au-dessus.

— Tu ne les as pas invités au mariage, n'est-ce pas, Montgomery ? Tu m'écoutes ?

J'ai saisi son poignet, faisant tomber sa brosse à dents, l'obligeant à me regarder.

Ses yeux étincelaient de fureur mais aussi d'un autre sentiment. La peur ? Je me suis détournée rapidement, tremblante, et j'ai fermé le robinet d'eau tout en essuyant les traces de dentifrice. Il m'a enlacée par-derrière et a eu un rire hystérique. Me serrant cruellement dans ses bras, il m'a ramenée dans la chambre et, sur le lit, m'a prise avec férocité. Terrifiée, je l'ai laissé faire, ne protestant même pas alors qu'il me blessait en me pénétrant avec brutalité.

Dans les livres que j'avais lus, ces romans d'amour éternel, le sexe rendait toujours un homme expansif, lui apportant le sourire et le désir d'être meilleur. Mais Montgomery s'est enfoncé dans un silence déprimé et un sommeil agité, et j'ai eu bien du mal à m'endormir.

Je me suis éveillée dans la nuit, percevant peut-être un bruit suspect ou une respiration étrangère dans la pièce ; c'est alors que j'ai découvert deux silhouettes au pied du lit. J'ai hoqueté, remonté les draps jusqu'à ma poitrine. Richard et Marcus se tenaient là, à me regarder, et j'ai rougi dans la pénombre, m'étant endormie nue, coincée par le bras de Montgomery après notre sauvage étreinte sexuelle.

Marcus m'a tendu la main et a paru surpris que je me rétracte sur les oreillers. Quelques instants plus tard, ils s'en sont allés, refermant sans bruit la porte derrière eux. À côté de moi, les yeux de Montgomery scintillaient dans la nuit, et j'ai eu le sentiment inquiétant qu'il m'en voulait de la présence de ses frères dans notre chambre. Sans un mot, il s'est retourné et m'a ignorée. J'ai enfilé la chemise de nuit que je n'avais pas eu le temps de mettre et sombré dans un sommeil agité.

Montgomery ne répondit jamais à mes questions. Quand j'ai évoqué le sujet de sa famille le matin suivant, il a quitté la chambre en fermant la porte à clé. La veille, je n'avais pas remarqué son étrange système de fermeture. Elle pouvait être indifféremment verrouillée de l'extérieur ou de l'intérieur par celui qui en avait la clé. Pourquoi ne l'avait-il pas refermée sur ses frères, la nuit dernière ?

Par les fenêtres de la chambre, j'ai vu la famille se rassembler pour le petit déjeuner dans le patio à l'arrière de la maison, telle une assemblée solennelle dont je ne pouvais distinguer les voix. La Grande Dame était assise près des portes vitrées, identiques à celles de la salle à manger. Montgomery les a rejoints, marchant d'un pas souple jusqu'au buffet. Il s'est assis au milieu d'un groupe de filles et Miles Justin, en s'approchant, a heurté négligemment la jambe de l'une d'entre elles du dos de sa chaise. Sa chemise en jean et ses bottes détonnaient au sein de cette assemblée vêtue de façon sportive mais élégante.

Je les ai observés tandis que mon estomac gargouillait et que mon souffle embuait la fenêtre de rage. Je les ai observés lorsque la Grande Dame a interpellé Montgomery puis Miles. Je les ai observés quand Marcus s'est approché et que les hommes ont pris un air contrarié, leurs gestes se raidissant comme s'ils allaient se battre. Je les ai observés quand la famille au complet est sortie de la pièce, laissant une escouade de serviteurs ranger les tables en désordre. Alors j'ai pris une chaise et, écumant de rage, je me suis demandé si cette scène avait un lien quelconque avec l'épisode de la nuit.

Plus tard dans la matinée, Montgomery est revenu portant un plateau dans la main droite, et tenant de l'autre un tissu ensanglanté contre son cou. Il a claqué la porte d'un coup de pied, l'a refermée de sa main gauche, laissant une traînée de sang sur le bois verni. En grimaçant, il s'est approché de moi avec cette souplesse de félin qui semblait propre à tous les DeLande.

Mes yeux se sont arrêtés sur le sang qui imbibait la légère pièce de tissu et se répandait sur sa chemise.

— Montgomery ?

Toute ma colère et mon indignation ruminées pendant cette matinée solitaire s'évanouirent à la vue du sang ruisselant sur son cou.

— Oui, ma noble dame ?

Son ton désinvolte, plein de vie et d'allant, me taquinait comme si nous flirtions. Ses yeux étaient clairs, animés.

— Ma noble dame a-t-elle faim ?

J'ai pris le plateau, l'ai posé sur la table et me suis arrêtée, hésitante.

— Eh bien ? Tu ne t'occupes pas de moi ? Ou ai-je attendu deux ans pour rien que tu fasses une école d'infirmières avant de t'épouser ?

De son bras droit il m'a enlacée et m'a entraînée dans la pièce, tandis que le sang, un liquide clair et poisseux dont je ne pouvais détourner le regard, gouttait sur sa chemise et imprégnait ma peau sous nos vêtements.

— Allons, ma belle épouse. Fais ton devoir, agis en médecin envers ton mari blessé.

Il m'a embrassée, et ses lèvres étaient douces alors qu'elles glissaient sur ma peau.

— Que s'est-il passé ? ai-je demandé d'une voix rauque que je tentais d'éclaircir.

— Je me suis coupé en me rasant.

J'ai presque éclaté de rire. C'était là le charme des DeLande et je l'aurais volontiers étranglé pour ça. Je luttais pour conserver ma colère intacte. Il m'a entraînée vers la salle de bains, marmonnant quelque chose tout contre ma gorge à propos de pansements et d'eau oxygénée.

Il était presque chancelant quand il m'a poussée contre le lavabo froid, et j'ai retiré son mouchoir.

C'était une blessure au couteau, longue de trois centimètres et profonde, interrompue parce que la lame avait heurté la clavicule. Si celle-ci avait dérapé d'un millimètre, elle perforait le cou et la veine jugulaire. La peau gorgée de sang battait contre la carotide juste en dessous de la blessure. J'ai avalé ma salive et fait un garrot de mes doigts tremblants, recherchant les médicaments qu'il m'avait réclamés. Ils étaient là, avec de la gaze et du sparadrap semblable à celui qu'on emploie dans les hôpitaux pour fixer des perfusions. Pendant ce temps, ses mains, qui ne tenaient plus sa plaie, se promenaient le long de mon corps, tachant mes vêtements, mes cheveux, ma peau, se cramponnant à moi au fur et à mesure que le sang coagulait. Il marmonnait tout contre moi comme s'il était saoul, rendant mon travail difficile. Finalement j'ai nettoyé la plaie et appliqué de l'eau oxygénée. Elle a formé de grosses bulles et Montgomery a hoqueté de douleur, me mordant le cou et me faisant lâcher la compresse.

— Arrête. J'ai besoin de laver ta plaie, de la panser et de stopper l'hémorragie.

— Et moi j'ai besoin de toi.

— On dirait.

Il a ri de mon ton moqueur.

— Quand partons-nous ?

— Lundi, a-t-il grommelé en m'entraînant vers le lit resté défait.

— Dis-moi ce qui s'est passé.

Montgomery a fait la sourde oreille. Tirant sur la gaze écarlate et trempée, il a arraché mes vêtements de ses mains ensanglantées et m'a poussée sur le lit. À l'éclat qui brillait dans ses yeux, j'ai compris qu'il était inutile de chercher à étancher son sang. Son souffle était haletant et il m'a mordue à nouveau, cette fois le sein. J'ai cessé de me débattre.

S'apercevant de mon revirement, Montgomery est devenu tendre et gentil. Il m'a regardée dans les yeux tout en me faisant l'amour, mon corps étendu inerte sous le sien, son sang dégoulinant sur ma poitrine, ma gorge, mes cheveux ; puis il a éjaculé sur les draps.

Ma respiration était courte, précipitée, non à cause du désir mais de la peur. Ma peau était froide et insensible, mes mains et mes pieds engourdis. « Hyperventilation », pensait un recoin de mon cerveau. Les yeux de Montgomery étincelaient étrangement : ils avaient une expression d'horreur et de rire intérieur. Quand il a eu fini, Montgomery m'a laissée sur le lit et est allé prendre une douche. J'ai entendu le bruit de l'eau heurter le carrelage et résonner contre son corps. Immobile, j'étudiais le plafond, examinant les moulures et les rosettes tandis que son sang coagulait sur moi. Je concentrais toute mon attention à garder l'esprit vide. J'avais vu une fois un chien enragé amené à la clinique par un garçon qui ne savait pas ce que signifiait la folie, pas plus qu'il ne comprenait ce que les morsures sur ses bras signifieraient en termes de peur et de souffrance pour sa famille. Le chien s'était débattu, convulsé et une fois relâché avait griffé. J'avais dû emmener l'enfant dans la salle d'attente pendant que papa abattait l'animal. Ce chien avait les yeux de Montgomery.

Sec et propre, une serviette autour de la taille, après avoir appliqué sur sa plaie un pansement aussi bien que si je l'avais fait moi-même, il est revenu avec le plateau. Tassant les oreillers, il m'a calée contre eux, me remuant comme une marionnette. Et, ignorant le sang et l'odeur du sperme, il m'a nourrie.

J'ai mangé, n'osant pas refuser bien que je n'aie envie de rien. Puis, sans la moindre explication, Montgomery s'est habillé et est parti en fredonnant. La serrure a cliqueté. J'ai passé tout le week-end enfermée dans ma chambre. Pour mon bien, a dit plus tard Montgomery. Parce que j'étais trop innocente, trop charmante. Je représentais une trop grande tentation pour ses frères avec qui il ne voulait pas me partager. Me partager avec ses frères ? Me partager ?

J'ai passé ces jours-là à la fois effrayée et furieuse, découragée et désemparée. J'étais en sécurité dans la chambre, espérant qu'il n'y aurait pas le feu dans la maison ni qu'aucun des frères ne ferait irruption. Mais je m'ennuyais, j'étais seule et, Dieu sait combien, curieuse. Cette famille ne représentait certainement pas un danger pour moi. Je m'étais certainement méprise sur la situation et sur les commentaires énigmatiques de Montgomery. Et sur le regard du chien enragé... Certainement. Et pourtant...

Le lundi suivant, nous sommes partis sans dire au revoir, empruntant la Thunderbird décapotable de Miles Justin. Sur la route sinueuse, le vent chaud soufflait dans mes cheveux. J'étais si heureuse que mon soulagement battait en moi en pulsations violentes. Je me suis retournée vers la maison, vers ses fenêtres sombres comme les orbites d'un vieux crâne, vers la glycine nouée et enroulée sur ses murs à la façon de doigts arthritiques.

Quelques instants auparavant, sur le seuil habituellement vide, Miles Justin nous regardait, appuyé contre la rampe. Malgré la distance croissante, ses yeux ont croisé les miens et il a souri. Avec cette grâce propre aux DeLande, il a agité la main gauche et saisi son chapeau de cow-boy par le milieu. Il l'a levé lentement. C'était à la fois une manifestation d'amitié et une plaisanterie. Et j'ai éclaté de rire tandis que la route s'incurvait et que la glycine me dérobait mon énigmatique beau-frère, son chapeau toujours en l'air.

J'aurais dû savoir. J'aurais dû comprendre.

2

Le vent, chaud et sec, fouettait le pare-brise. Il aspirait l'humidité de ma peau puis y déposait une épaisse pellicule huileuse et salée. La Cord L-29, couleur lie-de-vin, modèle 1930, de Miles Justin montrait des signes de fatigue après un voyage interminable. J'avais enduit mon visage d'écran total dès que j'avais pris place dans le cabriolet dont le toit décapoté nous exposait aux rayons impitoyables du soleil. La matinée était déjà bien avancée et la crème solaire mettait du temps à agir. Le soleil avait rosi mon visage et mes épaules, mes cheveux avaient été décoiffés par le vent. La natte que j'avais faite le matin s'était dénouée et j'étais si misérable que j'avais envie de pleurer.

Montgomery, dissimulant à peine sa fureur, ignorait toutes mes tentatives pour attirer son attention. Il ne m'avait pas adressé la parole depuis que nous avions quitté notre lit le matin même. La seule fois où j'avais essayé de le toucher, il avait sursauté et posé son bras sur son genou. Bien que je ne sois plus confinée dans notre chambre, j'étais toujours sa prisonnière.

La colère que j'avais d'abord éprouvée pendant ma détention avait fini par disparaître au cours de ces heures solitaires, étouffée par le comportement lunatique de l'homme que j'avais épousé. Paris n'était plus qu'un souvenir, un mirage emporté par ce Montgomery, cet homme distant et insaisissable. Il s'était également comporté différemment pendant notre séjour chez les DeLande. Sa démarche souple et fluide s'était transformée en mouvements saccadés comme ceux d'un animal en cage. Il était fiévreux. La passion du début de notre lune de miel s'était évanouie. Elle avait été remplacée par un autre sentiment, une passion d'une intensité froide et blessante, que je ne pouvais partager.

Tandis que nous nous éloignions de la propriété, j'avais espéré un retour à notre bonheur léger d'autrefois.

Mais alors que les heures et les kilomètres défilaient, Montgomery semblait s'enfoncer plus profondément dans le marasme qui l'habitait et le poids de son silence s'abattait sur moi comme un linceul sombre.

Le paysage ne faisait rien pour égayer mon humeur. J'aimais habituellement les étendues plates et humides du bassin de la rivière Atchafalaya, mais aujourd'hui la décomposition et la pourriture qui avaient envahi les terres humides semblaient refléter l'âme de Montgomery, les aspects secrets de sa personnalité que je venais de découvrir, me faisant frissonner dans la chaleur étouffante.

Le golfe du Mexique, avec ses marées salées, s'était engagé dans un combat à la vie à la mort avec le Mississippi et les rivières Atchafalaya depuis quelque six mille ans, depuis le reflux des eaux à la période glaciaire. Une guerre patiente, inlassable, de l'eau salée contre l'eau douce où les marées apportées par chaque orage, chaque tempête tropicale et chaque ouragan venaient tuer et défigurer la vie fragile du littoral. Se rebiffant, la vallée du fleuve Mississippi charriait du limon et des alluvions au sud, arrachant le sel du sol et des marais et rendait vie à la terre meurtrie.

Partout où nous regardions il y avait des arbres morts ou agonisants, à peine plus épais que des bâtons couverts de mousse, des doigts squelettiques pointés de façon accusatrice vers le ciel sans nuages. Et soudain, la route se dirigea vers l'intérieur des marais. Les feuilles dentelées des cyprès et le feuillage opaque des noyers noirs assombrissaient les étendues de terre humide recouverte de mousse verte où régnaient les noyers, les chênes, les pecans, les arbres à caoutchouc, les saules, le lierre, le lotus et la jacinthe d'eau.

Devant ces violentes manifestations de vie, mon envie de pleurer s'accrut.

Par deux fois, la route sinueuse à demi pavée sur laquelle nous avions cheminé disparut, engloutie par le marais. La nature reprenait ce qu'on lui avait volé sans que l'homme daigne lui répondre. Avec la situation économique incertaine, l'État laisserait certainement le marais gagner du terrain. Même les cartes les plus récentes ne mentionnaient pas ces sentiers, vestiges d'une société autrefois florissante, avant que les ingénieurs des Eaux et Forêts ne créent des barrages pour endiguer la rivière. Montgomery s'arrêta à plusieurs reprises, fit prudemment une marche arrière et reprit sa route.

Les chemins sur lesquels nous étions passés disparaîtraient un jour, happés par la vase qui rongeait les bas-côtés, dévastés par le temps et ce magma humide qui ressemblait à de la gelée et se confondait avec la terre. Nous effrayâmes des daims et ralentîmes devant un vautour dépeçant avec acharnement quelque lambeau de viande gisant sur la route. Nous avions longé des voies fluviales qui n'existaient plus, des cimetières à l'abandon, des maisons, des magasins désertés et des hangars de chemins de fer. Les alligators se chauffaient au soleil, le nid d'une aigrette était presque vide à cette heure du jour. Il y avait peu de voitures. Peu de gens. Je m'étais sentie perdue, mais pas une fois Montgomery ne s'était égaré. Il se déplaçait dans la lande comme un faucon à l'affût, guettant le moindre mouvement dans la nature sauvage ou stérile qui nous cernait. Ses yeux bleus qui ne se posaient jamais sur moi n'étaient jamais immobiles. Ils cherchaient toujours avec une concentration muette quelque parcelle de terre, quelque champ de canne à sucre, quelque site industriel. À un moment donné de cette interminable journée, j'avais compris que Montgomery n'essayait pas de nous perdre ni même de me traîner dans une cruelle visite guidée autour du bassin où ma peau brûlait et pelait, mais qu'il prospectait pour les DeLande.

Plusieurs fois, il avait freiné alors que nous arrivions devant de petites clairières, délimitées par des pipe-lines ou des puits de pétrole, laissés là par des sociétés en faillite ou parties faire fortune ailleurs. Sur plusieurs sites, j'avais vu des pancartes couvertes de lierre sur lesquelles figuraient des répliques usées du blason DeLande — un oiseau de proie aux serres ensanglantées.

J'avais failli demander à Montgomery à quelle espèce appartenait cet oiseau, mais je m'étais tue, sachant que je pourrais l'identifier grâce à mon encyclopédie. Je ne voulais rien lui demander. J'avais serré les lèvres, jouissant de ce sentiment de force qui venait de ma défiance. L'obstination était un trait caractéristique des Dazincourt. La moitié de ce que j'avais appris venait de papa : la connaissance du marais et la médecine vétérinaire. L'autre moitié était pur entêtement.

Il m'avait appris comment tenir les serpents et éviter les épines d'un poisson-chat fraîchement pêché. Il m'avait appris à faire preuve de courage plutôt que de compassion inutile pour achever un animal qui souffrait. Il m'avait également appris à faire valoir mon point de vue quand celui-ci méritait d'être défendu. Il m'avait enseigné l'intégrité et l'honnêteté ; et, quand tous ces principes perdaient leur sens, à honorer les valeurs de base : respecter les droits fondamentaux de l'homme et défendre les innocents. Mais il ne m'avait pas appris comment se comporter avec un mari.

Un autre site, qui n'était signalé par rien sinon par les traces de la cupidité des hommes d'autrefois, était un immense cimetière d'arbres, dissimulé sous un revêtement de lentilles d'eau et d'eau croupie, l'étendue limoneuse s'ouvrant par endroits pour permettre à un mulot ou à un rat musqué de faire surface, le corps luisant d'eau et de saletés. Des souches d'arbres qui ressemblaient à des pierres tombales avaient été laissées là par des bûcherons, témoignage de l'avarice forcenée des générations passées de la famille dans laquelle je venais d'entrer.

Pendant sept générations les DeLande avaient reconstruit une fortune perdue après la guerre de Sécession, détruisant les marais et récoltant des profits avec une efficacité impitoyable. Les héritiers DeLande et la Grande Dame détenaient plus de terres dans la moitié sud de l'État que n'importe quelle autre famille. Bien plus que la plupart des consortiums. C'était autrefois un riche héritage. Mais la nature et l'homme avaient conspiré ensemble pour le ruiner : la nature, par ses marées salées, ses pluies violentes, ses inondations et ses ouragans ; l'homme, par son aveuglement égoïste et la pollution. Personne ne buvait l'eau du bassin de la rivière. Les bactéries et les germes des déchets humains, les centaines de substances cancérigènes et d'autres polluants avaient rendu cette eau non potable et dangereuse.

On était en pays cajun, dans cette région au sud de la Louisiane dont les ressources naturelles avaient fait vivre des générations de trappeurs, de chasseurs, de ramasseurs de mousse, de bûcherons, de pêcheurs et favorisé l'industrie du gaz et du pétrole. Pourtant, chaque homme et chaque entreprise qui avaient bénéficié des ressources de cette région fragile avaient, en quelque sorte, défiguré cette terre, laissant derrière eux les preuves de leur crime. J'étais l'un d'entre eux maintenant.

Montgomery ne me regardait et ne me parlait toujours pas.

Nous avions roulé toute la journée, nous arrêtant seulement assez fréquemment pour prendre de l'essence. La Cord consommait beaucoup et la vieille jauge d'essence était déréglée.

Montgomery ne me demanda jamais si j'avais besoin ou envie de quelque chose et, les deux fois où je me suis précipitée aux toilettes de la station-service que nous avons rencontrée, j'ai pensé qu'il allait repartir sans moi. Mais il avait attendu, appuyé contre le cabriolet, fixant le ciel ou une famille de ratons-laveurs. Une fois, en sortant des w.-c., je l'ai surpris penché au-dessus d'une clôture à observer une jument qui mettait bas et secouait la queue de contentement. Il n'ouvrit toujours pas la bouche.

Comme nous nous rapprochions de la maison, je me suis mise à penser de plus en plus au refuge que représenteraient les bras de papa et à l'accueil que je recevrais si j'avais planté là Montgomery pour rentrer à la maison. J'ai mordu mes lèvres pour ne pas pleurer et éviter de supplier Montgomery de me parler. Je cherchais une consolation que je savais ne pouvoir trouver qu'à la maison de mon enfance. J'ai repensé alors au toit neuf, à Paris, au Montgomery que j'avais connu avant de me rendre chez les DeLande. Et là encore, j'ai lutté contre mes larmes.

Au crépuscule, quand le soleil avait disparu comme une

grande boule de feu orangée suspendue au-dessus des cyprès et des champs de canne à sucre, et que le monde s'était teinté d'un rose délicat, j'avais enfin discerné un repère familier. La boucherie et le grill Bonnett. Nous étions à trente kilomètres environ du centre ville de Moisson, sur une route que j'avais rarement prise, nous dirigeant vers le nord. Nous avions fait le tour du bassin, empruntant les chemins de traverse et prenant deux fois plus de temps qu'il n'en fallait. Montgomery ne m'avait pas adressé la parole une seule fois.

Nous ne nous étions pas arrêtés depuis trois heures. Le réservoir d'essence était à sec. J'avais faim et soif, j'étais remplie d'appréhension, brûlée par le soleil et je me sentais misérable. Je détestais ce nouveau Montgomery et me maudissais de l'avoir épousé. Au fond de moi, j'avais aussi un peu peur. Le souvenir de l'expression sauvage des yeux enragés de Montgomery, quand il s'était jeté sur moi couvert de sang, continuait de me hanter, comme un avertissement que mon esprit ne pouvait oublier.

Bonnett était un haut lieu de la paroisse de Moisson, fréquenté par toutes les ménagères et mères de famille qui voulaient les meilleurs morceaux de viande. Les couples des environs y venaient dîner et les hommes boire un verre après le coucher du soleil. Bonnett n'avait besoin pour toute publicité que des senteurs émanant de la salle de fumaison et du grill. Ce n'était guère plus qu'une bicoque, agrandie à maintes reprises, avec de petites salles sombres défigurant sa bâtisse initiale telles des verrues sur la main d'un vieil homme. Défraîchi, avec un toit de tôle rouillée qui s'effondrait, Bonnett disposait aussi d'une pompe à essence à l'extérieur et de w.-c. publics à l'arrière.

Montgomery s'est avancé jusqu'à la pompe et a coupé le moteur. Sans dire un mot, j'ai saisi la poignée chromée de la portière, empoigné mon sac, suis sortie et me suis dirigée vers les toilettes. Bien que ne disposant ni de papier ni de savon, celles-ci étaient d'une rare propreté. Elles étaient fréquentées par les fermiers, les pêcheurs, les passants et les commerçants occasionnels des rares magasins des alentours. Ils apportaient leur propre papier, conscients du privilège d'utiliser les commodités de Bonnett. Bonnett avait une fois appelé les parents d'un garçon pris en train d'uriner sur les murs pour qu'ils nettoient les dégâts de leur fils. Il avait chassé plus d'une fois un ivrogne qui avait « mal visé ». Il fallait astiquer la lunette pour être autorisé à revenir, mais nul n'avait jamais refusé.

En attendant mon tour j'ai essayé de démêler mes cheveux avec mes doigts à l'aide d'une brosse de voyage que j'avais dans mon sac. Peu après, je suis ressortie le visage encore humide, les cheveux brossés et brillants, un soupçon de rouge à lèvres pour faire oublier le coup de soleil que j'avais pris sur le nez et les joues. Une autre femme est entrée. J'ai remarqué qu'elle inspectait la propreté de l'endroit et semblait satisfaite.

Au lieu de sortir et de revenir dans l'atmosphère confinée et morose de la voiture, où j'avais passé toute la journée, je suis entrée chez Bonnett, serrant d'une main un billet de cinq dollars et de l'autre mon sac. Montgomery pouvait bien passer la journée sans manger, mais mon bébé et moi nous mourions de faim. Aussi avais-je la ferme intention de me restaurer.

J'ai emprunté la porte étroite et suis entrée dans le vestibule, passant devant l'entrepôt en face de la cuisine. Ma bouche me brûlait presque et ces fumets odorants me faisaient saliver. Bien que l'on ne soit que lundi, l'endroit était très animé. Une des lugubres petites salles sombres avait été envahie par un groupe de touristes qui célébraient une bonne journée de pêche sur le bassin, tandis qu'une autre grouillait d'hommes de la région tenant une réunion de l'un de leurs stupides clubs : les Lions, les Tigres ou les Ours...

Oh, Seigneur... J'ai souri pour la première fois de la journée.

Bonnett était une boucherie d'un autre âge, avec le meilleur boudin rouge de la région, une recette spéciale au riz. Les propriétaires faisaient eux-mêmes l'abattage, le découpage, la farce et les fumaisons. On y servait une variété de plats que l'on ne trouvait nulle part à Moisson.

Dispensant à la fois des repas chauds et de la viande crue à emporter, le chef-boucher-propriétaire Billy Bonnett préparait du *tasso*, une farce très relevée, du *paunce*, de la panse de veau farcie, et trois sortes de boudin — rouge, au foie et au porc maigre. Il proposait aussi de l'andouille, du saucisson à l'ail, du fromage de tête, un gumbo si savoureux qu'il nourrissait l'âme aussi bien que le corps, du crabe bouilli, des rillons, de la viande séchée, des cuisses de grenouille, des légumes frits provenant des jardins potagers voisins et trois sortes de riz différentes, brun, complet, ainsi que celui, blanc et collant, que nous connaissons tous.

Il y avait aussi de la bière fraîche. Beaucoup de bière fraîche. La rumeur courait même que Bonnett avait stocké en cachette dans des barils sans étiquette une bière brassée dans la région, si brune et si forte qu'elle en faisait perdre la tête à un homme. Il avait une bière fabriquée à partir d'un arbre lacustre, et une bière légère, qui avait, dit-on, vieilli dans des fûts de noyer. Naturellement, les lois de la région interdisaient la vente d'une telle bière. Pourtant, la rumeur persistait.

La musique du juke-box dans la salle faisait concurrence au dancing cajun de l'autre côté de la rue. Levi's avait en effet la meilleure musique cajun actuelle de la région. En arrivant dans la salle principale, à la fois bar et restaurant, je me suis arrêtée, stupéfaite.

Montgomery, une bière dans la main, était accoudé contre le bar, une planche distordue qui servait de billot de boucher le jour et de comptoir le soir. Couverte de sang et exhalant une puissante odeur, elle était assez solide pour supporter un demi-bœuf ou plusieurs ivrognes. Montgomery était en train de parler, lancé dans une conversation animée avec un pêcheur, un jeune homme en jean et bottes de chasse, et un vieux langoustier Bascomb. L'entretien se faisait en cajun, un dialecte des Indiens Houmas que je pouvais à peine comprendre, mais il était clair que Montgomery faisait une plaisanterie car tous les hommes éclatèrent de rire au moment où j'apparus.

La colère et la souffrance m'ont submergée. Qu'il se soit soudain mis à parler... avec ces hommes... Avant que j'aie pu réagir, Bascomb, un Cajun, qui avait sept fils et un accent à couper au couteau, donna une bourrade à Montgomery et mon mari se retourna.

Le sourire qu'il m'a décoché était ouvert, charmant, indécemment séducteur après toutes ces heures de silence. « Ma petiote », a-t-il crié en cajun dans le tumulte du bar. Se déplaçant comme un danseur, il a fendu la foule, pris ma main, l'a portée à ses lèvres et a baisé le bout de mes doigts. Non pas l'extrémité de ma main comme le font gauchement les Américains qui apprennent les bonnes manières françaises du siècle dernier, mais, tenant ma main, il a embrassé le dessous des doigts, les petits coussins charnus. Puis il m'a embrassée rapidement sur la bouche, a reculé d'un pas, une main autour de ma taille, et m'a entraînée sur une des banquettes pour que Bonnett vienne nous servir.

Parlant cajun comme un autochtone, il a commandé les plats. Il y a eu des langoustes cuites au court-bouillon, bien relevées au poivre de Cayenne, une demi-douzaine de petits boudins de viande maigre, du riz brun et du riz blanc servi dans des bols fumants, des courges, des beignets d'oignons et des cuisses de grenouille.

Je ne pouvais accepter la métamorphose soudaine de Montgomery avec la complaisance qu'il attendait évidemment de moi. Des larmes se mirent à ruisseler sur mon visage. Mes larmes l'ont arrêté. Il a pris successivement l'air stupéfait, horrifié, coupable et abattu, avant de me prendre dans ses bras et de m'asseoir sur ses genoux. Ignorant les regards amusés et les sifflements, il m'a bercée dans ses bras, étouffant mes larmes contre sa poitrine. Murmurant en cajun des mots d'amour, il m'a caressée de sa main et de sa voix, comme il l'aurait fait avec une pouliche qu'il apprivoisait. Je ne comprenais pas la moitié de ce qu'il me disait mais j'étais heureuse de l'avoir retrouvé. Et terrifiée à l'idée de le perdre à nouveau.

Finalement il s'est un peu redressé sur son séant, a baisé le bout de mon nez, essuyé mon visage avec une des serviettes en papier que Bonnett empilait sur les tables. M'enlaçant toujours, il a cherché d'une main le plateau de langoustes et l'a rapproché de lui. Choisissant une large carcasse, il lui a ôté la tête avec dextérité, a retiré sa carapace et a tendrement enfoui sa chair succulente dans ma bouche. C'était une sensation très érotique de sentir ses doigts sur mes lèvres, le goût de la chair épicée dans ma bouche, d'observer la lumière tamisée luisant dans ce mobilier dépareillé, d'entendre les bribes de la conversation en français, et d'éprouver la douceur de ses jambes sous les miennes.

Ses yeux ont rencontré les miens. Ils n'étaient plus souriants mais ardents. L'impression d'une chaleur électrique s'est diffusée entre nous et il a lentement léché le jus de la chair bouillie sur ses doigts. Puis, prenant la tête de la langouste entre ses mains, il en a aspiré l'intérieur et a jeté la coquille.

Montgomery m'a nourrie pendant une heure, refusant de me laisser lui rendre la pareille, prenant juste une bouchée çà et là, me donnant l'essentiel du repas avec ses doigts en guise de couverts, et me laissant les lécher pour les nettoyer. Ses yeux n'ont pas quitté les miens. Des yeux brûlants, étincelants comme un soleil au zénith, éclairés par une flamme et une avidité que rien ne pouvait satisfaire. C'était comme si ce week-end passé dans la propriété DeLande n'avait jamais existé. C'était à nouveau le Paris et La Nouvelle-Orléans d'avant notre mariage, et je frémissais de désir. Un désir suscité par des jours d'attente, de peur et d'isolement.

Bonnett, qui avait l'instinct d'un Français pour de telles choses, est resté à l'écart pendant que nous mangions, n'apparaissant que pour apporter deux pichets et des gobelets. Une bière brune pour Montgomery et du thé pour moi. Le grand homme au visage osseux interceptait les habitués qui auraient dérangé ce repas en les appelant au bar d'un mot en cajun, nous laissant dans la pénombre et l'intimité de la banquette.

Quand les plateaux ont été presque vides et que Montgomery a fini sa bière, il m'a portée dehors après m'avoir prise sur son dos, criant aux patrons qu'il était encore en voyage de noces et qu'il avait mieux à faire qu'à leur rendre visite. Un rire gras et lourd de sous-entendus a salué notre départ et Montgomery m'a soulevée par-dessus la portière de la Cord, puis il m'a assise sur le siège du passager, avant d'enjamber la portière côté conducteur et d'allumer le moteur.

Il m'a ramenée à la maison sans souffler mot, l'air frais de la nuit bruissant autour de moi, agitant ma chevelure au vent et apaisant enfin la fournaise diurne. Une autre chaleur régnait dans la vieille Cord, fiévreuse et humide, paresseuse et lente. Nous n'avons pas parlé sur la route, trop heureux sans doute de laisser monter notre excitation dans le silence brûlant.

La nuit a été magique. Enchantée, comme si une extase était tombée sur nous en même temps que la brise nocturne. Le vent, qui avait toujours été torride et dévorant, si chargé de moiteur qu'il se figeait sur notre peau, était devenu doux, léger, serein, chargé des parfums de la nuit, des fleurs en boutons et de l'eau de Cologne que Montgomery portait toujours. La lune était un croissant d'argent dans un ciel de velours. Et le silence entre nous, qui avait été âcre et acerbe, était maintenant habité d'une préoccupation d'un autre genre. Les doigts de Montgomery jouaient avec les miens, caressant le dos de ma main dans la pénombre de la Cord.

La maison dans laquelle m'a conduite Montgomery, rénovée dans le style ranch, était située sur une colline au fond d'un cul-de-sac, pas très loin de Moisson. Elle était entourée de chênes recouverts de mousse, de gardénias qui emplissaient l'air de leurs fragrances.

Nous nous sommes arrêtés dans le parking à droite de l'entrée et, lorsque Montgomery a coupé le moteur, une chouette a soudain rompu le silence. Des criquets ont repris leur crissement interrompu et la brise légère a emporté les parfums puissants. Montgomery m'a regardée et esquissé un sourire.

— Je savais que tu voulais être près de ta famille, alors je... C'est une petite partie de la ferme que nous avons achetée l'année dernière. Les DeLande, je veux dire. J'ai acheté la maison et cinq hectares de dépendances. Il y a un bayou quelque part derrière et un nouveau bassin. Si tu aimes ça... Tu... Veux-tu visiter la maison ?

Un Montgomery hésitant était une surprise. Il était toujours si sûr de lui, sanguin, presque arrogant. J'ai deviné immédiatement qu'il s'excusait de la seule manière qu'il connaissait. Et alors j'ai compris ses paroles. Il m'avait acheté une maison.

Je me suis levée et j'ai tenté de distinguer son profil, mais la nuit était complète et Montgomery a ri :

— Allons. Si tu veux, j'installerai un de ces éclairages qui s'allument dès que quelqu'un s'approche de la maison, ainsi nous pourrons voir dehors quand nous rentrerons tard comme aujourd'hui.

Il s'est précipité dehors et est venu m'ouvrir la portière, parlant encore de la maison et des aménagements qu'il y avait effectués pour moi.

La lumière était allumée et même si je ne pouvais voir l'extérieur, l'intérieur était éblouissant. La maison, entièrement rénovée, faisait deux cents mètres carrés, et j'ai pensé immédiatement aux voitures que Montgomery réparait, les restaurant à la perfection. L'entrée sur le côté donnait sur une buanderie avec une machine à laver séchante, des perroquets pour suspendre les parapluies et les imperméables et des étagères déjà garnies de paquets de lessive et de produits d'entretien similaires à ceux de maman. J'ai souri et Montgomery a saisi la direction de mon regard.

— J'espère que tu ne m'en veux pas, mais ta mère dit que ce sont les meilleurs.

— C'est très bien, ai-je répliqué doucement, parfait, même.

— Bien.

Il a tiré une table à repasser, cachée dans un placard dissimulé dans le mur, avec le fer rangé dans un tiroir au-dessus.

— Tu n'auras pas besoin de repasser, nous avons les moyens d'envoyer nos vêtements chez le teinturier, mais je sais que vous, les femmes, vous aimez quelquefois repasser un petit chiffon ou une babiole.

Il a fait la moue et j'ai rougi violemment, émue par l'homme qui avait su penser à ce petit détail. Il m'a emmenée dans la maison.

Les murs étaient blancs, étincelants de clarté, mais Montgomery m'a assuré que je pouvais les repeindre ou poser du papier peint si je le désirais.

— J'ai pris un décorateur à Lafayette ainsi qu'un crédit dans plusieurs magasins de meubles pour te laisser choisir le mobilier de la maison. Je ne savais pas ce que tu aimes, aussi ai-je laissé la maison presque vide.

Le salon était grand avec des parquets en bois, un bureau et une chaise de style dans un angle, ainsi qu'un cabinet fermé à clé dans l'angle opposé et une chaise longue face aux fenêtres. La cuisine était derrière. Je n'avais jamais vu de parquets en bois dans une cuisine, mais je les aimai immédiatement. Les placards en stratifié blanc montaient jusqu'au plafond, certains d'entre eux étaient équipés de portes vitrées pour exposer la vaisselle précieuse. Les appareils ménagers étaient également blancs et, lorsque j'ouvris le réfrigérateur, j'y reconnus plusieurs bouteilles d'un vin que Montgomery avait apprécié à Paris, couchées dans un compartiment réfrigéré spécial. Il y avait aussi des articles d'épicerie, le genre de choses que maman aurait choisies.

Montgomery a confirmé mon opinion.

— J'ai demandé à ta mère de prendre quelques petits en-cas pour nous, mais nous avons un compte chez Theriot.

C'était le plus grand magasin d'alimentation à Moisson. J'ai refermé la porte, à nouveau les larmes aux yeux comme chez Bonnett, mais cette fois pour une tout autre raison. Mes mains tremblaient. Montgomery parut s'apercevoir de ma réaction et me serra contre lui, m'emmenant vers le coin-repas, son bras autour de ma taille.

— Cet ensemble m'a plu, aussi l'ai-je fait livrer. Mais si tu ne l'aimes pas, nous pouvons le retourner.

Il y avait quatre chaises peintes en blanc assorties à une table ronde recouverte d'un simple vernis. Le mobilier, regroupé dans un coin de la pièce, se reflétait dans les portes-fenêtres. Il n'y avait aucun vis-à-vis qui empêchât la lumière du jour de pénétrer dans la pièce.

— C'est parfait, ai-je murmuré, mais avant d'avoir pu prononcer ces mots, Montgomery m'avait poussée dans le salon.

La pièce était pourtant trop petite pour être appelée ainsi. Mais c'était un lieu élégant avec de nombreuses fenêtres et des moulures au plafond. Il était décoré de tentures qui retombaient sur le sol comme les larmes qui me venaient à nouveau aux yeux. Je l'aménagerais en vert, en gris et en rose.

Peut-être pourrions-nous mettre aussi un piano. Je posai ma

main sur mon ventre, encore plat mais rempli de promesses. Ce serait le salon de musique des enfants. Le grand salon se trouvait de l'autre côté de l'entrée principale, avec un tapis oriental au centre et une lourde dalle de verre reposant sur deux pieds de béton. Je me souvins d'avoir admiré cette table deux semaines auparavant dans une vitrine à La Nouvelle-Orléans. Des larmes ont roulé sur mon visage et j'ai étreint Montgomery. Il avait donc commandé et fait livrer la table. Elle était entourée de chaises à haut dossier de style Frank Lloyd Wright. C'était beau. J'admirai nos reflets dans les fenêtres à multiples panneaux, tournai sur moi-même comme si nous dansions.

Les chambres étaient un peu plus loin derrière. Deux d'entre elles se partageaient une salle de bains tandis qu'une troisième, la chambre d'amis, disposait de la sienne. J'estimai l'étendue de la propriété avec son jardin à trois mille mètres carrés.

La suite du maître était à l'arrière de la maison avec deux penderies et une grande baignoire à remous, assez vaste pour deux personnes et exposée à la lumière du ciel. La douche disposait également de deux pommeaux pour permettre à deux personnes de se doucher ensemble. De chaque côté, dans un coin séparé, il y avait un bidet et un w.-c., pour des usages plus personnels et intimes.

Montgomery avait acheté un lit, une chose immense, dont les quatre pieds étaient sculptés en forme de tiges de riz, comme ceux que les propriétaires de plantation avaient autrefois rendus populaires. Deux chaises se faisaient face autour d'une petite table de jeu devant les fenêtres équipées de stores. J'ai secoué la tête, mes larmes désormais envolées.

— Elle te plaît ?

Ce n'était pas vraiment une question. Montgomery voyait que j'adorais la maison. C'était plus la ponctuation finale des excuses qu'il me présentait.

— Je l'adore, dis-je doucement. Merci.

Il m'a adressé le même sourire que celui qui m'avait coupé le souffle chez Bonnett et s'est retourné.

— Fais couler un bain ou prends une douche. J'apporte les bagages.

Et il est parti.

Je suis entrée lentement dans la magnifique baignoire, me suis assise dans un coin, j'ai ouvert le robinet de cuivre et écouté le bruit mat de l'eau qui tombait au fond. L'acier était recouvert de céramique et non de quelque matériau plus récent ou moins coûteux, de la fibre de verre ou du plastique. J'ai contemplé mon visage au-dessus du lavabo en m'interrogeant sur l'homme que j'avais épousé.

Il était bien plus compliqué que je ne le pensais. Peut-être même un peu... cruel. J'étais toujours honnête envers moi-même. Même lorsqu'il était plus rassurant de se mentir. Mais sa cruauté était seulement apparue quand il avait dû affronter sa famille, ce groupe de personnes bizarres, lunatiques, et d'une certaine manière, déséquilibrées. Elle avait disparu dès que le temps et l'espace l'avaient éloigné de leur influence.

Je m'interrogeai sur les rumeurs au sujet des DeLande et décidai de ne pas interroger Montgomery, de peur de revoir ses yeux devenir vitreux comme ceux du chien enragé que mon père avait dû tuer. J'avais peur de ce Montgomery-là. En frissonnant, j'ai retiré ma robe striée de sueur, y remarquant des taches de jus de langouste, de bière et de sauce tomate. J'ai jeté la robe et les sous-vêtements dans un coin, me plongeant dans l'eau. Le fond de la baignoire était déjà presque plein, empêchant mes fesses de déraper le long de la céramique glissante et de me faire mal. J'ai fermé le robinet d'eau chaude, désirant chasser dans cette vapeur la journée qui venait de s'écouler, et j'ai appuyé ma tête contre le coussin matelassé au bout de la baignoire.

J'ai réfléchi à l'homme qu'avait été Montgomery ces trois derniers jours et j'ai frissonné de nouveau, les souvenirs du week-end passé me blessant comme des fragments de verre brisé : Montgomery répandant son sang sur moi, me manipulant comme une poupée, remuant mes membres jusqu'à ce que la position de chacun de mes doigts ou de mes orteils lui convienne. Montgomery me nourrissant comme une enfant, tenant la fourchette ou la cuiller, refusant de me permettre de toucher aux couverts. Montgomery m'enfermant dans la chambre et me laissant là des heures. Montgomery refusant de me parler...

Je savais instinctivement qu'il avait souffert pendant ces trois jours où nous étions là-bas. Souffert et intériorisé toute cette douleur. C'était un enfant blessé, maltraité par sa famille, et qui pourtant continuait de l'aimer. Les ragots concernant cette famille resurgissaient. Je refusai de m'y attarder. Je n'y plongerais pas mon nez. Si Montgomery voulait cadenasser en lui cette angoisse, je le laisserais faire. Si un jour il décidait d'en parler, je l'écouterais.

Mais pour l'instant j'avais mes propres souvenirs et ils me blessaient. Comme des plaies à vif dans mon âme, irritées par les éclats de la douleur de Montgomery. Je les regardais un à un, les scrutais tandis que l'eau montait, atteignant ma taille, mon buste, mes seins. Je les rassemblais avec précaution comme des morceaux de verre, évitant les angles aigus et blessants, les soupesant dans mon esprit sans savoir quoi en faire.

C'est alors que j'ai entendu Montgomery entrer dans la salle de bains. Je l'ai entendu retirer ses chaussures et les jeter près de mes vêtements épars. J'ai gardé les yeux clos, me concentrant sur cette boule de souffrance dans ce coin de mon esprit ; elle était si vraie que je pouvais la voir, si fraîche qu'elle saignait encore. Je savais que je tenais quelque chose de dangereux et d'effrayant, quelque chose avec lequel je devrais composer au fil des années et que je ne pourrais pas jeter par-dessus bord comme le cristal brisé auquel il s'apparentait dans ma vision.

La vapeur chaude m'a entourée. L'eau avait cessé de couler, ne laissant que le silence derrière elle. Montgomery a plongé dans le bain près de moi et le niveau d'eau a grimpé presque jusqu'à mon cou. Je l'ai entendu soupirer, l'ai senti se détendre, ses jambes se glissant de chaque côté de mon corps. Il a relevé mes pieds, les a placés sur ses genoux et a massé leur plante.

Soigneusement, délibérément, je rassemblai ces choses brisées, toutes ces choses qui m'avaient blessée, toutes ces choses qui faisaient partie du nouveau Montgomery, celui que j'avais rencontré dans la propriété DeLande, dans une case bien close à l'intérieur de mon esprit, et je fermai le couvercle. Cette case semblait si réelle que je croyais sentir le grain de son bois sous mes doigts, je pouvais entendre l'écho du bruit qu'elle avait fait en se fermant. Et je m'éloignai de l'endroit où je la conserverais.

Je ne regarderais jamais les choses contenues dans cette case tant que Montgomery ne le voudrait pas. Je ne lui demanderais pas de s'expliquer. J'oublierais. Je fermerais les yeux.

Dans un petit recoin de mon esprit, je me demandai si maman avait démarré ainsi dans la vie, dissimulant quelque chose qui la blessait, ignorant la souffrance. Et si elle s'était refusé à elle-même une vie qui aurait pu être différente pour s'occuper exclusivement de papa ? Mais je me détournai également de cette pensée. Et il était si absurdement facile d'agir ainsi, dans l'eau tiède qui clapotait autour de moi, avec les mains de Montgomery qui remontaient lentement le long de mes jambes. J'ai souri, et sans même ouvrir les yeux, j'ai su qu'il souriait avec moi.

Nous n'avons plus jamais rendu visite à la Grande Dame DeLande, n'avons plus jamais entendu parler d'elle sauf pour Noël et aux anniversaires, même si de temps à autre un des frères venait dans une des vieilles voitures restaurées s'installer dans la chambre d'amis quelques jours ou quelques semaines, le temps de conclure les affaires qu'il était en train de mener. En fait, sans les versements réguliers sur mon compte en banque qu'amenait la naissance de chacun de mes enfants, je n'aurais plus jamais repensé à la Grande Dame. Mais chaque fois qu'un enfant me venait, une importante somme d'argent était versée sur mon compte personnel. Et un deuxième compte était ouvert au nom de mon enfant. « Pour leur éducation », insistait Montgomery. « Dépense-le », répondait-il quand je lui demandais quoi faire du mien. Au lieu de cela, je le plaçai avec l'aide d'un expert-comptable compétent et de mon frère Logan. Par rapport aux normes des DeLande, ce n'était pas grand-chose, mais ce petit bas de laine m'apportait une sécurité. Les années défilaient, inexorables, comme obéissant à l'ordre rigoureux du destin.

Montgomery et moi nous installâmes dans une relation paisible et sans histoires comme celle des autres couples mariés, du moins je le suppose. Il y avait de bons moments, d'autres moins bons, mais je ne me plaignais pas. Comme disait maman, se plaindre ne remplit pas la marmite.

Elle et moi n'avions jamais été proches à cause des petites

piques qu'elle me jetait du bout des lèvres à chaque fois que je venais la voir avec un problème à résoudre. J'avais décidé de bonne heure qu'en tant que mère, je n'userais jamais à l'égard de mes enfants de ces petites phrases venimeuses qu'elle m'avait toujours adressées.

Montgomery et moi avions choisi une église et allions à la messe ensemble. Montgomery avait adhéré à plusieurs de ces stupides clubs pour hommes, était devenu républicain, jouait au golf. Je fréquentais un cours municipal et j'avais appris la céramique, découvrant au passage que j'avais du talent pour faire ressortir l'intensité de la couleur sur la porcelaine. Puis je m'étais mise au jardinage. Montgomery m'avait construit une serre au fond du jardin, pensant que, comme maman, je voudrais plonger mes mains dans la saleté et regarder pousser les plantes. Je ne l'avais pas détrompé.

J'ai eu mon premier enfant, Desma Collette, sept mois après mon mariage. Ce fut une naissance facile. Montgomery dirigeait les opérations et mon médecin, assis derrière moi, m'a laissée faire le travail. Je n'avais jamais éprouvé une exaltation, comme celle que j'ai éprouvée quand le médecin a déposé sur mon ventre cette petite fille sanglante et poisseuse, douleur et joie se mêlant en un sentiment euphorique qui m'aurait fait sourire dans des circonstances ordinaires.

Et quand Dessie a ouvert les yeux, son visage collant de mucus et de sang, et a regardé les miens... Je me fiche de ce que les chercheurs déclarent sur le développement du regard chez l'enfant : ma petite fille m'a regardée et m'a reconnue à ce moment précis. Le lien qui est supposé prendre des semaines ou des mois s'était noué en quelques secondes. J'avais trouvé ma vocation. Dès l'instant où nos yeux se sont rencontrés, j'ai su que je ne travaillerais jamais comme infirmière. Je n'utiliserais jamais le diplôme pour lequel j'avais tant travaillé. Du moins pas avant que mes enfants n'aillent à l'école et que je puisse travailler à temps partiel. J'étais une mère avant tout et pour toujours.

Ignorant les mises en garde de mon gynécologue, j'ai été enceinte à nouveau deux mois après la naissance de Dessie, allaitant encore mon premier enfant et marchant courbée en arrière à cause du second. J'ai lu chaque livre que peut lire une mère pour être un bon parent, puis j'abandonnai toutes ces théories pour découvrir la mienne.

Dessie était blonde avec une peau claire et les yeux bleus de Montgomery, des DeLande. Elle rit, parla, marcha de très bonne heure. Douce et précoce, elle aimait sans retenue, préférant les gens aux jouets et mes chansons à la télé ou à la radio.

Avec Dora Shalene, ça a été une autre paire de manches. Elle était brune comme nos mères, l'hérédité créole des Ferronaire et des Sarvaunt se trouvait confirmée par ses yeux noirs, sa soyeuse chevelure noire, son teint mat et ses pommettes saillantes.

Exigeante et égocentrique, Shalene aimait manger, tenir ses jouets et jouer avec ses orteils. Le tout dans cet ordre-là. Mais j'ai manqué les cinq premiers mois de la vie de Shalene, le lien qui était né entre Dessie et moi n'ayant pu se mettre en place à la difficile naissance de mon second enfant. La maternité m'a été volée par un corps qui ne voulait pas guérir et par des émotions déréglées par les fluctuations hormonales. Shalene semblait avoir déjà développé sa propre personnalité lorsque j'ai été suffisamment rétablie pour faire sa connaissance.

Nouer une relation avec le petit enfant aux yeux noirs a été un travail difficile, plus dur que de raviver les liens de mon intimité passée avec Dessie. Mais j'y ai travaillé, ressortant même les livres remplis de théories que j'avais si allégrement abandonnés avant.

J'ai inventé des jeux et composé des puzzles; j'ai joué à la poupée; je leur ai appris à dessiner — ces gribouillages sauvages et colorés que les enfants jettent sur le papier. Nous, les trois filles, nous nous sommes créé notre propre style de vie, avec nos rites et nos traditions. Toute mère à plein temps pourrait peut-être en dire autant, mais j'avais le sentiment que les filles et moi avions développé quelque chose de spécial, réalisé un modèle parfait de famille.

Montgomery a rarement fait intrusion dans notre univers. Il a préféré fermer les yeux sur le joyeux tumulte de notre maison. Il m'a même laissé la responsabilité de la discipline, se contentant d'appuyer mes rares menaces d'un regard sévère.

Le seul moment de la vie de famille que Montgomery a semblé apprécier était les jeux de mots auxquels nous nous adonnions. Dessie, quoique douée d'une élocution claire et d'un vocabulaire très au-dessus de la moyenne des enfants de son âge, avait toutefois du mal à prononcer le mot *juice*. Au lieu de demander du jus de pomme ou du jus de pamplemousse, elle demandait un « juif de pomme » ou un « juif de pamplemousse [1] ». Et Montgomery en riait, l'encourageant dans sa mauvaise prononciation, racontant sa difficulté à la famille et aux amis comme s'il en était fier.

Les deux filles avaient également du mal à dire « oui ». Je voulais que mes enfants disent « oui » ou « oui, madame ». Pas « ouais ». Montgomery aimait « ouais » pour me contrarier, je crois. J'ai persévéré, chassant du vocabulaire les « juifs de pamplemousse » avant la naissance de Morgan. Mais je n'ai pas eu cette chance avec « ouais ».

Morgan Justin était un enfant paisible, faisant des nuits complètes depuis le premier jour où nous l'avions ramené de l'hôpital à la maison. Il aimait observer le monde autour de lui, était fasciné par son mobile, son ours en peluche, sa nourriture artistement disposée dans son bol de plastique coloré. Il l'étudiait avec attention avant d'y plonger les doigts et de tester avec le plus grand sérieux les sensations tactiles qu'elle lui procurait.

Il aimait particulièrement la consistance grenue des poires mais ce qu'il adorait par-dessus tout, c'était la couleur de la glace à la fraise. J'ai souvent pensé qu'il aurait été comblé s'il avait pu trouver de la glace à la fraise ayant la texture de la purée de poires.

Ma vie me semblait stable et assurée. Montgomery était habituellement un mari généreux et aimant et un père distant et mal à l'aise. Il m'avait acheté des pistolets car il savait que j'aimais le tir et m'avait aménagé un champ de tir à l'écart de la

---

1. Confusion qui s'explique par la prononciation très proche des mots *juice* et *jew*. *Juice* (jus) se prononce en effet [dzu:s] et *jew* (juif) : [dzu:] *(N.d.T.)*.

maison. C'était un petit ravin, autrefois un canal permettant aux barges pétrolières de se rendre sur les champs de pétrole et d'en revenir mais qui s'était trouvé isolé par les services du génie quand ils avaient fortifié la digue après l'inondation de 1973. Il s'était asséché par endroits au fil des années et avait laissé un canal à sec, profond de quatre à cinq mètres, derrière les cinq hectares que nous possédions.

Il m'achetait des vêtements et des bijoux. Nous voyagions beaucoup à travers les États-Unis, la plupart du temps pour les affaires des DeLande, mais parfois seulement par plaisir. Nous faisions le tour des meilleurs vignerons du pays au printemps et à l'automne, divisant le pays en secteurs que nous parcourions d'un bout à l'autre. Je préférais les vignobles de la Californie du Nord mais Montgomery était tombé amoureux d'un domaine de Caroline du Sud, déclarant que le sol était si semblable à celui du sud de la France qu'on aurait pu croire que les vins en étaient importés.

Au bout de quelques années, Montgomery se mit à voyager davantage pour les DeLande, me laissant avec Rosalita et les filles. Il investit ses propres fonds dans des terres ainsi que dans de nouvelles affaires de spéculation à travers la Louisiane, et plus haut, jusqu'au golfe et la côte Est. Je voyageais un peu aussi, à La Nouvelle-Orléans, pour rendre visite à Sonja. Mais seulement une ou deux fois par an. Je n'aimais pas être éloignée trop longtemps des enfants. Montgomery était rarement désagréable ou froid avec moi, sauf quand un DeLande de sexe mâle venait nous voir. Quand un des frères descendait la rue dans l'une des antiques voitures de collection des DeLande et s'appropriait une place dans le garage à l'arrière de la maison, mes mains devenaient moites et ma poitrine se serrait.

Une étrange lumière irrationnelle apparaissait dans les yeux de Montgomery, une sorte d'éclat glacé. Il s'écartait de moi. Me fixant tantôt avec des yeux vides, tantôt avec une expression de colère réprimée. Il changeait au point qu'il ne restait plus qu'un mince vernis du Montgomery que j'avais épousé. Il devenait un homme emporté et cassant jusqu'au jour où son frère partait.

Puis il me punissait. Parfois, dès l'instant où la voiture des importuns disparaissait dans l'allée, comme si l'influence qu'exerçaient ses frères sur lui était ma faute. Il me punissait pour mille infractions aux règles. Des règles que je n'avais jamais apprises. Des règles qu'il n'avait jamais partagées avec moi.

Exotiques ou banales, cruelles ou anodines, ses punitions étaient variées et imaginatives ; cela allait de l'exclusion, comme pendant notre lune de miel, à des punitions plus étranges, plus physiques. Je faisais le gros dos, attendant qu'il ait expulsé de son âme ce que ses démons, quels qu'ils fussent, lui inspiraient. Et ensuite, il m'aimait de nouveau, redevenait soudain l'homme aimable que j'avais épousé, complètement guéri. Comme s'il avait été ensorcelé et que le sort avait été rompu.

Miles Justin était le seul à ne pas susciter cette métamorphose chez Montgomery. Il pouvait venir chez nous une demi-douzaine de fois par an, et il le faisait, Montgomery restait égal à lui-même. Le titre qu'il s'était attribué le jour où nous nous étions rencontrés semblait approprié : le pacificateur. Même envers mon époux explosif. Il y a eu des moments où j'ai prié pour qu'il survienne, pendant une visite de Richard ou d'Andreu, quand Montgomery devenait particulièrement odieux et blessant. Mais il venait rarement, préférant arriver seul le week-end, quand l'école était fermée, le plus souvent l'été et toujours pour Noël.

Il avait le chic pour dénicher exactement le cadeau approprié pour chacun de mes enfants, que ce soit pour les anniversaires, pour Noël ou sans occasion particulière. Une année il apporta des animaux en peluche à Dessie et un train miniature à Shalene. Les deux filles étaient absolument ravies et il est même parvenu à les faire jouer ensemble, là où moi-même j'avais eu du mal à les rendre civilisées l'une envers l'autre.

Il était trop jeune pour conduire les premières fois où il est venu nous voir, au volant de la Cord qui nous avait amenés à la maison pendant notre lune de miel. Quinze ans était l'âge légal en Louisiane pour passer son permis de conduire. Mais je ne lui ai jamais fait de remontrances. J'ai appris rapidement que les DeLande appliquaient leurs propres lois dans cet État. De plus, j'aimais beaucoup Miles Justin.

Les années passant, les punitions sont apparues en d'autres

circonstances. Quand je déplaisais à Montgomery ou n'étais pas d'accord avec lui, ou encore quand je le négligeais. J'ai appris à ne jamais dire non. Jamais, pour quoi que ce soit. Mais ces instants étaient brefs et fugaces, de minces accrocs dans notre couple, et ils rentraient dans la Case, auprès de toutes les autres souffrances.

Ce n'est pas cela qui m'a empêchée d'être moi-même. Ce n'est pas cela qui m'a empêchée de me battre pour avoir une vie meilleure, pour bâtir un foyer sûr pour les filles, mon fils et moi-même. Et tout n'était pas mauvais. La plupart du temps, en fait, Montgomery était un mari merveilleux. Mais il y avait des périodes, de sombres intervalles où Montgomery s'en allait et où l'étranger qui prenait possession de son corps et de son esprit était l'ennemi que je redoutais et que je haïssais. J'endurais ces instants. Silencieuse, docile et résignée. Attendant patiemment que le Montgomery que j'aimais revienne et ramène la lumière avec lui.

Il n'a jamais expliqué ces transformations bizarres. Il ne s'est jamais excusé. Et je n'ai jamais compris. J'ai entassé simplement ces souvenirs dans la Case. Elle s'est remplie avec les années, pleine du souvenir de mes souffrances. J'y ai rarement jeté un coup d'œil. Rarement pensé. C'était plus facile d'y fourrer la dernière méchanceté et la dernière blessure, d'en rabattre le couvercle et de s'en écarter tandis que son écho résonnait contre les parois de mon esprit.

3

J'aimais La Nouvelle-Orléans à cette époque de l'année. Après mardi gras, quand les essaims de touristes retournent chez eux et avant que n'arrivent la chaleur étouffante et les nuées de moustiques. Cette brève période du mois de mars est la meilleure période dans la « Ville Croissant ». L'époque où les résidents eux-mêmes empruntent les rues pour flâner dans le Quartier Français, s'arrêtant aux terrasses de café pour commander des beignets, de la « chicorée café au lait » ou pour aller chez Johnny pour un *po'boy* d'huîtres frites ou des crabes à la carapace molle.

C'est l'époque de l'année où les pluies quotidiennes lavent les collecteurs d'égouts, des déjections humaines et des dépôts chimiques, où les vents d'hiver qui glacent les os, venant du Canada pour descendre le long de la vallée du Mississippi, ne sont plus qu'un mauvais souvenir, quand le lac Pontchartrain étincelle comme s'il était encore habitable alors qu'il n'est plus qu'une mer morte. C'est l'époque de l'année où la brise exhale le parfum délicat des fleurs en boutons, du café moulu, des beignets grésillant au fond d'une huile bien chaude, des pralines rissolant dans leur sucre, du poisson frit ; et où les effluves nauséabonds du port se mêlent dans cette merveilleuse fragrance qu'est La Nouvelle-Orléans au printemps.

Pendant plusieurs années consécutives, j'ai passé la plus grande partie du mois de mars à La Nouvelle-Orléans avec Sonja, à participer aux nombreux événements culturels et politiques sponsorisés par les Rousseau, et, bien entendu, à faire des achats. J'avais sacrifié beaucoup de moi-même pour convenir à l'homme que j'avais épousé, mais je n'avais pas renoncé à Sonja. J'avais été punie de rester fidèle à cette amitié de ma jeunesse. Mais quelque chose m'empêchait de la laisser partir. Elle était mon ange gardien.

Mes visites chez Sonja étaient des oasis d'une liberté non reconnue et non admise dans les limites étroites de ma vie. De clairs intervalles de bavardages et de potins, de rires sans enfants pour se pendre à mes bras, sans responsabilités pour requérir mon attention... sans mari pour réclamer ma docilité. Montgomery m'accordait mon pèlerinage annuel parce que j'en revenais apaisée, tranquille et prête à assumer mon rôle d'épouse. Mais il ne l'aimait pas.

Nous nous étions retrouvées dans ce soleil de fin de matinée devant le restaurant Petunias, rue Saint-Louis, à faire quelques pas pour digérer le pantagruélique petit déjeuner que nous avions partagé avec deux des amies de Sonja de l'ONF, l'Organisation nationale des femmes. En commandant chacune des portions supplémentaires que nous partagions ensuite, nous avions festoyé de « pain perdu », recette à base de pain de mie français, grillé et recouvert de sucre en poudre et de sirop de sucre de canne. Nous avions dégusté des œufs Melanza et un petit déjeuner cajun qui comprenait à la fois de l'andouille fumée, du boudin et des œufs Saint-Louis. Mon taux de cholestérol devait atteindre des sommets mais cela m'était égal. S'il était resté un morceau de pain perdu sur une assiette, je me serais prévalue de mon statut de mère pour en dévorer les miettes. Le pain perdu de chez Petunias était un délice que je pouvais manger même lorsque j'étais déjà repue.

J'avais suivi Sonja d'instinct, mes yeux à demi clos, attentive seulement à ses escarpins lavande qui me devançaient, ne regardant ni à gauche ni à droite, vers sa voiture garée au coin de la rue, indifférente au monde. J'étais détendue et contente, le plaisir de ces deux derniers jours me ressourçant comme l'eau claire au fond du marais, claire et étincelante, adoucit le limon, chasse la moisissure vers un monde d'air et de lumière. J'étais heureuse de n'avoir fait aucune tache de graisse sur ma blouse de soie, heureuse de disposer de deux semaines de liberté pour explorer La Nouvelle-Orléans, heureuse que Montgomery n'ait pour une fois pas tenté de me refuser cette visite, heureuse parce que j'étais épanouie, alanguie, et peut-être enceinte. Je n'avais que deux jours de retard, mais j'étais déjà alanguie, paisible avec la poitrine sensible, comme je le suis toujours quand je suis « avec un enfant ».

C'étaient les mots mêmes de Sonja. Mais elle était si convenable et si rangée à cette époque. L'image que Sonja donnait d'elle en public, depuis qu'elle était entrée dans la famille Rousseau, contrastait avec celle du chat sauvage que j'avais connue pendant les escapades de notre jeunesse. Elle s'était mêlée à celle d'une jeune femme et d'une mère sophistiquée, habitée par une conscience politique, quoique toujours casse-cou et prête à risquer sa réputation. Sonja était simplement devenue plus nature en ce qui concernait les causes dont elle se faisait le champion. Si, dans sa jeunesse, elle avait encouru les foudres parentales pour la joie d'une promenade avec Montgomery et moi dans une de ces voitures antiques, décapotables, avec un carton de bières dans la glacière sur le siège arrière, elle risquait aujourd'hui l'excommunication à cause de ses opinions politiques ultra-libérales et de ses convictions tranchées.

C'était seulement à l'argent des Rousseau qu'elle devait de ne pas avoir été critiquée publiquement par les membres les plus conservateurs de la « bonne société ». Même si elle rompait des lances avec des gens comme les Ferronaire, nul n'avait jamais eu le courage de la remettre à sa place. Ni essayé. Sa grâce naturelle et ses manières délicates la servaient. Même pendant une manifestation, Sonja était élégante, sûre d'elle et vêtue des dernières créations Christian Dior ou Machinchose.

L'expression « avec un enfant » lui allait donc très bien. Ma plus jeune fille, Shalene, maintenant âgée de cinq ans, aurait dit « enceinte », prouvant à Montgomery qu'une fois pour toutes je n'étais pas faite pour être mère. J'ai souri faiblement.

— Ton chien de garde est de retour.
— Mmmm ? ai-je marmonné en clignant des yeux, aveuglée

par la réverbération de la lumière sur les deux allées latérales dont le béton était parsemé de traces de coquillages.

Je suis parvenue à concentrer mon regard sur Sonja qui ouvrait la porte du break Volvo blanc qu'elle conduisait.

— Ton chien de garde. Tu sens la laisse ?

J'ai poussé un soupir.

— La plaisanterie est mauvaise : je ne suis pas en laisse. Et tu sais bien que c'est pour ma protection. Montgomery paie un détective pour... que nous soyons tranquilles dans la rue. Il réprouve le crime, le vol de voiture et...

— Montgomery les paie pour garder un œil sur toi et tu le sais. Inutile de faire pipi dans ta culotte. J'ai l'habitude d'être filée à travers la ville par des privés à deux sous dans une vieille Falcon.

Je me suis dirigée vers la portière côté passager, sentant l'ivresse me quitter, mais déterminée à ne pas le montrer.

— Faire pipi dans ta culotte ? La vieille sœur Louey en aurait eu une crise d'urticaire.

Sonja a ri.

— OK, laisse tomber. Comment va sœur Louey, au fait ?

Sœur Louey était en réalité sœur Mary Agnes, mais c'était le portrait craché de Louis Armstrong. Le surnom lui était resté, transmis d'une promotion à l'autre pendant cinquante ans à Notre-Dame-de-Grâce.

— Elle va bien. Quelques petits problèmes de santé mais elle va bien, si on songe qu'elle va sur ses quatre-vingts ans. Mais je ne laisse pas tomber.

Nous parlions par-dessus le toit de la Volvo, la circulation bourdonnait autour de nous et des pigeons baguenaudaient.

Nous avions esquivé le sujet des détectives engagés par Montgomery toutes ces dernières années, et bien que Sonja prétendît les haïr, c'était un jeu entre nous de voir qui les détectait la première.

— Alors va te présenter à eux et propose-leur un itinéraire. Ça nous rendra la vie plus facile à tous.

— Laisse-les gagner leur vie.

Je suis montée dans la voiture, j'ai claqué la porte et Sonja m'a lentement suivie. Je savais que cela l'ennuyait qu'ils soient toujours derrière nous, toujours dans notre champ de vision, deux voitures derrière ou bien garés dans la rue. Mais nous avions appris à dépendre d'eux plus d'une fois pendant toutes ces années.

Par exemple la fois où ils avaient arrêté un voleur à la tire, qui emportait toutes nos emplettes de la journée. Ou la fois où ils avaient dégagé la rue quand la foule était devenue mauvaise après qu'un homme blanc, ivre mort, eut frappé à mort un petit garçon noir de cinq ans. Mais ce n'était pas toujours agréable de les avoir à nos trousses.

On avait l'étrange sensation d'être à la fois surveillé et protégé, gardé et photographié. On les reconnaissait au moindre coup d'œil. On identifiait la même voiture à différents endroits pendant la journée : au coin de la rue le matin en sortant, à deux voitures de distance derrière moi sur la route quand je conduisais. Son moteur ronronnait près du pâté de maisons voisin quand nous nous attardions au petit déjeuner, elle était de retour à sa place le soir. Et une fois, quand j'avais glissé sur un chemin pavé d'ardoises et que je m'étais cassé mon poignet en tentant de prévenir ma chute, Montgomery était apparu dans la salle des urgences de l'hôpital, alarmé et plein de sollicitude, alors que Sonja ne lui avait pas encore téléphoné. Et il n'était pas censé se trouver à La Nouvelle-Orléans à ce moment-là. À plusieurs reprises, je repérai Montgomery dans une foule, ou crus le voir.

Quand je revenais à la maison de chez Sonja, il me serrait contre lui très fort, m'étreignant à me couper le souffle, me rappelant que j'étais à lui. Seulement à lui. Et il ne partageait pas ce qui était à lui. *Dieu, comme j'ai appris à haïr le son de ces mots !* Son amour dans ces instants-là était brutal et violent comme s'il usait de mon corps pour sceller son droit de propriété. Pour me rappeler les vœux que j'avais prononcés, des vœux qu'il ne me laisserait pas rompre. La joie de ma journée s'était envolée...

— Tu devrais divorcer de ce salaud soupçonneux et me laisser te trouver un homme bien.

J'ai éclaté d'un rire presque normal.

— Et Montgomery et tous ses frères viendront à mon

mariage et souhaiteront à mon mari des vœux d'un calibre 36. Super.
Sonja a soupiré et s'est glissée dans la circulation.
— Il y a d'autres hommes par ici. Des hommes bien.
J'ai souri sèchement.
— Un homme dans une vie me suffit, merci. D'ailleurs, je ne veux rien avoir à faire avec un affamé du sexe mâle qui veuille se prouver à lui-même la victoire de la bataille horizontale.
Sonja m'a décoché un regard que j'ai feint d'ignorer, observant dans le rétroviseur la voiture qu'elle avait déjà remarquée par deux fois aujourd'hui. Un vieux modèle Buick Regal, vert cru.
— Hmmm. Pas de Falcon. Montgomery a engagé des charlots d'un meilleur niveau cette fois. Je devrai me montrer particulièrement reconnaissante en rentrant à la maison.
Ma voix avait une intonation étrange qui m'irrita. Une torpeur rapide envahit mon esprit, comme lorsqu'on observe une immense rose rouge éclore dans une photographie prise au ralenti. Je n'ai pas pensé, mais agi.
— Arrête.
Sans commentaire, Sonja a pénétré dans une ruelle entre deux magasins qui débouchait au bout sur une artère venant à contresens. La ruelle n'avait guère plus de douze mètres de large mais on pouvait y rejoindre au bout la rue en question. Avec précipitation, j'ai griffonné un morceau de papier blanc et j'ai appuyé sur la poignée de la voiture. Il y avait juste assez de place pour sortir sans écailler la peinture de la Volvo contre le mur de brique rouge.
— Où vas-tu ?
Il y avait de la frayeur dans la voix de Sonja et j'ai souri. Ce devait être un sourire coquin car elle a garé la voiture et entrepris de se débattre avec sa ceinture de sécurité.
— Je vais leur donner un itinéraire, comme tu l'as suggéré.
Sonja s'est arrêtée, le regard vide, et j'ai éclaté d'un rire affreux tout en dévalant l'allée vers la rue, le poing crispé sur le papier froissé.
— N'emmerde pas Montgomery !

Les mots ont rebondi faiblement contre les briques qui entouraient la voiture.

— Sœur Louey a probablement un infarctus en ce moment ! lui ai-je crié en retour.

J'ai cherché la Buick. Son moteur ronronnait au milieu de la rue, paralysant la circulation. J'ai souri à nouveau, mes muscles contractant mon visage, dévisageant l'homme assis à la place du mort tandis que je me frayais un passage entre deux voitures à l'arrêt pour l'atteindre. Sa vitre était baissée. Je me suis penchée par la portière, j'ai posé mon coude sur le rebord, tandis que des klaxons commençaient à retentir derrière nous. Le visage de l'homme était à quelques centimètres du mien, un mulâtre aux yeux verts avec une barbiche mal taillée, et une peau d'un brun chaud qui faisait penser à des aiguilles de pin mouillées. Il s'est écarté de moi. Le chauffeur était blanc, avec des yeux noirs, des joues pleines, et une cigarette pendant aux lèvres. Tous deux étaient vêtus de jeans et de tee-shirts. Il y avait des armes derrière eux. Un coup-de-poing américain, un nerf de bœuf, une courte chaîne, une caméra 35 mm, un bazooka et un pistolet en argent semi-automatique.

— Combien gagnez-vous ? ai-je dit, me surprenant moi-même.

Le barbichu se retourna vers le conducteur, sa barbiche tremblotant. Le chauffeur retira son mégot de sa bouche.

— Madame, vous empêchez les voitures de passer.

J'ai ri d'un étrange rire hystérique qui m'a fait frissonner.

— Non, c'est vous qui gênez la circulation. Et nous pouvons continuer à gêner la circulation jusqu'à ce que les flics viennent dégager la rue et trouvent vos joujoux. (J'ai désigné de la main le stock d'armes sur le siège.) À moins que vous répondiez à ma question : combien ?

Le vacarme des klaxons derrière nous s'est accru. Un chauffeur appuyait constamment sur le sien, un autre lui répondait en écho, leurs notes se répercutant d'un immeuble à l'autre, des deux côtés de la rue. Au moins deux autres conducteurs suivirent le mouvement et plusieurs autres crièrent par leur portière. Des accents yats et cajuns ont déchiré l'air.

— Combien ?

Des sirènes ont retenti dans le lointain.
— Soixante-quinze dollars par jour, plus les frais, a marmonné le barbichu.
Je lui ai jeté le papier chiffonné sur les genoux.
— Je vous ai mâché le travail.
Sur ce, j'ai fait demi-tour et suis revenue vers la Volvo en courant. Une sirène solitaire a résonné dans le lointain. En riant toujours, je me suis glissée à l'intérieur de la Volvo. Sonja a fait vrombir le moteur, dévalant la ruelle à contre-sens avant même que j'aie refermé la portière.

Nous avons débouché à l'autre bout de la rue juste avant qu'un nuage ne voile le soleil. Un orage, peut-être, ou seulement une averse.

— Qu'as-tu fait?
C'était une accusation.
Mon rire frénétique s'est apaisé, mué en tremblement devant la sévérité de son intonation. Respirant profondément, je lui ai dit:
— Je leur ai donné un itinéraire. À quelle vitesse peux-tu conduire?
— Pourquoi?
Elle a tourné rapidement à gauche puis à droite, nous entraînant dans une rue à sens unique. J'étais perdue. C'était la ville de Sonja. Je me suis retournée et j'ai cherché la Buick verte, mais elle n'était nulle part.
— Un faux itinéraire.
— Merde.
Cette grossièreté inattendue m'a stupéfiée, et j'ai dévisagé Sonja. Ses lèvres pleines étaient pincées et ses narines dilatées. J'avais le sentiment qu'elle serait allée rechercher les charlots s'il n'avait pas été trop tard.
— Quoi...
Sonja m'ignorait, rentrant directement à la maison alors que nous aurions dû nous attarder dans le Quartier Français pour faire des courses pendant au moins une heure. Nous avions rendez-vous avec l'Organisation nationale des femmes noires, qui se réunissait aussi chez Petunias, le restaurant favori de Sonja, pour les petites réunions d'affaires et les assemblées politiques.

Mon euphorie m'a quittée comme si je sortais d'une douche glacée. Nous n'avons pas parlé sur le chemin, et j'ai considéré avec une sobriété retrouvée les attitudes contrastées de Sonja dans le silence gêné de la voiture. Elle m'avait sermonnée pendant des années, m'encourageant à tenir tête à Montgomery. À me révolter contre sa surveillance et les charlots qu'il engageait pour me faire filer. Mais quand j'avais montré un peu de courage et m'étais rebiffée, elle avait paniqué. Sonja ne paniquait jamais. Jamais.

Je ne m'étais jamais rebiffée. Pas contre Montgomery. C'était dangereux et j'étais trop intelligente pour risquer cela. D'habitude. Bien sûr, il y avait certaines choses que je disais et faisais qui lui déplaisaient. Comme la fois où je lui avais dit que je n'aimais pas ses frères — à l'exception de Miles, le plus jeune et le plus gentil des DeLande — et que je ne voulais pas les voir débarquer chez nous. Et la fois où, il y avait quelques semaines, je lui avais demandé de consulter un psychologue pour Dessie qui avait cessé de manger et s'éloignait de nous.

Il y avait des moments où je lui déplaisais différemment. Par exemple, la fois où j'avais mis du temps à recouvrer la santé après la naissance de Shalene, ou quand il éprouvait du désir envers moi et que j'avais une « faiblesse féminine » comme maman avait l'habitude de dire, et que je n'étais pas disponible. Alors, il devenait impossible à contenter. Paranoïaque et accusateur.

Il venait vers moi et je secouais la tête, parce que je savais ce qu'il éprouvait quand une femme avait ses règles. Il reculait et grognait :

— Tu saignes et tu ne veux pas ?

Je souriais légèrement en acquiesçant.

Pendant ces quelques jours, il rôdait autour de la maison comme un tigre en cage ou quittait brutalement la ville, prétextant des affaires à régler, pour s'éloigner de moi. Du moins les premières années. Ces jours-là, il s'isolait simplement dans la chambre d'amis. Et j'avais la suite du maître pour moi toute seule, me prélassant dans le plaisir égoïste de la solitude.

J'ai jeté un coup d'œil vers Sonja, uniquement attentive à la circulation et aux piétons. Elle semblait calme. Elle n'était peut-être pas en proie à la panique. Juste... soucieuse. Et en colère. Elle ne cessait pas de regarder derrière elle sur la route. Pas de Buick verte.

Nous avons emprunté l'avenue Saint-Charles jusqu'à sa maison, située dans une rue du Quartier Botanique, une de ces avenues bordées de vieilles demeures centenaires et de vieux chênes, et où les jardins croulaient sous les fleurs écloses.

La Nouvelle-Orléans était une vieille ville divisée en quartiers cossus et en demeures bourgeoises qui jouxtaient des hectares de grands ensembles et de taudis. Les sociétés de gardiennage privées et les gardes du corps abondaient à l'intérieur de ces enclaves de richesse. Je n'étais pas convaincue que le charme de l'atmosphère du Sud méritait toute cette peine ou un tel système de protection.

Au lieu de s'engager directement dans le parking à trois places — qui servait autrefois d'étable et de communs — Sonja a garé la Volvo dans la rue face au terrain des Rousseau, faisant crisser les pneus dans le tournant. Coupant le moteur, elle est restée assise, tapotant ses ongles manucurés sur le volant recouvert de cuir. Le moteur a cliqueté dans le silence. Un rayon de soleil a étincelé sur le chrome du pare-brise avant de disparaître sous un manteau de nuages. Le vent s'est levé, puis est tombé. J'étais calme. J'attendais. Il me semble que j'attendais toujours quelqu'un ou quelque chose à cette époque.

— Si tu veux quitter Montgomery, je t'aiderai. Mais pas de petits jeux idiots comme ceux-ci. Compris ?

Je n'ai pas répondu à l'injonction de sa voix. J'étais habituée à conformer mes réponses aux commandements qui m'étaient donnés. Humblement, je lui ai dit :

— Tu m'as exhortée depuis des années à réagir. Maintenant que je l'ai fait, tu me le reproches.

J'ai regardé par la fenêtre, évitant le regard de Sonja, mais consciente qu'elle me fixait. Une pie a poussé un cri dans le lointain. Une deuxième lui a répondu à proximité. Sonja s'est enfoncée sur son siège en soupirant.

— J'ai essayé de t'amener à voir la cage dans laquelle tu es enfermée pour que tu fasses quelque chose.

— Pour que je quitte Montgomery ! ai-je répondu.

J'ai tourné la tête, n'apercevant plus que son profil. Un accès de colère, rapidement réprimé, m'a parcourue.

Sonja a hoché la tête, scrutant la rue à la recherche de la Buick à l'air fatigué.

— Mais je ne parlais pas de jouer. Avec Montgomery c'est tout ou rien. Ou tu l'acceptes complètement et tu vis sous son joug, ou tu rassembles toutes tes forces et tu te défends. Divorce. Il n'y a pas de juste milieu.

Je savais que ce qu'elle disait était vrai, mais j'étais surprise de sa lucidité.

— Tu donnes l'impression d'y avoir déjà beaucoup pensé, ai-je répliqué lentement.

Pendant un moment, la voiture est restée silencieuse. La pie a sifflé, celle qui se trouvait à ses côtés lui a répondu, mais après un certain laps de temps, comme si elle devait elle aussi réfléchir. L'air s'était raréfié dans la voiture, mais aucune d'entre nous n'ouvrit la fenêtre. Nous sommes restées assises, respirant l'atmosphère confinée, sans nous regarder. Puis :

— Il y a quatre, cinq ans. Quand Shalene est née et que tu étais si malade.

J'ai acquiescé. Il m'avait fallu plus d'un an pour me remettre de la naissance de Shalene. La césarienne s'était mal passée, j'avais perdu beaucoup de sang. Montgomery n'avait pas voulu que je sois transfusée par la banque du sang de l'hôpital. A cette époque on avait très peur du sida et de l'hépatite B dans la paroisse de Moisson car un enfant, blessé dans un accident mystérieux, avait contracté le sida à partir d'un sang prétendument infecté.

Alors Montgomery avait dit non. Pas de sang. J'étais trop malade pour m'en préoccuper. Au bout de deux semaines, je quittai l'hôpital avec un taux d'hémoglobine descendu à 4,4 — il était à 12,6 lors de mon admission. J'étais si affaiblie que je ne pouvais m'occuper de mon bébé. Je ne pouvais même pas me rendre dans la salle de bains sans m'évanouir.

Montgomery a engagé Rosalita, une bonne espagnole en situation irrégulière avec un accent prononcé. Il l'a installée dans une chambre vide pour qu'elle soit à la fois une gouvernante et une nourrice pour l'enfant et moi. Au bout de deux mois, j'étais toujours épuisée et la dépression post-natale avait perduré. Je passais la plus grande partie de la journée au lit à pleurer et à me morfondre ; j'étais incapable de me contrôler et je m'enfonçais toujours plus dans la déprime.

Montgomery me bourrait de Valium et de tranquillisants et je ne pouvais plus dormir. Manger n'était plus qu'un souvenir. J'avais l'air d'un cadavre ambulant mais je m'en souciais peu. À bout de forces, Montgomery a téléphoné à Sonja. Elle est descendue en voiture chez nous et m'a ramenée à La Nouvelle-Orléans pour un séjour et une convalescence de deux mois. Cela devait marquer le début de mes escapades annuelles à La Nouvelle-Orléans.

— Montgomery ne m'a jamais appelée, dit Sonja.

Je me crispai, ramenée à des souvenirs qui se révélaient soudain truqués.

— Il s'est présenté sur le seuil de ma porte à six heures du matin, à moitié saoul, dans un état effrayant. Il était désespéré, agressif.

Elle a fait une pause, contemplant le pare-brise avec des yeux absents.

— Il était venu pour me supplier mais il a terminé par des menaces. Tu dirais qu'il faisait fi de la loi.

Elle a eu un bref sourire, m'a jeté un coup d'œil et détourné les yeux.

— Il nous a dit à Philippe et à moi combien tu étais malade et à quel point tu avais besoin d'aide, alors je lui ai dit que j'allais descendre en voiture pour vous chercher, toi et les enfants. Il voyait les choses autrement. Il m'a dit que je pouvais t'emmener mais que les enfants devaient rester avec lui. La garantie, je présume, que tu reviendrais. Étant donné la situation, il était inutile d'emmener les enfants. Tu avais besoin de repos.

Sonja s'est cramponnée au volant.

— Mais avant de partir il m'a dit ce qu'il ferait si jamais je te laissais le quitter. Il a mis ton mariage sous ma responsabilité.

Je dévisageai rapidement Sonja. Ses sourcils se sont rapprochés, elle a fait la moue, j'ai détourné les yeux, ne sachant pas bien où tout cela nous menait, mais constatant que Sonja ne disait jamais rien sans arrière-pensée. Je n'étais pas convaincue de vouloir connaître cette arrière-pensée.

— Avant de partir il a cassé les doigts de Philippe.

Je tressaillis. Je me souvenais de l'attelle que portait Philippe et de la douleur qu'il avait éprouvée les premières semaines de mon séjour, il y a si longtemps. Je fermai les yeux.

Elle était silencieuse. La pie chanta encore, et cette fois celle qui se trouvait près d'elle ne lui répondit pas.

— Il a dit que si jamais tu le quittais, il ferait en sorte que Philippe le regrette, et que je ne regarderais plus jamais un homme de la même façon.

J'ai cligné des paupières et me suis rendu compte que j'en oubliais de respirer. L'odeur du cuir neuf et du parfum coûteux qui régnait dans la voiture envahit mes narines lorsque j'inspirai l'air renfermé. La pie appela encore, désespérée. Un pigeon l'ayant pris pour cible, une traînée blanche et violette descendit lentement le long du pare-brise.

Ne plus jamais regarder un homme de la même façon.

Je savais ce que signifiaient ces mots. Sonja pensait le savoir.

Les DeLande pouvaient s'en sortir comme ça. Ils pouvaient causer du tort aux Rousseau, les attaquer financièrement et politiquement. Leur envoyer des privés pour les détruire et non pour les protéger. Des hommes qui ne réfléchiraient pas à deux fois pour abuser d'une femme au point de lui faire haïr son propre reflet et le contact d'un homme. Il suffisait pour cela d'argent, de patience et d'un total manque de scrupules.

Sonja a soupiré profondément.

— Je suis prête à tout risquer si c'est pour que tu quittes ce salaud. Mais pas question de jouer avec le feu. Il faut que tu le veuilles vraiment. Tu ne pourras plus revenir en arrière.

— Pourquoi ne me l'as-tu pas dit ?

Sonja m'a toisée et a souri. C'était son sourire d'enfant, un sourire malicieux, séduisant et mystérieux.

— Je viens de le faire.

Elle a ouvert la portière, est sortie de la voiture, en dépliant ses longues jambes. Puis, elle s'est penchée et a regardé à l'intérieur.

— Je la laisse ici pour qu'ils puissent tâter le capot quand ils la trouveront. Ça ne leur prendra pas longtemps. À la chaleur du moteur ils sauront que nous sommes rentrées directement à la maison. Et s'ils se contentent de se garer et de nous observer, nous aurons la certitude qu'ils n'ont pas contacté Montgomery et qu'ils ne vont pas le faire. Viens.

Elle a refermé la portière et s'est dirigée vers la maison. Après un long moment, j'ai ouvert la mienne et lui ai crié :

— Pourquoi Philippe n'a-t-il pas intenté une action en justice contre Montgomery ?

Elle s'est retournée en mettant les clés dans la serrure.

— Parce que tu es mon amie, a-t-elle répondu, et parce que nous avons filmé la totalité de l'incident pour que tu t'en serves si tu en as un jour besoin. J'ai toujours une bande au coffre.

Elle a disparu dans l'entrée sombre. Les nuages s'étaient épaissis, créant un crépuscule artificiel. La pie était silencieuse. Je savais que Sonja ne m'avait pas encore tout dit. Elle gardait encore une petite révélation pour plus tard. Pour avoir encore plus d'impact. Si j'essayais de lui extorquer davantage de détails, elle sourirait et prendrait un air innocent. Sonja excellait dans l'art de prendre un air innocent.

Je comprenais ce qu'elle avait fait pour moi toutes ces années. Ses sarcasmes devaient m'apprendre une vérité nouvelle sur Montgomery. Son silence devait me protéger de quelque chose que je n'étais pas encore prête à accepter. Je réalisai que j'étais l'une des grandes causes que défendait Sonja, l'une de ces croisades pour lesquelles elle était décidée à risquer sa peau comme le pélican brun de Louisiane en voie d'extinction, ou l'absence totale de femmes noires sur la scène politique, ou encore les foyers pour femmes et la réhabilitation des taudis. Une rafale de pluie a fouetté le pare-brise ; le vent, une fois de plus, s'est levé et a dispersé les feuilles sur la pelouse, soulevant ma jupe comme pour me faire sortir avant que la tempête ne se déchaîne. Que Montgomery conclurait-il de mon petit forfait, que lui apprendrait-il sur mes sentiments, sur ceux que j'évitais de regarder de trop près, sur ceux que j'ignorais comme s'ils n'existaient pas ? Je frissonnai dans le vent soudain froid. Et que lui apprendrait-il sur Sonja ? Montgomery l'éloignerait-il de moi maintenant ?

Je me suis laissé pousser par le vent vers le seuil et suis entrée dans la maison. Elle était silencieuse. Sonja, près de la fenêtre dans la pénombre, surveillait la Volvo entre les stores. Elle ne m'a rien dit quand je l'ai rejointe, et, de toute façon, je ne savais pas quoi lui dire.

Des pneus ont crissé en descendant la rue, un moteur a vrombi et la Buick verte s'est arrêtée à la hauteur de la Volvo. On se serait cru dans un de ces films des années cinquante où des gangsters se livrent à des poursuites enragées. Sous l'averse soudaine qui tombait entre les arbres, le passager barbichu s'est penché au-dehors, a posé la main sur le capot de la Volvo puis il a rentré vivement son bras trempé. Faisant crisser les pneus sur l'asphalte rugueux, ils ont fait demi-tour et ont redescendu à toute vitesse la rue, sous une pluie battante.

Sonja a soupiré, appuyant sa tête contre le montant de la fenêtre.

— Ça va barder. Ils ont prévenu Montgomery.

La laissant là, j'ai monté lentement l'escalier vers la chambre d'amis, mes nouveaux souliers dans ma main droite, tenant la rampe de bois de ma main gauche.

Sonja avait peur. C'était la première fois que je la voyais ainsi. Elle était la personne la plus intrépide que je connaisse. Elle pouvait défier un ouragan et le faire s'arrêter d'un seul regard courroucé. Naturellement, dans ce cas, elle aurait souri poliment et dit merci. J'ai souri en mon for intérieur et pénétré dans la chambre qui était la mienne lors de mes visites.

Sonja ne m'en avait jamais parlé mais je savais qu'elle l'avait décorée en pensant à moi. Elle était tendue d'une soie vert d'eau décorée de glycines. Cette même glycine se retrouvait sur l'édredon, le canapé devant la fenêtre, les cordelières et les rideaux. Le couvre-lit et les coussins étaient ornés de pompons pourpres, rehaussés de blanc et vert pour les feuilles.

Sonja avait peur. Je pensais être la seule à avoir peur de Montgomery. Je fixai le téléphone, frictionnant mes bras tandis que l'air climatisé descendait des grilles d'aération du plafond. *Ne plus jamais regarder un homme de la même façon.*

Il y a à peu près deux ans, une femme avait tiré une demi-douzaine de coups sur le frère de Montgomery, Marcus, dans un hôtel jouxtant le Quartier Français. C'était une espèce de petite traînée qu'il avait rencontrée rue Bourbon et avec laquelle il avait couché de temps en temps pendant plusieurs mois. Ils s'étaient battus, il l'avait frappée et elle lui avait tiré dessus. C'est Montgomery qui m'avait raconté l'histoire dans le noir alors que nous étions au lit à Moisson. J'avais flairé le mensonge au moment où les mots sortaient de sa bouche, mais j'ignorais quelle était la part de vrai et de faux. Je l'ignorais toujours, même si j'avais enquêté de mon côté.

La fille s'appelait Eve Tramonte et elle avait touché la colonne vertébrale de Marcus dès le premier coup de revolver et déchiqueté ses intestins avec le reste du chargeur. Paralysé à mi-corps, avec un anus artificiel, privé à tout jamais de motricité, Marcus pouvait s'estimer heureux d'être encore en vie.

Les frères DeLande avaient pris la situation en main, et s'étaient « occupés » de la fille, bien qu'aucune plainte n'ait jamais été déposée contre elle. C'étaient les propres termes de Montgomery. Il avait achevé cette conversation tardive en me disant qu'Eve Tramonte « ne regarderait plus jamais un homme de la même façon ».

Il avait gloussé en lisant dans le journal, quelques jours plus tard, un article qui relatait un crime impliquant trois jeunes Noirs de Chicago qui avaient violé collectivement une jeune femme dans le Quartier Français et l'avaient laissée pour morte. J'avais ramassé le journal replié sur le pouf après qu'il fut parti travailler et retrouvé le compte rendu du viol. J'avais lu l'article.

Je ne pouvais pas ne pas avoir compris ce que cela signifiait. J'ai eu froid pendant des jours, enveloppée dans une couverture, cramponnée à mon ventre gonflé et à l'enfant que je portais. Morgan. Mon bébé. J'avais compris. Je n'avais rien fait.

Alors, lentement, j'ai cherché le téléphone et mon carnet d'adresses. Un cadeau de Montgomery, recouvert d'une soie pêche avec un crayon d'or sur le côté maintenu par un mince lacet de la même couleur. Des larmes ont perlé au coin de mes yeux, prêtes à jaillir. Je ne souhaitais qu'une chose, me blottir sous l'édredon recouvert de glycines et pleurer pendant un mois. Mais bien que j'aie été aveugle aux événements de ma vie, je ne m'étais jamais détournée de quoi que ce soit ou de quiconque. Pas même de Montgomery. Et je n'allais pas commencer maintenant.

J'avais une amie à l'école d'infirmières, Ruth Derouen, qui travaillait maintenant à l'Aide aux femmes violées.

Immédiatement, avant de réfléchir et de changer d'avis, je composai son numéro et l'appelai. Ruth travaillait de quatorze heures à vingt heures et avait tout le temps de parler, comme je l'espérais. Elle adorait bavarder et était totalement incapable de garder un secret.

Ce coup de fil fut un vrai déluge de mots. Ruth me raconta tout ce qu'il était advenu de nos camarades de classe ces dernières années, qui avait épousé qui, combien d'enfants elles avaient, si elles avaient déménagé. À un moment donné, j'ai amené le sujet d'Eve Tramonte sur le tapis et lui ai demandé comment elle se portait. Ruth m'a alors tout dit : l'épreuve qu'avait affrontée la jeune femme, comment elle luttait contre la maladie, et tout le reste. J'ai mis fin à la conversation, à moins que ce ne soit Ruth, et je me suis retrouvée le récepteur à la main, debout sans chaussures, l'œil rivé sur le téléphone. J'ai raccroché soigneusement l'écouteur sur son socle et me suis assise lentement sur le sol dans la pièce sombre. La foudre est tombée tout près et la pluie a fouetté les vitres.

Eve Tramonte, une jolie fille à demi cajun, à demi indienne, âgée de vingt-deux ans, avait été agressée en rentrant chez elle alors qu'elle revenait de chez Jack Brewery où elle travaillait comme serveuse. Trois jeunes Noirs lui avaient sauté dessus depuis l'entrée d'un restaurant désaffecté. Ils l'avaient entraînée à l'intérieur et violée pendant deux heures d'affilée. Avant de partir, ils avaient pris un couteau de six centimètres à double lame, et l'avaient violée avec.

Pendant tout le temps où elle avait pleuré, crié, supplié pour qu'ils l'épargnent, deux hommes blancs dissimulés par des foulards étaient restés impassibles à la regarder. L'un fumait à travers un interstice du foulard, l'autre buvait. Le buveur portait un chapeau de cow-boy et des bottes. Et juste avant de disparaître avec le reste de la bande, il avait tiré son chapeau comme un homme bien élevé saluant une jeune fille dans la rue.

Les jeunes Noirs s'étaient vantés de leur exploit et de l'argent que les hommes blancs leur avaient versé pour assister à la scène. Ils croupissaient maintenant en prison. L'un y était mort du sida. Eve Tramonte était en train de mourir de la même maladie.

Dans la pénombre de la chambre aux glycines, j'ai tâtonné pour attraper le téléphone et composé de mémoire le numéro du bureau de Montgomery. Ma main vacillait légèrement, mes ongles manucurés luisant sous les éclairs de la foudre. Une sonnerie légère a retenti à plusieurs reprises.

J'ai enlevé l'édredon du lit, enroulant les vrilles de la glycine autour de moi, comme si elles y avaient poussé, m'étouffant dans leur étreinte. J'avais froid, si froid.

À la quatrième sonnerie, LadyLia a décroché de sa voix douce et étudiée. LadyLia — en un seul mot mais avec deux majuscules — avait un quart de sang italien, un quart de sang irlandais, un quart de sang noir et une arrière-grand-mère Choctaw. C'était le bras droit de Montgomery.

Elle avait cinquante-quatre ans, était parfaite, douce, compétente. Juriste avec dix ans d'expérience dans sa spécialité à Matthesion, Dumont, Svoboda, La Nouvelle-Orléans, elle dirigeait les meilleurs courtiers en investissements. Pendant les cinq ans où elle avait travaillé avec Montgomery, elle lui avait permis de constituer une fortune grâce à ses conseils sur le marché des investissements. Elle m'a mise en attente.

Il y a eu plusieurs déclics sur la ligne et j'ai compris que mon appel avait été transféré. Montgomery n'était pas dans le bureau. LadyLia ne me l'aurait pas dit, de toute façon. Dix minutes plus tard environ, Montgomery a décroché. J'avais eu le temps de me calmer et de réfléchir, ce que je n'avais guère eu le temps de faire aujourd'hui.

— Nicole.

— Oh, Montgomery. Je suis si confuse. J'ai fait la chose la plus idiote qui soit.

Les larmes se sont mises à couler et j'ai cherché sous l'édredon la poche dans laquelle j'avais mis des mouchoirs en papier pour me moucher.

— Sonja s'était moquée de moi et... et...

Je sanglotais en reniflant, tremblant de toutes mes forces.

Ne plus jamais regarder un homme de la même façon.

Montgomery est resté silencieux.

— J'ai fait une chose affreuse, et je suis sûre que si tu en entends parler, tu vas être horrifié.

Quand je suis bouleversée, mon accent sudiste d'ordinaire léger devient très prononcé. Je détestais cela. Mais Montgomery l'adorait.

Pourtant il gardait toujours le silence et je pleurais de plus en plus fort, frissonnant de froid et de terreur tout en admirant mon courage. Je n'avais jamais menti à Montgomery auparavant, car se taire n'était pas la même chose que mentir. Or j'étais douée pour cela.

— Tu sais que tu me dis toujours que j'agis avant de réfléchir ? Eh bien, c'est ce que j'ai encore fait aujourd'hui.

On n'entendait plus que ma respiration sur la ligne, si bien que je me mouchai de nouveau, juste pour entendre quelque chose.

— Montgomery ?

Finalement, il a soupiré, le son de sa voix amplifié par le récepteur.

— Qu'as-tu fait cette fois ?

C'était un sursis. Je ne me leurrais pas en allant jusqu'à m'imaginer qu'il ne savait rien, mais du moment qu'il parlait... Je lui ai raconté le contenu de mon billet et l'ai décrit comme frivole — ce qu'il était — et infantile — ce qu'il avait été — et dangereux — ce qu'il pouvait être. Dangereux pour moi. Dangereux pour Sonja.

— Je sais qu'ils sont là pour nous protéger et Sonja a dit que je n'étais pas gentille de les taquiner. Je ne voulais pas les embêter. Ni toi quand ils te le diraient.

Je bafouillais et mon accent était si prononcé que je le sentais physiquement.

Ne plus jamais regarder un homme de la même façon.

Enfin, je me suis effondrée.
— Montgomery ? Es-tu furieux contre moi d'avoir été si bête ? C'était juste une blague d'écolière.
— Nicole, tu sais que je m'inquiète quand tu pars pour ces voyages. Tu le sais. Mais je suis heureux que Sonja ait fait preuve d'un peu de bon sens. C'est elle qui t'a demandé de me téléphoner ?

Je flairai une sorte de piège et j'hésitai. Pour combler ce bref silence, j'ai dit d'une petite voix :
— Non, j'ai juste pensé...
— Eh bien, tu as bien fait. Tu aurais dû m'appeler. Et tu devrais écouter Sonja au lieu d'agir ainsi comme une écervelée.

Le soulagement m'a submergée. J'en ai avalé la moitié de mes mots.
— Je sais, Montgomery. Et je suis tellm't désolée.
— Je viendrais bien te chercher maintenant mais Richard est ici (il a prononcé ce mot à la manière cajun : *Rushar*) et nous sommes bloqués par le projet Fausse Pointe. Je ne peux pas m'en aller.

J'étais ravie. Je détestais Richard et Montgomery le savait. Richard était un bigot aux yeux froids, un fanatique. Quand il me regardait, je me sentais dépouillée de mes vêtements, nue et sale. Mais sa présence en ce moment m'arrangeait et il serait peut-être parti quand je rentrerais à la maison.
— Seras-tu sage désormais et écouteras-tu Sonja ?
— Oh oui, Montgomery, je te le promets. Et quand ces (je faillis dire « ces charlots » comme avec Sonja) gardes du corps se présenteront, m'excuseras-tu auprès d'eux ? Je ne voulais pas leur rendre le travail plus difficile.

Montgomery a ri, et ce rire rappelait tant le Montgomery qui m'avait fait la cour que quelque chose s'est serré au plus profond de moi. J'ai fermé les yeux, me suis assise lentement, et j'ai repoussé l'édredon.
— Ce n'est pas ce qu'ils m'ont dit, eux. Ils t'ont gratifiée de quelques épithètes dont je reconnais que tu les mérites.

C'était au tour de Montgomery de prendre l'accent traînant du Sud et d'avaler ses consonnes. Cela signifiait qu'il n'était plus en colère et je me suis assise sur le plancher, avec l'édredon sous ma tête.

— Ils ont eu une contravention pour entrave à la circulation. J'leur ai dit que j'n'allais pas payer pour leur incompétence, étant donné qu'ils t'avaient perdue. T'en fais pas, bébé, ils n'en mourront pas. J'dois y aller. J't'aime.

— Je... t'aime aussi, chéri.

Il a raccroché prestement et j'ai reposé le téléphone. J'avais évité le désastre de justesse, je le savais. Bien sûr, il y aurait un prix à payer. Il y en avait toujours un pour chacune de mes visites chez Sonja.

J'ai frémi, réfléchissant à ce prix. Il serait élevé cette fois-ci. Peut-être trop élevé pour que je puisse m'en acquitter. Non que Montgomery me battît. Un DeLande n'était jamais vulgaire. Un DeLande était imaginatif, et j'en savais quelque chose..

Un bruit léger m'a éveillée, doux et persistant, mais je me suis enfouie plus profondément dans le lit. Rosalita s'en irait si je demeurais silencieuse assez longtemps. Elle avait reçu des ordres et j'ai tourné la tête pour lui dire de s'en aller, m'écorchant le visage. En levant la tête, j'ai regardé par terre : un tapis. J'étais sur le sol.

Tout m'est alors revenu. Le faux itinéraire. Les révélations de Sonja. Eve Tramonte. Montgomery. Je m'étais endormie à même le sol. On a frappé à nouveau et cette fois la porte s'est entrouverte.

— Collie ?

J'ai souri ; ma peau, desséchée par les larmes, me tirait. Quand nous étions petites, Sonja était Wolfie, l'abréviation de « Chien-Loup », à cause de la consonance russe de son prénom. J'étais Collie, le diminutif de Nicolette.

— Entre.

Ma voix était rauque et ensommeillée.

— Je me suis endormie par terre.

La porte s'est ouverte largement, mais il faisait sombre dans le corridor, encore plus que dans la chambre aux glycines.

— L'électricité est coupée. Nous avons fait la cuisine sur le barbecue du patio et si ton estomac peut supporter un repas d'épis de maïs grillés, d'oignons et de poivrons, de pommes de terre sautées, de crevettes grillées et de truite, alors le dîner est prêt.

La voix de Sonja était hésitante, comme si elle redoutait que Montgomery n'apparaisse et ne casse d'autres doigts. Peut-être les miens. Peut-être les siens.

J'ai grommelé en me levant, piétinant l'édredon chiffonné, comme je l'aurais fait si la glycine avait effectivement poussé autour de moi, dans la nuit, pendant mon sommeil.

— J'ai téléphoné à Montgomery. Tout va bien. Donne-moi le temps de me laver les dents et je descends.

Sonja a pénétré dans la pièce, faisant tinter du verre sur le bureau, puis elle a craqué une allumette et allumé la lampe tempête. Je ne l'avais jamais utilisée avant, mais il y en avait une dans chaque chambre. Ainsi que du pétrole, des bougies, des piles et une radio. L'équipement habituel en cas d'ouragan.

— Tu peux te changer si tu veux. La plupart des Rousseau sont ici. Avec la panne d'électricité, ils ont tous apporté quelque chose pour participer à la fête.

Elle avait encore l'air nerveux, observant autour d'elle les ombres tressautantes, comme si elle avait craint que Montgomery ne se cache dans la pièce, prêt à lui sauter dessus pour lui faire peur.

— Nous dînerons à la lueur des bougies dans des assiettes en carton. Le temps s'est refroidi, habille-toi chaudement.

J'ai baissé les yeux tandis qu'elle me parlait. Si j'avais réussi à ne pas salir ma blouse de soie en répandant dessus le petit déjeuner de chez Petunias, cet exploit avait été inutile puisque j'avais dormi dedans et l'avais maculée de larmes noircies de mascara. La jupe était dans le même état.

Sonja a refermé la porte, me regardant enlever l'ensemble de soie et enfiler un cachemire gris à col cheminée et un pantalon assorti. J'ai passé mon visage à l'eau froide pour en atténuer la rougeur et me suis remaquillée légèrement. À part mes cheveux châtain clair et mes yeux gris, la seule touche de couleur était le rose des pantoufles que j'enfilai.

Je lui ai parlé tout en m'habillant et Sonja m'a écoutée avec

la même intensité tranquille. Elle n'a réagi qu'une fois, lorsqu'il a été question d'Eve Tramonte. Elle a tourné des yeux vides vers moi et a hoché la tête. Son visage avait rougi.
— Tu dois prendre une décision, tu sais, m'a-t-elle dit ensuite.
— Non.
J'ai secoué la tête en me brossant les cheveux.
— Montgomery était à la maison ce soir-là. Et je n'ai aucune preuve.
Elle m'a toisée curieusement.
— Cela ressemble à Miles Justin et à Richard. Richard est le seul DeLande à fumer, à l'exception de Marcus.
Elle pensait aux deux hommes blancs qui avaient assisté au viol d'Eve Tramonte.
— Des preuves.
Je l'ai dévisagée en reposant la brosse à tâtons.
— Nous n'avons pas de preuves. Juste des soupçons.
— Tu sais qui l'a fait.
De petits points roses sont apparus sur ses pommettes.
— Tu le sais.
Soudain Sonja a eu son expression de pasionaria, celle qu'elle arborait pendant les réunions de « Sauvons les marais », celle qu'elle avait quand elle se rendait à une soupe populaire. Intransigeante. Sonja était la patience personnifiée, mais ce n'était pas une femme de compromis.
J'ai acquiescé lentement :
— Peut-être.
— Peut-être rien du tout. Tu ne peux tout de même pas...
— *Ne plus jamais regarder un homme de la même façon.* N'est-ce pas ce que Montgomery t'a dit ? Eh bien, que penses-tu qu'il me dirait si je me rendais à la police en déclarant ce que je *crois* — ou plutôt ce que je *redoute*. Que penses-tu qu'un des frères DeLande me ferait ? S'ils sont capables de regarder Eve Tramonte se faire violer, alors ils sont certainement capables de tout.
Sonja m'a fixée avec de grands yeux béants comme des puits noirs dans la lumière incertaine de la lampe.
— Et, bien que Montgomery serait capable de me protéger

contre n'importe quoi, je ne suis pas sûre que c'est ce qu'il ferait.

Les mots se sont coincés dans ma gorge.

Je pensais n'avoir plus de larmes, pourtant de nouvelles ont surgi et inondé mon visage.

— Le dîner est servi, a-t-elle dit en se tournant brusquement vers la porte et l'escalier plongé dans la pénombre.

Une faible lueur vacillait au bas des marches tandis que je la suivais lentement.

Le repas a été pénible. Sonja me jetait des regards accusateurs et sursautait au moindre bruit. Je percevais la colère et la peur qui se mêlaient dans son esprit. Colère parce que je n'accusais pas les hommes DeLande d'avoir organisé le viol d'Eve Tramonte et d'y avoir assisté. Peur de Montgomery.

Au fond de moi, je savais qu'il y avait quelque chose d'autre. Quelque chose qu'elle savait et qu'elle ne dirait pas, quelque chose qu'elle cachait. Quelque chose que Montgomery avait fait.

Tard dans la soirée, lorsque je l'ai interrogée, elle m'a envoyée au diable. Et elle m'a claqué la porte au nez.

J'ai mal dormi cette nuit-là et cela n'avait aucun rapport avec le fait que je m'étais couchée un peu ivre, ou que les lumières se sont brutalement rallumées à quatre heures moins dix du matin, réveillant toute la maisonnée, ou que j'avais dormi six heures sur le plancher. C'était lié aux accusations de Sonja contre les DeLande. Je détestais Sonja pour cela.

Chaque fois que je fermais les yeux, je revoyais cette scène. Le petit restaurant lugubre, la femme maintenue de force et violée. Encore et encore.

Le matin suivant, je suis revenue à la maison.

4

Deux semaines plus tard, j'ai été capable d'enfermer la colère de Sonja et mes propres larmes dans cette Case de mon esprit où elles sont allées rejoindre tous mes mauvais souvenirs ainsi que ma révolte, ma colère et mon désir de dire non. Cette Case était bien plus grande qu'à l'époque où je l'avais créée et elle était pleine. Si pleine qu'elle craquait et gémissait sous la pression à chaque fois que j'y prêtais attention. Ou à chaque fois que j'en usais pour y cacher une vilaine chose que je ne voulais pas regarder en face.

Je n'avais pas besoin pour le moment de la Case car j'étais enceinte. Et certaine que ce serait, cette fois encore, un garçon. J'avais déjà annoncé la nouvelle à ma famille, bavardé un moment au téléphone avec mon frère Logan pour discuter de ce que je ferais de ce pécule de naissance.

Dans l'univers des DeLande, les garçons sont plus « cotés » que les filles. Au sens littéral du terme. Morgan m'avait rapporté cent mille dollars et j'envisageais avec gourmandise la perspective d'une égale prodigalité pour la naissance du fils numéro deux. Je n'avais jamais touché à mon bas de laine mais c'était quelque chose avec lequel j'aimais m'amuser mentalement. C'était comme le jeu, j'avais le même sentiment d'irréalité que si j'avais joué au poker avec de l'argent factice. Je pouvais, dès à présent, m'habituer à l'idée d'être riche si mes investissements me rapportaient autant que je l'espérais.

Debout devant l'évier, je lavais du persil, des feuilles de laitue fraîche et de la menthe pour le thé ; l'eau froide coulait sur mes mains, l'air climatisé ronronnait à pleine puissance dans une soudaine vague de chaleur. La radio débitait ses fadaises, une heure de rétrospective sur Garth Brooks, remplissant ma cuisine ensoleillée de sa mélodie bêlante. J'écoutais la station KCSO de Morgan City. Je ne l'écoutais que lorsque Montgomery était loin de la ville, pour affaires.

Montgomery aimait le blues et le jazz et considérait la musique country comme une fuite hors de la réalité destinée aux pauvres gens. Mais cette musique était mon vice secret et j'y tenais comme à un talisman. Elle me rappelait que j'étais toujours moi-même. Il était encore trop tôt, mais j'aurais juré que le bébé donnait des coups de pied au rythme de la musique dans mon ventre.

C'était vendredi et Rosalita avait pris sa journée. Je me sentais libre. Elle avait loué un appartement quand elle avait obtenu la nationalité américaine l'année dernière et s'était mariée, mais elle continuait de travailler à plein temps chez nous pour payer ses études à l'université. Elle faisait même des heures supplémentaires lorsque nous avions besoin d'un extra. Nous étions seules, les filles, moi, Morgan et le bébé à naître, pendant tout le week-end et je pouvais aller où je voulais quand je voulais. Regarder la télé tard dans la nuit, parler au téléphone à maman et à mes amis, manger au lit, écouter Garth Brooks si tel était mon bon plaisir. Je montai le son, chantant à tue-tête.

J'étais parvenue à oublier mon court séjour chez Sonja. Oublier la querelle que j'avais eue avec elle avant mon départ. Oublier qu'elle m'avait claqué la porte au nez. Oublier Eve Tramonte. Tout oublier. Du moins lorsque j'étais éveillée et que les mauvais pressentiments étaient enfouis profondément dans mon subconscient en compagnie des rêves étranges que je faisais quelquefois.

Parce que j'étais rentrée plus tôt à la maison et enceinte, Montgomery ne m'avait pas extorqué le prix qu'il exigeait habituellement de moi dans l'intimité de notre chambre. Il s'était en fait montré doux, gentil, merveilleux. Cela m'avait permis d'ignorer le petit signal d'alarme qui clignotait à l'arrière-plan de mon esprit, m'avertissant que tout n'était pas pour le mieux.

J'ai porté la main au diamant d'un carat qui ornait mon oreille gauche. La droite portait son jumeau. Cette paire avait coûté vingt mille dollars à Montgomery. Il avait caché une bague dans le bureau et il ignorait que je l'avais vue. Elle pesait deux carats et demi et coûtait probablement plus cher que les boucles d'oreilles. Voilà que je devenais une petite garce cupide.

Dans sa prodigalité, Montgomery n'avait pas oublié les filles. Elles avaient de nouvelles robes et de nouvelles poupées qu'il leur avait achetées quand il était venu me chercher à La Nouvelle-Orléans. Il nageait dans le bonheur. Il brandissait une lettre confirmant sa nomination comme diacre à Saint-Gabriel, la plus grande église catholique dans la paroisse de Moisson. Cette lettre signifiait que les ambitions politiques que Montgomery nourrissait depuis longtemps allaient enfin se concrétiser. S'il faisait ce qu'il fallait, il serait sénateur de Louisiane d'ici quelques années. Nous vivrions à Washington et serions une des familles les plus influentes de l'État. Il y avait bien plus de vingt ans qu'aucun DeLande n'avait siégé au Congrès et Montgomery voulait rétablir le lustre de la famille sur un plan politique. J'avais chassé de mon esprit le souvenir d'Eve Tramonte. Montgomery était fier de l'enfant à naître et de l'avenir qu'il envisageait pour nous. Cela suffisait à balayer mes craintes.

J'aimais ce Montgomery-là. Si j'avais toujours pu être enceinte, la vie aurait été parfaite.

On a tiré sur ma jupe. Dessie et Shalene étaient là, avec leurs grands yeux, les uns bleus et les autres chocolat, me regardant. J'ai repris mon souffle, me suis détournée, ai coupé l'eau, regardé par la fenêtre le jardin ensoleillé. Ce n'était rien. *Ce n'était rien.*

Cependant, je me suis sentie soudain acculée comme si une trappe s'était refermée sur moi. Le soleil s'était caché. C'était peut-être moi, à moins que ce ne soient les yeux de mes filles qui aient obscurci toute la lumière de mon univers. Un frisson m'a traversée et je me suis penchée, coupant la mélodie de Garth en plein milieu. J'ai séché mes mains dans une serviette et me suis accroupie, attirant mes filles dans mes bras, les serrant. Mais leurs corps étaient rigides et Shalene m'a repoussée. Dessie m'a accordé cette étreinte sans résistance, comme d'habitude, mais avec raideur.

Depuis que j'étais rentrée à la maison, il y avait un autre point positif à l'actif de Montgomery. Il avait fini par promettre de chercher un psychologue pour Dessie. Elle était devenue si mince que je craignais de la voir mourir de faim. Mais le souvenir de cette promesse ne réussit pas à calmer la soudaine terreur qui m'envahissait. J'avais du mal à retrouver ma respiration.

— Qu'y a-t-il ?

Au bout d'un moment, Shalene a levé les yeux, des yeux déterminés.

— Nous avons que'que chose à t'dire.

J'ai souri, mon cœur s'est desserré. C'étaient les mêmes termes qu'elle employait habituellement pour me réclamer une faveur. Une glace ? Une escapade en ville pour des cônes à la vanille ?

— Oui ? leur ai-je répondu d'un air entendu.

Les filles se sont observées mutuellement, devinant instantanément, comme seuls les enfants savent le faire, le contenu et l'intention du message qu'elles s'adressaient.

— Tu sai'nes, maman ?

Je leur montrai mes mains, dessus et dessous.

— Non. Je ne saigne pas. Tu vois ?

J'ai ri, mais mon rire s'est étranglé devant leurs regards vides.

— L'année dernière quand t'es revenue de chez t'tie Sonja, papa a dit que tu sai'nes et t'es pas 'ponible.

L'année dernière ? Shalene n'avait que quatre ans...

— Disponible, lui a soufflé Dessie. Elle saigne et elle n'est pas disponible et nous devions jouer.

Le piège s'est refermé sur moi. Ses dents d'acier s'enfoncèrent dans ma chair, plongeant jusqu'à la moelle.

Elle saigne et elle n'est pas disponible. Et nous devions jouer.

J'ai tout de suite compris. Comme sous l'effet d'une illumination subite, j'ai compris ce qu'elles étaient en train de me dire.

Elle saigne et elle n'est pas disponible. Et nous devions jouer.

Avec froideur et concision, une partie de mon esprit s'est

mise à rassembler les pièces du puzzle, reconstituant le tout à partir des éléments dispersés de ma vie.
Elle saigne et elle n'est pas disponible. Et nous devions jouer.
Mais... Mais. J'ai hoché la tête et le puzzle s'est défait.
— Vous deviez jouer avec papa ? ai-je demandé bêtement.
Les deux têtes ont acquiescé.
— Et vous n'aimez pas ça ? Jouer avec papa ?
Deux paires d'yeux ont plongé dans les miens, l'une tranquille et déterminée, l'autre tranquille et terrorisée. *Elle saigne et elle n'est pas disponible.* Les termes mêmes de Montgomery. Ses expressions.
— Que... (j'ai avalé péniblement ma salive)... que fait papa quand il... quand il joue avec vous ? Quelque chose que vous n'aimez pas ?
— Il nous touche. Dans nos zigouigouis. Et il nous lèche à cet endroit.
Mes genoux se sont dérobés sous moi. Je me suis lentement assise sur le sol, mes mains tremblant comme celles d'une vieille arthritique. Leurs paroles ont à nouveau traversé mon esprit et les dents du piège d'acier se sont refermées plus profondément en moi. Shalene s'est pelotonnée sur mes genoux en jouant avec les boutons de mon chemisier. Dessie s'est assise près d'elle et a contemplé ses doigts, ses yeux évitant les miens.
Elle saigne et elle n'est pas disponible. Et nous devions jouer.
— Et il étouffe Dessie avec son machin.
Ma respiration est devenue courte et précipitée. Une sorte de bile, rance et suffocante, m'est montée à la gorge au souvenir du goût du sperme.
Je présume que certaines femmes ne comprennent pas l'importance des mots prononcés par les enfants. Certaines éprouvent des difficultés à les croire. D'autres, tout simplement, ne font pas le rapprochement entre les deux aspects de leur mari — l'époux généreux qui offre des diamants et des jouets, et la bête qui... touche ses enfants. Mais je l'ai fait. J'ai avalé difficilement ma salive.
Dans le silence de ma cuisine autrefois ensoleillée, j'ai dit :
— Comment... que fait-il d'autre ? Que vous fait-il faire ?
— Il nous met du rouge à lèvres quand tu vas en visite chez

t'tie Sonja à La Nouvelle-Ol'ans. Et il nous fait porter tes chemises de nuit.

— Les jolies, a ajouté Dessie dans un souffle.

Elle avait baissé la tête quand elle s'était assise près de moi, ses cheveux blonds vaporeux dissimulant ses yeux remplis de honte.

J'ai caressé sa chevelure, percevant sous ma main la fragile ossature de son visage, les os du crâne et les sourcils, les maxillaires et les vertèbres.

Elle était si délicate.

Je me suis souvenue de m'être mise en fureur, lorsque, rentrant à la maison après deux semaines passées chez Sonja, j'avais trouvé les filles jouant à essayer mes chemises de nuit. Ma superbe lingerie de soie. Je les avais fessées avec acharnement et leur en avais voulu de s'être conduites ainsi.

Montgomery, contrairement à son habitude, était intervenu en leur faveur, affirmant qu'elles avaient demandé la permission d'essayer ma lingerie, et qu'il le leur avait permis, ignorant que certaines choses étaient taboues. Il s'était excusé et m'avait apaisée, envoyant mes filles jouer plus loin.

Shalene a renchéri avec empressement, devinant ma réaction. Ensuite elle a regardé Dessie, puis moi, et elle a respiré profondément.

— Cette fois, quand tu es partie, Richard est venu en visite. (Elle prononçait *Rushar* comme Montgomery, comme la Grande Dame.) Et papa lui a donné Dessie pour jouer avec.

— Doux Jésus... ai-je murmuré.

Le silence était pesant dans la maison, comme lorsque l'orage couve dans une atmosphère lourde d'ozone et de terreur. Je sentais encore le goût du sperme au fond de ma gorge, persistant et amer.

— Il lui a vraiment fait mal.

— Dessie ? Est-ce vrai ? Papa... papa t'a *donnée* à oncle Richard ?

Elle suivait du doigt le contour rugueux d'une des tommettes du carrelage mexicain.

— Je le hais, a-t-elle dit tranquillement sans faire la moindre différence entre son père et son oncle.

Le silence s'est accru dans la pièce, dense et profond comme celui des marais à minuit, chargé d'attente et de l'odeur de la végétation en décomposition. Shalene a levé les yeux vers moi, sa tête heurtant mon menton.

— Papa a dit que tu saignes. Est-ce que tu vas mourir, maman ?

— Non, ai-je dit, ma voix me parvenant à distance. Non, je ne vais pas mourir.

J'ai plongé dans leurs yeux, si confiants et anxieux : des océans de peur, d'horreur et de souffrance. Prenant une profonde inspiration, j'ai poursuivi.

— Je veux que vous m'écoutiez, les filles. Vous m'écoutez bien ?

Deux paires d'yeux se sont fixées sur les miens.

— Papa ne va plus jamais vous faire de mal. Vous entendez ? Plus jamais.

Je me souvenais des paroles de Sonja la nuit de la tempête et de la fête. *Tu dois prendre une décision.*

— Tu vois, j't'ai dit que maman s'occuperait de nous, a repris Shalene d'un ton supérieur.

— Il a dit qu'il la tuerait si on lui disait, a chuchoté Dessie, des larmes ruisselant enfin de ses yeux comme la pluie d'un ciel sans nuages.

— Et qu'alors il me donnerait encore à l'oncle Richard.

Les mots sortaient d'elle avec peine, elle hoquetait comme une femme sur le point d'accoucher et elle frissonnait malgré la chaleur. Un tremblement agitait sa silhouette chétive.

— Je ne veux pas qu'il te tue, maman. Je retournerai avec oncle Richard, mais je ne veux pas qu'il te tue.

J'ai empoigné ma fille, la serrant fermement contre moi. Et là encore, elle m'a repoussée. Une réaction que j'ai enfin comprise. Mais cette fois je ne l'ai pas laissée s'écarter. J'ai continué de la tenir, sans esquisser un geste ni la caresser. Ne rien faire qui puisse lui rappeler un homme qui voulait *jouer avec elle*. Un long moment s'est écoulé tandis qu'elle tremblait de plus en plus. Et, tout à coup, elle s'est effondrée dans mes bras en sanglotant, enlaçant mon cou de ses bras squelettiques.

— Tu ne retourneras pas avec oncle Richard, ai-je dit. (Ma

voix n'était plus qu'un râle dans ma gorge.) Jamais plus. Jamais plus, même si je mourais. Mais personne ne va me tuer. Personne. Je m'occuperai de toi. Je te le promets. Je te le promets. Je te le promets.

Je l'ai bercée doucement tout en lui faisant des promesses. Ma bouche était sèche, ma voix rauque et enrouée à cause des larmes que j'avais ravalées. Ma fille a pleuré et je l'ai gardée dans mes bras, tandis que Shalene nous contemplait avec satisfaction et que le soleil passait et repassait derrière les nuages.

Enfin, Dessie s'est écartée de moi et m'a regardée dans les yeux. Son visage était rouge et gonflé et... Quand mon enfant était-elle devenue si délicate, si chétive ? Si affamée ?

Après un long moment, elle a souri. Elle avait entendu mes promesses et elle y croyait. Elle croyait en moi. Les larmes que j'avais retenues menacèrent de couler. Elle s'est rapprochée et a pris ma main dans la sienne. Ses os étaient frêles comme des ailes d'oiseaux.

Les petites se sont blotties contre moi, là, sur le plancher de la cuisine. J'ai entendu l'horloge carillonner dans le hall ; elle sonnait le quart d'heure.

— Les filles, je veux que vous me promettiez quelque chose. D'accord, mes bébés ?

Dessie s'était raidie. La peur se lisait dans ses yeux et j'ai reconnu une des expressions de Montgomery.

Vous devez me promettre quelque chose.

— Non. Rien de tout cela. Rien de mal. Pas un secret, ai-je dit, comprenant brutalement. Quelque chose de bien.

Dessie attendait, le souffle court.

— Plus de mauvais secrets. D'accord ? Plus de secrets d'aucune sorte entre nous. Vous me dites tout. Même si vous pensez que c'est mal. Même si vous pensez que je vais m'énerver, ai-je ajouté, pensant à ma colère pour les chemises de nuit. Tout ? Vous comprenez ? Et j'écouterai. Peu importe ce dont il s'agit, je ne vous frapperai plus jamais.

Le soleil a réapparu un instant ; la pièce s'est zébrée de rais de lumière et de l'ombre des feuilles agitées par la brise. Dessie a hoché lentement la tête. Shalene aussi, bien que je puisse lire une expression de calcul dans les yeux de ma deuxième fille, très opportuniste de nature.

— Mes petiotes, ai-je dit en cajun, pouvez-vous aller... (les mots restaient bloqués dans ma gorge)... jouer? Maman doit réfléchir. Planifier quelque chose. Pouvez-vous faire cela? Aller jouer dans la cour? Mais ne vous éloignez pas, parce que nous pourrions partir d'ici, chez mamie, ai-je dit en pensant à ma mère, ou loin de la ville. D'accord?

— Pour toujours? a interrogé Dessie, le visage transfiguré, et j'ai été brutalement touchée par l'espoir douloureux qui se reflétait sur ses traits délicats.

Ma fille aînée était belle en cet instant, donnant une idée de sa beauté à venir; elle rayonnait d'une lumière éthérée comme un personnage de Rembrandt.

— Je... je ne sais pas. Mais... je pense que oui. Je...

Le souvenir du rire heureux de Montgomery quand je lui avais appris la naissance de notre prochain enfant m'a transpercé le cœur.

— Ouais.

La joie dans les yeux de Dessie s'évanouit comme si elle n'avait jamais vraiment osé croire que je la protégerais ou que je tiendrais promesse.

— Ne dis pas « ouais », maman. Dis « oui, madame », m'a repris Shalene.

Je suis parvenue à esquisser un sourire.

— Oui, madame. Je crois que nous allons partir. Peut-être pour toujours.

Dessie m'a fixée attentivement et a opiné lentement, consciente de mon hésitation, mais confiante dans les promesses que je lui avais faites. Elle en avait besoin. Elle s'est éloignée, entraînant Shalene, et elles sont sorties par la porte de derrière qui s'est ouverte en écaillant la peinture que Montgomery avait promis de refaire. Main dans la main, leurs silhouettes se sont profilées dans l'éclatant soleil du jardin. La chaleur était suffocante et poisseuse.

— Dessie?

Elles se sont arrêtées et retournées, leur visage à contre-jour.

— Depuis quand ? Depuis quand papa t'a-t-il fait... faire ces choses avec lui ? Depuis quand a-t-il...
Les mots sont restés coincés dans ma gorge.
Elle a haussé les épaules, les os saillaient sous son tee-shirt.
— Depuis toujours.
Je tremblais quand la porte s'est refermée derrière elles. Recroquevillée en position fœtale, les bras autour de mes jambes, j'ai conjuré le souvenir de ce dernier quart d'heure que je venais de vivre, de ces mots qui résonnaient dans mon esprit comme un glas : *Depuis toujours.*

J'ignore le laps de temps qui s'est écoulé avant que je ne parvienne à retrouver mon souffle, mais j'entendais les filles jouer, les cris bruyants de Shalene et ses rires. Ceux de Dessie étaient bien plus doux et hésitants, leur gaieté faisant un curieux contrepoint à mes sanglots hoquetants. Le soleil a continué de se refléter dans la cuisine sur le plancher, la pendule de carillonner chaque quart d'heure, les voix des filles à faire écho aux paroles terribles qui résonnaient dans mon esprit.
Comment avais-je pu ne pas comprendre ? Comment avais-je pu être aussi aveugle ? J'ai cherché en vain des indices dans ma mémoire, mon esprit errant comme un rat aveugle enfermé dans une boîte.
Les filles m'avaient souvent suppliée de ne pas aller chez Sonja. Elles pleuraient quand je partais et s'agrippaient à moi quand je retournais à la maison. Mais n'était-ce pas le fait de tous les enfants ? J'avais quelquefois quitté la chambre pour aller m'occuper du bébé quand je saignais et que je n'étais pas disponible pour Montgomery. La porte de la suite du maître grinçait sur ses gonds. *Des gonds que Montgomery ne graissait jamais,* grommela mon esprit. À une ou deux reprises, j'avais trouvé Montgomery dans la chambre des filles, pelotonné sur le grand lit, à leur raconter une histoire. Et alors ? Tous les pères racontent des histoires à leurs enfants quand ceux-ci ont du mal à s'endormir ou font de mauvais rêves.
Mais Dessie — ma précieuse Desma Collette — avait cessé

de s'alimenter. Elle s'affamait elle-même pour fuir le calvaire qu'était devenue sa vie. Elle s'était repliée sur elle-même et tenait le monde à distance. Comment ne l'avais-je pas compris ? Où étaient les indices ? Toutes ces petites choses auxquelles les psychologues recommandent de faire attention ?

Enfin, je me suis relevée, j'ai lavé mes mains à l'eau tiède pour les réchauffer. Je me suis préparé du café bien fort et l'ai regardé s'écouler dans la cafetière, bien que mon gynécologue m'ait interdit de consommer de la caféine pendant ma grossesse. J'avais besoin de ce stimulant. Alors, je pourrais réfléchir. Alors, je pourrais planifier. Alors, je pourrais assimiler l'épouvantable vérité que mes filles venaient de m'apprendre. Mes doigts tremblaient en prenant ma tasse, assise à la table du petit déjeuner, fixant le jardin sans le voir.

La glycine que Montgomery m'avait offerte comme cadeau de mariage et plantée à l'abri d'un jeune cyprès était en fleur. Ses grappes aériennes avaient déjà encerclé le jeune tronc, grimpé jusqu'à sa cime à la quête de soleil, luttant pour plus de lumière, d'eau et davantage de place pour éployer ses racines dans le sol sableux.

Je m'interrogeais en me demandant si ma beauté survivrait plus longtemps que les menaces pesant sur cet arbre. Cette image en tête, j'ai cherché un téléphone et composé un numéro au hasard.

— Oui ?

J'avais appelé ma mère comme l'enfant que j'étais. Au son de sa voix mes larmes se sont remises à couler et c'est à peine si je pouvais articuler un mot. J'avais beaucoup pleuré récemment mais j'étais toujours émotionnellement fragile quand j'étais enceinte.

— J'ai un problème, maman. Pouvons-nous en parler ?

Je me suis levée, j'ai marché jusqu'à l'évier, me suis emparée d'une tasse de café froid, le liquide sombre dispersant une traînée noire au fond de la tasse de porcelaine blanche. Avec des gestes mécaniques, je me suis servi une nouvelle tasse de café y ajoutant une bonne dose de crème et de sucre tout en racontant à ma mère ce que les filles m'avaient dit.

Mon récit était incohérent et hésitant. Je me brûlais la

bouche au liquide trop chaud tout en parlant et en fixant la glycine par la fenêtre. J'ai confié à ma mère ma souffrance, mes craintes, ma douleur, mon incertitude. Elle m'a écoutée en gardant le silence, me demandant seulement d'éclaircir certains points quand je trébuchais sur un mot ou manquais de clarté. Enfin, je me suis enfoncée dans un silence embarrassé, le visage desséché par les larmes, mon café à nouveau froid.

— Qu'est-ce que je fais, maman ? Qu'est-ce que je fais ? J'ai besoin... Puis-je venir à la maison un moment, maman ? Pouvons-nous venir à la maison, les filles, Morgan et moi ? J'ai besoin d'un peu de temps pour savoir quoi faire.

— *Ts, ts, ts...*

Elle a claqué la langue de ce bruit très particulier dont elle usait soit pour me faire obéir quand j'étais enfant, soit pour me faire honte, soit pour me réconforter — cela dépendait des circonstances. Cette fois, j'ai souri.

— Je pense que tu t'en fais beaucoup pour pas grand-chose.

Mon sourire a disparu. Sa voix était douce, lente et traînante. J'entendais la vaisselle cliqueter dans l'évier et la télévision allumée en arrière-fond sonore.

Riant convulsivement, j'ai essuyé mes yeux. Maman aurait minimisé un tremblement de terre ! Pour elle, rien n'était jamais un problème.

— Montgomery est un bon mari, n'est-ce pas ?

Je suis restée coite et curieuse de savoir ce qu'elle avait l'intention de me dire.

— Alors, calme-toi et réfléchis attentivement. Tu ne veux pas contrarier ton mari, non ? Tu devrais avoir honte de douter de Montgomery. C'est le meilleur des hommes. Tu sais qu'il a donné à papa une nouvelle barge pour aller pêcher, le mois dernier ?

Mon café avait refroidi. Une pellicule de gras s'était déposée sur le dessus. Il fallait le jeter, mais j'ai continué de tenir la tasse. Les filles ont surgi dans mon champ de vision et grimpé sur les balançoires fatiguées en agitant leurs jambes nues.

— Maman, mes filles m'ont dit...

— Oh, ce ne sont que des enfants et tu sais le genre de fariboles qu'elles sont capables d'inventer. Moi, je te donnais une fessée quand tu rentrais à la maison avec une histoire abracadabrante. Elles oublieront toutes ces idioties en un rien de temps et trouveront autre chose pour jouer. Tu ne devrais pas t'en faire pour ça. Je suis sûre que tu dramatises comme ça parce que tu es enceinte.

J'ai posé ma tasse sur la table, manqué la soucoupe et l'ai envoyée valser sur le dessus de la table en bois.

— Mes filles...

Elle m'a interrompue :

— La vie de couple n'est pas toujours facile, chérie. Tu devrais essayer davantage de plaire à Montgomery. Tu sais qu'il sera sénateur un jour, que tu vivras à Washington, assisteras à des soirées avec des ambassadeurs et le président, car j'espère que nous aurons un président républicain quand tu y seras. Ce serait une telle honte d'avoir un démocrate à la Maison Blanche.

Elle a soupiré.

Pendant qu'elle parlait, j'ai fixé la flaque de café et de crème qui dégoulinait lentement vers le bord de la table, s'élargissant de plus en plus.

— Mes filles...

— Je t'envie pour toute cette effervescence qui t'attend. Et je ne mettrai jamais ton couple en péril en t'autorisant à t'enfuir et à revenir à la maison. Montgomery serait furieux contre nous. Maintenant, oublie cela, fais confiance à l'homme que tu as épousé et tout ira pour le mieux.

Mes yeux étaient secs et vides, le café ruisselait comme des larmes, éclaboussant le plancher.

— Maman, as-tu vraiment entendu ce que je viens de te dire ?

Ma voix haletante et incrédule était ponctuée d'un rire hystérique. Je me suis levée lentement et éloignée de la table.

— Je t'ai dit que Montgomery *s'était livré à des attouchements incestueux avec mes petites !*

J'ai hurlé ces derniers mots.

— N'élève pas la voix avec moi, ma fille. Tu n'es pas assez vieille pour te permettre de me manquer de respect. Bien sûr, j'ai entendu ce que tu as dit. Et alors ? Ça arrive tout le temps.

Ce n'est pas une raison pour s'enfuir. Les hommes font ces choses-là quelquefois. C'est dans leur nature. (Sa voix montait, frémissante.) Nous autres, femmes, devons être les plus fortes. Nous devons supporter ces choses-là.

J'ai trouvé une chaise et me suis assise, les jambes flageolantes.

— Tu as dû supporter ces choses-là, toi ? ai-je murmuré.

Il y a eu un silence lourd d'indignation. Je l'ai entendue prendre sa respiration comme pour parler, puis elle dit :

— Bien sûr que non.

Elle avait l'air choquée.

— Mais tout s'arrangera. Tu verras, elles oublieront. Tu dois juste être patiente. Il faut que je te quitte, maintenant.

Sa voix s'est éclairée.

— J'entends ton père qui rentre. Nous allons pêcher le poisson-chat dans son nouveau bateau. N'est-ce pas amusant ? Remercie encore Montgomery pour nous. C'est une merveille et ton père est fier comme Artaban. Au revoir.

Et elle a raccroché, satisfaite d'avoir réglé mon petit problème.

Je suis restée assise un long moment avant de me lever et de trouver une éponge. Je l'ai mouillée, ai nettoyé le café répandu sur la table et le plancher. Je l'ai rincée et soigneusement rangée sur le rebord qui séparait les deux bacs de l'évier.

Les hommes font ces choses-là quelquefois. C'est dans leur nature.

— Non, ils ne le feront pas avec mes filles.

Je me suis versé une dernière tasse de café, l'ai bue nature, bien que je préfère d'habitude y ajouter une double dose de crème et de sucre. Puis j'ai appelé Sonja.

Je mixais les légumes à demi pourris avec de la farine d'avoine, de la vermiculite et des coquilles d'œufs, dissolvant l'humus noir en le mêlant au sable pour en faire de l'engrais. Les légumes à moitié avariés formaient un mélange compact sous mes gants de jardinage. Je disposais de deux récipients d'engrais. L'un avait deux ans et était destiné aux azalées quand je les plantais. L'autre était récent et contenait les restes de la veille, de la nuit, de la semaine ou de l'année dernière. Il empestait le méthane à chaque fois que je retirais la fine pellicule de plastique noir qui le protégeait des animaux nécrophages.

Les filles étaient occupées. Elles jouaient avec leurs camions à mes pieds dans la boue, construisant des ponts, des châteaux et des tunnels pour permettre à leurs voitures de passer. C'est Dessie qui confectionnait les plus beaux tunnels, tassant fermement la terre avec son pied, utilisant un bâton pour racler les bords. Shalene n'était pas assez patiente pour cette délicate opération et ses tunnels s'écroulaient toujours. Elle était spécialisée dans les routes bordées de ramilles en guise d'arbres ainsi que dans les jardins de pierre et les ponts de bois.

Je me suis redressée, sentant cette fois le poids de la grossesse peser sur mon dos. Ou peut-être était-ce juste l'âge qui venait.

— Il est mort. Il ne peut plus vous attaquer maintenant. Vous pouvez repartir jouer dans le jardin.

Les deux filles ont examiné le serpent à sonnette mort au-dessus du couvercle de la poubelle. Il était en deux morceaux, la tête et trois centimètres de cou d'un côté, le reste, d'une longueur de quinze centimètres, gisant sur le métal incandescent, où musardaient des fourmis rouges.

Des cris m'avaient alertée. Attrapant la bêche contre la porte du fond, j'avais couru pieds nus pour tuer le serpent. Il n'était pas très grand, se chauffant au soleil sur une partie dénudée de la pelouse. Mais j'avais entendu dire que plus le serpent était petit, plus son venin était puissant.

Je laissais tranquilles les serpents noirs et les couleuvres, les serpents verts et le roi des serpents, mais je tuais sans pitié les mocassins et les serpents corail quelle que soit leur taille et quoi qu'en disent les écologistes. Un serpent venimeux est mortel pour un enfant. J'en tuais deux par an. Le plus gros ayant été un serpent à sonnette de six mètres qui était entré dans le jardin pour attraper une grenouille quand j'étais enceinte de Morgan. Je n'avais pas peur des serpents, seulement des rats et des araignées. Les filles étaient terrifiées.

— Il ondule toujours.

— Il ondulera pendant des heures, ai-je repris, adoptant

l'expression de Shalene. Si vous avez besoin de moi, je serai dans la serre. Voulez-vous du thé glacé ?

Elles ont acquiescé en chœur et je suis entrée dans la maison, m'assurant que Morgan dormait dans son berceau au salon. J'ai rempli trois gobelets de plastique avec beaucoup de feuilles de menthe. Le thé pour les filles était sucré et noir ; le mien était préparé à part, déthéiné et sans sucre. Je suivais de nouveau les prescriptions du médecin, ma révolte du matin était passée. Pourtant les révélations que j'avais apprises aujourd'hui pesaient sur mes épaules comme une chappe de plomb. *Montgomery...*

J'ai refermé la porte, emportant le plateau, sans oublier les zestes de gingembre, le long du patio dans la serre que Montgomery avait construite l'année de notre mariage. Elle contenait les herbes avec lesquelles nous cuisinions, Rosalita et moi, de la laitue et des tomates, des azalées que j'avais plantées l'année dernière, et des bulbes prêts à être repiqués. J'aimais les bulbes, les jonquilles et les iris, les lis tigrés, les glaïeuls, et les lis blancs et même les jacinthes sauvages pour leur couleur, leurs fleurs odoriférantes et leur entretien facile. Contrairement à ce que pensait Montgomery, je n'aimais pas jardiner, mais travailler dehors me reposait et m'apaisait à la fin de la journée.

Après avoir consacré une heure à étendre de l'engrais, à désherber, arroser et éclaircir les semis qui seraient repiqués dans le jardin, les filles et moi sommes retournées vers les balançoires. Nous étions là, épuisées, sales, en sueur et couvertes de boue, lorsque Sonja est entrée dans la cour. Elle a coupé le moteur de sa voiture. Les filles se sont précipitées vers elle en poussant des cris perçants et se sont jetées à son cou. Elle les a embrassées sans se soucier de la saleté qui maculait sa blouse de lin à fronces. Je les ai escortées plus lentement, portant Morgan dans mes bras. Quand je l'ai rejointe, elle a levé lentement les yeux vers moi, comme si elle devait rassembler tout son courage pour croiser mon regard. Son expression était triste.

J'avais quitté La Nouvelle-Orléans en colère. Mais bien que les dernières paroles que nous avions échangées aient été acrimonieuses, je savais qu'elle ne me tournerait pas le dos si j'avais besoin d'elle. Sonja n'était nullement rancunière. C'était aussi l'esprit le plus clair que j'avais jamais rencontré. Elle aurait dû devenir avocate elle-même au lieu de se contenter d'en épouser un. Elle pouvait développer n'importe quelle argumentation jusqu'à sa conclusion tout comme elle pouvait en envisager les deux points de vue contradictoires. J'avais grand besoin de sa compétence pour me clarifier les idées.

— Merci d'être venue.

Elle a hoché la tête, pris une valise sur la banquette arrière.

— J'ai dû m'arrêter en ville pour acheter une brosse à dents et...

Elle s'est interrompue. Elle a tenté de sourire, n'y est pas parvenue, a respiré profondément.

— Mais je vois que j'aurais dû prendre aussi du détergent et de l'eau de Javel. Qu'avez-vous fait, mon Dieu, pour être aussi sales?

— Maman a tué un serpent à sonnette, t'tie Sonja.

— Avec un dos en diamant, a renchéri Dessie. Viens voir. Il ondule toujours.

Elle a pris Sonja par la main et Shalene a tapoté sa valise. Sonja l'a posée par terre. Puis elle a attrapé la main de la fillette. Les deux filles l'ont entraînée vers les poubelles, dans ce coin du jardin où j'avais l'habitude de recycler et de préparer l'engrais. Le serpent, mort depuis des heures, était immobile, recouvert de fourmis rouges. Sonja l'a remué délicatement.

— Votre maman a tué des serpents pour moi aussi, il y a très longtemps.

Elle avait l'air fier et j'ai souri.

— Rien ne lui fait peur. Pas même la boue, a-t-elle ajouté en nous examinant.

— C'est l'heure du bain, les filles, ai-je répliqué doucement.

— On peut aller dans ta baignoire, a demandé Shalene, et mettre les bulles?

C'était une joie pour elles. Quand Montgomery était loin de la ville pour l'un de ses voyages, je laissais les filles se laver dans la baignoire du maître, le jacuzzi que les filles appelaient « Monsieur Bulles ». C'était une véritable corvée de la récurer ensuite, mais elles adoraient ça.

— Ouais, d'accord, mais si vous me promettez d'aller directement au lit ensuite, sans gémir et sans vous plaindre.
— Oui, madame, m'a reprise Shalene. Pas ouais.
— Oui, madame, alors. Marché conclu ?
Les filles m'ont serré solennellement la main et se sont dirigées vers la maison en hurlant et sautant de joie. Dans le silence qui a suivi, Sonja m'a observée par-dessus la tête de Morgan, cachant ses sentiments.
— Ça va ?
— Oui, à présent.
En ravalant mes larmes, j'ai réussi à sourire.
— Je vais laver le petit. Prends une douche. Nous parlerons plus tard.
Sonja était habituée aux petits garçons. Elle avait été élevée avec des frères, avait deux jumeaux de quatre ans et il y avait un enfant de deux ans chez les Rousseau. Quand elle le pouvait, elle recevait mes filles chez elle pour combler son manque de fille. Sonja, prenant Morgan dans ses bras, a tâté sa couche en rentrant à la maison.
Je l'ai humée à mon tour :
— Il faut le changer.
— Sans blague, a-t-elle grimacé. Dieu, qu'avez-vous donc fait ? Vous avez pris le tuyau d'arrosage, creusé un trou dans la boue pour vous rouler dedans ?
Sans attendre ma réponse, elle a ajouté :
— Au bain d'abord, jeune homme, et puis au lit. Il a mangé ?
J'ai acquiescé.
— Pique-nique dans le jardin. Il a du cake et de la banane sur les mains et le menton, sans compter tout ce qu'il a dans les oreilles.
Sonja a pris l'air irrité.
— Peut-être devrais-tu me donner une spatule pour le racler ?
Nous nous sommes séparées dans le hall. J'ai porté sa valise dans la chambre d'amis, l'ai jetée sur le lit et ouverte. Sonja ne savait pas faire ses bagages. Avant d'aller chercher les filles, j'ai suspendu ses blouses et ses robes pour les défroisser. C'était une

marque de gentillesse ; elle faisait la même chose pour moi quand je lui rendais visite. Mais moi je n'avais jamais emporté de pistolet dans mes valises ! Enveloppé dans une paire de jeans, il y avait un calibre 38 au nez court et une boîte de munitions. Sonja détestait les armes. Mais elle en avait amené une dans ma maison... De quoi avait-elle peur ? De Montgomery ? Je l'ai calmement remballée et suis allée prendre une douche.

Nous avons parlé jusqu'à minuit de Montgomery, des filles, des réponses singulières que m'avait faites ma mère et de mes intentions. Tout se ramenait à des choix... et à la décision que je devais prendre de partir. Décision que j'avais déjà acceptée et à moitié promise aux filles quand elles s'étaient pelotonnées contre moi sur le plancher de la cuisine. Sonja a eu le tact de ne pas mentionner Eve Tramonte et mon refus de dénoncer les DeLande, mais c'était présent entre nous, inexprimé mais impossible à oublier.

— Est-ce que consulter un médecin servirait à quelque chose ? Y a-t-il un cabinet où Montgomery pourrait se rendre et consulter ? Ce qui nous permettrait de rester ensemble. Tous.

Sonja a hoché la tête, avec une drôle d'expression dans le regard.

— Une consultation médicale l'aiderait. Peut-être. Mais encore faut-il qu'il le veuille. Il faut qu'il veuille changer. Être pédophile n'est pas un choix qu'un homme fait à chaque fois qu'il rencontre un enfant. C'est une dépendance, une obsession qui dure toute sa vie. Dès le premier instant où il succombe à ce besoin, il devient accro. Comme un alcoolique. Et il n'y a pas de « Pédophiles Anonymes », Collie. Pas de cure de désintoxication. Montgomery devrait plus que tout au monde vouloir changer. Quant à toi tu dois savoir s'il t'aime suffisamment pour le faire. Admettre qu'il a un problème. Et en même temps décider comment, toi, vivre.

— Montgomery ne déménagera jamais.

— Change les serrures. Obtiens une séparation légale.

J'ai frémi en pensant à la réaction de Montgomery devant une telle rébellion de ma part. Je me souvenais de celle qu'il avait eue la première fois que j'avais refusé de faire l'amour. Je n'avais plus jamais refusé ensuite.

— Écoute. Tu as le choix entre plusieurs possibilités. La séparation et une thérapie. Soit c'est lui qui déménage, soit c'est toi et tu emmènes les enfants. Tu peux aussi divorcer. Ou alors saisir la justice et laisser l'État se débrouiller avec Montgomery. Envoie-le en taule. Qu'il voie l'effet que ça fait d'être violé.

— Il n'ira jamais en prison. Les DeLande ont trop de pouvoir et d'argent. Ils réussiront à me coller n'importe quel délit sur le dos et m'enlèveront mes enfants. Tu le sais.

— Et il ne s'en ira pas ?

J'ai secoué la tête, les yeux fixés sur le verre de vin que je tournais lentement entre mes doigts. J'avais ouvert une bouteille de merlot.

Je n'aurais pas dû ouvrir cette bouteille. Tout l'alcool et toute la caféine que j'avais absorbés aujourd'hui étaient mauvais pour le bébé. J'ai levé le verre dans la lumière et l'ai tourné, observant la manière dont le monde changeait de couleur lorsqu'on le regardait à travers la pourpre du vin.

— Viens t'installer chez les Rousseau, alors.

Je lui ai jeté un bref regard.

— Toi et les enfants. Nous avons cette maison d'invités. Elle est petite, juste deux chambres, mais l'appentis pourrait servir de nursery à Morgan. Tu pourrais y rester aussi longtemps que tu le voudrais. Jusqu'à ce que tu décides quoi faire. Elle est vide. Il faudra simplement que tu y apportes tes meubles, mais elle est à toi si tu veux.

Sonja avait prononcé ces derniers mots lentement, comme si elle pensait que j'allais l'interrompre et refuser, l'accusant d'essayer de briser mon foyer et mon couple, comme le jour où j'avais quitté La Nouvelle-Orléans. Je savais qu'elle détestait Montgomery, mais je n'avais jamais compris pourquoi. Pas même maintenant, sous le feu de la colère. Mais, malgré toutes ses tentatives pour m'inciter à le quitter, elle n'avait jamais insisté. Du moins pas jusqu'à cette nuit-là. Je me suis forcée à sourire.

— Lois Jean a amené sa sœur pour travailler cet après-midi quand je suis partie. Elles ont commencé par nettoyer la maison d'invités. Elle sera propre et habitable d'ici deux jours.

— Je pensais que Montgomery avait mis notre mariage sous ta responsabilité. Je pensais qu'il t'avait menacée.

— Et je pensais t'avoir dit que je t'aiderais de toutes mes forces à condition que tu ne joues pas avec le feu. Je t'obtiendrai une mise en demeure pour qu'il ne puisse pas pénétrer dans la propriété, Philippe engagera un vigile pour assurer notre sécurité. Et Adrian Paul, mon beau-frère, peut s'occuper de la séparation et du divorce... Et ensuite je te trouverai un nouveau mari.

J'ai pouffé.

— Tu devais bien ajouter ça, n'est-ce pas...

Sonja a grimacé sans le moindre remords, levé son verre pour trinquer et avalé la dernière gorgée.

— C'est promis. Je ne jouerai pas les entremetteuses.

Elle était sérieuse. Elle ne s'immiscerait pas là-dedans.

— J'ai eu assez de problèmes dans ma vie sans avoir besoin d'un autre homme.

La pendule a sonné la demie de minuit.

— Pouvons-nous en reparler plus tard ? Je suis fatiguée.

J'ai reposé le verre de vin près de la bouteille presque vide. Le cristal a émis un tintement sourd dans la maison silencieuse.

— Je suis si lasse qu'il ne me reste plus que la force de me rouler en boule et de mourir.

Les larmes ont noyé mes yeux, comme elles l'avaient fait pour Dessie plus tôt dans la journée. J'aurais voulu moi aussi avoir ma mère pour pleurer tout mon saoul dans son giron.

— Tu te souviens de la fois où nous jouions dans les bois et où j'ai mis le pied sur un nid de serpents ?

J'ai acquiescé. Nous devions avoir douze ou treize ans, nous étions intrépides et téméraires, avec le courage insouciant de la jeunesse, parcourant trois kilomètres ou plus à travers bois et n'hésitant pas à couper à travers le bayou sur la barque à fond plat. Sur la terre ferme, Sonja marchait toujours en tête, emportant un bâton pour écarter les toiles d'araignées. Je la suivais avec une courte machette émoussée que m'avait donnée papa pour tuer les serpents. Le jour où Sonja avait marché sur un nid de serpents, nous explorions un nouveau sentier, le long d'un vieux bayou, à plusieurs kilomètres de la maison.

Sonja avait quitté le sentier, était tombée dans un trou recouvert de feuilles et était ressortie en criant. Son pied avait enflé presque instantanément et, quelques secondes plus tard, tandis que je la portais à moitié le long du chemin, elle avait éprouvé des difficultés à respirer. Elle avait commencé à avoir des frissons et j'avais compris qu'elle allait mourir.

— Tu étais terrifiée par le Vieil Homme Frieu. Il parlait à peine l'anglais et il déchargeait en l'air son vieux tromblon à chaque fois qu'il nous voyait sur sa propriété. Et il avait tué tous ces chiens !

Il y avait eu une vague d'empoisonnement chez les chiens dans le secteur et tout le monde accusait le Vieil Homme Frieu. Il détestait voir des chiens sur son domaine et plaçait des seaux d'antigel dans son jardin. Les chiens adoraient le goût douceâtre du liquide rose. Après l'avoir bu, ils mouraient dans d'horribles souffrances. Mais personne ne pouvait prouver que les chiens avaient bu l'antigel du Vieil Homme Frieu. En outre, aucune loi n'interdisait d'en laisser traîner dehors dans des seaux.

— Mais tu as couru droit vers lui après qu'il eut tiré, tu lui as arraché le pistolet des mains, et tu l'as obligé à me venir en aide. Tu m'as sauvé la vie.

— Ce n'est pas moi qui t'ai sauvée. C'est le Vieil Homme Frieu en nous emmenant directement chez papa, dans son bateau.

Je voyais encore Sonja, bercée dans les bras du Vieil Homme Frieu, tandis que la barque à fond plat se frayait un chemin dans les marécages. Enveloppée dans une couverture répugnante et luttant pour respirer, Sonja était devenue bleue. Elle avait les yeux vitreux et ses jambes enflées viraient au rouge. Le Vieil Homme Frieu l'exhortait : « Respire, nom de Dieu, respire », dans un mélange de français cajun et d'anglais petit-nègre, caressant son front pendant que je pilotais le bateau.

Papa avait compris la situation au premier coup d'œil et s'était mis au travail. Le sérum antivenimeux, l'épinéphrine et l'oxygène l'avaient maintenue en vie jusqu'à l'arrivée de l'ambulance.

J'ai haussé les épaules.

— Je devenais folle.

Je me souvenais de l'expression du Vieil Homme Frieu quand j'avais détourné le pistolet, le lui avais arraché et l'avais retourné contre lui. Je n'en avais jamais parlé à personne, terrifiée par la loi et par le fait que j'avais menacé de le tuer. C'était un homme tout petit, hirsute, qui puait l'oignon et le whisky, brandissant son pistolet et m'insultant en cajun. J'avais une bonne tête de plus que lui, même à l'époque, et j'aurais pu le blesser. J'ai fait la moue en me souvenant de lui, debout, d'abord furieux puis admiratif et acceptant de nous aider.

— Tu avais même eu l'intelligence de tuer l'un de ces serpents et de l'amener dans le bateau pour que les médecins puissent déterminer quel sérum ils devaient m'administrer. Bon.

Elle s'est étirée et a remué les épaules pour se décontracter car elle était restée longtemps assise.

— À mon tour de te rendre la pareille. J'ai une peur mortelle de Montgomery. De tous les DeLande. Mais je ne te laisserai pas affronter ça toute seule.

Elle s'est levée, a posé la main sur ses reins, s'est penchée en arrière et a grommelé :

— À demain matin.

Elle s'est dirigée vers le couloir, ses chaussettes tirebouchonnées sur ses chevilles. Par la fenêtre, mon reflet me regardait dans la pénombre. Pâle et faible, pas le moins du monde héroïque.

J'ai appelé :

— Sonja.

Elle a repassé la tête par la porte entrebâillée.

— Je suis enceinte.

Je m'attendais à une bordée de jurons. Au lieu de cela, après un long silence, elle a ajouté :

— À tes quatre morveux et aux cinq Rousseau ! Ah ! Tu as les félicitations de tante Sonja !

Puis elle a disparu.

Nous n'avions vraiment pas le choix. À la fin de la semaine, tout était emballé, le camion de déménagement stationnait dans la cour. Les filles, Morgan et moi partions pour La Nouvelle-Orléans. Elles étaient excitées et même Morgan semblait avoir pris le goût à l'aventure. J'étais terrifiée.

J'avais laissé la maison presque vide. J'avais emporté pratiquement tout le mobilier, tous les papiers concernant les finances et tous les vêtements, sauf ceux de Montgomery. Je lui avais abandonné le divan et une télé, sa chaise longue, son placard, son magnétoscope, son bureau, l'armoire et un lit. Notre lit. Je ne pouvais supporter l'idée de dormir à nouveau dedans. Le lit des filles. Après ce qu'elles m'avaient dit pendant que nous faisions les paquets, je pensais qu'elles avaient besoin d'un nouveau départ et j'avais l'intention de les emmener faire des courses pour qu'elles achètent ce qu'elles voulaient.

Sonja nous installa tous, mes filles, Morgan, le bébé à naître et moi, dans la maison d'invités des Rousseau. Une maison de six pièces que nous partagions avec le persan gris à poils longs de Sonja, Snaps. Je n'aimais pas les chats, mais celui-ci me conquit et les filles l'adorèrent.

Le cottage, de couleur pain d'épice, avait des fenêtres à petits carreaux, un plancher en pin, des hauts plafonds, des ventilateurs qui tournaient lentement pour dissiper la chaleur printanière. Recouvert de lierre et de chèvrefeuille, de rosiers grimpants, il avait besoin d'être repeint en dessous. C'était une petite maison isolée, invisible de la route, avec un garage et une balançoire fixée aux branches d'un sycomore. La véranda de derrière était pourvue d'une machine à laver séchante et d'un congélateur. C'était un endroit ombragé, frais, ouvert à la brise et au parfum des gardénias. La glycine embaumait par les fenêtres ouvertes. Je ne l'ai jamais vue, mais je l'ai sentie dès le premier jour, riche, sensuelle, innocente, secrète, comme les rêves romantiques d'une jeune fille. Comme celui de faire l'amour avec un inconnu qui ne fermerait jamais les yeux.

5

Elle saigne et elle n'est pas disponible. Et nous devions jouer.

Ces mots résonnaient dans ma tête comme une litanie sans fin, dont le rythme et la consonance des syllabes formaient une incantation qui m'ôtait lumière et vie. Je ne pouvais pas manger sans penser à Montgomery et aux filles. Ni dormir. Et, à l'aube, quand l'épuisement avait enfin raison de moi, le rêve me harcelait. *Mon* rêve. Il m'avait poursuivie toutes les nuits, jusqu'à ce que nous déménagions et souvent après aussi, et il était si réel que j'en avais la peau qui brûlait au réveil. Dans ce rêve, j'étais le serpent à sonnette que j'avais tué et écrasé sur le métal incandescent du couvercle de la poubelle, gisant, offerte et sans défense, pendant que les fourmis rouges me torturaient. Je me réveillais en suffoquant, les ongles enfoncés dans mes paumes, entendant toujours ces mots.

Elle saigne et elle n'est pas disponible. Et nous devions jouer.

J'étais impuissante et inutile. Je pleurais pour un rien. J'oscillais entre une torpeur paralysante et des états de conscience exacerbés où mon attention était envahie par des choses minuscules comme une cruche de verre remplie d'eau glacée, une brosse à dents ou une feuille de menthe dans la serre. Je restais plantée là à la fixer, l'esprit absent. C'était une manière de deuil, j'imagine. Ce fut Sonja qui me sauva.

Je me sentais pareille à l'une de ces marionnettes de bois au visage peint, aux membres articulés, dansant un ballet aveugle dont Sonja aurait tiré les ficelles. Je m'étais trompée lorsque j'avais pensé qu'elle aurait fait un bon avocat. Elle aurait par contre été un excellent général.

Le premier jour de notre déménagement à La Nouvelle-Orléans, elle nous a installés dans le cottage et a expédié le surplus de mobilier dans un garde-meuble, confié les documents financiers à un comptable, engagé un garde du corps par l'intermédiaire de la société de gardiennage qui s'occupait des terres des Rousseau, à grand renfort d'électronique et de systèmes d'écoute, obtenu le raccordement du cottage au réseau électrique, contacté deux avocats.

Sonja prenait à dessein les décisions à ma place, me menant par le bout du nez, me poussant d'un sujet à l'autre, d'une conclusion logique à la suivante, tentant de me ramener à la réalité et aux décisions que je devais prendre. Ça a marché. Le jour où nous avons emménagé dans la nouvelle maison, j'ai recommencé à écouter, à exprimer mon désaccord, à penser et à éprouver des sentiments.

Elle a même pris rendez-vous pour les filles chez un thérapeute qui s'occupait plus particulièrement des enfants ayant été victimes d'attouchements sexuels de la part d'un proche parent. Il m'était toujours impossible d'appeler les choses par leur nom. L'inceste n'arrivait qu'aux autres. Il frappait les classes sociales défavorisées, les filles-mères alcooliques des bas quartiers, cette racaille blanche, droguée, vivant à la colle avec des types vêtus de jeans crasseux et en loques, aux cheveux gras et... Doux Jésus. Pas moi. Pas Montgomery. Mais...

Elle saigne et elle n'est pas disponible. Et nous devions jouer.

Je ne pouvais échapper à ces mots, éveillée ou endormie. Puis j'ai cessé de vouloir leur échapper. J'ai cherché à les regarder en face, à les voir, à les triturer dans mon esprit jusqu'à ce qu'ils perdent tout pouvoir sur moi, sur mes filles. Et j'ai fini par croire que j'y arriverais dès ma première nuit dans la maison Rousseau, sur ce matelas inconnu, un ventilateur tournant paresseusement au plafond. Cette nuit-là, j'ai dormi. D'un sommeil épais, profond, sans rêves, et je me suis éveillée sachant où j'étais, ce que j'avais fait. J'ai souri dans le demi-jour de l'aube. Respiré profondément pour la première fois depuis des jours. J'étais libre.

Comme les lourds maillons d'une chaîne rouillée, la souffrance et le traumatisme étaient toujours présents, mais ils ne m'entravaient plus. Je commençais même à me dire que je parviendrais à m'en libérer.

Le deuxième jour de notre installation à La Nouvelle-Orléans, j'avais encore suivi aveuglément les directives de Sonja mais à présent je les suivais en toute conscience, d'une manière lucide et rationnelle. Je me suis même opposée à elle pour la scolarisation des filles. J'ai vu un sourire s'esquisser sur ses lèvres lorsque j'ai pris ma décision sans la consulter et choisi moi-même leur école. Ce sourire disait : *Il est temps.*

Je voulais inscrire les filles à Sainte-Anne, une école catholique pour filles. Elle se trouvait hors de la ville, dans un parc de dix hectares, clôturé par un haut mur de brique, où poussaient de vieux magnolias et des chênes. Elle avait l'air très sûre et, bien qu'il faille traverser matin et soir La Nouvelle-Orléans et son épouvantable circulation pour les y amener, je les ai inscrites dès le vendredi matin, c'est-à-dire le lendemain de mon arrivée. Puis je suis allée consulter mon avocat.

Je me suis vêtue avec un soin particulier le matin de ce jour où j'avais rendez-vous avec les religieuses et mon nouvel avocat. Un ensemble pantalon de soie pêche et, pour trancher, une veste vert d'eau et des souliers couleur taupe. J'étais en beauté. Du moins autant qu'on peut l'être après une semaine d'insomnie, un déménagement clandestin d'un bout de l'État à l'autre et des nausées matinales !

J'ai confié les filles à Lois Jean, la bonne de Sonja, ainsi qu'à une jeune femme qui habitait au bout de la rue, Cheri, qui gardait souvent ses fils pour se faire un peu d'argent. Elle suivait les cours du soir à l'université de La Nouvelle-Orléans. Il m'était pénible d'abandonner les filles et Morgan si vite après notre arrivée, mais je savais que Lois et Cheri feraient de bonnes baby-sitters pour quelques heures.

Montgomery ne m'avait jamais laissée prendre le volant lors de mes visites à La Nouvelle-Orléans. Il prétendait que je ne conduisais pas assez bien pour manœuvrer avec un trafic aussi dense. Mais je n'ai eu aucun mal à circuler avec la Toyota Camry dernier modèle que j'utilisais à Moisson chaque fois qu'il m'en laissait les clés. La voiture était à mon nom. Elle était payée. Elle était à moi.

Les religieuses de Sainte-Anne m'ont enchantée. Elles dispensaient un enseignement à dominante littéraire et accordaient une large place aux langues étrangères. C'étaient de jeunes femmes qui avaient le sens du contact avec d'autres milieux et d'autres cultures. Sur le plan des études c'était une institution remarquable, mais pour être franche, l'institution m'avait surtout séduite par sa clôture et son parc protégé. Je savais que les filles seraient en sécurité à Sainte-Anne pour les dernières semaines de l'année scolaire. Décidément, ces religieuses me plaisaient beaucoup.

Le choix d'Adrian Paul Rousseau comme avocat se révéla moins judicieux. J'aurais préféré le sélectionner moi-même, mais Sonja avait insisté en disant qu'il était le meilleur. Il m'aurait été certes difficile de juger de la compétence d'un homme de loi en parcourant dans l'annuaire la liste des avocats exerçant à La Nouvelle-Orléans.

Le cabinet Rousseau se trouvait dans un vieil immeuble à quelques kilomètres de l'université de Tulane. Un ancien entrepôt, à moins que ce ne fût une sorte de moulin. Les Rousseau en avaient restauré la façade de brique en la dotant de portes-fenêtres, protégées par des grilles en fer forgé. Des centaines de plantes à feuilles persistantes occupaient les points stratégiques du terrain.

Je me suis garée près de l'entrée principale, ai vérifié mon maquillage et verrouillé les portières. Ce n'est qu'en tendant la main vers la poignée de cuivre de la porte que je me suis rendu compte de l'énormité de mon acte : *Je consultais un avocat à propos de Montgomery*. Ma respiration s'est accélérée et j'ai lutté pour conserver le contrôle de mes réactions car mes doigts commençaient à trembler. Lentement, j'ai ouvert la porte et suis passée de la moiteur humide de l'extérieur à la fraîcheur bienfaisante de l'air climatisé. L'espace intérieur de cet immeuble autrefois gigantesque avait été divisé en bureaux. Sur une plaque de cuivre, une flèche indiquait la direction du cabinet Rousseau. Je l'ai suivie. C'était au premier étage, derrière une série de portes sculptées qui dissimulaient, semblait-il, une véritable retraite de moine. Ces portes, immenses, accrochées à des gonds de cuivre, semblaient peser une tonne, et pourtant elles s'ouvrirent sur une simple pression de ma main.

Je me suis arrêtée. La facilité avec laquelle les vastes portes s'étaient ouvertes réveillait un souvenir. Il y avait quelque chose, quelque part au fond de mon esprit, qui réclamait mon attention. Cette chose me faisait signe depuis des jours, tentant de remonter à la surface. Elle avait un rapport avec les portes. Et, à ce moment-là, je me suis souvenue de la Case. Cette Case que j'avais inventée pendant ma lune de miel et dans laquelle j'entreposais toutes les choses que je ne voulais pas regarder. Toutes les choses dont je ne voulais pas me souvenir. Ce n'était pas le moment d'y penser. Plus tard peut-être. Beaucoup plus tard.

Mes paumes étaient moites. Les portes de la retraite de moine se sont refermées derrière moi, me coupant du reste du monde.

À l'intérieur, il y avait une petite salle d'attente décorée avec goût dans des tons de rose saumon, de gris anthracite et de blanc. Le bureau de l'hôtesse d'accueil se trouvait tout au fond. J'ai pris une profonde inspiration. Adrian Paul est venu immédiatement à ma rencontre comme s'il avait guetté mon arrivée.

Au premier coup d'œil, il m'a agréablement surprise. Il avait cette séduction créole un peu ténébreuse des Rousseau, le regard direct et perçant, des manières assurées. Je me suis demandé si l'on apprenait ce type de regard à la faculté, le regard de l'avocat n° 101, le regard du juge n° 202...

Pourtant, ses cheveux étaient trop longs pour un avocat. Il ne portait pas de veston, juste une chemise blanche à col ouvert et une cravate desserrée sur un pantalon sombre. Des chaussures noires à semelle élastique telles qu'en portent les joggeurs matinaux qui s'entraînent chaque jour. Prenant ma main dans la sienne, il m'a saluée et m'a présentée son assistante.

— Nicole DeLande, voici notre secrétaire de direction, Bonnie Lamansky. Elle s'occupe de tout ici.

— Bonjour, madame.

Ma voix m'a semblé presque normale, ni haletante ni faible.

Cela m'a rassurée, bien que ma respiration fût encore trop rapide et que mon esprit fonctionnât à son maximum. Mon corps réagissait comme si j'avais été en danger ou au bord du désastre.

— Ravie de vous connaître, madame DeLande.

Cet échange de politesses était parfaitement ridicule mais Bonnie paraissait sincère. De mon côté, j'aurais voulu être n'importe où sauf ici. C'était une petite femme replète d'environ cinquante ans. Elle avait des cheveux argentés, des yeux bleus pétillants et était vêtue avec goût dans des tons gris anthracite. C'était à croire que le décorateur du cabinet Rousseau avait laissé des instructions strictes pour qu'elle ne détonne point dans le décor.

C'était le genre de femme qui n'avait jamais eu peur d'un inconnu. J'admirais ce trait de caractère, car j'en étais moi-même dépourvue. Tandis que Bonnie aurait engagé immédiatement la conversation avec toute personne qu'elle rencontrait même pour la première fois, j'étais du genre à bafouiller dès qu'un inconnu m'adressait les civilités d'usage, tout juste capable de réciter des banalités.

— Bonnie, si Mme DeLande appelle pour un problème quelconque, passez-la-moi systématiquement si elle dit que c'est urgent.

J'ai esquissé un sourire, me détendant un peu.

— Je vois que Sonja vous a mis au courant.

Il a opiné et m'a emmenée dans le couloir qui conduisait à son bureau. L'épais tapis étouffait nos pas comme les voix qui provenaient des deux bureaux devant lesquels nous passâmes. Outre les salles de conférences et la bibliothèque, il y avait quatre bureaux. C'était une affaire de famille. Le patriarche, Rupert Rousseau, était le père d'une famille d'hommes de loi et appartenait à la quatrième génération des Rousseau qui exerçaient dans le district de La Nouvelle-Orléans. Gabriel Alain s'occupait du droit criminel, le mari de Sonja, Philippe, du droit civil et Adrian Paul des gens comme moi.

— Ma belle-sœur est une femme... extraordinaire.

Il m'a fallu un moment pour comprendre qu'il parlait de Sonja.

— Vous êtes gentil, ai-je chuchoté derrière son dos.

Il m'a jeté un coup d'œil en ouvrant la porte de son bureau et en s'effaçant pour me laisser entrer. C'était un regard de conspirateur, comme si nous avions une connaissance de Sonja que nous étions les seuls à partager.

— Je ne suis pas gentil. Diplomate.

Ah, ah !

Je lui ai rendu son sourire, me détendant encore davantage.

— Laissez-moi deviner. Elle vous a dit de m'attendre quand je suis arrivée. En personne. Vous a-t-elle aussi dit ce que vous deviez me répondre et ce que vous deviez porter ?

Adrian Paul a éclaté de rire — un rire puissant et savoureux comme du chocolat chaud qui ruisselle sur une glace à la vanille. J'avais le sentiment qu'il ne riait pas souvent. Mais ce rire me convainquit ; je le prendrais pour avocat. Ce n'était peut-être pas beaucoup plus malin que d'en choisir un dans les pages jaunes de l'annuaire, mais un homme qui riait de cette façon m'inspirait confiance.

Je suis passée devant lui en entrant dans le bureau et son parfum m'a frappée. Il était intense, capiteux, tenace. Digne de confiance. Il n'était pas sucré. Ce n'était pas une eau de Cologne. Ce n'était pas Montgomery.

La sensation que j'avais éprouvée en poussant les immenses portes de la retraite de moine avec mes paumes m'est revenue lorsque j'ai pénétré dans le bureau. Je sentais presque le grain du bois sous ma peau. J'ai eu l'impression que mes mains tremblaient. En les regardant, j'ai constaté qu'elles étaient calmes et immobiles. Apaisées.

Son bureau était très différent de ce que j'attendais : pas d'imposante table directoriale avec fauteuil de cuir faisant face à deux chaises plus petites, destinées au client en détresse, pas d'étagères surchargées de traités juridiques, pas de diplômes encadrés aux murs. Le bureau d'Adrian Paul n'avait rien de conventionnel.

Il y avait une antique table espagnole, en bois massif noir incrusté de nacre. Ses lourds pieds sculptés étaient décorés de spirales et de feuilles. Elle était dans l'angle opposé à la porte et faisait face à deux hautes fenêtres qui s'ouvraient sur un petit jardin privé. Les chaises étaient toutes semblables, confortables, à dossier bas, et capitonnées d'un tissu gris anthracite. Trois d'entre elles étaient regroupées devant le bureau, près d'une petite table à thé sur laquelle étaient posées des carafes pour les clients déshydratés et une boîte de mouchoirs pour les âmes sensibles.

Aucune bibliothèque. Aucun diplôme. Aucune distinction. Il n'y avait qu'un canapé de cuir fatigué, un téléviseur et une chaîne stéréo. Et sur la splendide table de travail, un bonsaï voisinait avec le portrait encadré de cuivre d'une superbe femme. Je supposai que c'était Camilla. L'épouse qu'il avait perdue l'année passée à la suite d'une leucémie. Ils avaient un fils, Jon Paul. Sonja m'avait appris tous les détails de sa vie privée pour me convaincre qu'Adrian Paul était l'avocat qu'il me fallait.

Il a patienté tandis que je regardais alentour, comme si j'allais le juger en fonction de cet espace qui était le sien. Il voulait me donner le temps de me faire un avis. Au lieu de cela, j'ai employé ce temps à me calmer. *Je consultais un avocat à propos de Montgomery.* J'ai concentré mon attention sur l'arbre.

— Depuis combien de temps l'avez-vous ? ai-je demandé.

Ce n'était pas un vieil arbre, tout noueux et tordu, mais il avait une belle forme. La main de l'homme avait créé quelque chose de splendide.

Adrian Paul s'est avancé derrière moi, la tête inclinée, un sourcil levé.

— Vous connaissez les bonsaïs ?

— Un peu. Ma mère a pris des cours et nous en possédions plusieurs dizaines. Ou plutôt, c'est eux qui nous possédaient. Elle les a vendus à une société de décors paysagers à Mobile.

Je me souvenais du soin qu'elle prodiguait à ses arbres, demeurant tard dans la serre, souvent après que la nuit fut tombée. Mais je ne voulais pas penser à maman à présent. Je souffrais trop qu'elle nous ait rejetés moi et mes enfants.

Je comprenais soudain combien j'en savais peu sur elle. Nous n'avions jamais parlé ou partagé quoi que ce soit ensemble. J'avais toujours été la fille de papa, à traîner dans la clinique vétérinaire, attendant qu'il me laisse l'accompagner dans une ferme isolée, ou me confie la garde de la clinique quand il était absent. J'avais évité autant que je l'avais pu ma mère et ses remontrances.

Maman avait-elle parlé de Montgomery à papa ? J'aurais pu l'appeler à la clinique et pleurer dans son giron, en circonvenant maman. Mais je ne l'avais pas fait. Je n'avais pas téléphoné à papa, pas une fois. Peut-être cela avait-il un rapport avec le nouveau toit que Montgomery avait fait poser sur notre maison au moment de mes fiançailles et à l'accord que les deux hommes avaient conclu. C'était un arrangement financier un peu archaïque pour le mariage d'une fille. Et un peu sinistre. Signifiait-il que je ne pourrais jamais rentrer chez mes parents ?

Tout au fond de mon esprit, la porte de la retraite de moine a commencé à s'ouvrir, guidée par ma main. Ma respiration s'est accélérée de nouveau, et mes tremblements ont repris. J'ai voulu essuyer mes paumes sur ma veste. Adrian Paul parlait.

— J'ai celui-là depuis dix ans. Ma femme l'a acheté juste après que nous nous soyons rencontrés, chez Irv Eisenberg, dans le Quartier Français. Mais celui du jardin (il a fait un geste en direction des fenêtres) a plus de soixante-quinze ans.

Je me suis approchée des fenêtres et j'ai aperçu l'arbre miniature dans un coin du jardin. Les murs de brique autour de lui étaient hauts de six mètres, sans ouverture sur l'extérieur. Ils étaient couverts de vigne et de lierre jusqu'à cinq centimètres du sommet du mur. La végétation s'interrompait brusquement. Ce jardin avait quelque chose qui rappelait ma vie, recluse et claustrophobe.

L'arbre était placé de manière à ce que le soleil de l'après-midi ne le frappe pas directement mais lui parvienne atténué par le mur de brique et par le feuillage d'un rosier en fleur. Il se trouvait dans un élégant pot de céramique, ses racines courbes et tourmentées se frayant un chemin à travers un lit de mousse et de terre, enrichie d'humus et de fumier. C'était un bonsaï conforme à la tradition, tout rabougri et tordu par l'âge et par les mains de son créateur. Ses feuilles vert foncé étaient minuscules, disposées de telle sorte qu'elles contribuaient à donner cette impression de force qui se dégageait de l'arbre.

— Un pin noir japonais, ai-je déclaré, me cramponnant à mon sujet et refusant d'aborder celui qui m'avait amenée ici. *Je consultais un avocat à propos de Montgomery.*
Adrian Paul se tenait derrière moi, si près que je pouvais humer le parfum musqué qui imprégnait sa peau.
— C'est Kensei Yamata qui l'a créé, un domestique ramené de Californie après la ruée vers l'or par un Saint-Dizier. C'est son dernier arbre, il est mort peu après.
— Voulez-vous quelque chose à boire ? Du café ? Du thé ?
J'ai eu un sursaut, identique à celui qui m'avait presque arrêtée en entrant dans l'immeuble. Mes mains étaient moites et la pièce semblait s'assombrir. Le tremblement de mes mains s'est accru.
— Non merci.
J'ai dit sans réfléchir :
— Je me suis débrouillée pour me retrouver enceinte juste au moment où j'ai appris que mon mari violentait nos enfants.
Le ton était vif, caustique. La colère m'étranglait. Je l'ai ravalée, ai pris une profonde inspiration, résolue à mieux contrôler mes réactions et à raisonner logiquement.
Je consultais un avocat à propos de Montgomery. Un rire hystérique est monté dans ma gorge. Je me suis forcée à respirer lentement. Le temps passait avec lenteur et j'ai cru un moment que j'allais m'évanouir.
Adrian Paul, la mine soucieuse, est venu vers moi et m'a présenté une chaise.
— Alors il faut que vous vous asseyiez.
J'ai failli rire de cet affreux rire hystérique, tellement sa réponse était typiquement masculine. Néanmoins, son inquiétude sincère m'a mis du baume au cœur. Il voyait que j'étais terrifiée et éreintée, et il essayait de me faciliter les choses. J'ai grimacé un sourire et mes nerfs se calmèrent en une fraction de seconde.
— Je ne suis pas à ce point enceinte, ai-je répliqué d'une voix mal assurée. Mais si vous en avez, je prendrais bien un déca.
Il a acquiescé, appuyé sur un minuscule interphone sur le bureau.
— Deux sucres et double crème, ai-je précisé.

Il a levé des sourcils étonnés devant mon extravagance mais il a passé la commande à Bonnie et nous nous sommes assis à côté du bureau.

— Sonja m'a un peu expliqué votre situation, a-t-il dit tandis que je reprenais mes esprits, mais racontez-moi donc tout ça en détail.

La peur m'a submergée comme un raz de marée. J'avais l'impression d'être écorchée par une terreur soudaine et je me suis rappelé le rêve du serpent.

— Telle que je connais Sonja, elle a dû vous en dire plus qu'un peu, ai-je dit en cherchant ma respiration.

Je sentais les portes de la retraite de moine sous mes paumes et je m'efforçais de me souvenir de ce que mon esprit tentait de me dire. Mais je devais avoir l'air parfaitement posée, car Adrian Paul s'est remis à rire, cessant de parler lorsque Bonnie nous a apporté deux tasses, accompagnées de sucre et de crème. Je luttais pour contrôler mes émotions. Et après qu'elle a été partie, il a bu son café à petites gorgées et attendu que je parle.

Je ne sais d'où, je ne sais comment, mais tout à coup les mots me sont venus. J'ai ouvert la bouche et des phrases en sont sorties, en désordre et sans lien. Les mots étaient noués comme l'arbre que je contemplais en parlant. C'était douloureux, oppressant d'évoquer la semaine qui venait de s'écouler. De dire à haute voix ce que j'avais appris sur l'homme que j'avais épousé et que je pensais connaître. *Je consultais un avocat à propos de Montgomery*. Ma respiration était trop rapide, bloquée dans ma gorge, et le tremblement de mes mains gagnait mes bras.

Quoi qu'il en soit, je suis parvenue à faire ce récit sans me jeter sur la boîte de kleenex, m'interrompant seulement quand Adrian Paul me posait une question ou lorsque j'étais trop essoufflée pour poursuivre. Je connaissais l'existence des peurs paniques et ce diagnostic me rassurait. Mais il ne m'a nullement aidée à recouvrer le calme. J'ai tiré mes forces du jeune bonsaï posé sur la table tout en parlant et en buvant mon café à petites gorgées, le quittant à peine des yeux. L'arbre avait été torturé pour créer quelque chose de beau. J'ai songé à mes filles, au supplice qu'elles avaient enduré et j'ai souffert pour elles. *Pour les filles :* cette pensée m'est venue spontanément.

Pour les filles, je le ferais. *Je consultais un avocat à propos de Montgomery.*

Lorsque je suis arrivée au bout de mon récit, il y a eu un silence. On n'entendait plus que le crayon crissant sur le papier. Je respirais plus facilement à présent. Mon tremblement, accentué par l'hyperventilation et par la panique, a cessé. J'ai déposé la tasse et la soucoupe sur la petite table, me découvrant une complicité avec elle : j'étais tout aussi vide.

Épuisée. J'ai jeté un coup d'œil sur la montre en rubis et diamants que Montgomery m'avait donnée pendant la grossesse de Morgan. Les pierres me faisaient penser à du sang sous l'éclairage artificiel du bureau.

Nous avions, ou plus exactement j'avais, parlé pendant plus d'une demi-heure. Adrian Paul avait pris des notes sur un bloc, un gribouillage illisible avec des rajouts en marge et des flèches pointées dans tous les sens. Je n'avais plus de voix. J'avais l'impression d'avoir été vidée de ma sève. Toutes mes émotions avaient été balayées comme lorsqu'on nettoie une blessure pour la débarrasser de toutes ses impuretés.

Enfin Adrian Paul a cessé d'écrire et levé les yeux :

— L'idée ne vous était pas venue que Montgomery se livrait à des violences sexuelles sur vos enfants ?

J'ai rougi, regardé vivement le bonsaï, à nouveau haletante et au bord des larmes. Contrairement à d'autres sentiments, la culpabilité maternelle ne peut s'effacer comme ça. J'ai cligné des yeux et Adrian Paul m'a mis un kleenex dans la main.

— Je ne cesse de me demander... comment j'ai pu l'ignorer. Je ne cesse de me remémorer... tout... en essayant de retrouver les indices dont une mère est censée s'apercevoir... les jeux sexuels avec les poupées... ou l'une avec l'autre. Les sautes d'humeur... la peur...

Mon souffle m'a abandonnée et le bonsaï est devenu flou, ses branches se sont mises à danser sous la vague de larmes que je refoulais à peine.

— Il n'y avait rien, ai-je chuchoté.

Je sentais les portes de la retraite de moine s'ouvrir contre les paumes de mes mains. C'était un rêve éveillé, j'avais l'étrange sentiment que mon esprit s'était dédoublé. Il était d'un côté dans le bureau avec Adrian Paul, d'un autre au fond de mon subconscient. Une lumière brûlait par-delà ces portes, une brume rouge emplissait l'air. J'ai ramené mon esprit dans le bureau, ne voulant pas voir plus loin.

— Rien, sinon que Dessie ne mangeait plus. Et Montgomery... a promis...

Les mots se sont étranglés dans ma gorge, piégés par le mensonge qu'ils représentaient. La lucidité a commencé à germer dans mon cerveau.

— ... avait promis de lui trouver un thérapeute, ai-je murmuré.

Les larmes ont cessé de couler et ma vision s'est lentement éclaircie. L'air climatisé sortant d'une grille d'aération descendait du plafond sur mes épaules.

— Il avait promis de lui trouver un psychologue.

J'ai entendu l'ironie sourdre dans ma voix.

— L'aurait-il fait?

J'ai secoué la tête, une mèche s'échappant du chignon que j'avais noué le matin.

— Je suppose que non.

Mes poings semblaient se serrer et se desserrer tout seuls.

— Je ne le pense pas non plus. Il aurait risqué d'être découvert.

Adrian Paul a rencontré mon regard et a esquissé un demi-sourire. Il était aussi en colère, triste et épuisé que moi.

— Si cela peut vous réconforter, les filles étaient partie prenante dans ce secret, même si c'était innocent de leur part. Dans leur esprit elles aussi vous ont caché les mauvais traitements qu'elles ont subis.

C'était une pensée nouvelle. Une douleur nouvelle. Elle m'a frappée de plein fouet et j'ai hoqueté :

— Pourquoi?

J'ai plongé dans ses yeux d'un noir aussi intense que l'eau profonde et immobile du bayou.

— Je ne comprends pas pourquoi.

Ma voix s'est à nouveau brisée et à travers mes larmes je voyais ses yeux onduler comme une eau qui se ride. Des larmes qui n'avaient toujours pas coulé, peut-être parce qu'elles coulaient à l'intérieur, remplissant le vide douloureux de mon âme.

— Parce qu'elles étaient contraintes à être de méchantes petites filles. Parce que papa leur disait de garder un secret. Parce qu'il les a probablement menacées ou leur a promis des gâteries, par exemple des jouets, pour acheter leur silence. Parce qu'elles l'aimaient et qu'elles avaient peur de lui. Parce qu'elles savaient que cela vous blesserait d'une façon ou d'une autre et qu'elles ne voulaient pas le faire.

Tout en parlant, Adrian Paul me regardait de ses yeux impassibles.

— Elles ont agi essentiellement par honte et par crainte. Abuser d'enfants n'est pas une affaire de sexe, pas plus que le viol. L'un et l'autre sont une affaire de pouvoir, de terreur et de contrôle de l'autre par la violence. L'un et l'autre sont des agressions mentales et émotionnelles autant que physiques.

— S'en... sortiront-elles un jour ?

Mes larmes ont enfin coulé, absorbées par le kleenex que j'avais malmené dans mes mains crispées.

Adrian Paul a souri tandis que je reniflais.

— Vous les avez crues. Vous les avez emmenées. C'est un premier pas.

Nous savions tous deux qu'il n'avait pas répondu à ma question. Personne ne le pouvait.

— Qu'est-ce que je fais maintenant ?

— Que voulez-vous faire ?

— Je ne sais pas. Sonja pense que ce n'est pas une thérapie qui aidera Montgomery.

— J'en doute, en effet. À moins qu'il ne fasse la démarche lui-même.

— Il doit le vouloir, ai-je dit, répétant les mots de Sonja, plus que tout au monde.

— Vous a-t-il déjà fait du mal ? Battue ?

Le rire qui m'a échappé était grinçant, saccadé. C'était le rire hystérique que je n'avais pas pu contenir tout à l'heure.

— Les DeLande n'ont jamais battu une femme. Ils n'ont pas besoin de ces procédés primitifs, vulgaires. Ils ont d'autres manières d'imposer leur point de vue.

— Lesquelles?

Sa voix était calme et posée, presque indifférente.

J'ai fixé le bonsaï. C'était un mimosa tropical, un arbre délicat aux frondaisons duveteuses qui se fermaient étroitement au crépuscule pour éclore à nouveau à l'aube. J'étais surprise de la facilité avec laquelle le nom de cette espèce m'était venu à l'esprit. Ses fleurs s'ouvriraient précocement cet été. De minuscules bourgeons durs apparaissaient déjà sur ses branches.

Je me suis levée brusquement, heurtant de mon genou la table basse, ébranlant les tasses chinoises dans leurs soucoupes. La porte-fenêtre s'est ouverte sous mes doigts et l'air matinal de La Nouvelle-Orléans m'a frappé au visage, pollué et sentant le poisson, mais, d'une certaine manière, rassurant. Adrian Paul n'a fait aucune remarque sur ma désinvolture. Il était sans doute accoutumé aux femmes audacieuses après toutes ces années où il avait eu affaire à Sonja.

Je suis restée à l'extérieur, le visage éclaboussé de soleil, la main gauche sur le montant de la porte.

— Un DeLande utilise son imagination pour... soumettre une femme rebelle.

Un oiseau a gazouillé, sautillant sur le mur de brique pour surveiller son territoire.

— Un jour il a fait disparaître tous mes vêtements parce que je l'avais contredit publiquement à l'église, devant le prêtre. Je n'avais plus qu'un short, un tee-shirt et pas le moindre sous-vêtement, et ce, durant toute une semaine.

Je parlais d'une voix rauque et blanche tout aussi impersonnelle que si j'avais lu dans une revue médicale un de ces articles indigestes où l'on explique comment soigner un patient souffrant d'obésité après l'ablation de la vésicule biliaire.

— J'avais appris à vivre sans voiture parce qu'il m'en confisquait les clés trop souvent. La moitié du temps les courses étaient commandées par téléphone et elles nous étaient livrées, ou alors Rosalita passait les prendre elle-même. Quant aux vêtements, je les achetais sur catalogue et les faisais livrer à domicile.

La brise soufflait sur mon visage et agitait les feuilles du rosier. Je me suis demandé comment le vent parvenait à franchir ces murs de brique couverts de vigne vierge.

— Une fois, il m'a pris les enfants.

J'ai fait une pause, la respiration haletante, la voix soudain gutturale, le ton amer. L'oiseau s'est envolé.

— Il avait envoyé les filles chez Rosalita pendant quelques jours. Je ne savais pas ce qu'il avait fait d'elles. En vérité, j'ai pensé... qu'il avait pu... leur faire du mal. Et Montgomery me laissait le supposer... sans doute pour me contraindre à la soumission et au silence.

J'ai respiré profondément.

Les portes de la retraite de moine ont soudain été si réelles que j'ai cru sentir leurs échardes dans ma chair et le grain du bois rugueux et serré sous mes paumes. J'ai ouvert largement ces portes. De la lumière rouge a inondé mon esprit. La Case se trouvait à l'intérieur. La Case Montgomery. La Case que j'avais fabriquée pendant notre lune de miel pour y enfermer le Montgomery que je n'aimais pas. Le Montgomery que je ne voulais pas voir. Il y avait à l'intérieur toutes les mauvaises choses de ma vie, tous les secrets de mon mariage.

J'ai été surprise par sa taille. Quand je l'avais inventée, elle était beaucoup plus petite, bien rangée, comme un carton à chapeaux. À présent, elle était beaucoup plus vaste, sens dessus dessous, fissurée par endroits... Comme un box trop petit contre lequel un cheval furieux se serait acharné à coups de sabot. J'ai soudain compris que Montgomery m'avait traitée comme les filles. Elles avaient gardé ses secrets, elles s'étaient tues sur ses mauvais traitements, les avaient dissimulés pendant des années sous l'effet de la crainte et de l'effroi. Tout comme moi.

— Oh!

J'ai soupiré. Et Dieu sait pourtant si je ne refusais pas de faire l'amour ni de lui complaire au lit.

J'ai agrippé si fortement le montant de la porte vitrée que mes ongles ont traversé la couche de peinture et se sont enfoncés dans le bois. J'ai regardé le soleil, cligné des yeux, soudain éblouie. Adrian Paul se tenait derrière moi, si proche que j'ai senti la chaleur de son corps le long de mon dos, mais il ne m'a pas touchée.

— Vous n'avez pas idée comme le sexe peut être douloureux quand quelqu'un désire vous faire mal. Quand il vous pince, qu'il vous mord, qu'il vous tord la peau et la chair.

J'ai ri de nouveau, d'un bruit strident et dur qui n'avait plus rien d'hystérique. J'ai ouvert la Case.

— Il me faisait l'amour... Non. Il ne me faisait pas l'amour. (J'ai respiré profondément.) Il me *baisait*.

Je me suis interrompue à cette obscénité, goûtant la saveur de ce mot inhabituel dans ma bouche, ce mot tranchant, grossier, cinglant.

— Il me baisait contre les portes à en avoir des ecchymoses. Mon dos était tellement à vif que je suis restée au lit pendant trois jours.

J'ai fermé les yeux, éblouie par le soleil, me concentrant sur les taches de couleur orange et rouges qu'il imprimait sur mes paupières.

— Il me baisait sur la cuisinière, la flamme du réchaud si près de mon corps que j'en avais des cloques sur les hanches. J'ai des cicatrices pour le prouver.

J'ai encore ri, savourant le bruit de ce rire grinçant, rauque et brutal.

— Il me baisait dans le jacuzzi. Il me tenait la tête sous l'eau jusqu'à ce qu'il ait joui... et que je me sois presque noyée.

Ma respiration était aussi bruyante qu'un soufflet de forge. Mais je me sentais mieux, je me sentais... enfin libre. Une liberté sauvage. Et j'étais capable de penser. Et j'étais capable de décider. C'était ma vie. *La mienne.*

— Pourquoi êtes-vous restée avec lui ?

La voix d'Adrian Paul était toujours aussi neutre. J'ai eu un sourire. Un sourire hideux. Carnassier.

— La plupart du temps, il était si bon envers moi. Il me dorlotait comme une femme désire être dorlotée. Comme si j'avais une valeur inestimable et que je fusse fragile comme du cristal. (L'ironie perçait dans ma voix.) Il était généreux et prodigue, *un homme bon pour les siens*. Il ne devenait méchant envers moi que lorsqu'un de ses frères nous rendait visite. Il se mettait à boire quand ils étaient là... Et il devenait comme eux. Il lui fallait des jours pour se débarrasser de l'influence qu'ils avaient sur lui. Et c'était *un bon père aussi*, ou du moins je le pensais. Il avait tendance à ignorer les filles sur le plan de l'affection, mais il pourvoyait largement à leurs besoins. Beaucoup mieux que je n'aurais pu le faire seule. Non. Montgomery ne m'a jamais frappée avec ses poings. Il n'a jamais eu à le faire.

Je ne pleurais pas. J'avais les yeux secs et j'étais vidée. J'avais si froid que j'ai frissonné quand Adrian Paul m'a prise par l'épaule pour me ramener à l'intérieur, tandis que la porte se refermait derrière moi. J'étais incapable de le regarder. Je ne voulais pas voir son visage.

Il a commandé encore du déca, avec de la crème et du sucre, a refermé lui-même mes doigts glacés autour de la tasse brûlante quand elle m'a été servie. Il a sorti d'on ne sait où un lainage afghan dont il a entouré mes épaules. Il est resté silencieux et attentif jusqu'à ce que j'aie surmonté mon état de choc. Je n'avais jamais parlé à personne du côté noir de ma vie avec Montgomery, des choses que j'avais enfouies dans la Case. Je les avais moi-même rarement regardées en face. Je venais non seulement de le faire mais j'en avais déballé tout le linge sale. Tant pis si les voisins en faisaient des gorges chaudes, comme aurait dit maman.

Comment *avais-je pu* rester avec lui ?

Mon esprit est revenu sur cette question, la soupesant comme une femme aveugle palperait un châle au crochet pour essayer de reconnaître le point.

— Parlons plutôt de ce que vous allez faire.

Adrian Paul a énuméré l'une après l'autre toutes mes possibilités d'action, d'un ton froidement professionnel, expliquant comment Montgomery pourrait les contrer et me dispensant ses propres conseils. La seule fois où je lui ai lancé un regard, ses yeux étaient dépourvus de toute espèce de chaleur ou d'émotion. Mais la raideur de ses mâchoires et la façon dont les coins de sa bouche s'abaissaient tandis qu'il parlait contredisaient le calme de sa voix.

Adrian Paul était en colère. Furieux. Il était en colère pour moi et pour les filles. En colère devant les mauvais traitements que nous avions subis. Cela faisait du bien d'avoir quelqu'un qui soit en colère *pour* moi.

Il m'a encouragée à entamer une procédure le jour même, convaincu de pouvoir préparer le dossier pour le juge et de le faire signer dès le lundi matin. C'était pour ma protection, a-t-il dit. Mais j'étais trop lasse et trop vidée pour lui dire les mots qu'il voulait entendre. C'était une grande décision. Et je voulais la prendre à tête reposée.

— Je vous appelle ce soir, ai-je dit doucement en me levant et en me dirigeant vers la porte. Merci de m'avoir donné un peu de votre temps...

Ma voix s'est cassée.

— Nicole. Ne le laissez pas avoir le dessus. Ne le laissez pas.

— Merci. Je m'appelle Collie. Seuls Montgomery et ma mère m'appellent Nicole.

Je suis sortie de son bureau et j'ai refermé la porte.

Il y a eu un bruit derrière moi à l'intérieur de la pièce. Le genre de bruit que peut faire un chat rageur, un grondement sourd. Presque instantanément suivi par un autre, strident, comme le bruit de quelque chose qui se brise, du verre ou bien les tasses dans lesquelles nous venions de boire le café.

J'ai remonté le couloir, dépassé Bonnie qui parlait au téléphone et ouvert les lourdes portes de la retraite de moine qui ont tourné sur leurs gonds magiques. J'ai retrouvé ma voiture d'instinct et me suis assise au volant, dans la chaleur de fournaise qui régnait à l'intérieur. Je n'éprouvais plus aucune sensation.

Au bout d'un moment, j'ai mis le contact et démarré, stupéfaite que mes mains soient encore assez assurées pour être capables de conduire. J'avais cessé de trembler, mes paumes moites et frissonnantes n'étant plus qu'un souvenir abandonné derrière les portes de la retraite de moine, en compagnie des rêves mensongers et de la fausse vision que j'avais eue de mon mariage. À présent, j'étais engourdie.

L'heure qui venait de s'écouler avait absorbé toute mon énergie, me laissant abattue et épuisée. Me regardant dans le rétroviseur au premier feu rouge, j'ai tendu la main vers ma trousse à maquillage. J'avais besoin d'une remise en beauté complète. Je ressemblais à ces photos que publient les magazines pour montrer votre état « avant » l'intervention de leurs maquilleuses. Je me suis remis un peu de rouge à lèvres et de poudre, ai mordu mes lèvres pour en rehausser la couleur, puis renoncé.

Au lieu de rentrer directement chez les Rousseau, dans le refuge de mon petit cottage, j'ai fait quelques courses, puis j'ai regagné la maison où je me suis écroulée comme une masse.

J'ai passé le reste de la journée à dormir tandis que les filles jouaient comme des folles avec les jumeaux Rousseau, Mallory et Marshall, piétinant les fleurs et les buissons derrière la maison. Leurs cris bruyants et innocents me parvenaient par les fenêtres ouvertes. Étendue de tout mon long sur le canapé, un oreiller sous la tête, je rêvais à nouveau du serpent et me suis éveillée en criant silencieusement, à demi étouffée, en larmes, les bras lacérés de griffons d'ongles.

Tard ce soir-là, je me suis souvenue de la dernière partie de mon entretien avec Adrian Paul. Qu'est-ce que j'allais faire maintenant ?

J'étais assise dans la véranda, sur la balancelle que le jardinier avait installée un peu plus tôt dans la journée. Les chaînes grinçaient doucement. Une de mes jambes était allongée sur le coussin, l'autre pendait par terre. Un immense faucheux s'avançait vers mes orteils pour les explorer. Je les remuais un peu pour l'effrayer. Je déteste les araignées. Les encyclopédies peuvent bien les classer comme elles veulent, un faucheux restera toujours pour moi une araignée.

Le parfum des bougies à la citronnelle que j'avais allumées pour éloigner les moustiques, les appels rauques d'un oiseau moqueur, cet enchaînement répété était, d'une certaine manière, rassurant. C'était le crépuscule, les filles prenaient leur bain dans le tub à pattes de lion, après s'être hissées sur un tabouret pour se mettre dedans. Je les entendais glousser, chuchoter et crier tandis qu'elles jouaient dans l'eau avec leurs bateaux en celluloïd et leurs voiliers.

Morgan jouait sur une natte à mes pieds. C'était un enfant tranquille, pas très précoce pour marcher et qui n'aimait guère ramper. Il préférait rester couché à sucer son pouce et à contempler les solives du plafond au-dessus de sa tête. Il n'était pas en retard, simplement il se développait à son rythme, prenant le temps d'observer autour de lui. Plus tard, pensais-je, ce serait peut-être un garçon sage, rêveur et doux. Étrange pour un DeLande. Je l'imaginais en prêtre. Ou en avocat...

Vous devez prendre une décision, vous savez.

Ces paroles d'Adrian Paul étaient celles-là mêmes que m'avait dites Sonja. Il avait raison. Je ne pouvais pas fermer les yeux sur ce que Montgomery avait fait. Sur ce qu'il était. Je devais réagir au préjudice qu'il avait fait subir aux filles. Et à moi.

J'avais le choix entre plusieurs possibilités, mais Adrian Paul m'en avait recommandé une en particulier. Il avait suggéré que je prépare un dossier demandant la séparation et le divorce en arguant des violences sexuelles que Montgomery nous avait infligées aux filles et à moi. Dans ce même dossier, j'aurais mentionné le nombre d'enfants que nous avions eus de notre mariage et réclamé leur garde à cause de sa perversion. Cela m'aurait fait obtenir une injonction permettant de tenir Montgomery éloigné des enfants et me garantissant à titre temporaire leur garde. L'injonction était valable dix jours et pouvait être renouvelée sans autre procédure à chaque échéance. Je me suis demandé si une injonction émanant d'un juge avait valeur d'obligation pour un DeLande. C'était peu probable.

Bien sûr, je devais prouver que Montgomery était un père indigne. Le prouver devant le tribunal. Et obtenir un jugement définitif l'éloignant des enfants et de moi pour toujours. Enfin, si nécessaire ou si je le voulais, je pouvais déposer un dossier au bureau du procureur, accusant Montgomery de rapports sexuels avec un mineur... aggravé de viol, s'il y avait effectivement eu viol...

Je devais faire tout cela pour protéger les filles. Mais je savais parfaitement qu'aucune femme ne quittait jamais un DeLande. Jamais entière. Et certainement pas avec des enfants. Il y avait eu des précédents. D'autres avaient essayé et échoué. Prendre la fuite n'avait jamais marché, pas pour la femme d'un DeLande. La loi était mon seul recours, si dérisoire fût-il.

Nous aurions pu entamer la procédure avant que je ne quitte le bureau d'Adrian Paul, mais je n'avais pas l'esprit clair à ce moment-là. J'étais incapable de décider si la stratégie d'Adrian Paul était la meilleure. Je connaissais les DeLande. Je connaissais le pouvoir qu'ils avaient dans l'État, les moyens financiers qu'ils mettraient en œuvre contre moi et contre les accusations que je pouvais formuler contre Montgomery.

Il y avait aussi le fait que je n'avais jamais parlé à personne de ma vie de couple. Ni des punitions que m'avaient infligées Montgomery, ni de sa violence subtile. J'avais appris à vivre avec ça pour le bien des enfants. Pour le mode de vie qu'il leur offrait et que je n'aurais pas pu leur donner. Pas avec mon salaire d'infirmière.

Mais mes rêves et mes besoins n'étaient pas les facteurs essentiels. J'avais surtout voulu que Montgomery m'aime. Comme la première idiote venue, j'avais pensé que mon amour changerait l'homme formé par sa famille en l'homme qui m'avait fait la cour.

J'avais du temps pour me décider. Cinq jours avant que Montgomery ne revienne en ville. Cinq jours pour nous préparer une nouvelle vie à moi et aux enfants. Montgomery était en France, il n'allait donc pas téléphoner pendant son absence. Il n'avait aucun moyen de savoir que j'étais partie, à moins que quelqu'un n'ait surveillé la maison pour lui. Une éventualité plutôt improbable. Je pensais que Montgomery me faisait confiance lorsque j'étais à la maison.

J'ai appuyé ma tête contre la balancelle et observé le plafond avec Morgan, m'interrogeant sur ce qu'il voyait dans les solives et les lattes du toit de la véranda, tandis que le mouvement de la balancelle m'apaisait et me tranquillisait. C'était un réconfort au terme de cette journée épouvantable. Mes sentiments étaient toujours écorchés et à vif après mon entretien avec Adrian Paul. J'étais prise d'une envie de rire quand ce n'était pas le moment et d'une envie de pleurer quand j'aurais dû rire. Mais j'allais mieux. J'étais plus calme. Et j'avais survécu à cette terrible épreuve.

Demain aussi serait un jour difficile. Je ne voulais pas l'affronter. Je ne voulais pas regarder trop précisément les choses honteuses que j'apprenais ou souffrir des changements qui survenaient dans ma vie. Mais je ne voulais pas reconquérir la paix de mon âme au prix de la douleur des filles. Je savais que je suivrais les conseils d'Adrian Paul et que j'allais poursuivre en justice Montgomery pour obtenir une séparation et un jugement de divorce. J'allais lui téléphoner, lui demander d'entamer une procédure. Mais je ne le faisais pas. Pas encore.

J'ai fermé les yeux, laissant la balancelle ralentir et s'arrêter. J'ai entendu Morgan bâiller et soupirer. Entendu les filles sortir de la baignoire et se sécher, le bruit de leurs pas sur le plancher pendant qu'elles cherchaient leur chemise de nuit.

Elles savaient qu'elles allaient chez le médecin le lendemain. Un rendez-vous avait été fixé par Sonja et Adrian Paul pour voir si elles n'avaient pas attrapé des maladies vénériennes et si elles n'avaient pas de marques physiques d'abus sexuels. Non pas qu'il y en ait eu. À moins que l'une d'elles eût été pénétrée...

Elles aimaient bien leur docteur à Moisson. Le docteur Ben. C'était un homme de plus de cinquante ans, à la semi-retraite, qui s'était établi dans la paroisse de Moisson pour chasser et pêcher, activités qu'il préférait à l'exercice de la médecine. Il conservait une consultation trois jours par semaine pour gagner juste de quoi pratiquer son hobby. Mais pour ce type d'examen, j'avais insisté pour consulter une femme et Sonja avait été d'accord. Le médecin examinerait les filles, les filmerait et rédigerait un rapport sur ses conclusions. Elle avait déjà accepté de se présenter à la Cour et de témoigner s'il le fallait.

Nous devions nous retrouver pour déjeuner avec Sonja et les jumeaux chez Van, rue Saint-Peter. C'était un des meilleurs restaurants de la ville. Situé dans le quartier du Vieux Carré, cet établissement à l'ancienne mode servait un excellent *po'boy*, une nourriture copieuse et soignée, spécialisée dans les sauces, fromages et poissons frits. Je salivais à cette pensée.

Nous aurions besoin de ce remontant. Car le thérapeute serait notre prochaine étape. Le psychologue qui tenterait d'aider les filles à reconnaître ce que Montgomery leur avait fait, à l'affronter, à l'accepter et à le surmonter. Qui les aiderait à vivre avec cette souffrance, à la transformer en victoire, au lieu de les laisser enfouir dans un recoin de leur esprit le souvenir de ces violences sexuelles. Ce genre d'oubli était dangereux, il pouvait aboutir à des comportements autodestructeurs, à des dysfonctionnements affectifs et sexuels, à des vies perdues.

Mais ce psychologue était bien plus qu'un thérapeute. C'était aussi une arme juridique contre Montgomery. Elle enregistrerait toutes les séances, celles avec les filles ou avec moi seule, celles avec nous toutes réunies. Derrière un miroir sans tain, un assistant noterait tout. Les rapports et les enregistrements seraient présentés à la Cour.

Le docteur et le thérapeute étaient des experts auprès des tribunaux. Si nous en venions à un procès, ils témoigneraient en notre faveur contre Montgomery et affronteraient la batterie d'avocats que Montgomery engagerait pour le défendre.

Les filles sont entrées en trombe dans la véranda et se sont vautrées sur la natte de Morgan en lui faisant des chatouilles. Mon petit homme a gloussé, puis il m'a regardée et souri de son air de vieux sage, comme s'il me prenait à témoin de ces enfantillages.

— C'est l'heure de l'histoire, maman, avant que Morgan ne s'endorme, a dit Dessie.

Elle leva les yeux vers moi avec un grand sourire. Ce n'était plus la Dessie de la semaine dernière. Il y avait à peine plus de vingt-quatre heures que nous avions quitté Moisson et déjà elle devenait plus vivante. Elle avait même mangé une part de *muffelletta* que j'avais achetée chez Norby en revenant du cabinet Rousseau : une pâte soufflée farcie à base de crevettes, de crabe, d'huîtres, de laitue, de tomates et de fromage de chèvre fondu. Dessie en avait dévoré une portion entière et bu deux verres de jus de fruits. Son estomac était ballonné à cause de cette quantité inhabituelle de nourriture qu'elle avait absorbée.

Je lui ai souri dans la lumière du crépuscule.

— J'aurais besoin d'une torche. Tu sais où c'est, ma petiote ? ai-je dit en cajun.

— Je vais la chercher. Occupe-toi du livre, a répliqué Shalene, et les deux filles se sont éloignées de Morgan en courant.

Il m'a regardée à nouveau, esquissant son mystérieux sourire. Je me suis penchée et l'ai pris sur mes genoux juste au moment où Shalene revenait. Elle s'est assise à ma gauche sur la balancelle et a allumé la torche. Dessie a pris place à ma droite et m'a tendu le livre et a commencé à jouer avec les orteils de Morgan.

Le soleil avait presque disparu, mais nous avons lu pendant plus d'une heure, à la lumière vacillante de la torche, l'histoire de David et Goliath. C'était la préférée de Dessie, avec Robin des Bois et la Belle au Bois Dormant, et je voulais rappeler aux deux filles qu'un petit homme pouvait remporter un combat contre un géant.

Elles sont allées se coucher à neuf heures passées, se pelotonnant l'une contre l'autre dans le vieux lit d'invités de notre maison de Moisson, tout en récitant leurs prières. Voilà autre chose que je devais faire ce week-end. Demain. Les emmener acheter des meubles. Je pouvais me le permettre. J'avais de l'argent. Presque quarante mille dollars en espèces déposés à la Banque nationale de La Nouvelle-Orléans, après la vente des boucles d'oreilles que Montgomery m'avait offertes et de la bague qu'il avait cachée.

C'était une des choses que j'avais faites en rentrant à la maison après m'être rendue au cabinet Rousseau. J'avais « mis au clou » quelques bijoux.

Les filles avaient fini de prier, elles se sont signées et ont remonté les couvertures jusqu'au menton. Morgan s'est mis à ronfler doucement dans la pièce voisine, un petit appentis juste assez grand pour contenir tout le nécessaire dont un bébé avait besoin.

— Bonne nuit, maman, a dit Shalene.

Je leur ai souri dans la pénombre de la pièce, éclairée uniquement par la veilleuse en forme de canard.

— Qu'est-ce que tu vas nous chanter ce soir ?

J'ai incliné la tête, pensive, tapotant ma joue de mon doigt.

— Ah ! Pourquoi pas celle-là ? Je vous aime les petits enfants, ai-je chantonné. Tous les petits enfants du monde...

Elles ont fermé les yeux — c'était une partie de notre marché pour qu'elles s'endorment — et ma voix a rempli la petite pièce, s'échappant par les fenêtres. J'ai perçu des voix féminines à une distance qui se rapprochait. Elles se sont tues au moment où je terminais ma chanson. Je me suis éclipsée.

En retournant dans le petit salon, je cherchais la lumière quand j'ai entendu frapper délicatement à la porte d'entrée. *Montgomery*. La porte de bois était ouverte à la brise de l'été. La moustiquaire n'offrait qu'une piètre protection.

Je me suis souvenue de ce qu'Adrian Paul m'avait dit à propos de Montgomery et de la garde des enfants. Si mon mari n'avait pas reçu d'injonction du juge, il pouvait nous reprendre quoi qu'il ait pu nous faire. Ou *les* reprendre. En silence, je me suis rendue dans la chambre où j'avais rangé le pistolet que j'avais apporté.

6

— Collie ?

J'aurais pu pousser un soupir de soulagement. Ou tuer Sonja pour la frayeur qu'elle m'avait causée.

— La prochaine fois, téléphone, ai-je sursauté. J'ai failli te tirer dessus.

Elle a ri, de ce rire cristallin que je lui connaissais depuis notre jeunesse, si malicieux et sensuel.

— Tu n'as pas de téléphone, souviens-toi ! Ouvre. J'ai amené quelqu'un que tu dois rencontrer.

Je me suis dirigée vers la porte, j'ai baissé le loquet et ouvert à Sonja et à son hôte. Allumant les deux lampes qui éclairaient mon salon à Moisson, j'ai approché aussi une chaise de cuisine avant de me retourner pour les accueillir.

— Collie ?

Sonja avait l'air nerveux et j'ai immédiatement eu la chair de poule.

— Voici Ann Nezio-Angerstein, de la police de La Nouvelle-Orléans.

J'ai levé les sourcils. J'avais un mauvais pressentiment pour la suite des événements et j'étais lasse que Sonja régente ma vie. J'ai lancé un bref coup d'œil à Ann, attendant la suite des événements.

De taille moyenne, elle avait des cheveux auburn dont les boucles auréolaient son profil pâle et elle portait un tailleur-pantalon ainsi que des chaussures à talons plats. On lui donnait un peu plus de trente ans.

— Elle est détective.

Même si je m'y attendais à demi, j'ai ressenti un choc et toisé brutalement Ann Nezio-Quelquechose en pensant à son métier. Je la surnommai Ann Machintruc parce que je savais que je ne pourrais jamais prononcer son nom en entier. Cette fois, je l'ai soumise à une inspection en règle. Elle avait un soupçon de maquillage, elle était propre et nette, avec des cheveux courts, coupés au carré à la façon de Lady Di avant qu'elle n'épouse le prince Charles. Mais elle était plus âgée que je ne l'avais d'abord supposé : sans doute une petite quarantaine. Elle aurait eu besoin de nouveaux souliers, les talons des siens étaient complètement fichus. La détective arborait un air d'assurance tranquille, le genre d'assurance dont elle ne se serait pas départie si elle s'était retrouvée au coin d'une rue sombre en pleine bagarre.

Elle m'a adressé un sourire :

— Je passe une inspection ?

Je me suis sentie rougir des pieds à la tête.

— Oh, mon Dieu, je suis désolée. Je vous en prie, entrez, asseyez-vous, je ne voulais pas vous dévisager.

En fait, je m'étais avancée vers elle pour la mettre à la porte. Ma mère aurait été mortifiée, protestant qu'elle m'avait mieux élevée que ça.

— V'lez-vous une boisson fraîche, du thé ?

Mon accent du Sud transparaissait à travers les mots.

Elle a pris place sur la chaise à dossier plat.

— Non, merci.

Elle m'a aimablement souri, a déposé sa serviette par terre et mis ses mains sur ses genoux. Elle avait l'air posé, attentif et parfaitement à l'aise.

J'ai regardé Sonja et me suis assise sur la chaise capitonnée. Ce qui laissait à Sonja le canapé, mais celle-ci s'est assise par terre avec précaution. Elle tirait sur ses faux ongles, signe de nervosité chez elle, et soudain j'ai tout compris.

— Tu l'as engagée, n'est-ce pas ?

J'avais un ton dur, brutal et grossier. J'aurais dû avoir honte. Mais je n'avais plus aucun contrôle sur ma vie, alors pourquoi ne pas mettre à la porte cette Mlle Machintruc et lui dire son fait.

— N'est-ce pas ?
Sonja a frémi devant mon intonation et cassé un de ses précieux ongles. Elle a fixé l'ongle arraché, le menton tremblant. Elle donnait l'impression d'être à deux doigts de pleurer.
— Vous ne le saviez pas ?
Le visage d'Ann Machintruc est passé par toute une gamme de sentiments avant de fusiller Sonja du regard. Son expression semblait dire : « Vous m'avez fait perdre mon temps, madame. »
— Non. Bien sûr que je ne le savais pas. Sonja l'avocat, Sonja le général qui se mêle de tout s'est emparé de ma vie et la gouverne comme il lui plaît.
J'ai fermé les yeux pour ne plus voir son visage. Elle avait l'air si désemparé qu'elle a ramassé son ongle. Et elle avait aussi l'air un peu effrayé, comme si cette fois elle était allée trop loin en s'immisçant dans ma vie.
— Oh, mon Dieu..., ai-je soupiré en direction du plafond. Comme j'aimerais ne pas être enceinte, je boirais un verre de vin. Une pleine bouteille. Et demain, peut-être une caisse entière. Dis-moi, Sonja : qu'est-ce que tu as fait encore que j'ignore ?
— Tu as bu du vin la semaine dernière, m'a accusé Sonja, déchiquetant son ongle et ignorant ma question.
— La semaine passée, j'étais révoltée. Maintenant, je vais bien. Parlons peu, mais parlons bien, ai-je dit à Ann Machintruc, ce qui était encore très grossier, mais tant pis. Alors ?
— J'ai d'excellentes références, je les aurais apportées avec moi si je m'étais doutée qu'il s'agissait d'un entretien. Je suis sincèrement désolée.
Elle a poursuivi :
— Si vous désirez continuer à utiliser mes services pour faire suivre et mener une enquête sur votre mari, je serais enchantée de vous les fournir.
Je n'ai pas répondu. J'ai plutôt dardé un regard furibond sur Sonja.
— Continuer à utiliser vos services ? *Continuer ?*

Celle-ci m'a rendu mon regard.

— Depuis combien de temps as-tu engagé cette femme ?

Sonja lissait les neuf ongles impeccables qui lui restaient le long de son pantalon. Il y a eu un silence tendu.

Quelques instants plus tard, Ann Machintruc s'est levée.

— Je peux envoyer ma facture à Mme Rousseau en l'arrêtant à ce jour.

La bouche de Sonja n'était plus qu'une mince fente et elle avait l'œil rivé sur ses ongles.

— Si je peux être d'une...

— Oh, rasseyez-vous, ai-je murmuré, m'avouant vaincue devant ma meilleure amie. Et ne m'en veuillez pas. Je punis mon dictateur préféré pour son ingérence dans ma vie, pas vous. C'est votre boulot de vous mêler de la vie des gens. Vos tarifs sont-ils raisonnables ?

— Deux cent cinquante dollars par jour, a-t-elle répondu précipitamment.

— Combien vous dois-je à ce jour ?

— J'avais l'intention de régler la totalité de son dû à Mme Nezio-Angerstein si tu n'étais pas satisfaite de...

— Laisse tomber. Combien vous dois-je ? Et depuis combien de temps êtes-vous sur mon dos ?

— J'ai une facture détaillée.

— Bien. Montrez-la-moi.

Je devais avoir l'air passablement mal élevée devant cette Mlle Machintruc. Je m'apercevais qu'interrompre les gens au beau milieu de leurs phrases était une expérience merveilleuse, unique. On éprouvait un sentiment de plénitude en coupant court aux inanités de la conversation. C'était une technique de Yankees mais j'aurais bien aimé la faire mienne.

Ann Machintruc m'a tendu une feuille tapée à la machine. J'y ai à peine jeté un coup d'œil, sauf au bas de la page. Vingt neuf mille dollars et des poussières.

— Vous êtes chargée de cette mission depuis longtemps ! Vous acceptez les chèques ? Je viens d'ouvrir un compte aujourd'hui.

Je me suis levée et suis allée chercher mon nouveau chéquier en passant devant le canapé au pied duquel Sonja était recroquevillée. Elle avait déniché une lime à ongles quelque part et, le visage concentré, limait son ongle tranché à ras. m'ignorant toujours.

Je me suis sentie comme saoule tout à coup. Saoule, éméchée, pompette, grise, partie, émoustillée et immensément libre. Une impression de liberté m'avait habitée toute la journée et voilà qu'elle s'épanouissait en moi à présent, comme une somptueuse et luxuriante orchidée dans une serre. J'ai respiré profondément et ri. C'était un rire nerveux. Plein de colère. J'allais divorcer de Montgomery.

Je suis revenue dans le salon avec mon chéquier.
— Alors ? Que...
— Madame DeLande.

Ann Machintruc était aussi spécialisée dans l'art d'interrompre les gens. Mais en tant que Yankee, ce devait être une orfèvre en la matière.
— Oui ?
— Mme Rousseau m'a donné un acompte de deux mille dollars.
— Oh, mon amie qui se mêle de tout est si généreuse ! Il faudra reprendre cet argent, chérie, parce que j'ai l'intention de payer moi-même, merci beaucoup.

Soudain Sonja s'est détendue et a ri doucement.
— Tu ne serais pas un peu cinglée par hasard...

J'ai considéré l'hypothèse une fraction de seconde. Je devais l'être. Je voulais l'être. N'importe qui l'aurait été. Mais...
— Pas du tout.

J'ai tendu mon chèque à Ann Machintruc, laissant prudemment le nom du destinataire en blanc pour ne pas la froisser avec une remarque sur les femmes qui accolaient ensemble leur nom de jeune fille et leur nom d'épouse.
— Ne le déposez pas après la fermeture des guichets. Je veux que tout soit réglé aujourd'hui. Bon. Qu'avez-vous trouvé ?

Ann Machintruc nous a regardées alternativement, Sonja et moi, tenant fermement le chèque dans sa main gauche, une expression amusée sur le visage. Elle a hoché la tête, plié le chèque, puis, posant sa serviette sur la table, elle en a fait cliqueter les serrures pour l'ouvrir.

— Mme Rousseau m'a engagée pour prendre en filature votre mari. C'était votre mari ?

Ann a pris un air interrogatif, attendant mon signe de tête affirmatif pour poursuivre.

— Un certain Montgomery B. DeLande ?

J'ai acquiescé de nouveau.

— Elle m'a engagée pour savoir où il allait, ce qu'il faisait, qui il voyait, etc. Voulez-vous toujours de mes services ?

— Bien sûr. Pourquoi pas ? Mais pas indéfiniment. J'attends des rapports réguliers et justifiant...

Sonja s'est étirée au milieu de ma phrase, déroulant lentement son mètre soixante, et elle se dirigea vers la cuisine.

— Bon Dieu que tu me dégoûtes ! Où est ce vin que tu ne peux pas boire, Collie ?

— Dans le placard à gauche de l'évier. J'ai amené presque toute la réserve de Montgomery qu'il avait rapportée de Caroline du Sud, mais je lui en ai laissé deux bouteilles.

J'ai toisé la détective.

— Montrez-moi ce que vous avez.

Elle a rangé calmement le chèque dans sa serviette et m'a tendu un dossier en cuir au nom de M. B. DeLande sur lequel était mentionnée la date à laquelle elle avait été engagée. Me sentant soudain crispée, je l'ai ouvert et j'ai lu.

Rapidement, la sensation que du champagne bouillait dans mes veines s'est répandue en moi. La colère, l'excitation, l'impression de liberté qui m'habitaient, tout s'est envolé. J'étais de nouveau vidée. J'observais les photographies 21 x 27 de deux personnes. L'une d'elles était Montgomery.

J'ai dépouillé méthodiquement la pile de photos, passant de l'une à l'autre après les avoir attentivement examinées. Je n'avais pas vraiment besoin de les regarder longtemps : je retenais instantanément tous les détails. Mais mes mains étaient moites et je prenais le temps d'analyser les clichés pour retrouver l'usage de mes muscles avant de passer au suivant.

Sonja est réapparue sur le seuil de la porte, s'appuyant contre le chambranle pour écouter et jeter un œil aux photos.

J'arrivais à la fin de la pile, ne sachant trop ce que je ressentais exactement. Dans un coin de mon esprit, j'analysais mes réactions rationnellement, presque cliniquement. Tout mon univers aurait dû s'écrouler à mes pieds comme une montagne de dominos s'effondre lorsque quelqu'un en retire un. Au lieu de cela je me sentais... détachée.

Montgomery avait une liaison. Et cette Machintruc l'avait appris avant moi. Méthodiquement, j'ai repris la pile de photos, isolant deux d'entre elles où l'on voyait plus nettement le visage de la femme. Elles avaient été prises au zoom, exposant son visage en pleine lumière. Elle était merveilleusement belle.

Sonja est venue derrière moi pour voir les photos. Je l'ai ignorée. Elle n'aurait pas dû faire cela, engager une détective pour envahir ma vie. Montgomery n'aurait pas dû faire cela. Il n'aurait pas dû me tromper. J'ai fermé les yeux.

Brusquement, j'étais de retour devant les portes de la retraite de moine, mes mains sur le bois dur, la lumière rouge et floue pénétrant à travers les craquements de la pièce comme un brouillard rouge. C'était plus facile cette fois de se frayer un passage derrière les portes, d'entrer dans la pièce interdite, d'avancer sur le plancher et d'approcher de la Case. De toucher son couvercle.

Le couvercle s'est ouvert en grand, le bois en était fissuré et cassant, sec comme du petit bois. Mes chagrins s'étaient dérobés toute la journée depuis l'instant où j'avais ouvert la Case dans le bureau d'Adrian Paul. Des chagrins horribles. Je les avais contemplés presque sans animosité pendant toute la journée, paradant tristement devant moi et perdant leur pouvoir au fur et à mesure qu'ils se ranimaient dans mon souvenir. La Case était presque vide maintenant. Mais elle était toujours là, un endroit secret, caché.

Précautionneusement, j'ai attrapé tous les sentiments que j'éprouvais pour Montgomery, toute la colère, la haine, la culpabilité, la honte, toute la passion, l'amour et le besoin que j'avais de lui et qui m'avaient fait rester près de lui toutes ces années, et je les ai déposés dans la Case. Puis j'ai refermé le couvercle.

La Case avait l'air comme rafraîchie — le bois en était plus neuf, ses fissures colmatées. Elle avait l'air sûre. Une nouvelle serrure, du cuir brillant, astiquée sur le dessus, avec une clé. Je la tournai, la serrure a cliqueté.

Puis je me suis détournée. En fin de compte, j'avais conclu un marché avec la Case. Et avec Montgomery. Mais pas pour l'instant. J'ai quitté silencieusement la pièce pour me rendre dans un endroit frais. Et j'ai refermé les portes de la retraite de moine, écartant la Case.

— Qui est-ce ?

Ma voix a rompu le silence. Calme, sans émotion. Glaciale, presque indifférente.

— Glorianna DesOrmeaux. Elle a dix-neuf ans et est moitié cajun, moitié noire. Elle a obtenu son BEPC l'année dernière en suivant les cours pour adultes.

Ann m'a tendu une feuille dactylographiée remplie de détails pratiques.

— Elle habite à l'adresse mentionnée à la deuxième ligne, dans un duplex au cœur de La Nouvelle-Orléans, un appartement que lui a offert votre mari il y a quatre ans quand il l'a achetée à sa mère.

Un silence a suivi les derniers mots d'Ann Machintruc. La détective semblait comprendre qu'elle avait lancé une bombe et elle attendait que je digère ma colère.

Les chats ont un instinct infaillible pour faire des entrées remarquées et la persane grise de Sonja était maître en la matière. Dans le silence du petit salon, elle s'est avancée d'un pas gracieux, empruntant la chatière en bas de la moustiquaire et la faisant claquer derrière elle. Puis elle a sauté sur la table d'un bond, marché langoureusement vers moi et déposé en offrande une souris morte près de mes genoux.

J'ai poussé un profond soupir, le premier depuis de longues minutes. En d'autres circonstances, je me serais sauvée en hurlant, mais mes jambes lourdes et privées d'oxygène me l'interdisaient. À la place, j'ai regardé calmement Sonja et lui ai dit :

— Je n'aime pas les souris.

Sonja a approuvé, le visage pâle, ses pupilles sombres dilatées. Je savais qu'elle ne connaissait pas le rapport d'Ann Machintruc, qu'elle n'avait pas vu les photos avant. Elle était aussi abasourdie que moi... et peut-être se sentait-elle un peu coupable. Elle est venue derrière moi, tenant à la main une des bouteilles préférées de Montgomery, un « vidal blanc », et a empoigné la souris par la queue.

J'ai fermé les yeux à la vue de l'animal mort. Et j'ai vu Montgomery embrassant Glorianna sur le seuil de sa maison. Étrange : je ne semblais même pas réagir à cette vision. Tous mes sentiments étaient ensevelis dans la Case. Et cette anesthésie était, j'imagine, une bénédiction.

L'eau coulait dans la cuisine. Sonja l'a arrêtée dans un fracas de tuyaux. Puis on a entendu un lent couinement accompagné d'un bruit sec. Enfin le bruit d'une gorgée. J'aurais juré que Sonja buvait à la bouteille, mais quelques instants plus tard elle est revenue dans la pièce avec, sur un plateau, la bouteille, trois verres et ma carafe de thé glacé.

— Que voulez-vous dire quand vous dites qu'il l'a achetée à sa mère ? ai-je interrogé.

J'étais stupéfaite devant mon impassibilité et me demandais si elle était réelle ou si elle allait se briser comme se fracasse un miroir, en mille morceaux, m'apportant sept ans de malheur.

— Avez-vous déjà entendu parler de la pratique du *plaçage* ?

Cette expression me disait vaguement quelque chose et j'ai cherché dans ma tête, fouillant dans mes souvenirs. C'était une transposition du mot français « placement ». Mais le souvenir qui me revenait n'avait rien à voir avec la classe de français de sœur Mary à Notre-Dame-de-Grâce mais plutôt avec les cours d'histoire de sœur Ruth.

— Je n'arrive pas à me rappeler exactement.

J'ai secoué la tête et lancé un coup d'œil à Sonja.

Elle observait Ann Machintruc, les lèvres pincées, les yeux écarquillés, tandis que son visage perdait progressivement ses couleurs. Elle a commencé à trembler et a failli tacher de vin sa blouse. Elle a porté le verre à ses lèvres, en a bu un peu, crispée, puis l'a reposé d'un mouvement si brusque qu'elle aurait pu casser le pied.

Dans un éclair d'intuition mêlé de souvenirs, j'ai alors compris. Tous les sentiments qui auraient dû m'accabler en découvrant l'existence de la maîtresse de Montgomery m'ont assaillie : le désarroi, le choc, une morne mélancolie. Mais ce n'était pas pour Montgomery. C'était pour Sonja. Une impression d'abandon pour la petite fille qui avait été raillée et insultée par le clan des jeunes filles en uniforme de Notre-Dame-de-Grâce.

— *Plaçage,* a répété Sonja, d'une voix douce et presque hypnotique, comme si elle récitait une leçon. C'était une pratique en vigueur parmi les propriétaires d'esclaves créoles et anglais. Ils prenaient pour maîtresse une belle esclave noire ou mulâtre, et pour ménager... les sensibilités outragées des femmes blanches avec lesquelles ils étaient mariés, ils affranchissaient cette esclave, lui achetaient une maison, lui donnaient une éducation à elle et à ses enfants, acquittaient ses factures, assuraient son avenir...

Sonja a passé la langue sur ses lèvres. Je me suis alors souvenue de la première fois où elle m'avait mentionné l'histoire de son héritage.

C'était l'année de nos dix-huit ans, le dernier mois de juillet que maman, elle et moi avions passé à La Nouvelle-Orléans, à découvrir la culture, la bonne chère et, pour la première fois, les bons alcools. Sonja n'était pas venue avec nous en voiture mais était arrivée plus tard par le bus, ses bagages dans les soutes bourrées à craquer.

Le deuxième soir nous nous étions enivrées dans un nouveau bar-restaurant près de l'université de Tulane, tandis qu'une tempête tropicale se déchaînait et qu'une pluie de grêlons s'abattait contre les murs de brique et les vitres. Le staccato de la grêle faisait concurrence à l'orchestre de jazz qui jouait sur scène. Et je me suis rappelé le choc que j'avais éprouvé quand elle avait, pour la première fois, prononcé ces mots.

— Mon arrière-arrière-arrière-grand-mère était une esclave noire. Amenée d'Afrique quand elle avait douze ans ou presque.

Je me suis souvenue des rumeurs et des cris des filles de ma classe quand elles avaient voulu me mettre en garde contre la jolie femme-enfant à la peau sombre qui était arrivée à l'école l'année précédente. « Peau-basanée », avaient-elles chuchoté, et « cul-de-nègre ». « Et alors ? » avais-je répliqué. Sonja avait feint de ne pas remarquer notre altercation, mais elle avait dû l'entendre. Elle était devenue mon amie.

J'avais regardé Sonja cette nuit-là dans le bar, articulant des mots comme si quelqu'un d'autre les lui avait mis dans la bouche, hésitante, prenant de longues pauses pour respirer. Sa poitrine, qui a toujours été plus opulente que la mienne, même à dix-huit ans, s'était gonflée puis creusée sous le tee-shirt.

— Elle a été... séduite par un planteur nommé Sainte-Croix et affranchie quatre ans plus tard en vertu de la pratique du *plaçage*.

Sonja avait fixé la foule — beauté aux yeux de braise jetant un sort à chaque homme qui se trouvait là. Malgré la présence de maman, chaperon au regard sévère — même si elle avait un bon coup dans l'aile —, plusieurs hommes lui avaient déjà offert à boire, espérant lui être présentés. Sonja avait accepté les boissons mais refusé leur compagnie.

— Sa seconde fille à demi blanche a fait ses débuts au bal des Quadrilles, quatorze ans plus tard, et a causé presque... un soulèvement.

Sonja avait souri.

— Elle s'appelait Antoinette. J'ai une photo d'elle quelque part dans mes affaires. Un cliché sur lequel elle n'était plus toute jeune. Antoinette était encore belle. Fière. La finesse de traits d'une Blanche sur un visage d'ébène.

La voix de Sonja était mélodieuse, mais quand elle parlait, elle avalait légèrement les consonnes, comme si l'alcool les avait rendues plus moelleuses.

— Elle avait de longs cheveux ondulés, bouclés en fines anglaises.

Sonja avait relevé sa chevelure en un chignon lâche. Maman et moi la regardions, fascinées.

— La fille quarteronne d'Antoinette a fait son entrée dans le monde peu de temps avant le début de la guerre de Sécession, en 1857, je crois. Son deuxième...

Sonja avait froncé les sourcils et je m'étais demandé pourquoi elle nous avait raconté tout cela. Alors seulement j'avais compris qu'elle ne l'avait fait que parce que maman était là, justement. Elle faisait écran entre nous, m'empêchant de mal réagir.

— Non, je crois que c'était son troisième cousin, le plus offrant. Elle s'appelait Antoinette Amorette LeBleu parce

qu'elle avait une peau si noire et des yeux si bleus, par contraste.
— Je croyais que tu avait dis qu'elle était affranchie.
J'aurais eu envie de donner un coup de pied à maman pour avoir interrompu le récit.
Sonja l'avait regardée, interloquée, comme si elle avait oublié que nous étions là. Un peu comme un enfant dérangé au milieu d'un rêve éveillé peuplé de personnages imaginaires.
Maman avait réalisé son erreur.
— Je... je croyais que tu avais dit que la mère d'Antoinette était libre, alors...
Le serveur avait surgi à cet instant précis. Sonja avait souri, acceptant le présent d'un autre admirateur. Un cocktail d'un joli jaune surmonté d'une ombrelle rose plantée sur le côté avec un glaive en plastique rouge perçant une rondelle de citron. En le buvant à petites gorgées, elle observa le jeu de la lumière, de la chaleur et de la fumée du lieu se refléter sur le cristal à bon marché. Et garda le silence.
— Elle était libre, répétai-je, me rappelant des rudiments d'histoire que Ruth nous avait dispensés l'année précédente. Ils l'étaient tous. On les appelait les *gens de couleur libres*. Il y en avait dix-huit mille vivant à La Nouvelle-Orléans au début de la guerre. Ils avaient une culture qui ne ressemblait à aucune autre, et il n'y en a pas eu depuis, dis-je, mimant sœur Ruth et espérant que Sonja poursuivrait.
Sonja m'avait souri comme si elle m'avait comprise et, au bout d'un moment, a repris.
— Les enfants des femmes de couleur étaient élevés à Paris par des protecteurs blancs et faisaient le tour du monde, certains, beaucoup même..., avait-elle rectifié comme si elle était le professeur, sont restés en France où la teinte de la peau a moins de signification, épousant des femmes blanches, devenant poètes, écrivains, avocats... artistes. Les filles, quand elles étaient éduquées, l'étaient par des religieuses, comme nous.
Elle avait souri et avalé plusieurs gorgées.
— Mais elles étaient élevées sur les genoux de leur mère, apprenant avant tout à tenir une maison. À plaire à un homme au lit. Le *plaçage* ne ramenait pas une femme à l'esclavage, elle

gardait ses papiers d'identité. Mais ses... *services* étaient définis selon un accord financier établi par sa mère et les autres membres féminins de sa famille, ainsi qu'avec le père de l'homme blanc et ses avocats. Un peu comme un contrat de mariage de nos jours.

J'avais compris que Sonja relatait l'histoire de la société « de couleur » à La Nouvelle-Orléans avant la guerre de Sécession à l'intention de ma mère. Peut-être trouvait-elle également là un moyen pour éviter de m'adresser la parole. Je me souvenais des railleries que Sonja avait endurées sur les pelouses de Notre-Dame. Je me souvenais de la manière dont j'avais pris sa défense lorsque nous étions enfants. Sonja pensait-elle que je regretterais notre amitié après avoir fait ses révélations? Elle aurait pu être complètement noire ou une martienne violette à pois roses que je l'aurais toujours aimée.

— Si le protecteur blanc voulait interrompre cette relation, il devait lui fournir une somme d'argent suffisante pour l'entretenir jusqu'à ce qu'elle trouve un autre protecteur. Il était également contraint d'assurer financièrement l'éducation des enfants qu'il avait eus avec elle, ce qui était prévu par contrat. (Sonja avait haussé les épaules.) Quoi qu'il en soit...

Elle avait terminé son verre, en avait pris un autre, s'était étirée sur son siège.

— Quoi qu'il en soit, Amorette s'est retrouvée enceinte quand la guerre s'est achevée et Sainte-Croix l'a envoyée, elle et son fils âgé de deux ans, à Paris, pour attendre la fin du conflit. La guerre s'est prolongée bien plus longtemps que les Sécessionnistes ne le prévoyaient et Amorette a été obligée de se débrouiller elle-même. Elle a ouvert un magasin de vêtements et a fort bien réussi. Mais ceci est une autre histoire.

Sonja avait fini son verre. Je l'avais rarement vue saoule. Elle avait le vin triste. Elle se muait en un de ces êtres larmoyants qui pleurent, gémissent, passent la moitié de la soirée, malades, aux toilettes plutôt qu'avec leurs amis. Et elle était à présent proche de l'ivresse.

— En tout cas... en tout cas. Elle est revenue à La Nouvelle-Orléans en 1867. C'était une femme riche. Avec deux... enfants exquis. Octorons. Sainte-Croix était mort. Ainsi que sa famille blanche. Ainsi en allait le *plaçage*.(Sonja a fait la moue.) La fille, Ava Juliet, a épousé un colonel blanc yankee et s'est établie dans le nord du pays. *Passé-blanc*. Le fils était Armand LeBleu. Mon grand-père.

Sonja a levé les yeux vers moi ; ils étaient inquiets et remplis d'appréhension, et son regard était rendu vague par l'alcool.

— Toutes ces rumeurs étaient vraies quand nous étions à l'école. Mon grand-père avait un huitième de sang noir.

J'ai haussé les épaules.

— Et alors?

Soudain, le silence a régné dans le bar, tandis que l'orchestre posait ses instruments pour faire une pause. Sonja a éclaté de rire. De ce rire profond de contralto, séduisant, hérité de générations de femmes qui avaient appris à plaire aux hommes, qui avaient fait tout leur possible pour les séduire. Elle a tendu la main pour prendre un quatrième verre mais maman l'a éloigné d'elle. Sonja n'a pas semblé le remarquer et a mollement ramené les mains sur ses genoux.

Elle m'a regardée par-dessus la table, un nuage de fumée ondoyant entre nous, le regard flou, embrumé par les vapeurs de l'alcool.

— Voilà. J'ai dix-huit ans. Je suis mûre pour le *plaçage*. Il y a cent ans, ç'aurait été pour moi le seul moyen d'entrer dans le monde, ma seule voie avec mon sang *de couleur*...

Sonja semblait retenir son souffle, attendre que je dise quelque chose, et cela m'a remplie de confusion.

— J'ai toujours été fière de toi, Wolfie.

Sonja avait eu l'air déçu et je compris que je l'avais, d'une certaine manière, trompée dans ses espoirs. Elle avait raconté ce récit pour moi et je n'avais pas saisi son intention. Et elle ne m'en avait jamais dit plus. Je n'avais jamais été capable de la sonder sur le but de ses révélations cette nuit-là. Elle n'en avais jamais reparlé depuis, refusant même de reconnaître que cette conversation avait eu lieu.

J'ai dardé un regard acéré sur Sonja. Ses yeux évitaient toujours les miens. Se déplaçant maladroitement sur le divan, Sonja a ramené ses genoux sous elle, les pieds sous ses fesses. Elle a vidé un verre entier du vin de Montgomery, s'en est servi un autre et l'a bu d'un trait. J'ai compris qu'elle se souvenait de cette nuit-là dans le bar à la mode, rempli de miroirs, où elle avait dévoilé son âme et où je l'avais abandonnée.

Les yeux absents, les lèvres tremblant légèrement, comme elle l'avait fait il y a si longtemps, Sonja ne m'a pas regardée. Je n'étais pas convaincue de la raison pour laquelle elle était si contrariée à l'époque, ni pourquoi elle l'était encore à présent. Mais je n'ai pas pensé que cela avait quoi que ce soit à voir avec la maîtresse de Montgomery, la pratique du *plaçage* ou encore l'histoire de sa famille. Je croyais que cela avait à voir avec moi.

Snaps, se sentant peut-être délaissée, a sauté de la table d'où elle avait jaugé ces trois êtres humains avec un dédain altier. Prenant place sur mes genoux, elle s'y est roulée sur le dos, exhibant son ventre avec une grâce féline, puis a émis un bruyant ronronnement.

Satisfaite de son lit et de son oreiller, la chatte a alors enfoncé ses griffes dans mes cuisses à travers mon jean. Les sortant et les rentrant alternativement. Encore et encore. Sonja paraissait fascinée par ses mouvements, par les trois petites gouttes de sang rouge que Snaps avait fait perler dès son premier coup de griffe. La foudre a retenti au loin. Snaps s'est interrompue, a dressé l'oreille, et s'est remise à griffer.

Un instant plus tard, Ann Machintruc s'est éclairci la voix. Sonja et moi avons tressailli et fixé la détective. Son visage était amusé. Elle venait apparemment de parler et réalisait que personne ne l'avait écoutée.

— Bon. Vous voulez entendre la suite ou quoi ? C'est votre argent.

J'ai presque souri, heureuse de cette diversion.

— Allez-y. Et prenez la bouteille à Sonja. Elle a...

J'étais sur le point de dire « le vin triste » mais j'ai dit à la place :

— ... elle a assez bu.

Ann a éloigné la bouteille de Sonja, la posant sur mes genoux.

— Donc. Après cette leçon d'histoire, disons juste que les DeLande ont réactivé une sorte de *plaçage* qui était en vigueur il y a deux générations. S'ils l'ont jamais abandonnée. DeLande a une maîtresse métisse et quatre enfants avec elle. Deux de ses fils, y compris le père de Montgomery, Nevin, ont des maîtresses et des enfants métis. Et aussi loin que je puisse remonter, Montgomery et un de ses frères ont perpétué cette tradition. Celle d'Andreu... ah, sa dame de compagnie est la voisine de Glorianna. Elle habite le deuxième étage du duplex.

Ann m'a regardée, quêtant peut-être une réaction, celle de l'épouse ulcérée, salie ou humiliée. Mais aujourd'hui j'avais eu mon compte. Et, d'une certaine manière, ce nouveau mensonge, cette nouvelle atrocité n'étaient rien à côté du fait que Montgomery avait exercé des violences sexuelles sur mes filles.

Pendant un instant, dans un éclair, j'ai revu les yeux de Dessie au moment de sa naissance, le médecin la posant sur mon ventre, toute poisseuse et couverte de sang. Elle était immobile et sans défense à cet instant-là. Sans défense devant Montgomery.

Sonja avait les yeux rivés sur le verre vide entre ses mains et ses lèvres remuaient comme si elle prononçait un discours intérieur.

— Pouvez-vous le prouver ? ai-je demandé d'une voix atone. Pouvez-vous prouver que c'est sa maîtresse ? Avoir suffisamment de preuves pour convaincre un juge.

Ann a acquiescé.

— Et je suis prête, pour des tarifs raisonnables, à me présenter à la Cour. La plupart des divorces ne prennent pas longtemps lorsqu'un juge dispose du genre de preuves que vous êtes en train de déchiqueter.

Il m'a fallu un moment pour comprendre la signification de ses paroles. J'ai regardé par terre. Un peu comme Snaps, qui avait fait jaillir des gouttes de sang de mon jean, j'avais tordu le dossier avec les photographies 21x27, si fort que le cuir lui-même en était tout plié.

— Pardon, ai-je dit d'une voix absente. Mes registres financiers vous seront-ils d'une aide quelconque ?

Ann a réfléchi à toute vitesse.

— Vous avez des dossiers financiers ?

— Non. Mais le comptable que Sonja a engagé les a en sa possession. De même que des photocopies des documents enfermés dans le bureau de Montgomery. Nous les avons prises la nuit avant de quitter Moisson.

Fixant Sonja, je me suis penchée en arrière, écrasant Snaps, j'ai saisi une feuille de papier et un crayon dans la serviette d'Ann, y ai gribouillé le nom et le numéro de téléphone du comptable. Au bout d'un moment, je lui ai rendu également le dossier.

— Seriez-vous assez gentille pour les faire disparaître ? Je ne veux pas que mes filles les voient.

— Je peux les remettre à votre avocat, si vous le désirez.

J'ai approuvé, les yeux rivés sur Sonja. Sentant qu'elle était congédiée, Ann Machintruc s'est levée. Refermant les serrures d'une main, elle a défroissé son pantalon de l'autre. Son verre de vin intact sur la table a vacillé, le liquide projetant des éclairs de lumière jaune.

Je me suis demandé vivement où Sonja avait jeté la souris morte. La porte de derrière était close et je priai le ciel qu'elle n'ait pas simplement déposé cette chose dans la poubelle.

— J'aurais besoin d'une signature sur un nouveau contrat si vous êtes ma cliente à la place de Mme Rousseau. (J'ai acquiescé lentement.) Puisque vous n'avez pas encore le téléphone, puis-je contacter périodiquement Mme Rousseau ? J'appelle généralement tous les trois jours, à moins que je n'apprenne quelque chose d'intéressant.

Quelque chose d'intéressant du genre de Montgomery pelotant ses filles ? Quelque chose d'intéressant du genre de Montgomery payant et entretenant une belle jeune femme comme maîtresse ? J'ai hoché la tête, les yeux fixés sur Sonja.

— Quand avez-vous obtenu ces clichés ? Montgomery était censé être à Paris pour affaires.

— C'était peut-être le cas. Je n'ai vu ni l'un ni l'autre depuis trois jours et le duplex a l'air vide, comme le sont les maisons lorsque les gens sont en vacances. Les lumières s'allument à des heures programmées, ce genre de choses. Je pensais que je pouvais... comment dire... me présenter sur les lieux, mais Mlle DesOrmeaux a un système d'alarme ultra-sophistiqué. Le maximum que je pouvais faire était de regarder par les fenêtres quand son voisin n'était pas chez elle. Les photos ont été prises le jour de son départ. Montgomery et elle ont emporté très peu de bagages et ont filé. La circulation était fluide, aussi n'ai-je pas pu les suivre très longtemps. J'essaie maintenant de savoir s'ils ont emporté leur passeport et pris l'avion.

Anne Machintruc a désigné son dossier :

— Tout est là. (J'ai approuvé à nouveau.) Bon. (Les yeux d'Ann allaient de Sonja à moi.) Je resterai en contact avec vous. Mme Rousseau a le numéro de téléphone de mon répondeur en cas de nécessité. Je m'en vais.

La porte s'est refermée derrière elle. Elle avait appelé le vigile que Philippe avait engagé pour surveiller la propriété. J'avais vu l'homme à deux reprises, éclairé de dos dans la nuit, tandis qu'il faisait des rondes. Avec son ventre rebondi, ses jambes arquées et les ombres tordues qu'il projetait sur la pelouse, il aurait pu incarner un excellent nain dans les jeux de rôles « Donjons et Dragons ».

Sonja ne se parlait plus à elle-même, mais roulait le verre vide entre ses doigts.

— Tu veux me raconter la suite ?
— Non.
— Bon.

Il y avait autre chose.

— Quand tu as parlé du *plaçage* cette nuit-là au bar... quand nous avions dix-huit ans. À propos de l'histoire de ta famille. (Je choisissais soigneusement mes mots.) Tu avais l'air de répéter. Comme si tu lisais un scénario.

Sonja n'a pas levé les yeux au ciel mais elle a retourné son verre pour en recueillir la dernière goutte qui gisait au fond. Elle n'est pas tombée.

— Je me souviens de t'avoir dit tout cela si souvent en esprit. J'ai dû, bon sang, tout mémoriser.

— Quand vas-tu me faire confiance pour le reste ? ai-je chuchoté.

Sonja s'est levée.

— À d'main matin, Collie.

Et elle a tourné les talons comme si elle ne m'avait pas entendue.

Snaps et moi sommes restées sur la chaise capitonnée à

écouter ses pas s'éloigner, tandis qu'elle se frayait un difficile chemin sur les deux cent mètres de terre battue qui séparaient le cottage de la maison principale. Ensuite, la chatte et moi avons écouté le silence.

À l'exception du country, je n'étais guère portée sur la musique, préférant le silence au battement rauque et lancinant du rythme de quelqu'un d'autre. Snaps avait le sien, ronronnant paisiblement tandis que je le caressais, l'esprit presque vide. Peut-être aurais-je dû être choquée de ce qu'Ann Machintruc m'avait appris. Et, d'une certaine manière, je l'étais. Mais c'était plus le genre de choc que peut éprouver quelqu'un quand il a la confirmation de quelque chose qu'il savait depuis toujours, intuitivement. Quelque chose auquel il s'attendait mais dont il espérait que ce n'était pas vrai.

Peu après minuit, j'ai fait descendre Snaps de mes genoux et elle s'est extirpée du sommeil en s'étirant langoureusement, sortant à nouveau ses griffes, mais les enfouissant cette fois dans l'épais tapis de Chine sous la table basse. J'étais courbatue et, après un laps de temps, j'ai imité le chat et me suis étirée. Au plafond le ventilateur tournait paresseusement. Mes mains ont glissé le long du tapis jusqu'à ce que je sois à plat ventre. Tout en relâchant mes muscles, j'ai observé Snaps. Son expression me disait qu'il fallait de l'entraînement pour arriver à faire ça correctement. Mais c'était merveilleux.

Avant d'aller au lit, j'ai inspecté la porte-moustiquaire. Au matin, je ferais poser un verrou solide renforcé par un grillage, ainsi je pourrais laisser la porte d'entrée ouverte pendant mon sommeil. Et j'entrebâillerais la porte-moustiquaire pour qu'elle puisse s'ouvrir de l'intérieur sans l'être de l'extérieur. J'ai fermé la porte, abaissé la chaîne de sécurité. Sans doute étais-je paranoïaque. Mais cela pouvait être utile. Cela pouvait garantir la sécurité des filles jusqu'à... Jusqu'à ce que quoi? Je n'avais pas de réponse et c'est sur cette absence de réponse que j'ai plongé dans le sommeil.

Le docteur Tacoma Talley avait la cinquantaine. Elle était petite, svelte, et brusque comme un sergent-instructeur avec moi. Avec les filles elle était douce et tendre. Elle nous avait emmenées au fond, après nous avoir fait traverser la salle d'attente remplie d'enfants toussant, crachant et se battant devant leurs mères à bout de nerfs, pour nous faire attendre dans une salle de jeux plus tranquille. C'était une grande pièce jonchée de jouets de couleur vive en plastique.

Le docteur Talley nous avait ménagé une heure entière de rendez-vous, mais une épidémie soudaine de grippe avait contrarié son emploi du temps du samedi. D'où cette attente. Shalene jouait tranquillement avec un bateau à rames, faisant aller et venir le lourd engin avec détermination. Dessie avait l'air plus paniqué, les mains tremblantes et froides. Elle tournait lentement en rond en traînant les pieds. Enfin, elle s'est pelotonnée sur mes genoux, blottissant sa tête contre mon épaule. Je l'ai caressée doucement, essayant de refouler mes larmes. Il ne fallait pas que mes petites voient combien j'appréhendais cet examen.

Adrian Paul avait parlé au docteur Talley lorsque Sonja et lui avaient fixé le rendez-vous, préparant le terrain, expliquant de quel type de violences sexuelles les enfants avaient pu être les victimes et quand. Et par qui. Je ne crois pas que j'aurais pu le répéter à haute voix à quiconque. Pas encore.

Quand le docteur Talley a enfin paru, elle s'est arrêtée sur le seuil et nous a examinées une à une, paraissant évaluer sur nos visages toutes les épreuves que nous avions vécues. Reculant la tête dans l'embrasure de la porte, elle a dit quelque chose à une infirmière avant d'entrer dans la pièce. Shalene a interrompu son jeu bruyant et Dessie s'est raidie sur mes genoux.

Le docteur Talley a apporté une petite chaise pour chacune des enfants. Shalene a tourné sauvagement autour du médecin, s'est assise sur mes genoux et a entouré mon bras autour d'elle. À la façon dont elle avait saisi ma main et l'avait mise autour d'elle, j'avais l'impression de la voir s'enfermer dans un placard.

En dépit de sa fine constitution, j'avais le sentiment que le docteur Talley n'était pas en bonne santé, non parce qu'elle en faisait trop mais parce qu'elle ne faisait pas assez d'exercice et ne se nourrissait pas convenablement. Et peut-être à cause de ses trop longues heures de veille. Elle aimait à l'évidence ses patients.

— Bonjour, les filles. Je m'appelle Tacoma Talley, mais presque tous mes amis m'appellent TT.

Shalene a gloussé contre ma nuque et risqué un regard vers cette femme dont le nom lui rappelait une marque de sanitaires.

J'ai souri.

— Je suis juste un médecin. Une femme médecin. Et je dois vous examiner, vous ausculter, prendre quelques photos et peut-être faire une prise de sang un peu plus tard. Votre maman vous a-t-elle expliqué ce que je faisais ?

Dessie a hoché la tête et s'est cachée encore un peu plus dans mon cou.

— Je ne veux pas que vous me touchiez là, en bas.

Ses paroles étaient étouffées. Désespérées.

Les larmes que j'avais ravalées ont ruisselé et je l'ai étreinte, les yeux fixés sur TT.

— Je ne t'en veux pas, a dit doucement le médecin. Je n'aime pas non plus être touchée là en bas. C'est... gênant. Mais je ne te ferai pas mal. Demande à ta maman. Ça ne fait pas mal quand un docteur examine. Elle le fait au moins une fois par an.

Dessie s'est crispée, se rétractant encore un peu plus. J'ai promptement chassé mes larmes et reniflé.

— C'est vrai, ma belle. Je vais voir un docteur au moins une fois par an pour me faire examiner là. Et ça ne me fait pas mal du tout.

J'ai souri, consciente que mes lèvres tremblaient.

— Quand j'étais enceinte de vous, les filles, j'y allais même plus souvent.

Shalene m'écoutait, d'un œil attentif.

— On aura des bonbons après ? Le docteur nous en donne, quand on va le voir.

TT sourit.

— Je n'en ai pas. Mais j'ai des coupons pour des yaourts glacés à l'épicerie du coin. Ils ont aussi des gaufres.

TT avait marqué un point avec Shalene, cette petite

personne pleine d'avidité. Je lui ai souri par-dessus la tête de Dessie, les yeux étincelants de larmes.
— J'en veux deux, a marchandé Shalene.
TT a approuvé.
— D'accord, si tu passes la première.
Shalene a tendu sa main gauche, mais c'était sans importance et elles ont topé là. L'infirmière a ouvert la porte et est entrée dans la pièce, un plateau dans les bras.
— Vous aimez les jus de fruits, les filles ? Moi, je préfère le jus de pamplemousse, a déclaré TT comme si elle-même était une enfant.
Elle a distribué les gobelets en carton, gardant le dernier pour Dessie. Ses yeux ont croisé les miens et j'ai compris qu'elle avait ajouté quelque chose dans son verre pour la décontracter. Un grand « merci » dut transparaître dans mes yeux car elle m'adressa son seul et unique sourire de la journée. Tous les autres ont été pour les filles.
Soulevant Dessie, j'ai bu mon verre et lui ai donné le sien. Le jus de pamplemousse était le meilleur choix que TT pouvait faire. C'était le jus préféré de Dessie. Je me souvenais du « juif » de pamplemousse qu'elle demandait étant petite fille et je l'ai serrée contre moi.
Shalene a posé son verre et tendu impérieusement la main.
— Je suis prête. Allons-y.
TT a fait la moue.
— Tu es prête pour le yaourt, tu veux dire.
— Deux, lui a rappelé Shalene.
— Deux. Allez, viens. Derrière cette porte, il y a une table de docteur.
Je les ai suivies, Dessie sirotant toujours son verre. Elle avait peu mangé ce matin et j'espérais que le médicament produirait rapidement son effet.
La salle d'examen ne ressemblait pas à ce que j'attendais. Peinte en couleurs vives, avec des dessins d'alligators, de rats musqués, de visons et d'oiseaux, elle représentait un paysage de jungle dans les marais. Même Dessie était impressionnée, se dévissant le cou en entrant dans la pièce. TT a assis Shalene sur la table et lui a demandé d'ôter son chemisier.

Ma plus jeune fille m'a confié sa ceinture-portefeuille pour la durée de la consultation. C'était l'un de ses cadeaux préférés. Miles Justin le lui avait offert pour Noël. Il avait apporté une poupée en chiffon à Dessie et une banane à Shalene pour qu'elle y mette son argent. Celle-ci était pleine et gonflée. Je me demandais si elle la bourrait de tissu comme le font les adolescentes avec leur premier soutien-gorge.

Je me suis installée sur l'unique chaise, les jambes trop longues de Dessie enroulées autour de moi.

La première partie de l'examen était banale, identique à n'importe quelle consultation pour enfants — prise de tension, auscultation, vérification des réflexes, examen des yeux et des oreilles et toucher abdominal.

Puis TT a expliqué ce qu'étaient les étriers. Il y en avait deux paires, identiques aux étriers d'une selle de poney, deux grands et deux plus petits sur des pivots en chrome au bout de la table. Une caméra vidéo était branchée dans un coin et le docteur portait autour du cou un dictaphone pour enregistrer la consultation.

TT a expliqué le rôle des étriers à Shalene et lui a demandé de retirer son short et sa culotte pour mettre les pieds dedans. Shalene m'a regardée comme pour me demander la permission et je suis parvenue à grimacer affirmativement. Une grimace qui s'est évanouie quand j'ai vu ma petite subir son premier examen gynécologique. Le spéculum était tout petit et les mains gantées du docteur pleines de compassion.

TT a décrit et commenté chaque étape de l'examen d'une voix monocorde. Elle a levé une fois la tête et rencontré mon regard.

— L'hymen est intact. Il n'y a aucune trace d'infection ou de déchirement.

J'ai fermé les yeux et j'ai remercié Dieu d'avoir exaucé mes prières.

Dessie regardait attentivement la scène mais son corps se décontractait contre le mien au fur et à mesure que le calmant produisait son effet. Elle semblait fascinée par chacun des gestes de TT et, alors même que ses paupières tombaient de sommeil, elle luttait contre la drogue.

— Les dames peuvent vraiment être docteurs, maman ? a-t-elle enfin interrogé.

J'étais stupéfaite.

— Bien sûr que les dames peuvent être docteurs. Elles peuvent être docteurs, infirmières, avocates, charpentiers, maçons, ou tout ce qu'elles veulent. La seule chose qu'elles ne peuvent pas être, c'est papa, ai-je ajouté sans même réaliser que ma langue avait fourché.

Je me suis presque figée, j'ai à nouveau regardé TT, puis me suis concentrée sur Dessie.

Dessie m'a observée comme si je venais d'annoncer quelque chose de merveilleux et non d'idiot. Elle avait eu ce même sourire lorsque Shalene et elle m'avaient parlé des attouchements incestueux qu'elles avaient subis. Ce jour où le soleil avait semblé se retirer de mon univers.

— Bien. Je ne voudrai jamais être un papa. Mais peut-être un docteur comme TT.

Je lui ai rendu son sourire.

— Ce serait magnifique. Mais tu as encore quelques années pour y réfléchir. D'accord ?

Shalene s'était levée, cherchait sa culotte.

— TT ne m'a pas fait mal, a-t-elle lancé presque avec mépris. Je crois que ça ne valait pas deux yaourts, maman, a-t-elle ajouté dans un murmure, comme si TT ne pouvait pas l'entendre.

Les lèvres du médecin se sont crispées. Shalene a sauté de la table, enfilé son short et repris sa banane. Elle a noué la ceinture gris taupe autour de sa taille avant de repasser son chemisier.

Dessie a quitté mes genoux et s'est lentement dirigée vers TT. Leurs yeux se sont croisés. La fillette a défait ses cheveux.

— Ça va, Dess. Elle ne m'a pas fait mal. Pas comme papa quand il...

Shalene s'est interrompue, m'a dévisagée, puis elle a regardé le médecin, les yeux vides, le visage épouvanté par sa gaffe. Elle venait de révéler le secret de papa !

— Ne t'inquiète pas. TT le sait déjà, ai-je dit.

Shalene nous a observées à nouveau. Elle a scruté la table, les petits étriers, son esprit d'enfant tirant des conclusions sur ce qui venait de se produire. Elle a achevé de s'habiller en silence, prenant la place de Dessie sur mes genoux.

Dessie considérait sérieusement le médecin.

— Mon papa m'a fait mal. Mais oncle Richard encore plus.

Le docteur Talley s'est raidi presque imperceptiblement. Ses lèvres étaient serrées, son visage douloureux. Même si elle avait appris l'histoire par Adrian Paul avant de nous rencontrer, elle réagissait encore. Aussi vite qu'elle était apparue, son expression peinée a disparu. Elle a hoché la tête et souri à Dessie.

— Je ne te ferai pas mal.

Dessie a grimpé sur la table haute. TT n'a pas bougé, comme si elle savait que Dessie avait besoin de le faire elle-même.

— Votre papa vous a déjà fait mal ? a interrogé la petite fille.

TT s'est tendue, fixant attentivement la petite fille, les yeux dans les yeux. Au bout d'un moment, elle a répondu :

— Oui.

La caméra tournait toujours mais TT s'en fichait. Ma petite fille réclamait la vérité. Et TT la lui apprit. Les larmes me montèrent de nouveau aux yeux.

Satisfaite, Dessie a retiré ses vêtements et laissé le docteur l'ausculter. TT a terminé son examen de routine par un discours de médecin — de longues phrases qui l'éloignaient du petit drame qui venait de se jouer dans la pièce. Mais il y a eu un changement de ton dans sa voix quand elle a introduit le minuscule spéculum dans le sexe de Dessie.

Elle a fait en silence un prélèvement. Puis elle a dit :

— L'examen vaginal révèle une rupture de l'hymen. Cette rupture semble avoir eu lieu il y a deux ou trois semaines, avec un déchirement vaginal d'environ trois centimètres de long et d'une profondeur de deux millimètres côté périnée. Nous observons une trace d'infection, de germes.

— Dessie, a-t-elle demandé, tu te grattes souvent ? Tu vas beaucoup aux toilettes ? Oui ? Je vais te donner des médicaments pour ça. D'accord, chérie ? C'est fini. Tu peux te lever maintenant.

Mon univers s'est lentement effondré tandis que les mots du docteur Talley pénétraient les profondeurs viscérales de mon esprit. *L'examen vaginal révèle une rupture de l'hymen.* Ma fille avait été violée.

— Non, elle n'a pas été violée, a repris TT, les yeux rivés sur mes filles par la porte ouverte du bureau.

Shalene jouait avec le bateau en bois et Dessie sommeillait dans un coin, sur une natte en vinyle destinée à la gymnastique. Un sentiment de soulagement m'a envahi et les larmes me sont montées aux yeux.

— Je penserais plutôt que cette pénétration a été causée par un doigt ou un objet quelconque. S'il n'y avait pas eu d'infection, le déchirement serait guéri maintenant.

— Par quoi a-t-elle été causée ? L'infection ?

Comme le docteur Talley regardait bizarrement, j'ai insisté. « Gonocoque ? », faisant référence au microbe de la blennorragie.

— J'ai été infirmière. Est-ce ça ?

— Ce n'est pas une blennorragie. C'est une infection superficielle, et la pommade que je vous ai donnée devrait suffire pour en venir à bout. Mais j'ai une question à vous poser. Ce ne sont pas mes affaires mais comment avez-vous pu ignorer ce qui se passait ? Je sais ce que m'a dit votre avocat, mais généralement une mère se doute de quelque chose quand ses enfants subissent des violences sexuelles.

J'ai compris qu'il s'agissait d'une question qui me serait souvent posée dans les mois à venir. À cette pensée, une douleur m'a transpercé le plexus. Une violence lancinante qui brûlait. J'en avais la voix coupée. Portant la main à mon ventre, j'ai pensé au bébé à l'intérieur, me demandant comment toute cette tension allait modeler l'enfant à venir.

— Mon... mari... Seulement... il ab... il abusait de mes enfants quand j'avais mes r... mes périodes. Il avait pris l'habitude de dormir dans la chambre d'amis... Les filles ne me l'ont jamais dit. Je n'ai jamais deviné.

Je me suis levée, me dirigeant vers la porte, attentive à l'agitation de Shalene.

Une colère brutale a surgi, remplaçant la brûlure dans mes entrailles.

— Je l'aurais tué... J'aurais tué quiconque j'aurais trouvé en train de faire du mal à mes petites.

Je me suis retournée, faisant face au médecin dont le visage restait imperturbable, mais dont les yeux exprimaient la douleur.

Quiconque.

TT a opiné.

— Bien.

Elle s'est levée, est allée vers la porte.

— J'enverrai un rapport définitif à votre avocat. Comptez-vous entamer des poursuites ?

— Mon avocat en décidera.

C'était une fuite, mais je m'en fichais. La colère me brûlait toujours la gorge.

— Shalene, ma *souk,* viens, ai-je dit, utilisant la version cajun de « mon chou ». Nous allons manger ce yaourt à présent.

J'ai enjambée Dessie, essayant de l'éveiller, et elle m'a regardée d'un air groggy, se frottant les yeux du dos de la main.

— Du yaourt ?

Il y avait de l'espoir dans sa voix. J'ai souri. Ma petite fille voulait manger !

7

Les filles n'avaient pas tellement envie d'aller déjeuner chez Van après avoir mangé leur yaourt, aussi nous nous étions arrêtés pour leur acheter un lit. Elles avaient choisi deux lits jumeaux à baldaquin. Des lits que l'on pouvait réunir si elles désiraient dormir ensemble pour se rassurer. Plus tard, quand plus d'indépendance deviendrait nécessaire, les lits seraient séparés et le matelas unique remplacé par deux matelas d'une personne.

Je pense que si elles avaient voulu des baldaquins, c'était à cause de la publicité que nous avions vue dans le second magasin — un grand lit à pieds surmonté d'un cadre et d'une moustiquaire artistiquement drapée. Elles avaient insisté pour qu'on leur mette au-dessus de leur nouveau lit ces « trucs vaporeux ». J'ai frémi : avec les placards, la petite pièce du cottage des Rousseau serait pleine à craquer. Mais si les filles le voulaient... J'avais même payé un supplément pour que les lits nous soient livrés le jour même avant la fermeture, et comme le magasin n'acceptait pas les chèques, j'avais dû payer le tout en espèces, entamant sérieusement mes réserves financières.

Nous sommes arrivées chez Van avec le retard de rigueur. Ce bar-restaurant du Quartier Français était le lieu favori des touristes et des gens du cru. Avec sa salle à manger au sol en marbre rose et gris, ses tables de bois massif, ses chaises de capitaine et son banc qui couvrait toute la longueur du mur, il y régnait une atmosphère familiale et décontractée, quoique toujours affairée. Et l'on y servait la meilleure nourriture de la ville.

Au fond, sur le banc, là où deux tables de bois avaient été réunies, Sonja était aussi calme, sereine et élégante que si elle s'était trouvée au restaurant du Palais du Commandant. Elle avait amené avec elles les jumeaux Mallory et Marshall qui, toujours agités, gazouillaient sur leurs chaises d'enfants. De l'autre côté de la table, étaient assis Adrian Paul et un enfant très beau qui ressemblait comme un clone à celui qui allait devenir mon avocat.

Le déjeuner chez Van devait nous permettre de replonger dans la vie ordinaire après la consultation chez Tacoma Talley et la visite chez le marchand de meubles. Un reposant retour au train-train quotidien. Mais j'avais oublié la propension de Sonja à s'immiscer dans ma vie et à prendre les décisions à ma place. J'aurais bien fait de Philippe un veuf. Elle avait invité Adrian Paul à déjeuner. Fourrant son nez dans mes affaires, une fois de plus. Je me demandais si elle avait signé un contrat avec lui sous mon nom, comme elle l'avait fait avec Ann Nezio-Angerstein.

Je me suis mis à bouillir intérieurement en observant Sonja, espérant qu'elle lèverait la tête afin que je puisse la fusiller du regard. Elle ne le fit pas, comme si elle savait que je la fixais. Une légère rougeur est apparue sur son cou.

Les filles se sont précipitées à l'intérieur du restaurant. Je me suis arrêtée, observant la scène : les petites se bagarraient pour obtenir la dernière chaise d'enfants de chez Van. Non pour celle qui l'aurait mais pour celle qui s'assiérait dessus. Adrian Paul s'est présenté aux filles et a joué les médiateurs. Puis il a levé la tête vers moi. Son visage s'est décomposé. Il a fermé les yeux et s'est rassis sur le banc en grommelant.

— Encore des machinations, belle-sœur ?

Le ton de sa voix était lourd de reproche et je me suis sentie mieux en constatant que je n'étais pas la seule à souffrir de l'ingérence de Sonja dans la vie des autres.

— Je croyais que tu m'avais dit qu'elle avait demandé à ce que je vienne.

— Elle l'aurait fait. J'ai juste oublié de le lui rappeler ce matin avant de partir.

Sonja n'éprouvait aucun remords, elle arborait juste un sourire malicieux en nous contemplant tous les deux.
— Tu as oublié de lui téléphoner hier soir, m'a-t-elle dit.
Adrian Paul a soupiré et s'est frotté le front. Il marmonna entre ses dents :
— Mon frère a du courage...
Approchant une chaise, je me suis assise et j'ai posé mes coudes sur la table.
— J'étais assez occupée hier soir. Tu ne te souviens pas ?
— Tu aurais pu appeler ce matin.
— Sonja. Laisse tomber.
Son sourire s'est agrandi. Nous savions toutes les deux que j'avais perdu la partie mais je ne voulais pas encore m'avouer vaincue.
Même si je m'étais déjà attribué une place à table, je me suis tournée vers Adrian Paul et lui ai demandé cérémonieusement comme les religieuses de Notre-Dame-de-Grâce nous avaient appris à le faire :
— Adrian Paul, pouvons-nous vous joindre à vous et à votre fils Jon Paul...
Je me suis interrompue au beau milieu de ma phrase et devant son hochement de tête j'ai poursuivi :
— ... pour déjeuner ? Nous sommes affamés. Oh, et puis, ai-je ajouté de manière anodine, me feriez-vous l'honneur de me représenter dans l'État de Louisiane ?
Adrian Paul m'a dévisagée, puis ça a été le tour de Sonja. Elle a levé innocemment les sourcils, mais je l'ai complètement ignorée et Adrian Paul a souri d'admiration devant l'intrépidité de mon geste.
— Naturellement, nous serions ravis de vous avoir à déjeuner, a-t-il répliqué, se prenant à ce petit jeu. Mon fils et moi avons toujours préféré les grandes tablées aux repas en solitaire.
Il a hoché la tête comme s'il réfléchissait.
— Et je serais honoré de vous représenter, madame De-Lande.
Il a jeté un coup d'œil à Sonja et repris d'un ton mordant :
— Voulez-vous confirmer le rendez-vous que Sonja a pris

pour vous lundi matin à dix heures, ou préférez-vous un autre moment ?

Les coins de sa bouche se sont retroussés, et j'ai examiné Sonja tout en me demandant si Philippe avait contracté un contrat d'assurance-vie pour elle. Et si elle lui manquerait au cas où elle viendrait à mourir. Mais c'était un jeu, Adrian Paul et moi contre Sonja... Nous n'avions aucune chance.

J'ai souri doucereusement et dit :

— Lundi matin serait parfait, monsieur Rousseau, mais tout autre rendez-vous pris par mon *dictateur* doit être considéré comme *nul* et *non avenu*. À partir de maintenant je m'occuperai moi-même de mes affaires. Merci beaucoup.

Sur ces mots, j'ai toisé Sonja et je me suis remise à l'ignorer, hochant la tête en direction de l'avocat et surveillant les filles du coin de l'œil. J'ai rapproché leurs chaises de la table, dans le but de prévenir les inondations.

J'espérais que le serveur aurait une serpillière à portée de la main, car avec tous ces enfants, il était plus que probable qu'il y aurait pas mal de verres renversés. J'ai déplié les serviettes des filles sur leurs genoux et placé la carafe d'eau hors de leur portée.

Les filles ont dévisagé le fils d'Adrian Paul avec une franche curiosité. Jon Paul. Je décidai de l'appeler JP comme Sonja car il y avait beaucoup trop de Paul dans le clan Rousseau. Il avait les yeux noirs, le teint mat, un nez très droit et des sourcils épais. Le père et le fils étaient vêtus de manière identique avec des shorts kaki, des tee-shirts ultra-larges et des Dockside. C'était un enfant ravissant. Il ne lui manquait, pour être la réplique exacte de son père, qu'une barbiche parfaitement taillée. Son père ne s'était pas rasé ce matin.

Shalene a posé sa tête sur mon bras et je l'ai prise par les épaules. C'était un geste simple, une caresse de mère, instinctive et anodine. Une Shalene timide était une rareté.

JP contempla ce geste avec la férocité d'un animal affamé reniflant une proie ensanglantée. C'était déconcertant. Tout comme l'angoisse visible sur le visage d'Adrian Paul quand il s'est retourné pour regarder son fils. Le serveur nous a interrompus avant que j'aie pu être suffisamment embarrassée pour retirer mon bras.

Il s'est frayé un passage entre les tables en slalomant et a demandé à Sonja dans un anglais approximatif :
— Prête pour commander, Miz Rousseau ? C'est tous les gens que vous attendez ?

Je n'étais pas une habituée des lieux comme Sonja, mais j'avais déjà mangé des beignets d'oignons frits, à en avoir une indigestion, les faisant passer avec une bière Dixie Voodoo, une des plus célèbres de La Nouvelle-Orléans.

Sonja a commandé pour nous tous, dirigeant les opérations comme d'habitude, mais comme d'habitude elle a réussi à se souvenir des préférences de chacun. En cet instant, elle avait tout d'une femme du Sud, posant ses ongles manucurés sur le bras du serveur, lui souriant de toutes ses dents en le regardant. Adrian Paul observait la scène, le visage vide et absent. Il était évident qu'il était en train de penser à sa femme. Et sa douleur était si fraîche que j'ai baissé les yeux, arrangeant les couverts et les serviettes sur la table.

Dehors, un musicien des rues s'exerçait sur un vieux saxo fatigué. Assez étrangement, il a commencé à jouer une interprétation bluesy de « Love me tender ». Dessie articulait silencieusement les paroles tandis que le serveur se dirigeait vers la cuisine tout en notant notre commande.

— Ma maman est morte.

Les filles se sont retournées vers JP. Il avait de grands yeux solennels. Le silence s'est fait à notre table ainsi qu'à celle de derrière.

— Elle avait une leucémie et elle est morte juste avant Noël.

La voix de l'enfant portait et une autre table un peu plus loin s'est tue aussi, le silence se propageant dans la salle de restaurant comme une maladie contagieuse. Le visage de JP était grave, son regard, intense, quêtait notre réponse.

Les ventilateurs au-dessus de nos têtes provoquaient une brise artificielle. De l'autre côté de la rue, une petite foule faisait cercle autour du joueur de saxo.

Adrian Paul a raidi ses maxillaires et j'ai eu l'impression qu'il avait cessé de respirer. JP avait toujours les yeux rivés sur moi et sur le bras dont j'avais entouré les épaules de Shalene. Soudain je me suis sentie coupable... honteuse. Ma fille aux yeux noirs s'est tournée vers moi comme pour me demander quelque chose, puis elle s'est laissé glisser le long du siège d'enfant sur lequel Adrian Paul l'avait fait s'asseoir. S'accroupissant sous la table, elle a rampé entre nos jambes immobiles, avant de ressortir de l'autre côté du banc, sa silhouette auréolée de boucles se détachant sur les rideaux de dentelle et la claire lumière du jour.

Tous les yeux étaient posés sur ma fille quand elle a poussé Adrian Paul de ses deux mains. Elle s'est ménagé une place près de lui, le poussant jusqu'à être confortablement installée. Elle était pleinement consciente du silence qui régnait dans le restaurant et en jouait. J'étais terrifiée de ce que Shalene pouvait laisser échapper. Impétueuse la plupart du temps, elle pouvait s'avérer vraiment dangereuse quand elle devenait le point de mire.

Dans le silence aigu, Shalene s'est inclinée, a pris la main de JP, plongeant ses yeux noirs dans ceux du garçon et inclinant la tête pour indiquer l'importance de ce qu'elle allait dire :

— Ton papa te fait mal ?
— Non.

JP avait l'air surpris.

— Ça va, alors. Notre papa nous a fait mal, mais nous avions notre maman. Du moment que tu en as un, ça va. D'ailleurs... (elle a fait une pause, la tête penchée sur le côté), nous pouvons être ta maman. Dessie ? a-t-elle demandé, cherchant une confirmation auprès de sa sœur.

Au bout d'un moment, Dessie a acquiescé :

— D'accord, nous pouvons être sa maman. Mais nous n'avons pas besoin d'un nouveau papa, a-t-elle répliqué, fixant explicitement Adrian Paul.

— Sa maman de su'stitution. Jusqu'à ce que son papa épouse une autre maman, a expliqué Shalene.

Les clients assis à la table voisine ont éclaté de rire et poursuivi leur repas. Le brouhaha naturel des dîneurs est revenu, avec le murmure des conversations et le tintement des verres. Un enfant à l'entrée de la salle renversa un verre de quelque chose. Adrian Paul et moi avons recommencé à respirer.

JP m'a regardée et a souri lentement. Mon avocat a cligné des yeux à plusieurs reprises, dégluti, hoché la tête pour lui-même, en observant les doigts entremêlés des enfants. J'ai lancé un coup d'œil rapide à Sonja, fière de Shalene et satisfaite qu'elle n'ait rien fait de vraiment inconvenant. D'un autre côté, j'étais navrée pour le petit garçon. Shalene en mère de substitution me faisait dresser les cheveux sur la tête ! Elle était à peu près aussi autoritaire que Sonja et elle n'avait que cinq ans.

Adrian Paul m'a consultée avec ce curieux demi-sourire.

— Cela fait de nous une famille. J'imagine que Sonja va insister pour que je vous applique un tarif de groupe.

— *Pro bono,* a corrigé Sonja. Pour rien.

— Sonja. Non, ai-je dit, me sentant rougir. Adrian Paul, s'il vous plaît. J'ai la ferme intention de régler toutes mes factures. Je ne veux pas de faveurs particulières sous prétexte que nous avons tous peur de Sonja.

Sonja a pouffé et c'est seulement à ce moment-là que j'ai compris ce que je venais de dire. Mais je ne l'ai pas retiré.

Adrian Paul a ri avec elle, de ce rire riche et profond que j'avais déjà entendu dans son bureau, les yeux toujours posés sur son fils, qui était déjà sous la coupe de Shalene.

— Dans l'éventualité improbable où... l'ex... n'acquitterait pas tous les frais, *pro bono*. Je crois que ça les vaudra.

En pensant à mon compte de quarante mille dollars, j'ai souri tristement. Sonja m'avait manœuvrée. Une fois de plus.

— Est-ce qu'il peut venir cette nuit, maman ? Comme nous avons notre nouveau lit.

Shalene a entouré de son bras les épaules fluettes de JP, bien mieux que je ne l'avais fait avec elle. Le regard qu'elle lui a adressé était celui d'un enfant à un chien errant qu'il veut ramener chez lui.

— Si son papa accepte, ai-je répondu d'un ton absent. Il pourra aller avec nous à la messe demain matin.

Shalene était une manipulatrice-née, jouant avec les mots pour arriver à ses fins. En regardant Shalene agir, on aurait cru voir une petite Sonja de cinq ans. J'envisageai mon avenir avec désarroi. J'aurais deux dictateurs pour régenter ma vie.

J'ai reporté mon attention sur Dessie qui chantait en silence les paroles d'une mélodie des Mills Brothers, les paupières mi-closes. Le calmant que lui avait administré TT agissait encore dans son organisme et elle avait l'air assoupi. Ses traits préfiguraient déjà la beauté qu'elle serait un jour.

Mes filles regarderaient-elles les hommes en éprouvant la peur de ce père qui ne leur avait appris que les mauvaises choses de l'amour ? Sauteraient-elles au cou du premier homme qu'elles rencontreraient et se comporteraient-elles avec lui de la seule manière qu'elles connaissaient ou comprenaient : physique ? À moins qu'elles ne les fuient et ne fuient toute relation homme-femme normale ? Ou bien encore qu'elles ne nourrissent toute leur vie une colère irraisonnée contre eux...

J'ai haussé les épaules et examiné l'assiette d'oignons frits que le serveur avait déposée devant moi. Je me suis précipitée aux toilettes. J'y ai vomi mon frugal petit déjeuner. Mais après que mon estomac se fut vidé, mon corps a continué de se convulser, saisi de haut-le-cœur pendant cinq bonnes minutes, tandis que Sonja tenait ma tête et me badigeonnait la figure et le cou de serviettes en papier fraîches et humides. C'était une vieille tradition dans le Sud. Un remède maternel qui permettait de venir à bout des nausées.

C'était la deuxième phase de ma grossesse. Je passais le premier et le deuxième mois de chacune d'entre elles à nager en plein bonheur et à me fredonner mes petites chansons. Puis venaient les nausées. Pendant plusieurs mois, dès que je voyais ou sentais de la nourriture, je vomissais tout ce que j'avais sur l'estomac. Ensuite, j'éprouvais un appétit insatiable pour tout ce qui avait déclenché ces malaises, et je mangeais voracement.

Certaines femmes auraient passé le reste de la journée au lit à boire du thé et à grignoter des croûtons de pain après avoir vomi. Pas moi. Je voulais goûter ces oignons frits qui avaient provoqué mes nausées. J'ai achevé le repas en engloutissant à moi toute seule une double ration d'oignons frits et un *po'boy* entier. C'était une spécialité de chez Van — des huîtres frites recouvertes de ketchup et de sauce relevée.

Sonja n'avait jamais supporté les nausées des autres. Encore livide, elle a bu son café à petites gorgées et m'a fusillée du regard pour avoir gâché son déjeuner. Elle ne supportait même pas de nous voir manger. Je ne lui avais évidemment pas demandé de me tenir le front sur la cuvette des toilettes où il n'y avait pas l'air climatisé, ni de jouer les infirmières et de se rendre elle-même malade. Mais j'estimais qu'elle le méritait. Et j'ai savouré sans complexe mon déjeuner.

La visite chez le psychologue fut le moment le plus facile et le plus agréable de la journée. Le docteur Hebert, que l'on prononçait *Aber,* à la manière cajun, était une femme âgée avec un grand sourire et de bonnes joues rondes. Elle était vêtue d'un tee-shirt, d'une jupe rouge fendue et chaussée de tennis avec des jambes velues. Ses longs cheveux gris étaient noués en queue de cheval et retenus par un élastique bleu. Elle ressemblait à la grand-mère type et, avec son accent chantant, elle nous a toutes subjuguées. Les filles l'ont baptisée tout de suite Aber.

Elle avait peint plein de Babar sur ses murs et sa salle de consultation était jonchée d'animaux en peluche. Il y avait aussi deux gigantesques girafes de deux mètres cinquante de haut dont les têtes touchaient le plafond. Elles étaient faites à partir d'un squelette en fil d'acier recouvert de mousse et de tissu de couleur vive. Elles avaient des poils sur la queue, des dents et des langues roses au-dessus de nos têtes. Une touffe de poils écarlates se trouvait entre les deux oreilles : une licence poétique en quelque sorte. C'étaient des girafes très efficaces. Les filles se sont juchées sur les animaux et ont parlé avec le docteur Aber du haut de leur promontoire, établissant sans peine la communication avec le thérapeute qui avait l'âge d'être leur grand-mère. Lui parler n'était pas traumatisant pour elles.

Pendant la séance, je ne cessais de me retourner par-dessus mon épaule vers le miroir sans tain qui dissimulait la caméra vidéo et l'assistant qui notait tous nos faits et gestes. Mais mon embarras s'est dissipé quand j'ai compris que le docteur pouvait aider mes filles. Elles répondaient librement à ses questions et parlaient de leur père. Seulement des bons côtés, cette fois. Le docteur Aber voulait qu'elles se souviennent qu'il y avait de bons côtés mélangés aux mauvais.

Je le voulais aussi. Montgomery avait souvent été si bon avec moi. Il m'avait offert des fleurs. Des bijoux. Du parfum. Des voyages en France, et une fois en Espagne pour visiter les vignobles à la frontière. Et il savait exactement comment me caresser... *Et comment faire mal à mes petites.*

Mes yeux se sont arrêtés sur les poupées dans la vitrine de l'autre côté de la pièce. Des poupées représentant tous les détails de l'anatomie d'une petite fille dans des couleurs de plastique différentes. J'ai sursauté. Je savais que les entretiens et les séances de thérapie qui suivaient deviendraient plus difficiles à mesure que moi et les petites, nous nous sentirions plus à l'aise avec Aber. Elle avancerait par étapes. Quand elle jugerait le moment opportun, elle demanderait aux filles de lui montrer, en utilisant les poupées et sous l'œil de la caméra, ce que leur père et leur oncle leur avaient fait.

Tout ce que mes filles allaient confesser dans cette pièce était obscène. Et pourtant ces enregistrements pouvaient leur éviter de venir témoigner au tribunal sur les violences sexuelles qu'elles avaient subies. J'ai pincé les lèvres et passé le reste de la séance à observer mes doigts noués sur mes genoux.

JP est venu à la maison avec Sonja juste après le déjeuner et a passé les deux premières heures à jouer avec Mallory et Marshall. Quand nous sommes arrivées, les garçons étaient crasseux, en sueur, tout écorchés et complètement surexcités. Ils nous ont accueilli depuis le sommet du magnolia de Sonja, les fines branches flexibles de l'arbre ployant sous leur poids.

Les filles se sont élancées hors de la voiture et, grimpant comme des chimpanzés, elles ont rejoint les garçons en haut de l'arbre en poussant des hurlements. J'ai crié :

— Restez près du tronc, les branches vont casser sous le poids.

Les garçons ont éclaté de rire en secouant les branches en guise de réponse.

Snaps a bondi sur le capot de la voiture et observé les facéties des enfants en remuant la queue. La chatte semblait s'amuser des maladresses des humains dans un domaine qui était celui des chats.

Sonja et Cheri venaient de réveiller Morgan et Louis de leur sieste. Louis grognait. Morgan était placide, l'œil vague. Il avait un tempérament trop égal pour un bébé. Je savais que le prochain de mes enfants serait une terreur, pour compenser.

Le pouce dans la bouche, Morgan grommela tandis que nous rentrions dans le cottage, le regard rivé sur le magnolia rempli d'enfants bruyants, sa tête dodelinant sur mon épaule. Désignant l'endroit de ses quatre doigts boudinés, il a marmonné de nouveau.

— Que veux-tu, mon bébé ? ai-je murmuré, m'arrêtant sur le pavé, le dévisageant. Mm ? Tu veux quelque chose ?

Il a encore marmonné, indiquant toujours le même point.

— Bien, ai-je soupiré, peut-être un jour apprendras-tu à parler et à dire ce que tu veux. C'est dommage que tu ne t'exprimes pas encore, n'est-ce pas ? Je te comprendrais et tu aurais ce que tu voudrais.

J'avais un ton innocent et badin et le regard qu'il m'a dardé était meurtrier. Je savais que mon bébé pouvait parler s'il voulait et j'avais cessé de « comprendre » son discours de bébé depuis des semaines.

En entrant dans le cottage, j'ai remarqué que le nouveau lit avait été livré. Quelqu'un l'avait même fait avec des draps et une couverture. Et il avait tendu la moustiquaire entre les baldaquins et disposé deux charmants petits oreillers à la tête. Sonja. Aucun livreur n'aurait pris la peine de faire un aussi joli travail. Elle avait même glissé les bagages sous le lit.

J'ai déplié le parc à jeux en souriant sous le porche afin que Morgan puisse voir les autres enfants jouer à Tarzan dans les arbres. Il pourrait surtout contempler l'objet de son désir en songeant à l'importance du langage et en tournant le dos pour toujours à l'état de bébé. Je voyais bien qu'il n'aimait pas la façon dont les choses se passaient.

J'ai changé de vêtements, cherché la pommade antimoustique et retrouvé mon fils. Assise sur la balancelle, jouant des orteils pour me balancer légèrement, j'ai tenté de me détendre. En sirotant mon thé glacé à la menthe, j'ai réfléchi à ma situation financière. Mes pensées contrastaient avec la gaieté insouciante des enfants. J'avais près de trois cent mille dollars placés en actions, obligations, bons d'épargne. Cela paraissait représenter beaucoup d'argent mais je savais que je n'irais pas loin si je devais élever quatre enfants avec cette somme.

Parmi les possibilités qu'avait énumérées Adrian Paul, l'une consistait à confier la responsabilité légale des enfants à Montgomery pour subvenir à leurs besoins, même si la loi lui interdisait de les revoir. Le prix du médecin, du thérapeute, de leur éducation lui incomberaient. Mais je connaissais les DeLande. Je les avais assez entendus se vanter de ne jamais payer ce qu'ils devaient.

Il y avait deux ans, ils avaient escroqué l'État de Louisiane de centaines de milliers de dollars d'amendes pour la pollution chimique dont ils avaient été responsables depuis soixante-dix ans. S'ils pouvaient tromper l'État sur des affaires légales, ils pouvaient à coup sûr me faire bien pis.

Soudain, je me suis figée. Montgomery savait où j'avais investi mon argent. Pouvait-il accéder à ces fonds ? S'en emparer ?

La balancelle s'est lentement immobilisée. Lundi, avant de voir Adrian Paul, il me fallait changer de courtier et transférer tous mes biens sur un autre compte. Des investissements à long terme empêcheraient Montgomery de toucher à l'argent, même s'il engageait un pirate pour piéger les ordinateurs.

L'éducation des enfants avait été assurée par les cadeaux de naissance de la Grande Dame. La tradition DeLande. C'était moi qui administrais ces capitaux. Pourtant le contrôle en reviendrait à Montgomery si je mourais. Et à Andreu, l'aîné, s'il mourait. J'avais besoin de changer cela, autorisant ma mère... Non. Pas ma mère. Sonja. C'était une fouineuse qui se mêlait de tout, mais je savais que Sonja élèverait mes enfants du mieux qu'elle pourrait si j'en étais incapable.

Cela signifiait que j'avais besoin d'un nouveau testament. Et il fallait aussi que j'assure une surveillance permanente pour protéger les enfants. Pour les empêcher de retomber entre les mains de Montgomery. J'avais encore besoin de Sonja.

J'ai massé ma tête de mes deux mains, enfouissant mes

doigts dans ma chevelure, frottant mon crâne. Il y avait tant à faire. Du moins Sonja partagerait un peu de ce fardeau. Mon amie qui se mêlait de tout avait de quoi s'occuper pour le restant de l'été.

Si j'arrivais à mener tout à bien, j'éviterais d'avoir à chercher du travail trop vite. Je n'avais guère envie d'accepter une pension alimentaire de Montgomery, mais même sans ça, je ne serais pas sans un sou. Si je transférais mon portefeuille d'actions en placements à court terme et me mettais à vivre de mes investissements, je pouvais disposer d'au moins trente mille dollars par an. Si j'y ajoutais une pension pour l'éducation des enfants calculée sur le salaire de Montgomery et sur ses biens, nous vivrions tous les cinq à l'aise.

J'ai posé mes mains sur mon ventre et ouvert les yeux. J'ai presque ri à haute voix. JP se tenait sur le seuil, les yeux fixés sur Morgan, la main tendue. Il chuchotait et chantonnait à mon fils comme il l'aurait fait avec un chiot craintif. Il l'encourageait à marcher.

Morgan était debout, s'accrochant aux parois rembourrées du parc, agrippant des doigts les barreaux capitonnés. De petits « mm... mm... » sortaient de sa gorge. Il s'est esclaffé. Levant son pied gauche, il a pivoté, lâché son appui, et fait quelques petits pas jusqu'à l'autre extrémité du parc en gazouillant de contentement.

Je suis allée vers mon fils, l'ai soulevé dans mes bras et assis par terre près de JP dans la poussière.

— S'il marche, il peut jouer. Sinon, il s'assoit. Compris ?

JP a esquissé un signe d'assentiment, tendu la main vers Morgan et l'a aidé à se lever.

— C'est un grand garçon. Il peut marcher. Ma maman allait me donner un petit frère, mais elle est morte avant.

Il a levé les yeux vers moi en souriant.

— Je m'occuperai bien de lui.

Les deux garçons ont traversé ensemble le jardin pour rejoindre les autres enfants qui jouaient au hula-hoop dans la poussière.

Les filles étaient maintenant aussi sales que les garçons. C'était une question d'honneur pour elles. Elles ont hurlé de joie quand elles ont vu Morgan marcher et le bébé est passé de mains en mains jusqu'à faire tout le tour du jardin.

Je me suis assis sur la balancelle et ai regardé. Montgomery aurait été fier.

J'ai écarté cette pensée. C'était une des bonnes choses dont le docteur Aber voulait que je me souvienne, à savoir qu'il était toujours fier de ses enfants. Mais sa trahison était encore trop fraîche, trop douloureuse pour que je puisse me souvenir des bonnes choses. Surtout si Montgomery ne devait jamais revoir ses enfants.

L'herbe ne poussait plus sous cette chaleur. Les moustiques pullulaient autour des enfants. Je les ai appelés et j'ai débouché le tube de crème antimoustique que j'avais apporté plus tôt, badigeonnant leur peau noire de crasse et de sueur. Quand j'ai eu terminé, ils ressemblaient à des petits sauvages.

Arrivant par la porte de derrière, Sonja s'est arrêtée pour observer la scène avec des yeux amusés.

— Seigneur ! Comment des enfants peuvent-ils être aussi sales !

À la place des tee-shirts blancs et des shorts rayés rouge et blanc qu'ils portaient chez Van, Mallory et Marshall étaient maintenant uniformément brunâtres, leurs vêtements ayant perdu depuis longtemps leur couleur d'origine.

Sonja a pris place près de moi sur la balancelle, m'aidant à la pousser avec le pied. Elle était pieds nus, et même les ongles de ses orteils étaient impeccables, ronds et lisses, vernis d'un beau rouge vermillon. C'était le genre de femme qui n'avait jamais un cheveu de travers, était toujours tirée à quatre épingles quelles que soient les circonstances et dont le rimmel ne coulait probablement pas quand elle se retrouvait sous une averse. D'autres femmes détestaient ce genre de perfection. Moi, je l'admirais.

— J'ai envie d'oignons frits, ai-je chuchoté, tentatrice.

D'accord : je détestais peut-être un peu la perfection.

Elle m'a décoché un de ces regards qui disait « Va au diable avec tes oignons. »

Nous avons observé nos six enfants poursuivre des grenouilles et des chenilles tout autour du jardin, tandis que le soleil disparaissait au-dessus des arbres, illuminant le monde de rose. La balancelle grinçait doucement et les moustiques bourdonnaient sur nos têtes à mesure que la lumière se dérobait.

Le dimanche est venu, un dimanche de pluie et de vents, comme si un soudain présage anéantissait le mythe d'un printemps précoce. Les enfants ont regardé des dessins animés après la messe, puis on leur a raconté des histoires. C'était le premier et le dernier jour de repos avant le retour de Montgomery. Mes trois enfants et moi, nous sommes restés calfeutrés dans le cottage, nous pelotonnant sous l'édredon que nous avions acheté pour le nouveau lit et refermant la moustiquaire sur nous pour nous donner une impression de sécurité.

Le lundi et le mardi se sont rapidement écoulés et les filles vêtues d'uniformes et de sweaters rouges ont rejoint la longue file de petites filles modèles, pour leur premier jour d'école. C'était inconnu pour elles et je me demandais si elles supporteraient l'atmosphère de l'école catholique après celle, fort relâchée, de l'école publique. C'était prévisible : Dessie l'a adorée et Shalene haïe. Mais elle allait s'y faire. Probablement.

J'ai choisi un nouveau courtier dans l'immeuble des Rousseau. Il a affirmé ne connaître aucun DeLande et s'extasia à la perspective d'une nouvelle cliente. Une cliente à la tête de trois cent mille dollars en espèces. Il s'est mis à saliver dès que je suis entrée dans son bureau, se précipitant pour m'aider à ôter ma veste et me proposant du thé ou une boisson fraîche ou encore du café. Il serait allé jusqu'à se taillader les poignets si j'avais voulu boire du sang. C'était vraiment touchant.

Mon rendez-vous avec Adrian Paul s'est déroulé tout aussi bien. Ann Machintruc s'était mise en contact avec lui et avec le comptable qui louait des bureaux dans l'immeuble Rousseau. Ils avaient découvert des preuves de la tromperie de Montgomery et du soutien financier qu'il apportait à Glorianna. Et à leur enfant. Mes enfants avaient une demi-sœur. Il n'y avait pas de doute qu'avec toutes les preuves qu'Ann Machintruc avait découvertes, le tribunal m'accorderait le divorce pour adultère.

Sur les conseils d'Adrian Paul, j'invoquerais l'adultère pour demander le divorce et réclamerais la garde des enfants à cause de la perversion de mon mari. C'était une accusation que je devrais prouver mais, pour le dossier préliminaire, ma parole était suffisante pour obtenir une injonction contre Montgomery lui interdisant tout droit de visite, sans même avoir à mentionner le caractère sexuel de ses violences.

Il y avait aussi une demande d'injonction interdisant à Montgomery de disposer de mes biens.

Les papiers furent signés par le juge tard dans la journée du mardi.

À mesure que le mercredi approchait, mes paumes sont devenues moites et gluantes. Les nausées du matin m'ont assaillie au point que je ne pouvais plus manger. Je ne pouvais même pas sentir de la nourriture sans me précipiter aux toilettes. Le thé et les croûtons de pain sont devenus mon régime quotidien, comme pour toute femme enceinte.

L'avion de Montgomery s'est posé le mercredi. Ann Machintruc l'a vu s'avancer avec Glorianna dans l'aéroport, bras dessus bras dessous, riant et plaisantant. En détective accomplie qu'elle était, elle a pris une demi-douzaine de clichés du couple heureux ; sur deux d'entre eux, on les voyait s'embrasser, avant qu'un homme étrange en costume trois-pièces n'apparaisse. Après cela, tout est allé très vite... Montgomery est parti d'un côté, l'homme et Glorianna d'un autre, s'embrassant et roucoulant comme s'ils étaient arrivés ensemble. Ann, à l'aide d'une minuscule caméra vidéo, a filmé la totalité de la scène, tandis que l'enquêteur qui l'avait accompagnée suivait Montgomery et le prenait en photo.

L'assistant d'Ann l'a perdu dans une foule de touristes anglais. Quand Ann et lui se sont retrouvés plus tard dans l'aéroport, il l'a informée que mon mari avait réussi à éviter le shérif adjoint en uniforme qui l'attendait dans la voiture pour lui présenter la citation à comparaître concernant la séparation et la garde des enfants. La voiture était encore là. Mais plus Montgomery.

Au moment où j'étudiais les clichés des deux détectives, je me suis mise à trembler. Je connaissais cet homme. Et j'ai reconnu le regard de Montgomery.

Richard DeLande était venu à la descente de l'avion. Il avait parlé de moi à Montgomery. Je le savais. D'une certaine manière, les DeLande avaient appris l'existence de la procédure de divorce. Montgomery savait que j'allais divorcer et tenter de lui retirer ses enfants. Il avait l'intention de me punir. Je connaissais ce regard. Doux Jésus. *Il allait me tuer.* Ou pis. Je me souvenais d'Eve Tramonte et de la leçon qu'elle avait reçue. Et je me rappelais d'Ammie DeLande.

Du jour où Ammie avait quitté Marcus pour un autre homme à la peau trop claire, au visage trop lisse pour le sud-est de la Louisiane. L'hiver était d'ordinaire humide avec des nuages lourds, une pluie intermittente et poisseuse et des vents froids et maussades. Mais Ammie est partie avec le soleil. En quelques heures les cinq frères DeLande se sont rassemblés et comme ils avaient entendu dire qu'elle se rendait à l'ouest, ils se sont retrouvés à Moisson. Avec des armes, des cartes routières et de l'alcool à foison, et je suis restée au fond de la maison à jouer paisiblement avec les filles jusqu'à leur départ.

Ils sont revenus trois jours plus tard, en deux groupes séparés, mal rasés, sentant la sueur et la crasse. Ils se sont rués dans ma cuisine, ont pris d'assaut les salles de bains et trois chambres. En moins d'une heure, ils avaient pris une douche, s'étaient sustentés et endormis.

Ma maison était un chantier, mais les relents de vieux whisky et la violence qui étincelait au fond de leurs yeux m'ont intimé le silence. Je me suis tue. Même lorsqu'ils ont jeté leurs vêtements maculés de sang en tas sur le sol de la salle de bains.

Les filles et moi avons chipé la clé de la voiture de Montgomery, nous éclipsant de la maison pendant que les hommes dormaient pour aller passer la nuit chez maman. Montgomery m'a punie d'être partie, mais la sécurité de mes filles passait avant tout.

Pendant des années, je m'étais interrogée sur le sort d'Ammie. Me demandait si elle avait survécu à sa punition. *Aucune femme ne quitte jamais un DeLande.* C'étaient les paroles de

Richard, qui avaient sonné comme une menace avant que les frères ne partent à la recherche d'Ammie. Des paroles que celui-ci avait répétées à leur retour, avant que ses frères ne s'endorment. Avec une intonation de satisfaction dans la voix.

Une mère a toujours le sommeil léger, à l'affût du moindre bruit, d'un changement de respiration, d'un accès de toux, du bruit imperceptible que fait un enfant lorsqu'il s'assied dans son lit. Je dormais superficiellement même à Moisson, sauf les nuits où Montgomery dormait dans la chambre d'amis. Se trouvant plus près des filles, il prenait toujours soin d'elles... ces nuits où *je saignais et n'étais pas disponible*. Mais quand j'ai su que Montgomery s'était volatilisé à l'aéroport, je me suis aperçue que mon sommeil était encore plus fragile qu'à l'accoutumée. Je me levais souvent la nuit pour aller surveiller les enfants, inspecter les portes, les fenêtres, guetter les rondes du vigile.

Le jour du retour de Montgomery se déroula sans nouvelles de lui et ma capacité de sommeil diminua au point que je ne dormais jamais plus d'une demi-heure à la fois. J'étais constamment réveillée par le bruit d'intrus imaginaires. Je m'attendais à voir Montgomery surgir en rage parce qu'on lui avait présenté la citation à comparaître... ou parce qu'il en avait entendu parler par les DeLande au tribunal.

Le jour du retour de Montgomery passa et le jour suivant aussi. Montgomery n'avait toujours pas refait surface. Les policiers étaient venus chez nous et s'étaient rendus au bureau avec les convocations au tribunal. Ils étaient même allés deux fois chez Glorianna et avaient fait chou blanc. Pas trace de Montgomery.

Dans une agitation fébrile due à l'attente, j'ai exhumé ma machine à coudre Singer et confectionné de nouveaux rideaux pour le cottage, mettant à profit les restes de tissu pour faire deux chemisiers aux filles et des tee-shirts pour Morgan.

Celui-ci me dardait un regard acéré comme s'il savait que le tissu fleuri ne convenait pas à un garçon, mais j'avais décidé que je l'habillerais comme il me plairait jusqu'à ce qu'il puisse parler. Il avait de nouveau oublié comment se déplacer sur deux pieds, brandissant ses petits bras potelés quand il voulait se rendre quelque part. Maintenant que j'avais assisté à son exploit, il passait son temps assis. Mais l'apparition de JP vendredi avait stimulé sa mémoire et il avait traversé en rampant tout le jardin en quelques minutes à peine. Morgan était emballé par ce garçon. Et les filles donc !

J'ai également mis tout mon zèle à recouvrir les coussins de la cuisine et à rembourrer de duvet des oreillers pour que les filles puissent se vautrer dessus dans le salon. Ma frénésie alla plus loin : je nettoyai le cottage de fond en comble, rangeai les outils de Philippe dans le garage et astiquai toutes les voitures. Philippe supportait tout cela avec sa patience habituelle.

Établir un nouveau testament m'avait pris deux heures, et désigner Sonja et Adrian Paul comme tuteurs légaux de mes enfants en cas de décès, quatre heures de plus. Le second exigeait, en effet, que je prenne des dispositions légales. Mais du moins mes enfants seraient-ils en sécurité... Si Adrian Paul et le cabinet Rousseau pouvaient contourner les manœuvres légales des DeLande. Une hypothèse qui restait bien aléatoire.

J'ai été occupée à tout instant du jour le mercredi et le jeudi. Je ne dormais que trois heures par nuit. Il ne s'est rien passé pendant quarante-huit heures. Le vendredi, les ennuis ont commencé...

Ils ont tout d'abord été bénins. Deux coups de téléphone à deux heures du matin chez les Rousseau sans que personne ne parle au bout du fil. Juste une respiration haletante. Il s'agissait de bêtises. Mais nous savions tous que Montgomery était derrière.

À dix heures du matin, Sonja accepta, par l'entremise de la société de gardiennage, de faire relier le cottage au système de sécurité de la maison principale. C'était un travail énorme. Ann Machintruc vérifia l'installation et la trouva acceptable, quoique sommaire.

La simple existence de ce système de sécurité m'a procuré un semblant de sûreté. Le cottage mis sous alarme, on ne pouvait qu'entrebâiller les fenêtres, les détecteurs se trouvant dix centimètres au-dessus de leur rebord. On avait renforcé la porte intérieure pour que l'air libre puisse pénétrer dans la maison.

Le vendredi, le temps qui avait été pluvieux et humide toute la semaine s'est éclairci au milieu de l'après-midi, dégageant un ciel sans nuages. Une brise légère caressait doucement les azalées et faisait s'ouvrir les derniers bourgeons des cornouillers. Des pétales blancs jonchaient les rues et nous frissonnions dans nos sweaters le jour et dans nos pyjamas de flanelle la nuit.

Je suis allée chercher les filles le soir à l'école. Elles se sont changées dans la voiture. Je les ai accompagnées à la boutique de vidéo pour louer une cassette de *Chérie, j'ai rétréci les gosses* et un dessin animé de *Robin des Bois* par Walt Disney. Puis nous sommes allées à l'épicerie acheter une pizza surgelée et du pop-corn, prévoyant de manger un repas bien calorique devant la télé, selon la plus pure tradition américaine. Nous sommes revenues à la maison chargées de trois sacs de victuailles.

Ravies, les deux petites ont grimpé sur la banquette arrière, ont attaché leur ceinture tandis que je regardais derrière moi comme j'avais l'habitude de le faire. Je me suis lentement immobilisée.

Sur le siège du passager, il y avait un bouquet de lis tigrés. Des lis comme ceux que j'avais plantés dans mon jardin à Moisson. À doubles pétales, d'une belle teinte rouge. Ce n'était pas la saison. Les miens n'avaient pas encore fleuri.

J'avais fermé la voiture à clé. J'en étais sûre. Et Montgomery n'avait pas de deuxième trousseau. J'avais pris le mien quand j'avais quitté Moisson.

Ainsi ai-je raisonné, debout dans le vent trop frais qui faisait s'envoler mes cheveux avec les pétales blancs, Montgomery m'avait suivie depuis chez Sonja jusqu'à l'école des filles, au magasin de vidéo, à l'épicerie. Il avait pénétré dans la voiture, déposé les fleurs, refermé les portières. Les fleurs avaient éclos et étaient mortes dans la journée. C'était à la fois un présage et une menace.

J'ai fait le tour de la voiture, déverrouillé ma portière et jeté les fleurs dans la rue. J'étais agitée d'un tremblement qui vibrait dans mes os, battait dans mes doigts et résonnait dans mon corps. Une terreur si violente que je pouvais à peine faire démarrer la voiture. J'avais peur pour mes filles. Montgomery savait maintenant où elles allaient à l'école. Et puisqu'il n'avait pas reçu de convocation, cela n'avait rien d'illégal. Je ne pouvais pas l'arrêter.

Comme je m'éloignais, j'ai volontairement roulé sur les lis. Moi aussi, je pouvais laisser des messages !

J'ai scruté le rétroviseur en rentrant à la maison, guettant des signes qui pourraient me rappeler les charlots de Montgomery dans leur voiture de filature. J'ai même emprunté des chemins de traverse où la circulation était si rare qu'on aurait vu passer une souris. Il n'y avait rien. Pas de voiture de filature. Pas de charlots. Peut-être Montgomery se figurait-il avoir dit ce qu'il avait à dire. Il l'avait dit.

Tard cette nuit-là, il a commis son deuxième méfait. Un DeLande n'attaquait jamais sur un seul front.

J'étais aux aguets, à demi éveillée, à demi somnolente, quand j'ai entendu crisser le sable et le gravier sous les pas de quelqu'un qui s'approchait. J'ai avancé la main dans la pénombre vers le pistolet 9 mm posé sur la table de nuit. Je le gardais sous clé dès que les enfants étaient levés, mais depuis le jour où Montgomery avait disparu de l'aéroport, je dormais l'arme près de moi, comme une veilleuse ou un ours en peluche.

Mon visiteur tardif n'avait pas le pas léger, mais il était prudent dans la nuit. Malgré le mauvais présage des lis, je laissais la porte de ma chambre ouverte, enfouissant les enfants sous des couvertures et leur mettant d'épaisses chaussettes. Pour entendre ce qui se passait à l'extérieur. Les pas de mon visiteur étaient presque bruyants dans la nuit.

J'ai abaissé le chien du revolver et rejeté mes couvertures au pied du lit. Ce n'était pas le vigile. Son pas était plus lourd, un peu inégal. À cette heure peu chrétienne, ce n'était pas Sonja. La progression était fluide, faisant entendre de petits « sss » à chaque foulée. Une sueur froide est montée à mes aisselles.

Repliant mes genoux sous ma poitrine, j'ai sauté du lit et me suis hâtée vers la pièce principale. Les pas se sont arrêtés, juste sous le porche. J'étais plantée devant la porte, comme le font les flics à la télé. On a frappé si fort que j'ai sursauté.

— Collie ?

En tremblant, j'ai enlevé la chaîne de sécurité avant de répondre et d'aller ouvrir la porte. Sonja se tenait sur le seuil, à distance, en dehors du champ de faisceaux lumineux de surveillance qui entourait la maison. Elle serrait sa robe de chambre contre elle et portait des pantoufles à tiges.

J'ai respiré profondément, comprenant seulement à quel point j'étais effrayée.

— Il est deux heures du matin, bon sang! la prochaine fois, parle quand tu t'approches.

Mon cœur battait à un rythme irrégulier. Je me suis penchée pour calmer la douleur qui vrillait mes poumons. Seigneur! J'allais la tuer, que je le veuille ou non. C'était la deuxième fois depuis quelques jours que j'aurais pu lui tirer dessus accidentellement.

— Pourquoi? Tu dors avec ce satané revolver maintenant?
— En fait, oui. Tu ne le ferais pas, toi?

Sonja n'a pas répondu. Nous savions toutes deux qu'elle avait horreur des armes.

— Il y a un coup de fil pour toi. Éteins l'alarme et laisse-moi entrer. Je resterai avec les enfants. JP dort avec les filles?

J'étais sur le point de lui dire que je ne prenais aucun appel, juste pour être désagréable. Mais elle m'a prise de vitesse.

— C'est ta mère, a-t-elle dit doucement.

Débranchant le système de sécurité devant la porte, j'ai ouvert les deux serrures au moment où Sonja s'est avancée sur le porche.

— Elle a l'air bouleversée.

Mon cœur s'est remis à battre la chamade. Une brûlure, qui commençait à devenir familière, se diffusait dans mes côtes. J'ai ouvert la porte et je suis sortie en faisant un pas de côté pour la faire entrer.

— Quelqu'un est blessé? Papa? Montgomery n'a pas...
— Doux Jésus, ma fille, qu'est-ce qu'il fait froid là-dedans! Je ne sais pas. Je n'ai rien demandé.

— Remets le système en marche, me suis-je écriée, saisissant le pistolet sur la table.

J'ai couru d'une traite jusqu'à la grande maison, mes pieds nus gelés et couverts d'ecchymoses dès le premier pas.

— Le téléphone est décroché dans la cuisine, a chuchoté Sonja dans mon dos.

Je l'ai entendue refermer la porte et faire cliqueter les serrures.

Ouvrant la porte en grand, je suis entrée chez Sonja puis j'ai piqué un cent mètres jusqu'au récepteur.

— Maman, que...

— Tu... tu... Comment as-tu pu nous faire ça ?

Elle pleurait. Et j'ai eu l'impression de toucher le fond. La cuisine trop lumineuse et trop jaune de Sonja a plongé dans les ténèbres et je me suis laissé glisser sur le sol, comme si une corde s'enroulait en spirale autour de moi.

— Montgomery n'a pas... Il ne t'a pas blessée ?

Un air froid entrait par la porte entrouverte, rafraîchissant mon corps en sueur.

— Tu es une petite garce ingrate, a-t-elle susurré entre ses larmes. Montgomery ne ferait pas de mal à une mouche. Mais il est écœuré contre toi. Comment as-tu pu lui faire ça, Nicole ? Comment as-tu pu nous faire ça ? Comment as-tu pu le quitter ?

— Maman. Attends une minute. Je ne comprends pas. Montgomery ne t'a pas fait de mal ?

— Bien sûr que non. Ne sois pas idiote.

Ses sanglots devenaient colériques et j'étais perplexe.

— Mais il t'a appelée...

Je m'évertuais à comprendre ce qui se passait.

— *Il était ici*. Il a dit que tu avais vidé la maison quand il est parti pour affaires et que tu t'es installée avec ce cul-de-nègre à la peau basanée avec lequel tu traînes toujours.

— Maman...

— Il est simplement foudroyé. Il a l'air ravagé. Pourquoi as-tu fait ça à ce pauvre homme ? À nous ?

— Maman ! ai-je dit de nouveau plus fort.

— Il a toujours été si bon avec toi et les enfants. Il a toujours été si bon pour nous. Nous avions conclu une alliance et tu l'as rompue. Sois-maudite !

— Maman, vas-tu m'écouter ! Maman ! Passe-moi papa.

— Ne monte pas le ton avec moi, ma fille. Tu devrais avoir honte de toi. Je suis encore ta mère et tu n'es pas assez âgée pour ne plus me montrer de respect. Et ton père n'a rien à te dire. Rien du tout.

Elle avait soudain l'air furieux, mais elle n'avait pas le quart de mon courroux, une exaspération qui bouillait dans mon esprit, rouge et brûlante comme une vague de lave en fusion, consumant tout sur son passage.

— Maman. As-tu oublié la petite conversation que nous avons eue il y a deux semaines ? Celle où je t'ai dit que Montgomery était...

Mon souffle s'est dilaté dans mes poumons. J'ai fermé les poings. *Montgomery a peloté mes petites.*

Il y a eu un silence au bout du fil.

— Lui as-tu dit pourquoi je l'ai quitté ? Le bon petit chrétien que j'ai épousé se trouve être un pédophile ! (Ma voix est devenue suraiguë, j'ai frappé le mur de mon poing.) Lui as-tu dit cela, ou as-tu oublié de lui mentionner mon *petit problème ?*

— Bien sûr que je ne lui ai pas dit. Je n'aurais pas sali ses oreilles avec de telles sornettes. Et il n'y a en tout cas aucune raison de quitter cet homme. Je te l'ai dit : une femme doit quelquefois se montrer courageuse.

J'avais déjà entendu ça une fois et c'était encore pire la seconde fois. Parce qu'elle y croyait.

— Maman. Si papa s'était traîné dans mon lit pendant la nuit, avait promené ses mains sur tout... (j'ai dégluti pour combattre la colère et la répulsion que j'éprouvais)... sur tout mon corps... (mes larmes se sont mises à couler)... et m'avait forcée à sucer son sexe... serais-tu restée avec lui ? L'aurais-tu laissé... me faire mal de cette façon ?

Elle était de nouveau silencieuse, la respiration courte et saccadée.

— Est-ce ce qui t'est arrivé, maman ? ai-je murmuré. Est-ce la raison pour laquelle tu as épousé le premier homme qui t'a regardée et t'a entraînée loin de tout ce que tu possédais à La Nouvelle-Orléans et de tout ce que tu étais en tant que Ferronaire ? Est-ce la raison pour laquelle tu as quitté l'école et t'es installée dans une minuscule ville cajun au fond de bon Dieu sait quel trou ? Fuyais-tu ? Fuyais-tu parce que ton papa te touchait ? (Ma voix n'était plus qu'un souffle.) Et parce que ta maman le laissait faire...

— Je n'ai pas à écouter ces ordures, a-t-elle répliqué d'une voix basse, comme le grondement d'un chien méchant. Non. Je ne sais pas avec qui tu couches, ma fille. Montgomery dit que c'est un homme noir.

Sa voix s'est fait encore plus basse, ses mots étaient brutaux et grossiers.

— Un des amis à peau basanée de la fille LeBleu. Eh bien, celle qui couche avec un négro n'est plus ma fille.

J'étais abasourdie. C'était un mot absent de ma mémoire. *Négro*. Une insulte que maman n'avait jamais permise chez nous. Un mot qui dévoilait un aspect d'elle que je n'avais encore jamais vu. Un aspect hideux. Un mot pour lequel elle avait battu Logan une fois parce qu'il l'avait prononcé. Un mot qui présentait d'elle une facette qu'elle avait dissimulée, durant toutes ces années, derrière une douceur mielleuse et une conduite irréprochable. Derrière le mince, trop mince vernis Ferronaire.

Je lui ai doucement répondu :

— Je ne couche avec personne, maman. Mais tu devrais savoir que tes petits-enfants ont une demi-sœur quarteronne âgée de deux ans. Montgomery a une... amie.

Elle a suffoqué.

— C'est une jolie petite personne, maman. J'ai vu des photos.

Maman n'a rien dit. Seul son souffle haletant me parvenait à des kilomètres.

— Ne me rappelle plus ici, maman. Pas tard dans la nuit. Si tu veux me parler à moi ou à mes petites, appelle à des heures convenables.

Je voyais presque les larmes d'irritation perler dans ses yeux, je l'imaginais levant haut son menton aristocratique, et prenant ses airs offensés parce qu'on lui reprochait d'appeler à une heure indécente. Lentement, je me suis levée, la pièce brouillée sous mes yeux en larmes.

— Bonne nuit, maman.

En reposant le récepteur, j'ai appuyé ma tête contre le mur.

Les larmes sur mon visage étaient froides comme de la glace. Elles ont ruisselé et se sont répandues sur le parquet trop propre, trop jaune, trop accueillant. Je sanglotais.

— Collie ?

Je me suis essuyé précipitamment le visage du dos de la main et retournée en clignant des yeux.

— Viens ici.

C'était Philippe. Grave, imperturbable, digne de confiance. Il était dans l'embrasure de la porte, ses genoux velus apparaissant sous sa robe de chambre, j'ai remarqué avec indifférence qu'ils l'étaient davantage que ceux du docteur Aber. Il m'a ouvert ses bras. Je me suis élancée contre lui, comme une poupée de chiffon, saignant intérieurement comme si ma mère m'avait poignardée, encore et encore. Et j'ai pleuré contre sa poitrine, maudissant ma grossesse qui me rendait si émotive. Maudissant Montgomery. Maudissant mon père pour ne pas avoir arraché le téléphone à maman. Et essayant de maudire ma mère qui semblait elle aussi avoir ses propres blessures.

J'ai pleuré jusqu'à ce que la robe de chambre de Philippe soit recouverte de morve et de larmes. J'ai pleuré jusqu'à ce que ma voix se brise, épuisée par les sanglots. J'ai pleuré jusqu'à ce que ma respiration se bloque dans ma gorge et qu'à chacune de mes inspirations mon estomac se contracte de douleur.

J'ai pleuré jusqu'à n'avoir plus de larmes. J'ai pleuré jusqu'à entendre dans le lointain le son d'une voix et m'apercevoir que nous étions assis sur le plancher, Philippe adossé contre le placard de la cuisine, moi sur ses genoux. Et la honte m'a submergée.

— C'est bon, mon petit chou. C'est bon, ma petite choute, me disait-il en cajun.

J'ai hoqueté et ri convulsivement en m'éloignant de lui. J'ai attrapé une serviette en papier qu'il me tendait pour me moucher et, lorsque j'ai parlé, ma voix était sèche et enrouée par les larmes.

— Du cajun ? Qu'est-il arrivé au français impeccable des Rousseau ?

Philippe a haussé les épaules, en Français accompli qu'il

était, bien qu'il fût assis sur le sol à deux heures du matin et tînt dans ses bras une femme échevelée en pleurs.

— Retourne au cottage, ma petiote. Et ne raconte pas à ma femme que nous sommes restés là, dans les bras l'un de l'autre, aussi longtemps. C'est une femme... très émotive.

J'ai pouffé devant cette flagrante contre-vérité.

8

— Pourquoi ?

Comme je ne lui répondais pas, Adrian Paul a reposé sa tasse sur la petite table et s'est penché en avant, appuyant ses coudes sur ses genoux.

— Pourquoi pensez-vous que votre mari vous ferait du mal physiquement ?

J'ai scruté le bonsaï sur le bureau, ses feuilles d'un vert délicat. Les minuscules petits bourgeons que j'avais aperçus la première fois étaient plus soyeux, presque éclos. La teinte des pétales d'un vert soutenu contrastait avec le vert pâle des bourgeons.

J'ai bu mon café à petites gorgées. Du déca. Il était amer. J'aurais donné beaucoup pour avoir le droit de boire une bonne tasse de café moulu, avec de la vraie crème et...

— Nicole !

J'ai tressailli, croisé le regard d'Adrian Paul et posé lentement la tasse dans sa soucoupe sur la table près de la sienne.

— Je suis confuse. Je rêvais tout éveillée. De café, de bon café, ai-je soupiré.

Il a pincé les lèvres sans répondre.

— Pourquoi pensez-vous que votre mari vous ferait du mal ?

— Parce que je l'ai quitté, ai-je enfin déclaré, instillant dans ces mots la peur et le sentiment d'impuissance qui s'étaient emparés de moi, tôt ce matin. Aucune femme ne quitte jamais un DeLande. C'est l'expression... le lieu commun qu'ils utilisent.

Adrian Paul restait immobile, son stylo et son bloc près de lui sur la table. Il ne prenait pas de notes : il écoutait.

— Il me semble que je devrais vous parler d'Ammie. C'était la petite amie de Marcus. Ou sa femme. Je n'ai jamais bien su, étant donné que je ne l'ai vue que deux fois — la première fois quand il l'a amenée pour nous la présenter. J'étais entre deux grossesses, ai-je souri, alors qu'elle était enceinte de son second. C'était la plus jolie fille que j'aie jamais vue. Une rousse. Une vraie rousse avec de grands yeux lavande et une peau dorée. Je ne sais pas où il l'avait trouvée. Elle avait un accent du Sud, mais pas de la région. Elle ne venait pas du Texas ou du sud de la Louisiane. Je présume qu'elle devait venir de l'est de l'Alabama. Ou... (Je me suis interrompue.) Je m'égare...

Adrian Paul n'avait pas bougé.

J'ai inspiré profondément.

— Je n'en ai jamais parlé à personne. Mais Ammie a quitté Marcus. Elle est repartie de Moisson pour le Texas. Elle était avec un homme, mais je ne l'ai pas vu. Il est resté dans la voiture.

Je me suis tue et j'ai observé Adrian Paul. Comment pouvais-je espérer qu'il comprenne alors que j'en avais été incapable ?

— Elle m'a dit qu'elle quittait Marcus, qu'elle était lasse de partager — peu importe ce qu'elle entendait par ces mots. Elle m'a donné sa destination : Dangerfield au Texas. Je ne sais pas pourquoi elle a fait ça. Nous n'étions pas amies. Pas du tout.

Je fis une pause, me rappelant de nouveau ce jour froid, tranquille, au soleil hivernal.

— C'était le 2 janvier, il y aura eu deux ans l'hiver dernier. Elle m'a dit qu'elle avait pris cette décision en guise de bonne résolution pour la nouvelle année et qu'elle ne reviendrait pas. Et elle est partie. Le jour suivant, quatre frères DeLande se sont posés sur la piste près de la ville et sont venus à la maison — les DeLande ont un hélicoptère familial, ai-je ajouté inutilement. Quelqu'un leur avait dit où elle allait. Elle en avait parlé à deux autres des épouses DeLande que je connais. Et les hommes sont tous partis à sa recherche. Montgomery aussi. Trois jours plus tard, ils étaient de retour. Les hommes, je veux dire. Ils avaient

du sang sur leurs vêtements... Ammie n'était pas avec eux.
 J'ai toisé Adrian Paul. Il était toujours immobile, ses yeux ne manifestant aucune émotion.
 — Je voulais me rendre chez le shérif, mais les DeLande avaient fait élire Terry Bertrand. Montgomery et lui allaient toujours pêcher et chasser ensemble trois ou quatre fois par an. Ils étaient même allés dans le Montana une fois pour...
 J'ai plongé dans les prunelles sombres d'Adrian Paul. Elles ne reflétaient rien.
 — Je ne connaissais pas son vrai nom, ai-je dit d'une voix faible. J'ai consulté les registres. J'ai même interrogé plus tard la femme de Richard sur elle. Je voulais savoir ce qui lui était arrivé. Mais je n'ai rien découvert, j'ai seulement appris cela : *Aucune femme ne quitte jamais un DeLande.*
 Les yeux d'Adrian Paul étaient fermés. Je me suis concentrée sur le bonsaï, irritée soudain par cette feuille qui n'était pas à sa place.
 — Je pourrais mener une enquête pour vous. Si vous me laissez faire. Discrètement, naturellement. Mais cela voudrait dire que vous pourriez être amenée à témoigner un jour sur ce que vous avez vu.
 J'ai hoché la tête en signe d'assentiment. J'avais beaucoup pensé à Ammie récemment, me demandant si je disparaîtrais un jour comme elle.
 — Pourquoi n'avez-vous pas fui Montgomery au lieu de venir chez Sonja? Pourquoi avoir refait les erreurs d'Ammie et informé toute la famille de vos intentions? Vous êtes intelligente. Vous auriez pris l'avion pour Reno, obtenu un divorce éclair, quitté le pays et disparu. Vous avez de l'argent et il y a des tas d'endroits où personne ne pourrait vous trouver.
 J'ai secoué la tête, étonnée qu'il n'ait pas plus réfléchi à la question.
 — Non. Seuls les marginaux peuvent disparaître comme ça. Tous les autres ont des numéros de Sécurité sociale, des passeports et de l'argent qui les signalent partout. Et n'importe quel système informatique de n'importe quel pays dans le monde peut retrouver quelqu'un si vous y mettez le prix. Les DeLande font des affaires partout dans le monde. Ils pourraient

me trouver. Ils me trouveraient. J'ai songé à transformer mes biens en argent liquide. Pour ne laisser aucune trace de paperasse, expliquai-je. Mais le gouvernement a un œil sur les gens qui ne paient qu'avec des espèces. À cause des trafiquants de drogue. Et je ne priverai pas mes enfants d'un mode de vie décent, si je n'y suis pas obligée. Les DeLande peuvent trouver quelqu'un n'importe où, ai-je répété. Fuir ne servirait à rien. Là-bas (j'ai désigné de la main le reste du monde) je ne connais personne. Ici, j'ai ma famille. (Je souris.) Enfin, j'ai Sonja. J'ai ma vie. Et, en menant une existence sociale, j'ai peut-être une chance d'avoir la vie sauve. Du moins tant que je ne me remarie pas. La première femme d'Andreu, Priscilla, a divorcé mais elle ne s'est jamais remariée. Elle vit à l'extérieur de la ville, dans un couvent, à Des Allemands. Elle est religieuse. Marcus la surveille mais il la laisse tranquille. Bien sûr, elle a dû renoncer à ses enfants.

J'ai contemplé de nouveau Adrian Paul et me suis penchée légèrement vers lui.

— Je ne renoncerai pas à mes enfants. Et je ne veux pas d'une vie de recluse.

— Vous allez vous arracher le doigt si vous ne faites pas attention.

J'ai baissé les yeux. J'avais tiré si fort sur mon alliance que mon doigt, n'étant plus irrigué par le sang, en était devenu blanc. J'ai retiré la bague et contemplé l'or sans défaut. À la lumière, je distinguais les entrelacs de feuilles et de fleurs gravés sur la surface de l'anneau. Une glycine en épousait les contours. Je n'avais pas examiné la bague depuis longtemps. C'était une fine pièce de joaillerie, sculptée à Paris selon les desiderata de Montgomery. Sans émettre de commentaire, j'ai renfilé la bague.

Adrian Paul a résumé :

— Bien. Vous pensez que Montgomery vous laisserait partir si vous lui abandonniez les enfants. Mais vous ne souhaitez pas le faire. En conséquence, vous pensez qu'il vous poursuivra probablement.

Cela paraissait si simple, vu de cette façon, et je savais que ce ne serait jamais simple. Pas avec Montgomery.

— Il me poursuivra probablement, ai-je admis. Mais je veux voir s'il me laissera partir. Je veux essayer avant de prendre la fuite. Parce que, une fois que j'aurai disparu, cela voudra dire que cette fuite sera perpétuelle. Aussi longtemps que vivront mes enfants.

J'avais essayé de me représenter une telle vie. Mais je ne pouvais envisager comment vivent les gens qui n'ont ni maison ni personne à qui téléphoner. Et je pensais que j'avais encore plus peur de me retrouver seule que d'affronter Montgomery. Le sentiment d'impuissance qui m'avait habitée toute la journée m'a repris, aigu et écrasant.

— Priscilla a eu à convaincre Andreu qu'elle voulait divorcer. J'ai à convaincre Montgomery.

Adrian Paul a secoué la tête. Il n'était pas plus convaincu que moi.

— Nous pouvons vous obtenir une protection renforcée.

J'ai haussé les épaules, fixant de nouveau le bonsaï.

— Les enfants sont-ils en danger ?

J'ai souri simplement.

— Seulement si Montgomery les reprend.

— Laissez-moi parler à Philippe. S'il vous faut davantage de vigiles, nous en engagerons. Avez-vous un pistolet ?

— Plusieurs, ai-je rétorqué, cette fois avec un sourire forcé.

— Vous savez vous en servir ?

Je me suis hérissée devant l'arrogance de sa voix : le grand homme fort s'adressant à la petite femme sans défense.

— Oui. Je sais m'en servir. De tous. Et même extrêmement bien.

Adrian Paul a fait la grimace.

— Pardonnez-moi. Je ne voulais pas vous blesser.

— Mais vous l'avez fait. Ce n'est pas grave. Après tout, ce n'est pas votre faute, vous n'êtes qu'un homme.

— *Touché,* a-t-il répondu en français, et il a ri.

J'ai souri, chassant de mon esprit l'impression de découragement qui semblait régner sur lui comme un brouillard épais. Il s'est levé et je l'ai suivi en prenant mon sac.

— À propos, y a-t-il un moyen simple et rapide d'ouvrir une portière de voiture sans en avoir la clé ?

— Oui.
Les pupilles d'Adrian Paul étaient fixes et dilatées.
— Pourquoi ?
Je lui ai raconté l'épisode des lis tigrés déposés sur le siège du passager et il a soupiré.
— Il y a un outil spécial, une longue plaque de métal, une sorte de règle mais avec une encoche au milieu. Il faut cinq secondes à quelqu'un qui sait s'en servir pour ouvrir une voiture. Mais il existe des moyens de vous protéger contre tout ça. Des alarmes, etc. Je pense que vous devriez envisager d'en acheter une.
— Et moi je crois que ce serait une perte de temps et d'argent. Montgomery trouverait un moyen d'entrer, alarme ou pas.
J'avais réfléchi au cottage et à son système de sécurité. À la pointe de la technologie. Mais qui ne nous protègerait nullement. Pas contre un DeLande.
— En effet, je vais y songer. Au moins je ne serai plus surprise quand quelqu'un mettra quelque chose dans ma voiture. J'aurai une sirène pour m'en informer.
Nous nous sommes dit au revoir, échangeant toutes ces politesses que s'adressent les gens quand ils ne sont plus seulement en relations d'affaires mais qu'ils ne sont pas non plus intimes. Et je suis partie.
J'ai parlé à Bonnie avant de m'en aller. Elle était vêtue aujourd'hui d'un tailleur de soie saumon, toujours dans un ton assorti au bureau. J'aurais adoré la voir en violet, en pourpre, dans une couleur éclatante et pourquoi pas avec un grand tournesol derrière l'oreille. Je me suis demandé si elle s'habillait de la même façon quand elle était chez elle, avec une robe de chambre beige assortie au carrelage de la salle de bains et une robe bleue en harmonie avec le papier peint du salon.
J'ai souri de mon ironie en ouvrant les portes du cabinet Rousseau et jeté un coup d'œil au parking pour m'assurer qu'il n'y avait pas de voitures en maraude ou des inconnus debout ou assis dans un coin. Il était vide. Ma voiture était garée tout près et j'en ai précipitamment déverrouillé la porte avant de me précipiter à l'intérieur.

Il y avait un livre sur le siège du passager.

Bien que cela ne fût d'aucune utilité, j'ai fermé la voiture à clé avant de toucher au livre. C'était une édition ancienne, si vieille que le titre de l'ouvrage était illisible sur la tranche.

C'était un recueil de poèmes d'amour, des vers romantiques de John Donne. Je l'ai ouvert à la page marquée par un petit signet en cuivre terni. Il était également vieux, rafistolé, à la manière d'un cœur brisé. J'ai eu les larmes aux yeux quand j'ai lu le poème que Montgomery m'avait chuchoté une fois, il y a longtemps, lorsque notre amour était magique, tendre et ardent. J'entendais sa voix me murmurer ces mots, légers comme une brise d'été contre ma peau, dans l'obscurité de la nuit.

> *Viens et ris avec moi et sois mon amour*
> *Et nous goûterons de nouveaux plaisirs que nous tirerons*
> *Des sables dorés et des ruisseaux de cristal*
> *Avec des lignes de soie et des hameçons d'argent...*

Montgomery avait souligné certains vers. Des rubans de soie signalaient d'autres pages du livre. Je les ai feuilletées, lisant des bribes de poèmes d'amour, familiers et exquis.

Refermant le recueil, je l'ai replacé sur le siège. Et j'ai démarré. Je ne pouvais pas me permettre de laisser un message, cette fois. Peut-être était-ce l'un des premiers « bons côtés » dont le docteur Aber voulait que je me souvienne.

Le matin suivant, quand j'ai emmené les filles à l'école, il y avait une rose posée sur le capot de la voiture. Au déjeuner, de nouveau un petit livre de poèmes d'amour. Des sonnets de Shakespeare, cette fois. Un petit bouquet de gardénias noués par un ruban de soie et une chaîne en or qui était parfaite autour de mon cou.

Montgomery me faisait la cour. Cette évidence m'a fait frissonner.

Ce jour-là, tard dans la soirée, le shérif adjoint nous a raconté son histoire à Adrian Paul et à moi allongé sur un brancard dans la salle des urgences de l'hôpital de la Charité.

Les policiers, le visage sévère et hostile, s'affairaient autour de nous, consignant des rapports, tapotant le bras du policier, parlant dans des émetteurs radio qui toussaient et crachotaient comme des chats hargneux.

Montgomery était en route vers les bureaux des entreprises DeLande à La Nouvelle-Orléans, LadyLia à ses côtés, quand le policier, reconnaissant Montgomery grâce à la photo figurant sur sa convocation, était venu vers lui. Il s'était approché, lui avait donné les papiers, récité son petit laïus, et s'était retiré une fois son travail terminé.

— Son visage est resté immobile, a dit le shérif adjoint. Il n'a pas cillé. Il n'a pas cessé de sourire. Mais la dernière chose dont je me souvienne c'est que je me suis réveillé dans le caniveau sous la citation à comparaître que je venais de lui délivrer.

Il l'a tendue à Adrian Paul. Elle était déchirée en quatre.

— Ce fils de pute — 'scusez-moi, madame — m'a battu à mort.

Il a brandi sa main gauche dont quatre doigts portaient une attelle en attendant qu'un chirurgien spécialisé dans la chirurgie de la main examine les radios.

Le visage du policier était intact, à l'exception d'une bosse bleue sur le crâne. Il avait quatre côtes cassées et remuait ses jambes avec précaution, comme si Montgomery l'avait frappé aux testicules.

— Il n'a pas cillé, a-t-il répété. Mais putain de Sainte Vierge — ah, ah, excusez-moi madame. Et merde ! J'ai jamais vu des yeux comme les siens. C'était comme de regarder le diable en personne.

Le shérif adjoint a incliné le buste et grommelé tandis qu'un spasme de douleur traversait son visage. Au bout d'un moment, il a retrouvé la force de parler :

— Madame, ce fils de pute que vous avez épousé, je voudrais pas l'avoir sur le dos. Pas même en enfer.

Je frissonnais en rentrant à la maison, luttant contre une pression brûlante au creux de mon estomac, une douleur qui menaçait de me submerger. Si Adrian Paul me parlait, je n'entendais pas. Si le coucher de soleil était beau, je ne le remarquais pas. Je ne voyais que le visage de Montgomery, la manière dont il me dévisageait quand il me punissait, ses yeux bleus scintillant d'une flamme froide.

Mon mari avait été sommé de se présenter au tribunal dans un délai de quinze jours. Et il avait attaqué un policier dans l'exercice de ses fonctions. Il y avait un mandat d'arrêt délivré contre lui.

Quand Adrian Paul m'a aidée à sortir de la voiture en arrivant devant le cottage, il m'a tendu une carte de visite : celle de James McDougal, spécialisé dans les systèmes d'alarme pour voitures à Metairie. J'ai pris la carte avec des doigts apathiques et l'ai suivi jusqu'à la porte du fond de chez Sonja.

Elle m'a servi un cognac tiède avec du lait pendant que les frères Rousseau envisageaient les mesures de sécurité à prendre. Je les regardais se déplacer comme si nous étions tous sous l'eau — chacun de nos mouvements amplifié et ralenti, chacun de nos bruits assourdi. L'état de choc pouvait causer cet effet. Mais cette explication ne changeait pas mes sensations, pas plus qu'elle ne me ramenait au monde réel. J'ai repoussé mon bébé derrière la paroi abdominale où il se nichait et lutté contre la nausée que le cognac n'était pas assez fort pour enrayer seul.

J'avais une décision à prendre. Je devais me décider à partir.

Fuir comme Adrian Paul l'avait suggéré. Mais où pouvais-je aller où Montgomery et toutes ses relations ne me trouveraient pas ?

Et si je restais là, les Rousseau couraient tout autant de risques. Montgomery les attaquerait-il aussi ?

J'ai serré les poings et tiré sur l'alliance que je portais toujours. J'observais le cognac dilué dans le lait, le petit verre de cristal rempli d'un liquide ambré. Le sentiment d'impuissance que j'avais éprouvé toute la journée s'est resserré autour de moi. C'était un nœud coulant étouffant toute mon énergie. Il tuait toute identité en moi : celle de la personne que j'étais, celle que j'étais devenue le jour de la naissance de Dessie lorsqu'elle m'avait regardée avec ses grands yeux bleus et que, je le jure devant Dieu, elle m'avait souri. J'étais une mère. Et je ne pouvais pas protéger mes enfants.

Légèrement ivre, psalmodiant des prières vers un Dieu qui me semblait bien loin à ce moment-là, pleurant silencieusement, j'ai autorisé Sonja à me mettre au lit dans la chambre aux glycines de la maison principale. Les filles se sont blotties avec les jumeaux dans la chambre qu'elles partageaient avec eux et des centaines de jouets. Morgan a dormi avec Louis. Et, pour la première fois depuis des semaines, je me suis profondément assoupie.

Le matin suivant, j'ai reçu mon dernier présent de Montgomery : une édition originale du *Livre des Morts*.

Le livre était posé sur le capot de la voiture, entouré d'empreintes de pattes de chat, délimitées avec précision par la rosée du matin. Montgomery ou l'un de ses acolytes avait déjoué la surveillance des vigiles. Philippe a renforcé la protection autour de la maison, engagé un second vigile pour surveiller l'étendue qui séparait nos deux maisons, le garage, les entrées du cottage et le sentier.

Pendant toute une semaine, nous n'avons plus entendu parler de mon mari. J'ai lu le livre de poèmes de John Donne à toutes les pages que Montgomery avait marquées d'un ruban de soie. Je savais que mon mari m'aimait. J'acceptais qu'il ne veuille pas me laisser partir. Et quand j'ai eu dépouillé tous les poèmes qu'il avait soulignés, j'ai compris qu'il n'y aurait pas moyen de le convaincre. Je ne divorcerais pas facilement. Je n'aurais pas de séparation à l'amiable. Pas avec Montgomery.

Seule la loi était en mesure de me protéger maintenant. Pourtant l'impression de découragement qui m'avait oppressée a paru se dissiper à cette découverte. Une sorte de nouveau sentiment a commencé à fleurir en moi, un minuscule espoir. Peut-être pouvais-je protéger mes enfants seule. Peut-être le Dieu qui m'avait abandonnée ici avec trois enfants à protéger m'ouvrirait-il la voie, me prodiguerait-il la force et l'énergie d'atteindre le but. Si je le trouvais.

Une semaine plus tard, pratiquement à l'heure où Montgomery avait reçu la citation à comparaître et attaqué un policier en représailles, mon mari reprit l'offensive. Un inconnu aux cheveux sombres et en costume trois-pièces — malgré la chaleur — s'est présenté à Sainte-Anne. Il était courtois et décontracté et avait un billet de ma main selon lequel je lui confiais la garde de mes filles.

L'écriture ressemblait tellement à mes pattes de mouche que ma propre mère s'y serait trompée. Mais la mère supérieure de Sainte-Anne ne s'en laissait pas conter quand il s'agissait de la sécurité des enfants. Même face au charme et à l'autorité d'un DeLande. Elle a refusé de lui laisser les filles avant d'avoir pu vérifier l'authenticité de mon billet. Et quand les lignes téléphoniques de Sainte-Anne ont été mystérieusement coupées à ce moment précis, son instinct de protection a été mis en éveil.

Elle a alors envoyé son assistante, une religieuse vêtue de laine malgré la fournaise, avec plusieurs missions : retirer les filles de la classe, les emmener chez sœur Martha au dispensaire pour les mettre en sécurité, trouver une cabine téléphonique et appeler Sonja au numéro portant la mention « en cas d'urgence » dans son dossier ; et enfin, relever le numéro minéralogique de la voiture grise de location qui avait amené l'inconnu.

L'homme, qu'on avait fait lanterner dans le hall d'entrée pendant que la mère supérieure était censée réprimander les filles, avait dû comprendre qu'il ne parviendrait pas à ses fins et partit, ses pneus crissant sur le béton incrusté de coquillages qui pavait l'allée.

Sonja et moi nous sommes précipitées à l'école pendant que la mère supérieure appelait la police. Sonja conduisait la Volvo comme une folle. Je me cramponnais au tableau de bord d'une main, à la portière de l'autre.

Nous n'avions évidemment pas de preuve, mais l'homme que les religieuses me décrivirent ressemblait à Richard. Les flics ne pouvaient pas faire grand-chose, même avec le numéro de la plaque, car la voiture avait été louée au nom d'une certaine Eloise McGarity.

J'ai tenu mes filles serrées contre moi pendant que les flics parlaient. La mère supérieure arpentait la pièce avec fureur. Ses yeux lançaient des éclairs.

J'ai été forcée de lui parler des violences sexuelles que mes filles avaient subies de la part de leur père et de leur oncle. Peut-être même de l'homme qui avait essayé de les enlever. Cela m'a valu de voir — spectacle rare et plutôt insolite — une religieuse écumer de rage. Je crois que si elle avait été seule, la mère supérieure se serait autorisée quelque vieux juron d'autrefois avant de prier pour le salut de Montgomery.

J'ai ramené les filles à la maison pour la journée. L'année scolaire était pratiquement terminée, à quelques jours près, et j'aurais pu les retirer de l'école dès maintenant. Mais j'avais retrouvé l'obstination des Dazincourt. Il ne serait pas dit que j'aurais laissé Montgomery détruire la vie de mes filles. Je les protégerais.

Dès lors, je pris l'habitude d'emporter mon pistolet Glock 9 mm partout où j'allais, dissimulé sous mes vêtements. Sans en parler à mon avocat qui aurait pu tenter de m'en dissuader. Je ne savais même pas s'il existait une loi dans l'État de Louisiane prohibant le port d'armes. Mais c'était bien le cadet de mes soucis.

Et j'ai arrêté de prier, cessant de m'en remettre à Dieu pour qu'il protège mes filles. Mais je crois qu'Il était avec moi. Il attendait dans le silence et l'immobilité.

Les filles et moi avons continué les séances chez le docteur Aber, parfois ensemble, parfois séparément. Leur prix était exorbitant et je voyais mes quarante mille dollars fondre au fil des semaines jusqu'à ce qu'Adrian Paul trouve un juge compréhensif et obtienne une injonction du tribunal contraignant Montgomery à me rembourser tous les frais justifiés sous peine de saisie. Le docteur Talley, le docteur Aber et l'éducation des filles entraient dans la rubrique des frais « justifiés ». Les Établissements DeLande ont payé rubis sur l'ongle un chèque signé de la Grande Dame elle-même.

Ann Machintruc n'était pas considérée comme une dépense « justifiée ». J'ai continué à lui signer des chèques une fois par semaine pour elle et l'expert-comptable afin qu'ils recherchent davantage de preuves des liens existant entre Montgomery, Glorianna DesOrmeaux et sa petite fille. Ann n'avait pris qu'une seule photographie de la mère et de l'enfant le jour où Montgomery rentrait de Paris. L'enfant était d'une beauté à vous couper le souffle.

J'entrai dans la deuxième phase de ma grossesse plus tôt que prévu. Je n'étais enceinte que de trois mois, mais la vue et l'odeur de la nourriture ne me donnaient plus de nausées. Par contre, j'étais fatiguée, léthargique et sans ressort, faisant de longues siestes et dormant comme un loir la nuit. Pendant la journée, j'étais somnolente et capable de piquer un somme n'importe où, sur le canapé, assise à la table de la cuisine ou sur la balancelle de la véranda.

Mon besoin de sommeil me rendait entièrement dépendante du système d'alarme et des vigiles engagés pour m'avertir en cas d'alerte. Le nouveau gardien s'appelait Max et venait me parler chaque soir au moment de prendre ses fonctions, son calibre 38 pendu à sa ceinture. Mais même en sa présence, je gardais le 9 mm à portée de la main, sanglé autour de ma taille de plus en plus épaisse.

À la fin de la deuxième semaine qui avait suivi la rencontre dramatique entre Montgomery et le shérif adjoint, Snaps a disparu. Ce sont les filles qui l'ont remarqué les premières, se plaignant de ce qu'elle n'était pas venue se coucher avec elles. Mais comme JP avait recommencé à se blottir entre elles et que cela entraînait pas mal de remue-ménage dans le lit à baldaquin, j'ai supposé que la chatte avait eu l'intelligence d'aller dormir sous la véranda. Mais le matin elle n'avait pas touché à son assiette. Et j'ai compris que Montgomery l'avait enlevée.

Le dimanche matin, nous sommes parties de bonne heure à la messe, agitant la main pour dire au revoir à Max qui avait patrouillé toute la nuit en fumant Camel sur Camel pour essayer de paraître plus vieux que ses vingt et un ans. C'était un bon gosse, joyeux, avec des lunettes, des cheveux coupés ras et une moustache trop fine.

Nous n'avions pas choisi encore de paroisse et sommes allées à la messe à la cathédrale Saint-Louis. C'était un piège à touristes et nous sommes passées devant plusieurs autres églises en chemin, mais la beauté et le passé de la vieille église me ramenaient toujours vers elle. Les rues étaient presque vides dans la demi-clarté du jour, l'église aussi. Quelques retraités bien habillés, quelques familles avec des enfants aux yeux ensommeillés et une dizaine d'adultes, venus seuls, étaient disséminés dans la pénombre du sanctuaire.

Après la messe, le prêtre a prononcé un court sermon sur les Béatitudes, cette partie des Écritures où il est dit que le royaume de la terre appartiendra aux humbles. Personne n'était plus humble que mes filles et je me suis dit qu'il était temps d'en faire des princesses. Cette pensée m'a fait venir un demi-sourire aux lèvres pendant le sermon. Le prêtre m'a rendu mon sourire.

La musique était belle, de celle qui nourrit les souvenirs d'enfant. Je me sentais renaître, debout dans le clair-obscur de l'église, tandis que la lumière du soleil levant ruisselait à travers les vitraux, que les notes de l'orgue se répercutaient sur les vieux murs, les cierges scintillant dans leurs candélabres de cuivre et d'or.

À la fin de l'office, j'ai soulevé Morgan dans mes bras et pris Shalene par la main, tandis que Dessie traînait derrière et que nous nous dirigions vers la sortie. Les filles discutaient des moyens de trouver à JP une nouvelle mère. Une mère définitive. J'ai pouffé quand Shalene a suggéré qu'Adrian Paul lui en achète une.

Et je m'esclaffais toujours quand nous avons croisé Richard. Il m'a souri. D'un sourire amusé, comme si j'étais une gamine surprise en train de faire des bêtises. Il m'a saluée de la tête tandis que je le dépassais, puis ses yeux concupiscents se sont posés sur Dessie. J'ai failli sortir mon pistolet et l'abattre debout là, dans la cathédrale, à la face de Dieu et de tous les saints. Au lieu de cela, j'ai fait la seule chose qu'il m'était possible de faire : j'ai saisi le bras du prêtre sur le parvis et l'ai entraîné à ma suite.

Il était jeune et s'est cru agressé par une obsédée des prêtres. Il a bredouillé quelque chose et s'est écarté de moi jusqu'à ce que je lui dise que j'étais poursuivie par un ancien taulard, un violeur, et que je venais de le voir rôder dans l'église. Je l'ai convaincu. Il a emporté Shalene et Dessie dans ses bras, tandis que nous courions jusqu'à la voiture.

La Chevrolet 1955 bleue de Richard était garée à deux voitures de distance. Il avait probablement prévu de me laisser un petit cadeau et renoncé en voyant l'autocollant de notre nouvelle société de gardiennage sur la vitre.

Je pouvais à peine respirer, mon cœur battait si fort que j'avais l'impression qu'il allait exploser. Pas de peur. Mais d'avoir reconnu la violence tapie en moi. J'aurais pu tuer Richard dans l'église. J'avais envie de le tuer.

Quand nous avons regagné la maison, après avoir fait des détours pour être sûres de ne pas être suivies, nous avons retrouvé Snaps. Elle gisait sur le seuil du cottage, ligotée avec un fil à pêche bleu fluorescent, les pattes et la queue attachées ensemble. Sa fourrure était imprégnée de sang sur ses pattes, là où elle avait lutté pour se libérer en se mordant. Ses yeux étaient mornes, sa respiration courte et haletante et elle avait l'air horriblement déshydratée.

Les filles m'ont escortée en silence tandis que j'installais Morgan dans la cuisine et amenais Snaps dans la cuisine. J'ai débranché le système d'alarme d'une main et l'ai remis en marche au fur et à mesure que je parcourais la maison pour m'assurer que personne n'y avait pénétré. J'ai posé Snaps sur la table de la cuisine et suis partie chercher ce dont j'avais besoin. J'ai déniché deux paires de ciseaux dans la salle de bains, un rasoir pour tondre la fourrure, une pince à ongles pour lui couper les griffes, de l'eau oxygénée pour la nettoyer et enfin une pommade antibiotique. De retour dans la cuisine, j'ai noué un tablier autour de ma taille.

— Allez vous changer, les filles, ai-je dit sans quitter la persane des yeux.

J'ai soulevé la fourrure tachée de sang pour observer les plaies et les filles n'ont pas bougé.

— J'ai besoin que vous m'aidiez à secourir Snaps. Dessie, sois gentille de déplier le parc à jeux de Morgan et de le mettre dedans. Shalene, va chercher des serviettes dans la salle de bains. Les blanches. Des propres. Oh, et toi, Dess, après avoir changé Morgan, apporte-moi de la toile de lin. Tu sais, le tissu qui se froisse facilement. Puis changez-vous toutes les deux et venez m'aider. Dépêchez-vous.

Les filles ont obtempéré sur-le-champ. J'étais convaincue qu'elles n'auraient pas obéi aussi vite si je ne leur avais pas demandé de sauver le chat.

J'espérais que j'avais un peu de morphine, l'animal allait souffrir le martyre quand j'allais le libérer et trancher le fil à pêche. La peau avait enflé et s'était refermée autour de son lien en plusieurs endroits. Outre la morphine, il me fallait une perfusion d'eau déshydratée à cinq pour cent, du sel, peut-être un fil de soie pour suturer l'animal. Bon sang! j'aurais eu bien besoin de papa! Ou du moins de sa panoplie chirurgicale.

J'ai trouvé les compresses stériles au fond d'un tiroir de la cuisine, en compagnie des pinces coupantes, et non dans l'armoire à pharmacie.

Shalene a apporté les serviettes, Dessie la toile.

— Allez vous changer. Vite.

Je ne quittais pas la chatte des yeux.

— J'aurai peut-être besoin de vous.

Je n'avais pas voulu prendre un ton sec, mais les filles ont décampé comme l'éclair. J'ai installé Snaps sur les serviettes immaculées, j'en ai plié deux près de l'évier et rasé la fourrure de la bête au niveau des pattes et de la queue. Snaps restait immobile. C'était inhabituel pour un chat.

Les deux filles ont été si vite de retour près de moi que je ne leur ai pas demandé si elles avaient rangé leurs vêtements du dimanche. Elles étaient à demi nues et s'habillaient tout en regardant.

Les pattes de Snaps étaient presque grises sous sa fourrure, témoignant d'un manque d'irrigation sanguine. Pourvu que le fait de couper le fil à pêche rétablisse la circulation! Sinon, Snaps perdrait peut-être ses quatre pattes.

— Bon sang! ai-je soupiré.

J'aurais pu nous entasser tous dans la voiture et foncer jusqu'à une clinique vétérinaire. Je ne l'ai pas fait. Au lieu de cela, j'ai fait bouillir de l'eau.

Rétrospectivement, je pense que c'était significatif. Cela indiquait qu'une partie de moi, tenace, méfiante, refaisait surface. Une facette agressive de mon âme qui était résolue à protéger tout ce qui était mien. C'était ce même trait de caractère qui m'avait animée jadis, quand Sonja avait été mordue par les serpents dans le marais. C'était lui qui m'avait permis d'affronter le Vieil Homme Frieu et de lui arracher son pistolet.

J'ai coupé avec précaution les griffes de Snaps. La légère secousse aurait dû être douloureuse, la tirer de son inconscience ou la faire sursauter. Il n'en a rien été. Je compris que Snaps pouvait très bien ne pas en réchapper. Avant de couper le fil à pêche, j'ai versé de l'eau oxygénée sur les pattes. D'abord une dilution à vingt cinq pour cent, puis à cinquante pour cent. Une épaisse mousse blanche a bouillonné sur la chair rasée et gonflée. Snaps a enfin sursauté, son corps s'est brutalement convulsé en réaction à la douleur. Elle a gémi un faible « miaou ».

— Dessie, tu es habillée ?
— Oui, m'man.
— File dans la salle de bains. Trouve-moi la pipette en plastique que j'utilisais pour nettoyer le carrelage à Moisson. Tu sais, celle avec laquelle je faisais goutter de l'eau de Javel sur les carreaux. Tu sais où c'est ?
— Oui, m'man.

Elle a filé en courant.

— Dess ? (Elle s'est arrêtée et m'a regardée par-dessus son épaule.) Apporte aussi l'eau de Javel.
— Shal ?
— M'man ?

Elle avait une petite voix creuse, perdue.

Je me suis détournée de Snaps pour la contempler.

— Ça va aller ?
— Et Snaps ? a-t-elle rétorqué d'une voix plus forte.
— Peut-être. Si nous faisons vraiment ce qu'il faut. Tu veux m'aider ?

Ma fille a acquiescé.

— Bien. Va me chercher un saladier en verre sous l'évier.

La bouilloire a sifflé.

— Et coupe le gaz sous la bouilloire, veux-tu, chérie ?

Le sifflement aigu a ralenti puis cessé.

Elle fouillait bruyamment sous les placards, tandis que je trouvais le sel, le sucre, en mettais quelques pincées dans un grand verre de jus de fruits. J'ai ajouté de l'eau fraîche sortant du réfrigérateur, touillé et goûté la solution glucosée, avant de compléter avec un peu de sucre. C'était la version artisanale de la perfusion de réhydratation.

Dessie a resurgi dans la pièce, tenant la pipette d'une main, l'eau de Javel de l'autre. Je l'ai hissée sur le plan de travail à côté de Snaps et j'ai versé une dose d'eau de Javel dans le saladier que Shalene me présentait.

J'ai fait couler de l'eau dans la bouilloire, malaxé le mélange et actionné le piston de la pipette, aspirant une bonne quantité d'eau de Javel puis la rejetant pour nettoyer l'instrument. Enfin, je l'ai rincée avec ma perfusion maison et confié l'objet ainsi stérilisé à Dessie.

— Je veux que tu introduises un peu de ce mélange dans la bouche de Snaps. D'accord ? Comme ça.

J'ai rempli la pipette et fait délicatement goutter son contenu sur la langue desséchée du chat, entre ses maxillaires relâchés, humectant sa gueule et ses babines et l'encourageant à avaler. J'ai compté à voix haute jusqu'à dix, puis j'ai répété l'opération. Snaps ne réagissait pas.

— À toi, essaie.

Dessie a saisi la pipette.

— Les docteurs font des trucs comme ça ?

— Ouais, mais aux gens.

— On dit « oui, madame », a dit Shalene, me corrigeant machinalement.

— Oui, madame, si tu veux. Shalene, j'ai besoin de toi pour couper la toile.

J'ai déchiré une longue bande de tissu en lui montrant comment faire. C'était le tissu qui restait du coupon dans lequel je m'étais taillé une tunique de grossesse pour aller à l'église la semaine précédente.

— Il en faut dix. Tu y arriveras ?

Elle a attrapé les ciseaux. Ses petits doigts attaquaient le tissu. Il serait en lambeaux mais c'était parfait pour ce que je voulais en faire.

— Mets chacune des bandes que tu coupes dans le saladier et remue-les dedans jusqu'à ce qu'elles soient bien imprégnées.

Shalene a opiné du chef, tirant la langue tandis qu'elle travaillait. Les vapeurs de chlore remplissaient la cuisine. J'ai allumé le ventilateur pour les disperser.

— Et pas d'eau de Javel dans tes yeux !

J'ai tourné le robinet de l'évier, rempli un bol d'eau fraîche et l'ai placé près d'elle, au cas où.

— Si tu en as sur les doigts, rince-toi immédiatement les mains là-dedans. C'est de l'eau. Compris ?

Shalene a regardé le bol, acquiescé et repris son travail.

— Dess, ça va ?

— Oui, m'man. Mais Snaps n'avale pas. Tout coule sur les serviettes.

— Ne t'inquiète pas. Snaps avalera. Je te le promets.

Je me suis aussitôt sentie stupide. Papa savait qu'il ne fallait jamais promettre ce genre de choses. Jamais. C'était stupide. Très stupide. Mais je n'ai pas retiré mes paroles. J'ai trempé une petite paire de ciseaux à ongles dans l'eau de Javel pour les stériliser. Puis, avec précaution, j'ai coupé un morceau de fil bleu. Au premier coup de ciseaux, le fil s'est rétracté sur lui-même avec un sifflement, libérant d'un coup les chairs du chat.

— Elle a avalé, maman. Snaps a avalé !

C'était peut-être bon signe. Peut-être pas.

— Dess. Peux-tu arrêter une minute ? J'ai besoin de toi pour autre chose.

— Mais, maman... elle a avalé.

— Je sais, ma petiote, mais j'ai besoin que tu tiennes sa tête. Elle pourrait mordre et...

— Snaps ne mord jamais, a fermement déclaré Shalene en détournant les yeux des ciseaux. Jamais.

— D'accord. Peut-être. Mais je veux que Dessie trouve mes gants de jardinage. Ils sont sur la machine à laver, à l'autre bout de la maison.

Dessie a bondi à terre, débranché le système de sécurité, et s'est élancée, revenant avec mes gants en peau de chèvre usés, fatigués par l'âge et le contact avec la terre, recourbés comme les griffes racornies d'une vieille momie.

— Mets-les, chérie, ai-je dit en la soulevant pour la rasseoir sur le plan de travail. Et tiens la tête de Snaps pour qu'elle ne... sursaute pas... et ne se blesse pas, ai-je achevé en surveillant Shalene.

J'ai refermé la porte de derrière et remis le système de

sécurité en marche. Dessie a glissé ses petites mains dans les gants, attrapé la tête de Snaps en étouffant le pauvre chat.
— Comme ça ?
J'ai replacé ses mains pour que l'animal puisse respirer.
— Comme ça.
Dessie a eu un sourire enfantin. Charmant. À cette vision, mon cœur a chaviré. Elle avait si peu souri toute cette année ! J'ai dégluti et me suis remise au travail.
— Dess, j'vais retirer ce fil des pattes de Snaps. Tiens-la. Tu entends ?
— Oui, m'man.
Elle avait l'air sûr d'elle. Très sûr d'elle.
— Ensuite, j'r'commence à humecter sa langue, hein ?
— Oui, ai-je murmuré.
J'ai attrapé l'extrémité libre du fil à pêche avec la pince et dégagé la première boucle. Snaps n'a pas tressailli. Puis repoussant tout doucement la chair enflée, j'ai ôté le fil des pattes et de la queue de Snaps, coupant les nœuds qui le maintenaient en place. La queue a jailli soudain, avant de reposer, inerte et dégoulinant de sang, sur les serviettes pliées. Il m'a fallu cinq minutes pour enlever tout le fil. Il y en avait plus de soixante centimètres.

Le fil n'avait pas été serré au point de couper la circulation dans les pattes de l'animal. En fait, si Snaps ne s'était pas débattue pour se libérer de ses liens, sa chair n'aurait pas été entamée.

La douleur a fini par tirer Snaps de son inconscience alors que je n'en étais qu'à la moitié de mes efforts. Dessie la tenait solidement et aucune de nous n'a été mordue. J'ai nettoyé à nouveau les plaies avec de l'eau oxygénée tandis que Dessie tenait la tête du chat.

— C'est bon, Dessie. J'ai fini, ai-je dit en me levant et en m'étirant, tout ankylosée à force d'être restée trop longtemps dans la même position, avec en plus le poids du bébé.
— Oh...
— C'est le bébé ? a gentiment demandé Dessie en retirant les gants.

— Ouais, oui, madame, ai-je corrigé avant que Shalene n'intervienne. C'est le bébé.

Ma fille aux yeux bleus a souri, repris la pipette, faisant couler lentement la solution glucosée dans la gueule de Snaps. À la troisième tentative, la chatte a dégluti. Le regard de Dessie a croisé le mien, ses yeux brillaient. De quoi ? De plaisir ? D'avoir vu un coin de paradis ? Je lui ai rendu son sourire.

— Tu sais tout faire, maman, a-t-elle murmuré. Tout.

J'ai ri convulsivement, me rendant compte que le pistolet m'avait fait un bleu dans les côtes à travers ma veste et mon tablier.

— Continue, ma petiote. Il faut que je me change en vitesse. Shalene, ça va ?

— J'ai déjà coupé six bandes, maman, a-t-elle rétorqué avec fierté.

— Bon, je reviens.

J'ai enlevé la veste et le tablier tandis que je traversais la maison, vérifiant au passage les fenêtres, le tableau de commande du système d'alarme, Morgan dans son parc à jouets dehors, l'allée devant la maison. Tout allait bien.

J'ai enfermé le Glockside 9 mm dans le tiroir de la table de nuit, ôté la longue tunique de lin que je portais et enfoui la clé de la commode dans mon soutien-gorge. J'ai revêtu une robe de cotonnade flottante et suis retournée dans la cuisine, pieds nus.

— Snaps boit, maman. Regarde ! a crié Dessie.

Elle avait raison, ce qui voulait dire qu'il me restait peu de temps. J'ai lavé dix bandelettes en lin que Shalene m'avait confectionnées et trempé les pinces et les ciseaux couverts de sang dans l'eau de Javel pour les nettoyer. Quand j'ai eu enduit les pattes et la queue de Snaps de pommade antibiotique, le plus douloureux était fait. Ensuite, j'ai appliqué sur les plaies de la chatte des compresses stériles que j'ai fait adhérer avec des bandes de toile. Lorsque j'ai eu terminé, Snaps s'agitait, essayant d'absorber davantage d'eau sucrée d'une langue assoiffée. Je l'ai fait boire, soutenant son corps pour que ses pattes ne supportent aucun poids. Je ne crois pas qu'elle s'en soit aperçue.

Il a fallu deux jours à Snaps pour être de nouveau capable de marcher seule. J'avais appris aux filles comment se servir d'une serviette pour la soutenir afin qu'elle ne s'appuie pas trop sur ses pattes en se déplaçant. Nous lui avons acheté suffisamment de nourriture et de gâteries pour la pourrir définitivement. Les filles en ont profité pour acquérir de nouveaux récipients bleus pour son eau, sa nourriture, sa litière. Un nouveau collier et une laisse. Je n'avais pas le cœur de leur dire que Snaps n'accepterait probablement pas d'être tenue en laisse.

Le lundi qui a suivi la découverte de Snaps, Montgomery ne s'est pas présenté devant le tribunal à la séance prévue pour prononcer notre séparation de corps. Un deuxième mandat d'arrêt a été émis contre lui.

Quatre jours après avoir trouvé Snaps ligoté sur le seuil, Max a été tué.

9

Il gisait dans la véranda de derrière. Des rais de lumière zébraient son visage, filtrant à travers la vigne vierge. Il y avait sous lui une mare de sang, épaisse et noire. Ses pieds, appuyés contre la machine à laver, étaient déchaussés, une chaussette à demi ôtée. Il était mort depuis un moment. Plusieurs heures. La puanteur de l'urine séchée et des déjections qui tachaient son pantalon bleu marine était insoutenable dans la chaleur du petit matin.

Les filles, habillées pour leur dernier jour d'école, se tenaient derrière moi, mangeant des cerises à la table de la cuisine, caressant Snaps étendu de tout son long sur la table, attendant sa part, le reste de lait sucré au fond de leurs bols. J'ai tiré la porte avec précaution, remis en route le système d'alarme et appuyé mon visage contre le montant de la porte en haletant doucement.

Ma chambre à coucher était contiguë avec la véranda où se trouvait le corps. J'avais dormi comme une souche sans rien remarquer. Prenant une profonde inspiration, je me suis rendue vers le digicode de l'entrée principale. Il fonctionnait, sa veilleuse verte allumée.

Morgan était debout dans son parc, un ours en peluche dans sa main gauche, un râteau dans la droite. Il m'a observée avec son étrange regard de vieux sage tandis que je faisais le tour de la maison en vérifiant les fenêtres, enlevais mon tee-shirt de nuit et bouclais le pistolet autour de ma taille.

La gaine de cuir était lourde et râpeuse contre ma peau nue, mais je l'ai sanglée en premier, mes mains tremblant au souvenir d'Eve Tramonte. Je savais mieux que personne qu'un DeLande ne se serait pas sali les mains avec le meurtre odieux d'un banal vigile. Ils désignaient leur victime avec le plus grand soin. Comme Ammie. Max ne leur était rien, ce n'était qu'un message à mon intention, un message transmis par des tueurs engagés dans un autre État.

J'ai passé un pantalon léger en maille bleu marine, un gilet de coton sans manches, puis enfilé mes espadrilles. Un coup de peigne et une touche de rouge à lèvres ont contribué à calmer ma terreur. J'étais vêtue de façon appropriée pour la venue de la police. C'était peut-être idiot, mais l'éducation de maman tenait bon. « Une femme doit toujours être habillée en fonction de ses visiteurs », avait-elle l'habitude de dire.

— Les filles, venez vous laver les dents. Et changez-vous pour jouer. Vous n'allez pas à Sainte-Anne aujourd'hui.

Ma voix était tremblante mais j'ai réussi à sourire quand elles se sont hâtées vers la chambre.

— Pourquoi, maman ?

— Chut... elle pourrait bien changer d'avis, a chuchoté Shalene.

— Vous allez jouer chez t'tie Sonja aujourd'hui. Avec Cheri si elle est libre. Mais pas de télé. Compris ?

— Pouvons-nous aller dans le jardin ? a interrogé Shalene.

— Non.

La panique s'est abattue sur moi, mêlée de la vision de Max gisant devant la porte du fond, la poitrine maculée de sang.

— Non. Vous restez à l'intérieur aujourd'hui. Venez. Vite. Retirez vos uniformes.

J'ai suspendu les uniformes dans la penderie, déposant les tee-shirts, les shorts et les tennis rouges sur les lits défaits pendant que les filles se lavaient les dents. Les tennis de Shalene ont glissé et se sont prises dans la moustiquaire. Les petites n'étaient qu'à demi vêtues, mais nous nous sommes précipitées sans perdre une minute chez Sonja, Morgan geignant dans mes bras.

Nous avons dépassé une chaussure, une Derby noire. À côté

il y avait une motte de terre éparpillée. Et deux sillons juste à côté tracés par les talons d'un corps qui avait été traîné à travers le jardin. Aucune des deux filles n'a rien remarqué.

Je n'ai pas frappé chez Sonja. J'avais ma clé. J'ai fait entrer les filles, claqué la porte et immédiatement enclenché le système d'alarme.

Sonja et Philippe ont cessé de boire et nous ont toisés, leurs tasses immobiles en l'air.

— Les jumeaux sont debout ?

Sonja a acquiescé et reposé sa tasse dans sa soucoupe. Philippe a fait tinter la sienne une demi-seconde plus tard.

— Montez vous amuser, les filles, allez.

Elles ont filé et grimpé les marches quatre à quatre en appelant à grands cris Mallory et Marshall.

— Qu'y a-t-il ?

C'était plus un ordre qu'une interrogation de la part de Philippe.

— Philly, elle va s'évanouir !

J'ai souri juste avant que la pièce ne disparaisse complètement à mes yeux. Philly ! Quel nom impossible pour l'austère Philippe Rousseau !

Philippe s'est emparé de Morgan. Sonja m'a saisie. Il semblait qu'elle me rattrapait toujours quand je tombais ces jours-ci. Au sens propre ou au sens figuré.

— Collie ?

Je l'ai entendue m'appeler. Je n'avais pas dû m'évanouir très longtemps.

— Doux Jésus ! Tu ne t'étais jamais évanouie auparavant.

— Dois-je appeler une ambulance ?

— Non, ai-je murmuré la bouche cotonneuse. La police.

— Pourquoi ? a demandé Philippe, toujours laconique.

— Max. Il est mort.

Philippe a poussé un juron et est sorti. Sonja s'est accroupie près de moi et a pris ma main. Une sirène a retenti dans le lointain.

J'ai passé ma langue sèche sur mes lèvres et murmuré avec un demi-sourire :

— Tu ferais mieux de me retirer le pistolet, Sonja. Au cas où ils décideraient de me fouiller.

Sonja a soulevé ma tunique avec un grognement et dénoué l'étui.

— Et est-ce que je peux avoir un verre d'eau ? Et une bonne tasse de café fort ? Au diable les prescriptions des médecins !

La journée s'est écoulée dans un tourbillon de questions inutiles cent fois répétées et de sous-entendus émis par les inspecteurs, leurs supérieurs de la brigade criminelle et les directeurs de la société de gardiennage. Ils ne m'ont pas fouillée mais semblaient avoir du mal à croire que Max avait été abattu dans la cour et traîné dans la véranda. Ils auraient plus volontiers supposé que je l'avais tué dans mon lit et balancé par la porte au fond. Je faisais un suspect bien commode.

Les sillons dans le jardin et les Derby remplis de terre ont fini par les convaincre que j'étais peut-être innocente. Il aurait fallu une femme plus forte que moi pour garrotter Max et le charrier à l'arrière de la maison. La victime n'avait même pas eu le temps de dégainer son calibre 38. On a découvert deux sortes d'empreintes dans le jardin et plusieurs dizaines de mégots sans filtre que fumait Max.

Un des tueurs était massif et portait des Reebok pointure 42. L'autre, plus petit, plus léger, portait de très vieilles Air Jordan. Il n'y avait pas d'autres indices.

La société de gardiennage nous a aussitôt attribué un nouveau vigile. Celui-là avait un calibre 357 et ressemblait à un rugbyman. Il était costaud et expérimenté. Il coûtait les yeux de la tête, mais je n'ai pas regardé à la dépense. Plus de novices ! J'ai même exigé que la compagnie remplace l'associé de Max aux jambes arquées qui clopinait sur les pelouses. Celui-ci était trop âgé pour affronter le genre d'homme que les DeLande pouvaient s'offrir.

Adrian Paul, convoqué par Philippe, est resté plusieurs heures sur place, regardant travailler les enquêteurs de la brigade criminelle et discutant avec la police. Il dit qu'il trouverait un moyen d'obliger Montgomery à financer notre protection. Sinon immédiatement, du moins lors du jugement de divorce. Je ne me suis pas donné la peine d'honorer ce commentaire d'une réponse.

Ann Machintruc est venue me déposer quelques papiers. Elle est restée à baguenauder parmi l'agitation générale. J'espérais qu'elle ne me le facturerait pas.

Je suis demeurée prostrée sur le canapé de Sonja, songeant à la mort de Max et me répétant mes réponses à la police. À la fin de l'après-midi, les flics m'ont convoquée au centre-ville pour répondre à un nouvel interrogatoire. Adrian Paul leur a demandé de m'accuser de quelque chose ou bien de ficher le camp. N'importe qui aurait été capable de se rendre compte que j'étais à bout de forces. Craignant que la presse ne s'empare de mon cas et ne s'indigne de ce qu'une femme enceinte manifestement innocente avait été sommée de se présenter à un interrogatoire, ils ont finalement changé d'avis et m'ont laissée dormir dans la fournaise de l'après-midi. Chaque fois que je me retournais, j'apercevais vaguement l'écran de télévision où tressautaient des images colorées. Selon la météo, le cyclone Ada faisait route vers le golfe du Mexique.

De ma place sur le canapé, j'ai enfin vu la police quitter les lieux, emportant le corps de Max à la morgue. Les reporters de la télévision qui s'étaient amassés devant la porte des Rousseau avaient décampé, dispersés par le patron de la société de gardiennage en personne qui leur avait servi une version des événements pour le moins fantaisiste. Moyennant quoi, aux actualités du soir j'ai pu entendre qu'un brave vigile de vingt et un ans avait été tué en protégeant une famille contre des cambrioleurs, probablement des drogués à la recherche d'argent pour se payer leur dose ou des maniaques tuant juste pour le plaisir. J'étais convaincue que les bénéfices de la société allaient monter en flèche grâce à la frayeur des habitants du quartier prêts à signer des contrats pour une protection aussi indispensable que désintéressée.

J'ai éteint la télé. J'étais hébétée, froide et vidée intérieurement. Je n'avais plus peur. J'étais juste nue et sans vie comme les vastes forêts des marais lorsque les bûcherons en ont coupé les arbres.

J'ai réussi à cacher la mort de Max aux filles. Je leur ai

raconté qu'il avait reçu une nouvelle affectation et été muté ailleurs. Elles ont gobé cette fable sans poser de questions, trop affairées à jouer avec les jumeaux.

Quand je suis enfin parvenue à m'extirper du sommeil, Adrian Paul, JP, les filles et moi avons dîné avec les Rousseau. Philippe a fait rôtir des blancs de poulet, des brochettes de crevette, de saumon sur le barbecue ; pendant ce temps-là, les petites et moi, nous avons mis la main à la pâte en faisant cuire des épis de maïs et du riz brun et en confectionnant une glace aux pécans. Dessie, Shalene, et Adrian Paul ont ajouté de la glace et du gros sel à la crème battue, tout en bavardant bruyamment sur la terrasse à l'arrière de la maison. Les jumeaux et JP ont fabriqué des *mudpies*, ces délicieuses tartes au chocolat, sous l'œil attentif de ma plus jeune fille qui prenait toujours très au sérieux les devoirs de mère de substitution qu'elle s'était assignés.

Les garçons ont décoré leurs *mudpies* avec des glaçons moulés en forme de visages souriants, proposant à chacun d'échanger une coupe de glace contre leurs gâteaux. Seul JP n'a pas semblé étonné lorsque personne n'est tombé dans le panneau.

Lentement, sous l'influence des Rousseau, entourée par mes enfants gais et joyeux, je me suis remise à vivre. Après le dîner les hommes ont raconté de vieilles blagues françaises. Dans un autre coin du pays, cela aurait été de vieilles blagues polonaises, de vieilles blagues juives ou de vieilles blagues indiennes. Et j'ai ri de cet humour pesant à en avoir mal aux côtes. Mon chagrin intérieur s'apaisait.

Bien que Sonja ait insisté pour que nous demeurions le soir dans la grande maison — car l'équipe de nouveaux vigiles n'arrivait qu'à dix heures —, Adrian Paul et moi avons emmené les enfants dormir dans le cottage. Ils étaient aussi dépenaillés et crasseux que des travailleurs des champs, mais quelle importance ! Je laverais les draps.

J'ai souhaité bonne nuit à Adrian Paul sur le seuil, mais il s'est immobilisé une main sur la porte, l'autre sur le chambranle. Son regard était solennel et intense, son visage grave. Mon estomac s'est contracté. Ma vie était bien assez compliquée comme ça, je n'avais pas besoin d'une histoire d'amour.

— Je vous dois des excuses.

— Oh ?
— Oui, a-t-il articulé lentement. Je ne vous ai pas crue quand vous m'avez dit que vous aviez peur de votre mari. J'ai pensé que vous étiez...
— Folle ? ai-je ajouté, lui venant en aide.
Je me suis détendue légèrement. Cela ne ressemblait pas à du flirt. C'étaient des propos d'avocat, pas du marivaudage.
— Vous exagérez.
— Hmm...
J'ai eu un sourire. Il m'a souri en retour à demi.
— Je suis navré. Profondément navré. Mais je pense que vos soucis sont terminés. Ces hommes ont l'air de savoir ce qu'ils font.
Il a jeté un coup d'œil derrière lui et j'ai regardé par-dessus son épaule les deux vigiles qui quadrillaient les pelouses avec une précision quasi militaire, balisant les allées et les points de passage, vérifiant les signaux radio et parlant à voix basse. Ils avaient l'air compétent. Les armes qu'ils portaient semblaient redoutables. Nous devions être en sécurité.
Nous devions l'être.
Mais je ne partageais plus guère l'assurance d'Adrian Paul.
— Je viendrai vous chercher à dix heures du matin. Mettez un short. Il fera sans doute plus de trente degrés.
— Dix heures ?
Adrian Paul m'a décoché un regard de côté sous la faible clarté du porche.
— Les filles ne vous ont pas prévenue ?
— Non. De quoi s'agit-il ?
— Nous allons tous chez Betty Louise demain et ensuite nous retournerons chez Van.
— Oh, vraiment ? Qui a eu cette riche idée ? (Je lui ai dardé un regard furibond.) Sonja ?
Adrian Paul a fait la moue.
— Non, pas Sonja. Sonja junior. Vous savez que Shalene va devenir son portrait craché en vieillissant ? Elle me mène déjà par le bout du nez. C'est absolument effrayant.
— Dix heures du matin ? J'espère que je pourrai m'arracher du lit et être prête à temps.

J'ai bâillé à me décrocher la mâchoire.
Il a hoché la tête. Son regard était plein de malice.
— Vous ferez une merveilleuse belle-mère.
— Pardon ?
— Shalene a décidé d'être la mère adoptive de JP et m'a ordonné de la demander en mariage. (J'ai poussé un grognement.) Nous sommes fiancés.
— Parfait. Quand déménage-t-elle chez vous ? Bientôt ?
— Non, Dieu merci. Selon les lois en vigueur dans l'État de Louisiane, je dois attendre qu'elle grandisse.
— J'aimerais autant que vous l'emmeniez chez vous cette nuit.
Il m'a souri dans la pénombre, secouant négativement la tête.
— Pas question.
Haussant les sourcils comme s'il réfléchissait, il a ajouté :
— Voilà qui fait de vous une grand-mère toute trouvée.

J'ai fermé la porte sur son rire et vérifié une fois de plus que tout allait bien. J'ai inspecté la véranda de derrière. On avait enlevé le sang. Seule une tache sombre marquait l'endroit où avait été étendu Max. J'ai éteint la lumière sur le seuil et retiré mes vêtements, sans oublier le 9 mm que j'avais rebouclé autour de ma taille avant d'aller dîner. Puis je me suis fait couler un bain. Un bain moussant avec des bulles parfumées. J'ai allumé une bougie, programmé de la musique country en fond sonore, et déposé le pistolet sur l'abattant des toilettes. J'ai relevé mes cheveux sur le sommet de la tête. Je me suis décontractée dans l'immense baignoire à pattes de lion, chassant la tension de la journée. Tout ce stress était mauvais pour le bébé.

On avait porté plainte contre Montgomery pour avoir agressé le shérif adjoint et ne pas s'être présenté au tribunal. Il était maintenant recherché dans le cadre de l'enquête sur la mort de Max. Il y avait de grandes chances pour que les DeLande se tiennent tranquilles pendant un bon moment. Peut-être Adrian Paul avait-il raison. Peut-être serais-je en sécurité ici un certain temps.

Je voulais le croire. J'essayais de le croire tandis que l'eau chaude me décrispait et soulageait les muscles de mes reins. J'ai légèrement souri tandis que les flammes de la bougie vacillaient et que les bulles gargouillaient lentement autour de moi. Peut-être étais-je à l'abri.

Cette nuit-là, j'ai dormi longtemps et profondément, me réveillant toute groggy et les paupières lourdes lorsque les filles se sont faufilées en compagnie de Snaps dans mon lit. La persane marchait presque normalement. Ses petits pansements ressemblaient à des guêtres. Pourtant sa queue était tordue à l'extrémité et ne se raidirait sans doute plus. Le chat est monté sur moi, a enfoui son museau contre mon visage, ses moustaches en éveil, et ronronné avec un bruit de forge, alors que je feignais d'ignorer tout le monde.

Shalene a tiré sur les couvertures, repoussé le chat et m'a empêchée de prétendre que je dormais encore.

— J'me marie, m'man. Comme ça, j'pourrai être la maman de JP.

— Je sais.

J'avais l'impression que ma bouche avait été remplie de talc toute la nuit. Je me suis redressée, cherchant le réveil.

— Quelle heure est-il? Oh, doux Jésus!

Retombant contre les oreillers, j'ai grommelé, le réveil dans la main.

— Neuf heures! Vous avez pris votre petit déjeuner, les filles?

— Oui, m'man. Des tartes surgelées. Dessie a eu des myrtilles, et moi des fraises. Morgan en voulait une aussi, alors on l'a mis dans son parc et on lui en a donné une. Dessie l'a changé, a-t-elle ajouté. Il a fait une grosse commission. Tu t'lèves, m'man, aujourd'hui? Mon futur vient nous chercher pour aller chez la femme aux poupées quarteronnes.

En entendant ça, j'ai compris que Morgan avait répandu des miettes de tarte surgelée partout dans son parc et s'en était probablement recouvert le visage et les mains. Sonja junior donnait de nouveau des ordres. Elle prenait très au sérieux son rôle de mère de substitution. J'espérais que ça lui passerait vite.

— Va te laver les dents et fais couler un bain. Vous vous êtes couchées sales hier.

Je me suis extirpée tant bien que mal du lit, maugréant toujours.

— Je vais changer vos draps. Nous les ferons laver pendant notre absence.

Les filles ont filé.

— Maman, il y a un pistolet ici! a crié Dessie depuis la salle de bains.

J'ai glissé ma main sur la table de nuit. Elle était vide. Pas de 9 mm en acier gris! Je me suis alors souvenue de mon bain la veille, des bougies, de la musique country, et du revolver sur le siège des toilettes. J'avais oublié de l'emporter au lit avec moi. J'avais laissé une arme chargée à portée de tous. N'importe lequel des enfants aurait pu le prendre et faire sauter la tête de quelqu'un.

Les filles savaient tout des armes à feu, surtout qu'il ne fallait pas s'en servir. Elles en avaient même apporté dans le petit ravin derrière la maison où Montgomery et moi nous exercions au tir. Pourtant... une arme chargée traînait. C'était idiot. Très idiot. Sonja aurait trouvé le mot approprié pour dire *à quel point c'était idiot.*

Je me suis hâtée vers la salle de bains. Le sentiment de fausse sécurité que j'éprouvais a volé en éclats à mesure que je m'avançais. *J'étais traquée.* Cette pensée m'a retournée. Les fleurs, les poèmes, le *Livre des Morts*, Snaps... Max. *J'étais traquée.*

J'ai attrapé le pistolet, ouvert le robinet de la baignoire, ignorant les regards curieux et les questions que me posaient les filles.

— Montez dans la baignoire.

Pour une fois, Shalene n'a pas protesté. Je les ai laissées grimper sur le petit escabeau pour entrer dans la baignoire immense et suis allée me changer. Et mettre le 9 mm sous clé !

J'étais traquée. Combien de temps serais-je à l'abri ? La journée était sombre et étouffante, le cyclone Ada causant d'importants dégâts dans le golfe du Mexique. Il se trouvait au bord des côtes, brisait des bateaux, désarrimait les plates-formes pétrolières sous une houle violente et devenait un phénomène majeur pour les météorologues et les gardes-côtes.

Nous étions tous habillés de shorts, de tee-shirts, de tennis, badigeonnés d'écran total, munis de coupe-vent en cas de pluie, lorsque Adrian Paul a débouché sur le sentier et fait le tour du cottage. Je n'avais jamais vu cette voiture. Seulement sa BMW quand il m'avait accompagnée à l'hôpital pour parler avec le shérif adjoint que Montgomery avait agressé.

Il avait maintenant une voiture classique. Un modèle plutôt rare. Une Triumph Stag 1974 rouge. Elle était décapotée pour la journée, le toit amovible à proximité au cas où le cyclone Ada se dirigerait soudain vers l'intérieur des terres. J'avais toujours aimé les Stag. C'étaient d'élégantes voitures de tourisme, avec des sièges capitonnés en cuir, la climatisation, et tous les gadgets des années soixante-dix.

J'ai confié Morgan à Sonja après avoir attaché Dessie, Shalene et JP sur la banquette arrière. Shalene partageait une ceinture de sécurité avec son fils adoptif. C'était là son second choix. Elle avait d'abord insisté pour être assise à côté de son « futur ». Mais Adrian Paul l'avait emporté et je m'étais assise près du « futur » de Shalene.

Le temps n'était supportable que parce que le soleil s'était caché. Même si celui-ci était dissimulé sous un rideau de nuages, l'atmosphère restait humide et chaude ; la brise engendrée par la vitesse était la bienvenue.

Une visite chez Betty Louise était une vraie fête. Elle confectionnait des poupées en porcelaine uniques et venait les vendre dans le Quartier Français quatre fois par an. Bien que son atelier se trouvât à l'ouest de l'État, dans la petite ville de Westlake, elle passait son temps à traiter avec les riches collectionneurs de poupées de La Nouvelle-Orléans. Chacune d'entre elles était une beauté quarteronne.

Betty Louise aurait pu être l'une d'entre elles avec ses lèvres charnues, sa chevelure couleur argent retombant au sol en fines boucles. Elle avait les yeux noirs, le teint mat, et parlait avec un puissant accent du Sud, si riche et si traînant qu'il coulait comme un nectar. Ou du beurre fondu. Ou de la crème.

Mais lorsque l'un de ses clients avait l'audace d'amener la conversation sur le terrain racial, la femme aux poupées haussait les épaules :

— Oh, nous ne savons jamais vraiment qui nous sommes,

n'est-ce pas ? On ne peut rien conclure à partir de la couleur de la peau.

Quelques années plus tôt, quand Sonja était enceinte de Louis mais espérait encore avoir une petite fille, nous étions allées voir Betty Louise pendant l'une de ses rares visites dans la « Ville Croissant ». Seule avec elle dans le magasin, Sonja lui avait raconté son histoire, tandis que j'admirais les dizaines de poupées qu'elle était venue vendre. Betty Louise avait écouté l'histoire de Sonja sur le *plaçage,* les relations entre races et la fin de la guerre de Sécession. Puis elle avait ri de l'un de ces rires profonds qui séduisaient ses clients.

— Petite, avait-elle dit d'une voix languissante, quand la guerre pour l'indépendance du Sud a exhalé son dernier souffle, dix-huit mille hommes et femmes libres — et qui sait combien d'enfants... — ont quitté La Nouvelle-Orléans et ont émigré aux quatre coins du monde. Des gens de couleur qui ressemblaient à des Blancs. La plupart sont allés vers le nord, dans le pays yankee, où ils pouvaient devenir des *passé-blanc* et se marier dans la bourgeoisie blanche. Et je ne compte pas les milliers de gens de couleur qui vivaient dans des petites villes et des plantations dispersées à travers l'État. Ni Charleston en Caroline du Sud. Là aussi il y avait des milliers de gens de couleur.

Elle avait hoché la tête tandis que ses mains cousaient la veste de velours bleu d'une poupée quarteronne de vingt-quatre centimètres. La tête et le buste de la poupée étaient taillés d'une seule pièce, dans un beau bois d'ébène.

Cette leçon d'histoire lui avait permis d'éluder sa propre biographie. Et de laisser le paysage racial du reste du pays dans le flou. Elle n'avait pas eu la force d'évoquer le Klu Klux Klan et les délires de pureté raciale des skinheads. Selon Betty Louise nous étions tous le fruit de mariages mixtes et nous pouvions nous en réjouir.

J'ai souri en repensant à ce souvenir, tandis que nous roulions dans la ville, bercés par la suspension de la Stag. Était-ce une suspension arrière ou motrice ? Je ne m'en souvenais pas. Le temps était révolu où j'écoutais les mordus de voiture débattre des mérites comparés des différents modèles de voitures.

Le vent ébouriffait la chevelure des filles et j'ai passé cinq bonnes minutes à essayer de les démêler pendant qu'Adrian Paul cherchait une place de parking. Il a fini par en trouver une à quatre cents mètres de chez Betty Louise. Nous avons dû marcher, mais à La Nouvelle-Orléans tout le monde respectait les règles de stationnement, par crainte de voir emmener sa voiture à la fourrière.

Nous avons suivi deux femmes dans le fond de la librairie où Betty Louise avait installé sa boutique. Elles apportaient des poupées; l'une d'elles avait un bras cassé. La femme aux poupées le remarqua immédiatement. Avec un fort accent du Sud, elle raconta l'accident qui avait endommagé la poupée.

Je me suis désintéressée de cette conversation et j'ai contemplé les filles. Toutes deux déambulaient le long de la vitrine : il y avait là une douzaine de poupées vêtues de velours, de dentelle et de perles, étincelant d'un éclat suranné.

Les yeux de Dessie se sont remplis de larmes, Shalene était sans voix, bouche bée. Pendant quelques instants, elles ont examiné chacun des modèles, allant et venant de l'une à l'autre. Elle se sont finalement immobilisées devant l'une d'elles. Dieu merci, ce n'était pas la même !

— Combien elle coûte ? a interrogé Dessie, refoulant ses larmes.

La poupée mesurait une quarantaine de centimètres. Elle était habillée de velours bleu et de dentelle, avec des jupons que l'on apercevait poindre sous ses jupes amples. La robe était décolletée sur les épaules et dévoilait un soupçon de dentelle. La figurine portait une veste assortie gansée de fourrure et un chapeau sans calotte. Elle avait des cheveux noirs relevés sur la tête en boucles, avec des milliers de petites anglaises auréolant son visage. Sa peau était d'une belle teinte chocolat et ses grands yeux étaient du même bleu que le velours de sa robe.

J'ai soulevé le petit livret attaché au poignet du jouet et j'ai lu : « Maya Louise. 2 800 dollars. »

La poupée que Shalene convoitait était vêtue de soie verte, avec des poignets en dentelle ancienne. Le chapeau qu'elle portait était assorti à ses yeux noisette et à son visage mat. Sa chevelure, également d'un beau brun clair, était légèrement ondulée et dépassait sous le chapeau. Elle avait l'air effronté et enjôleur à la manière d'une coquette d'autrefois.

J'ai regardé l'étiquette et j'ai lu : « Charlsee Louise. 2 575 dollars. »

— C'est plus que ce que gagne papa en un an, a déclaré Shalene.

Betty Louise a pouffé en s'approchant de nous.

— Tu veux la tenir ?

— Je peux ?

Shalene s'est retournée, a plongé dans les pupilles noires de la femme aux poupées et gardé le silence. J'avais le sentiment que « le courant était passé » entre elles. Un sentiment intense et primitif. Quelque chose qui m'excluait. Une vague impression de déjà-vu. J'ai eu la chair de poule, mes poils se sont dressés sur mes bras, comme la fourrure d'un chat le long de son échine.

Shalene s'est retournée, est allée vers le canapé qui se trouvait contre le mur de la minuscule boutique et s'est blottie au fond, son dos contre le dossier, ses jambes recroquevillées sous elle. Elle l'a fait sans qu'on le lui dise. Betty Louise a tourné son regard vers Dessie et, au bout d'un moment, ma fille aînée lui a obéi et est venue s'asseoir près de sa sœur. C'était inexplicable. J'aurais aimé avoir ce genre d'influence sur elles.

La femme aux poupées a pris le jouet vêtu de soie verte qui avait tant plu à Shalene et le lui a apporté.

— Tu as les mains propres ?

Les petites filles lui ont présenté des mains impeccables et l'artiste a déposé Charlsee Louise sur les genoux de Shalene tout en arrangeant son ample jupe et en déployant ses bras amovibles. Puis elle a donné la poupée habillée de bleu, Maya Louise, à Dessie, répétant les mêmes gestes avec sa robe.

JP se tenait à côté de l'accoudoir du canapé, aussi fasciné par les poupées que les filles. Si ça n'avait pas été un « truc de bonne femme », je crois qu'il aurait lui aussi demandé une poupée.

— Vous devez vous sentir très honorées, les filles, Mme Betty Louise ne laisse pas n'importe qui toucher à ses poupées, a dit Adrian Paul.

Je doutais que les filles l'entendent, envoûtées qu'elles étaient par les poupées sur leurs genoux.

Betty Louise l'a toisé et a eu ce lent sourire sensuel propre aux femmes du Sud. Un sourire chaleureux comme un vin capiteux.

— Vous m'avez manqué, vous et votre jolie femme après votre dernière visite, mais je n'ai pas vendu les poupées qu'elle a commandées. Je les ai apportées avec moi cette fois. Et j'espère que Camilla va bien.

Je me suis écartée avant qu'Adrian Paul ne puisse répondre à cette question indirecte. Il était manifeste que Betty Louise connaissait Camilla Rousseau et ne savait pas qu'elle était morte.

J'ai lu le prix de deux autres poupées. L'une était à deux mille dollars, l'autre à presque trois mille. Je pouvais faire confiance à mes filles pour dénicher la plus onéreuse. C'était clair pour moi qu'elles avaient trouvé celle qu'elles voulaient rapporter à la maison. Presque quatre mille dollars pour des poupées qu'elles ne pourraient jamais toucher, juste regarder ! Je pouvais presque entendre mon compte en banque gémir sous l'effort.

Oh ! bon, au moins j'avais Morgan. Je pouvais lui apprendre à pêcher, ramasser les crevettes, tirer à la carabine. Et peut-être les filles oublieraient-elles les poupées... Je l'espérais.

Malgré mes protestations, Adrian Paul les leur offrit, puis il nous a tous entraînés vers la Stag. Et, faisant fi de mes objections comme s'il ne s'agissait que d'un bourdonnement de moustiques, il a installé les enfants dans la voiture et a rangé les poupées dans le coffre.

— Écoutez, a-t-il dit, le visage crispé. Ma femme a commandé et payé ces deux poupées l'été dernier. Betty Louise ne rembourse pas les articles, elle accepte seulement les échanges. Aussi ai-je échangé les poupées commandées par Camilla contre celles choisies par vos filles. Ça ne m'a rien coûté.

Un des coins de sa bouche s'est relevé. C'était un sourire amer.

— Vous n'allez quand même pas m'empêcher de donner à « ma fiancée » un petit témoignage de mon affection.

Comme je ne répondais pas, il m'a ouvert la portière pour que je puisse monter dans la voiture, et il a mis le contact. Mes dernières protestations ont été emportées par le vrombissement d'un moteur V8 bien entretenu.

Vaincue par le vacarme, je me suis affalée dans l'auto et j'ai boudé. Comme nous repassions devant la librairie où Betty Louise avait installé sa boutique, quelque chose a attiré mon attention.

Miles Justin. Vêtu comme d'habitude d'un jean étroit et de bottes en peau de serpent, il était là, debout contre la porte de la librairie, les jambes et les bras négligemment croisés, son chapeau de cow-boy rabattu sur les yeux. Il semblait attendre quelqu'un. Et il souriait. D'un sourire de connaisseur. Un sourire à mon unique intention. Comme nous passions devant lui, il a levé son bras gauche, saisi son chapeau par le milieu et l'a incliné. Nous avons tourné à l'angle et disparu de son champ de vision.

Miles Justin avait été mon ami. Pas celui de Montgomery, le mien. Ainsi que celui des filles.

Pendant les premières années de mon mariage, quand Montgomery voyageait si fréquemment pour les affaires des DeLande et que je restais à la maison seule ou enceinte avec un nourrisson, Miles venait en ville dans sa voiture favorite, la Cord 1930 que Montgomery lui avait empruntée pour notre lune de miel.

Il demeurait des semaines entières avec moi, particulièrement le premier été de mon mariage. Nous restions presque chaque jour dans le fond du bayou derrière la maison à pêcher ou à attraper des crabes à quai, ou simplement allongés, tandis que je regardais mon ventre s'arrondir. Le matin, nous allions jusqu'au ravin asséché nous exercer au tir avec un lot de pistolets chipés dans le bureau de Montgomery. Le soir, nous les astiquions et les remettions en place avec précaution.

Les jours de pluie, nous rendions visite à mes amis et à la famille, et nous donnions même un coup de main à la clinique vétérinaire. Nous regardions des films à la télé pendant les orages. Un jour où nous étions particulièrement désœuvrés, Miles m'a emmenée à Chaisson chez Castalano pour acheter une barque à fond plat de quatorze mètres et un moteur Mercury de trente chevaux. Je trouvais qu'il s'agissait d'une dépense extravagante pour un enfant de quatorze ans, mais quand je le lui ai dit, Miles Justin a froncé un sourcil noir et répliqué :

— Qui croyez-vous qui ait acheté la Cord ? J'ai une rente, vous savez. Et je ne pense pas qu'une petite dépense comme celle-ci puisse l'entamer.

Après cela, je me suis tenue coite.

Nous sommes sortis avec la « petite dépense » pour explorer le pays cajun. C'était un territoire ancien pour moi, dont j'avais visité tous les canaux et les sentiers, étant enfant. Mais le bayou ne reste jamais le même très longtemps et change constamment, la tempête, le vent et les pluies diluviennes y sculptant de nouvelles formes. Ensemble, nous avons navigué à travers les coins les plus accessibles du bassin, échangeant quelques mots avec les trappeurs et les pêcheurs, une fois même avec un pêcheur d'alligators qui nous a indiqué les lieux idéaux pour capturer et tuer les plus grands « crocos ».

J'ai souri en évoquant ces souvenirs, le déplacement d'air soulevé par la Stag dénouant ma natte et éparpillant au vent des mèches de cheveux. Adrian Paul a souri aussi. Les filles et JP criaient de joie à l'arrière de la voiture.

Mon sourire s'est évanoui. Miles avait été mon ami. Mais il m'avait suivie dans le Vieux Carré. Obéissait-il seulement aux ordres de l'aîné comme je savais que le faisaient tous les autres frères ? Ou me filait-il comme l'avaient fait les détectives de Montgomery ? Ou allait-il faire partie d'une autre punition... du genre de celle que les DeLande avaient infligée à Eve Tramonte et à Ammie ?

J'ai tremblé. Tremblé si fort qu'Adrian Paul l'a remarqué, bien que son attention soit concentrée sur la route et la circulation.

— Qu'y a-t-il ?

Sa voix ressemblait à celle de son frère Philly.

Alors je lui ai tout raconté en parlant doucement pour que ma voix ne se propage pas avec le vent à l'arrière de la voiture. À ma grande surprise, Adrian Paul n'a pas été scandalisé.

— Bon.
— Bon. *Bon ?*
— Bon, a-t-il répété. Cela signifie qu'ils veulent maintenant que cela reste une affaire de famille. Je crois que l'accident de Max était... une erreur. Des tueurs qui seraient allés trop loin. Les DeLande vont rester calmes un moment. Se montrer, vous faire savoir qu'ils rôdent. Puis, quand ils comprendront que vous n'allez pas fuir ni revenir, ils vont de nouveau changer de tactique. Ils emprunteront certainement des moyens légaux ou financiers.

Il m'a souri ; ses dents étincelaient dans son visage légèrement bronzé.

Je ne lui avais pas encore parlé d'Eve Tramonte. Ni d'Ammie. Et j'ai pensé qu'il valait mieux lui en parler. Vite. Pour qu'il renonce à de telles pensées.

Nous ne sommes pas allés chez Van, nous arrêtant plutôt dans un petit bistrot du Quartier Français pour un repas frugal. Ce n'était pas grand-chose, mais j'ai insisté pour régler le repas. Vingt dollars ont suffi et je me suis sentie coupable en songeant au prix des poupées. Ce n'est qu'un peu plus tard dans la journée que j'ai réalisé qu'Adrian Paul trouverait certainement le moyen d'inclure le prix des poupées dans ses honoraires, qu'il voulait que Montgomery acquitte. Cette pensée m'a fait venir un sourire aux lèvres et a tempéré mon sentiment de culpabilité. Montgomery pouvait acheter la collection entière de Betty Louise avec son argent de poche.

Après le déjeuner, nous sommes allés dans le musée Barataria du parc national Lafitte pour connaître l'historique des poupées que les filles avaient emportées.

Elles n'étaient pas très attentives, mais moi je fus enthousiasmée. Je suis même parvenue à oublier Miles Justin pendant un moment.

Adrian Paul nous a emmenés à la bibliothèque, et Shalene a insisté pour que son « futur » achète à JP et à elle, bien sûr, une balançoire pour le jardin du cottage.

— Les enfants ont besoin d'*esserssisse,* tu sais, a-t-elle proclamé.

Adrian Paul a gravement acquiescé et promis de considérer

avec soin cette affaire. J'ai roulé des yeux exorbités devant ce caprice.

Nous sommes revenus tard dans l'après-midi et j'avais manqué l'heure de ma sieste. Épuisée, j'ai laissé les enfants avec Jon Paul auprès de Sonja et plongé dans un sommeil profond.

Trois heures plus tard, le cyclone Ada, capricieux comme tous les orages tropicaux, a dévié de sa trajectoire et s'est dirigé vers l'intérieur des terres. C'était un petit avertissement. Nous avions peu de temps pour nous préparer. Dieu merci, le cottage disposait de volets à l'ancienne mode pour parer aux ouragans. Philippe m'a aidée à les fermer quelques minutes seulement avant l'arrivée de la tempête.

Adrian Paul, qui était allé voir des amis au nord de l'État pour la fin du week-end, nous avait confié JP. Convaincu quant à lui que les DeLande se tiendraient tranquilles un moment et qu'Ada resterait à l'intérieur du golfe — selon les prévisions météorologiques — avant de se dissiper, il était parti. Il a réussi à nous passer un coup de fil avant que toutes les lignes ne soient coupées.

Très vite, nous nous sommes retrouvés plongés dans une nuit précoce; une nuit ponctuée par une pluie de grêlons de la taille de cailloux, avec des éclairs zébrant le ciel agité.

La Ville Croissant s'enfonce lentement derrière le golfe du Mexique. À un mètre au-dessous du niveau de la mer, elle est déjà à la merci des digues et des avertissements des météorologues pour protéger les habitants. À mesure que la nuit devenait plus profonde, j'espérais que les digues seraient plus fiables que les prévisions des météorologues.

Ada franchit la barre côtière au moment précis où elle aurait dû se dissiper et se dissoudre sous le poids de sa propre fureur.

J'ai apporté le matelas de mon lit dans la baignoire, installé une torche électrique dans le fond en acier, ma petite radio, une batterie de rechange, des piles supplémentaires, deux bougies, des allumettes étanches, du thé, une bouteille d'eau, des biscuits secs, un fruit, deux oreillers et une couverture. Je me demandais s'il y aurait la place pour les enfants en cas de nécessité. Sur le sol près de la baignoire, j'ai entassé d'autres couvertures et des oreillers pour moi. Enfin, j'ai empilé des vêtements de rechange pour chacun d'entre nous.

La baignoire était en acier solide sous le revêtement en émail blanc, nous permettant de survivre si le cottage s'écroulait. C'était l'endroit le plus sûr et nous disposions des denrées essentielles pour faire front après l'ouragan.

Dans le salon, les filles se cramponnaient à leurs poupées à la lumière flageolante d'une lampe tempête au globe si usé que la chaleur de la flamme avait craquelé le verre de la lampe. Le fond rouge de la lampe était en cristal taillé, rempli d'une huile rouge parfumée qui, lorsque la flamme le touchait, jetait des éclairs sanglants. Snaps rôdait nerveusement sous la flaque de lumière, se frayant un passage le long de la table, derrière le canapé, sautant sur mes genoux avant de s'installer sur ceux de JP, en ronronnant bruyamment et en agitant le bout de sa queue tordue. La radio des filles, un objet rose clair, fonctionnait avec quatre piles. Posée sur la table, elle égrenait doucement les prévisions météo, les nouvelles, les dommages estimés, les rapports des gardes-côtes et de rares mélodies cajuns.

La tornade faisait rage, grondant et sifflant. La foudre a frappé encore et encore, le tonnerre ébranlant la maison. Pendant que le vent secouait le petit cottage, je lisais *Le Magicien d'Oz*, ma voix s'efforçant de rester égale malgré la violence croissante du vent. À sept heures, la radio s'est tue, les pylônes émetteurs abattus par le vent furieux. J'ai changé de livre, délaissant *Le Magicien d'Oz* pour la *Bible illustrée pour enfants*.

Un arbre dans le jardin a succombé peu avant huit heures à la tempête et est tombé sur la maison, s'effondrant sous le porche avec un gémissement presque humain de bois qui se fend. La maison entière a chancelé. Nous nous sommes accroupis, les enfants ont hurlé. Snaps s'est précipitée sous la table puis sous le canapé.

J'avais presque décidé d'emmener les enfants dans la maison principale, mais avec la tornade, la demeure de deux étages représentait un danger encore plus grand que le cottage. J'ai essayé de ne pas penser à mon propre effroi, m'efforçant avant tout d'apaiser celui que je lisais dans les yeux des enfants. J'ai même tenté de raconter des blagues, mais cela n'avait jamais été mon fort et mes tentatives sont restées sans effet.

Une fissure s'est dessinée dans le mur quand une branche a traversé le plafond. Je suis allée chercher un seau près de la porte du fond pour recueillir l'eau qui allait entrer dans la maison. Au moment où je le posais par terre, j'ai remarqué une tache rouge, là où avait saigné Max. L'eau s'est mise à dégouliner à l'intérieur, avec un bruit de métronome, tandis que la pluie se mêlait au sang et teintait l'eau en rose.

Nous nous sommes blottis tous autour de la table basse, Morgan tranquillement assoupi sur mes genoux, les filles, recroquevillées dans un coin du canapé, tenant toujours leurs poupées. Je ne pense pas que Betty Louise imaginait que ses créations feraient un tel usage même si elle se trouvait encore en ville pendant l'ouragan. Elle aussi se cramponnait peut-être à l'une de ses poupées.

J'ai voulu distraire les enfants par des chansons et des jeux de mots mais il était difficile de parler dans le brouhaha. De toute façon, nous étions tous crispés. Nous commencions à jouer pendant quelques secondes, puis nous nous interrompions en entendant quelque chose se fracasser dehors. Je m'inquiétais du risque d'incendie si jamais un arbre tombait sur le cottage et renversait la lampe tempête.

Une fois, j'ai cru entendre un arbre s'abattre sur le garage et écraser ma voiture. Un grincement de métal froissé s'est détaché sur le bruit plus sourd du vent fouettant les volets. L'eau s'infiltrait par les fenêtres et j'ai amoncelé des serviettes pliées sur le sol pour absorber l'humidité.

Comme le vent croissait, je me suis rassise sur le canapé avec les enfants et Snaps. La chatte avait décidé qu'elle ne voulait pas rester seule dans le noir. Nous avons chanté un moment, puis j'ai trouvé une nouvelle station à la radio, qui a annoncé que l'œil du cyclone se dirigeait vers la ville, à quelques kilomètres à peine.

Au plus fort de la tempête, le cottage a chancelé, comme s'il allait être arraché et nous emporter. Un autre arbre a gémi et s'est déraciné, s'écrasant sur un des côtés de la maison, juste au-dessus de ce qui restait du porche.

Le cottage a craqué. Violemment craqué. Une tornade s'est engouffrée dans la pièce.

J'ai empoigné les enfants, me suis ruée dans la salle de bains, écrasant JP au fond de la baignoire sous le matelas et jetant Morgan dans ses bras avec le chat. Je cherchais Shalene quand l'arbre s'est déchiqueté et a atterri dans le jardin. Un choc puissant qui a failli me soulever du sol.

Les volets de la fenêtre du salon ont claqué hors de leurs gonds, brisant les vitres. J'ai poussé les filles derrière moi et me suis ruée en avant. Et me suis arrêtée.

Une longue branche charriait le vent à l'intérieur de la maison. Et, en rage, aussi furieux et frénétique que la tempête, comme s'il l'avait apportée avec lui, Montgomery est entré dans la maison.

Rampant entre les débris de verre, l'œil fou, ruisselant d'eau, il a claqué les lambeaux de fenêtres et de volets avec un rugissement terrible.

Jurant et empestant le whisky, il a agité un pistolet dégoulinant d'eau. Du sang ruisselait le long de son visage, du sang dilué par la pluie. Presque machinalement il a ôté un fragment de verre d'une plaie qu'il avait au front. Il m'a souri avec un rictus de victoire.

Je n'avais pas mon pistolet sur moi !

Je me trouvais dans l'embrasure de la porte — les filles derrière moi, partiellement protégées du vent par le rempart de mon corps. Nous avons contemplé Montgomery dans le déchaînement de vent qui s'engouffrait dans la pièce. Il a ri, d'un rire bestial, aussi malsain et brutal que la tempête qui faisait rage derrière lui. Ses yeux m'ont toisée. Il a dévoilé ses dents. Son visage était maculé de sang. Ses vêtements aussi.

J'ai fait un pas vers le pistolet que j'avais enfermé dans la salle de bains.

Derrière la fenêtre, j'ai alors vu arriver Terry Bertrand, le shérif de la paroisse de Moisson. Le visage grimaçant, le regard dur, il ne portait pas son uniforme, et ses vêtements ruisselaient sur le tapis chinois. Bien qu'il ne fût pas dans l'exercice de ses fonctions, il avait répondu à la requête de Montgomery, attendant les yeux calmes et froids.

J'ai compris que notre situation était désespérée. La tempête n'était rien. Notre véritable menace était autre : Montgomery. C'était devenu un homme tout-puissant dans la paroisse de Moisson, avec ses pots-de-vin et ses contributions financières aux campagnes électorales. La loi le protégerait. Quoi qu'il ait fait.

Ses yeux étaient injectés de sang, sauvages. Ils lançaient des éclairs bleuâtres lorsqu'il est venu vers moi. Il s'est arrêté devant la table où les livres pour enfants étaient entassés près de la lampe. La lumière était hésitante dans le vent mouillé, jetant des ombres vivantes sur son visage. Il a levé les bras. Ses poings se sont abattus sur la table, le calibre 38 toujours dans sa main droite. Fracassant le vieux bois, secouant la lampe tempête, la précipitant par terre et nous plongeant dans l'obscurité.

La foudre a étincelé dans la nuit, aiguë, brutale. La pluie ruisselait derrière les vitres, pénétrant dans la maison en giclées frappant le parquet de bois.

— Dans le sud de la Louisiane, une femme ne quitte pas son mari comme ça, a chuchoté Montgomery dans les ténèbres.

Sa voix rauque semblait plus intense que le vent.

— Sauf dans un cercueil.

10

Terry Bertrand a ignoré Montgomery et est entré dans la pièce, brandissant sa torche électrique et ramenant la lumière et l'ordre à un monde devenu noir. Le visage du shérif était squelettique à la lueur de la lampe, tout en angles sous sa peau mouillée.

— Vous allez devoir venir avec moi, madame.
— Montgomery a reçu une citation à comparaître. On a délivré un mandat d'arrêt contre lui. Il a attaqué un policier dans l'exercice de ses fonctions.

J'ai prononcé ces mots les mâchoires serrées, suppliant que le flic fasse son travail.

— Vous allez devoir venir avec nous, a-t-il répété.

Sa voix était froide. Implacable. La voix d'un homme qui n'écoute pas les explications ni les raisonnements. La voix d'un homme lancé en pleine action, qui ne regarde ni à gauche ni à droite. Qui croit qu'il a toujours raison.

Le faisceau de la torche s'est porté sur Montgomery alors qu'il s'asseyait, se vautrant sur le canapé, le regard soudain vague, égaré et vide. Les lèvres de Terry se sont pincées.

— Vous allez venir avec nous et retourner chez votre mari, comme une bonne épouse. Ou alors nous prenons les enfants, madame. Choisissez.

La peur s'est insinuée en moi.

— Je viens.
— Sage décision. Je vais vous aider à vous préparer, madame.

Le shérif m'a escortée dans la salle de bains où les enfants m'attendaient à la lumière de leur propre torche. Morgan pleurait plus de colère d'avoir été abandonné que de peur. Les filles étaient épouvantées.

Soulevant le coin du matelas au fond de la baignoire, j'ai attrapé Morgan dans les bras de JP et l'ai amené à Terry.

— Si vous prenez les affaires du bébé, je m'occupe de celles des filles.

Après un moment, Terry a acquiescé. Mais j'avais vu passer une hésitation dans ses yeux, la crainte que je prenne les filles et m'enfuie par-derrière. Tout en tenant Morgan, Terry a inspecté le reste de la maison avec sa lampe. Satisfait que je ne puisse m'enfuir sans être obligée de passer devant Montgomery ou lui, il s'est dirigé vers le petit appentis qui était devenu la chambre de Morgan. Il semblait connaître le chemin. Il n'avait pas vu JP.

Je me suis penchée à l'intérieur de la baignoire.

— JP ?

Le petit garçon a hoché la tête sous le matelas.

— Nous avons besoin d'aide. Peux-tu être assez fort et courageux pour nous aider ?

L'enfant attendait, les yeux sombres, immobile et apeuré, nous scrutant, Shalene et moi. Les ombres dispersées dans la maison étaient vivantes, changeantes, magnétiques, promettant la venue d'apparitions terrifiantes.

— JP ?

Il a lentement opiné.

— Je te demande de rester ici dans la baignoire, avec Snaps. Tu ne risques rien. Nous devons partir avec le père de Dessie et de Shalene. Et le shérif. Tu peux te souvenir de ça ? Leur papa et le shérif ?

— Je ne veux pas rester tout seul ici, a reniflé le garçonnet, j'ai peur.

— Je sais, mon petiot. Mais nous avons besoin de toi. Shalene et Dessie ont besoin que tu restes ici et que tu dises à quelqu'un où nous sommes. S'il te plaît. Reste. D'accord ?

Il a prudemment hoché la tête, le visage ruisselant de larmes. Puis il a tiré Snaps vers lui, sans que le chat proteste.

— Tu peux garder la torche et la radio. Quand tu entendras claquer la porte, tu pourras les rallumer. D'accord ? Merci, mon petiot.

J'ai rabattu le matelas sur sa tête et emmené les filles dans leur chambre. En fouillant dans le tiroir de la commode, j'ai déniché une seconde torche et l'ai allumée.

— Prenez des culottes, vos robes de chambre et vos jouets. Vite.

J'ai extrait une valise de sous le lit, l'ai ouverte et posée sur le lit.

— On doit venir ?

Dessie pleurait, son visage était aussi terrifié que celui de JP. Shalene avait l'air furieux, avec ce regard obstiné que je détestais lui voir.

En m'agenouillant, j'ai entouré mes filles de mes bras.

— Tout va bien. Je nous sortirai de là. Je vous le promets. Mais ne dites pas à papa que je sais ce qu'il vous a fait. D'ac' ? (Aucune ne m'a répondu.) Faites-moi confiance.

Elles ont enfin hoché la tête en signe d'assentiment et Dessie a essuyé son visage. Je lui ai passé ma lampe.

— Dépêche-toi. Prends tes affaires. Comme si nous allions passer le week-end chez mamie, ai-je dit.

Pendant qu'elles rassemblaient quelques jeux, des livres de coloriage, des sous-vêtements et des chemises de nuit, j'ai farfouillé dans la pièce pour regrouper leurs vêtements.

J'entendais des voix dans le salon. Un bris de meubles. Montgomery était enragé. J'ai frémi. Je ne l'avais jamais vu ainsi. La douleur que j'avais tentée d'endiguer depuis des semaines m'a reprise, lourde, brûlante entre mes côtes. Une douleur au cœur. Accompagnée par la peur.

Au-dessus de la pile de jouets et de livres, j'ai saisi des vêtements qui ressemblaient aux miens. Des tee-shirts, des robes de femme enceinte et des shorts. Au fond du placard j'ai touché quelque chose de lisse et de soyeux sous mes doigts. C'était un tissu luxueux. De la soie. Mes chemises de nuit. Celles dans lesquelles Montgomery m'avait aimée. Celles de Paris. Celles qu'il avait obligé les enfants à revêtir... J'en ai ajouté quelques-unes à ma pile d'affaires. Avec des brosses à dents, du dentifrice, du shampooing, du savon, des produits pharmaceutiques.

Courant dans la chambre, j'ai enveloppé le 9 mm dans une chemise de nuit, pris une paire de chaussures, puis je suis retournée m'éclairer à la lumière de la lampe-torche. L'arme avait quatorze cartouches. Je n'avais pas le temps de chercher la recharge.

Pouvais-je l'utiliser s'il le fallait ? C'était une question à laquelle je ne m'étais jamais autorisée à répondre. Et j'ai compris que je n'avais pas la réponse. *Où diable Montgomery nous emmenait-il ?* J'ai écarté de moi cette pensée. J'ai emporté des imperméables, des chapeaux de pluie et des paires de chaussures de rechange. Terry est réapparu sur le seuil avec un sac de couches et le bébé. Morgan hurlait de fureur à présent.

— Nous devons partir maintenant, madame.

J'ai habillé les filles, leur ai enfilé leur chapeau.

— Ma poupée ! a hurlé Shalene.

Les enfants m'ont échappé pour aller chercher leurs poupées. Je les ai entendues fouiner dans la nuit. La foudre a scintillé dans le jardin, si proche que j'ai cru sentir une décharge électrique à l'intérieur de la maison. Tandis que le vacarme du tonnerre s'apaisait, on a perçu des chuchotements, le bavardage des filles dans la salle de bains, propagé par le vent.

J'ai refermé la valise bourrée à craquer, m'asseyant dessus pour la forcer. Les filles sont revenues avec les poupées. Je me suis de nouveau agenouillée devant elles et les ai attirées contre moi.

— Vous ne pouvez pas les emmener avec vous, mes bébés. Elles seront trempées et saccagées. Je suis navrée.

Shalene, toujours têtue, a soulevé le coin de son manteau et mis la poupée à l'abri derrière les plis protecteurs, abîmant les boucles de la coiffure empesée. Son visage me défiait, et, au lieu de me fâcher, j'ai ri. Dessie a fait de même avec sa poupée vêtue de bleu, et m'a souri, ravie. Je les ai toutes deux étreintes.

— Bien. Souvenez-vous : faites-moi confiance.

Je les ai senties opiner dans mes bras.

La pluie était dure et intense. Elle nous pénétrait comme des cailloux pointus. J'ai réalisé que de la grêle, en petits grains irréguliers comme du gravier, s'y était mêlée. J'étais presque soulevée du sol par la force du vent, et mon ciré jaune, le même que celui des filles, claquait sur mes genoux.

Le cyclone Ada nous a heurtés de plein fouet comme nous avancions dans le jardin, le pas hésitant, l'eau s'élevant à plusieurs centimètres du sol. J'ai aperçu les corps des deux vigiles gisant dans une flaque sous un arbre écrasé, attachés ensemble et sanguinolents, mais ils remuaient légèrement. Je ne pensais pas que les hommes oseraient faire des rondes sous un temps pareil. Ils avaient dû penser que Montgomery non plus.

C'est seulement alors que je me suis souvenue du système de sécurité qui protégeait le cottage, de la batterie de douze volts et du groupe électrogène indépendant que j'avais payé en supplément. Notre dernier recours contre les intrus qui pouvaient s'attaquer au réseau électrique. L'alarme avait dû être débranchée quand la vitre avait volé en éclats et que nous avions ouvert la porte pour sortir.

Je me suis demandé combien Montgomery avait payé la société de gardiennage véreuse pour pouvoir entrer. Ma voiture, son alarme tout aussi silencieuse, avait été précipitée contre un arbre sous le garage.

Une fois sortis du couvert des arbres, la fureur de la tempête nous a battus de toutes ses forces, arrachant Shalene du sol. Montgomery a glissé un bras sous chacune de ses filles et les a durement traînées à sa suite. Le calibre 38 était invisible.

Dessie s'est retournée pour être sûre que j'étais encore avec elle. La foudre a zébré le ciel. Le tonnerre a grondé et retenti. Terry portait le bébé et le sac de couches abrités sous son coupe-vent dans sa main gauche, tirant ma valise de sa main droite. Aucun des deux hommes n'a prêté attention à moi tandis que nous nous frayions un chemin dans l'ouragan. Ils savaient que je n'abandonnerais pas mes petits.

J'ai trébuché une fois et suis tombée, me prenant le pied dans une clôture renversée et un arbre terrassé et déchiqueté. Des échardes se sont enfoncées dans ma paume. Mes vêtements, offerts à la tempête un moment, étaient trempés. Enfin, après ce qui a paru être des kilomètres, les deux hommes se sont immobilisés devant une Land Rover et Montgomery a poussé les filles sur la banquette arrière. Terry a rangé la valise dans le coffre et m'a courtoisement tendu la main pour m'aider à m'asseoir. Il a soulevé son coupe-vent et m'a donné Morgan. Il n'y avait aucune sorte de siège pour bébé. Pendant un moment, mes yeux ont fixé les siens, durs et froids. Il a refermé la portière, conjurant le vent et la pluie battante pour disparaître dans la tempête. Montgomery a grimpé dans la Land Rover, a allumé le puissant moteur V8 et nous a conduits en enfer.

Les branches des arbres s'agitaient dans une danse primitive, fouettant le ciel violet, remuant de manière inquiétante. La foudre allumait des effets de lanterne magique contre les nuages colorés. Cachée derrière les volets protecteurs, je n'avais pas vu la tempête ni ses nuages curieusement peints. Violets, améthyste, ou encore de teinte lilas et orchidée comme dans une peinture de Van Gogh représentant une nature devenue folle. Cet ouragan était barbare, comme le monde dans lequel Montgomery nous avait forcés de pénétrer, dans le vacarme du vent, dans la Land Rover sur ses lourdes suspensions, dans les hurlements de la cruelle tempête qui grondait de sa voix vide et nous empêchait de parler. Autour de nous, des lignes de trolley déchiraient l'air comme des serpents de néons. Ils tournoyaient comme des fouets déments, crachant le feu. La Nouvelle-Orléans est toujours parée pour la tempête, ses lignes téléphoniques et électriques sont toutes souterraines, tous ses feux de circulation protégés par des globes d'acier. Mais, par endroits, le vent avait dénudé les circuits électriques des maisons, les vieilles demeures privées d'électricité des années après leur construction. Des fils électriques lâches pendaient sur les arbres, couverts de mousse et de feuilles. On remarquait çà et là de petits feux. Le tourment des éléments, l'air, le feu, la pluie. Même là où les arbres jonchaient la route, les vieux chênes et les sycomores, les noyers et les arbres décoratifs. Montgomery roulait sur les petits arbres, les pneus de la Rover s'enfonçant dans la boue mouillée, la voiture tournant selon des angles fous, comme dans une danse de carnaval. Des branches pliaient et se cassaient, nous les traînions derrière nous. Les plus grandes dépouilles d'arbres causaient des renfoncements sur les routes à sens unique, le long des couloirs pour trolleys, comme Montgomery tentait de nous arracher à la ville et au refuge du Quartier Botanique. Les essuie-glaces claquaient sous le rideau de pluie, ménageant de rares instants de clarté dans notre prison d'eau. Le monde entier était trempé et ruisselant.

Les rues étaient couvertes de verre cassé, de détritus et de papiers. Les feux de la circulation avaient été écrasés par les arbres effondrés. Quelques-uns fonctionnaient encore, clignotant sur la route ou dans une clairière de feuillage, d'autres étaient renversés sur la route.

Les voitures de police étincelaient de lumières jaunes, bleues, rouges, leurs sirènes faisant concurrence au vent. Nous sommes passés devant un motard, son corps noir se détachant dans l'ombre de la nuit et une pensée a jailli dans mon esprit. *Prendre le volant, le tourner brutalement à gauche. Frapper le motard. Le supplier de nous aider.* Suivie immédiatement par d'autres pensées. Montgomery armé d'un pistolet attaquant la police. Montgomery prenant mes petits comme otages. Morgan écrasé contre le tableau de bord, arraché à mon étreinte par l'inévitable collision sur la route glissante sous les rafales de vent. L'absence d'un siège pour enfants laissait mon plus jeune enfant à la merci de la providence et de moi. Le motard est passé. Mes filles s'assoupissaient de temps en temps, bras et jambes mêlés, leurs poupées blotties dans leurs bras détendus.

Pendant tout ce temps Montgomery a marmonné en chuchotant et en buvant une bouteille de Jack Daniel's qu'il tenait à la main en conduisant. Il ne m'a pas regardée une fois. Mais ses mots m'enveloppaient d'une lente et permanente litanie.

— Elle avait raison... maudite... lui donner les filles... j'aurais dû... faire cela bien... l'aime... peux pas tuer... rien... maudite... tuer... putain... le faire bien cette fois... l'aime... grande maison... elle avait raison.

Après avoir quitté la ville, l'œil de la tempête nous a abandonnés : une oasis de silence est tombée sur le monde. Un silence si profond et si intense que j'ai dressé l'oreille à la recherche du bruit du vent, du grondement et des hurlements de la tornade qui me manquaient comme s'ils étaient devenus notre réalité. Les filles ont pleurniché et frissonné dans l'humidité remplie de vapeur de la Land Rover. Montgomery, les phalanges blanchies par l'effort au volant, s'est apaisé. Partout, les branchages étaient immobiles, les enseignes des magasins ramenées à la verticale ont cessé de flageoler. Les arbres étaient renversés et tordus comme un jeu de mikado. Quelques idiots sortaient dehors observer le saccage dans le ciel étoilé en criant et gesticulant. Les hommes avisés, quant à eux, attendaient dans le silence, sachant qu'après le passage de l'œil du cyclone, la tempête revenait plus forte et plus furieuse que précédemment.

Il s'est écoulé peut-être dix minutes avant le retour du vent. Dans ce silence hideux, j'ai prié pour que l'œil du cyclone ait ignoré le cottage. Du moins quelques moments. Car je savais que si la tempête s'était interrompue seulement quelques secondes, Philippe serait venu, aurait découvert les volets arrachés et les fenêtres brisées. Il aurait trouvé JP pelotonné dans la baignoire et l'aurait ramené dans la maison principale. Je n'étais pas suffisamment idiote pour penser que Philippe aurait appelé la police à propos des filles, de Morgan et de moi. Ou de Montgomery. Pas devant l'assaut de la tempête. Même après son déchaînement, la police aurait encore trop à faire pour nous chercher.

Il y avait trop de dégâts. Trop de foyers détruits et de personnes âgées privées d'eau, d'électricité et de médicaments. Trop de blessés. Trop de morts. Il y avait du vandalisme et de la violence : une violence humaine générée par la violence de la tempête. Il n'y aurait personne pour arpenter la ville pour nous. Nous étions seuls.

La tempête a de nouveau frappé, fracassant la terre avec la force d'un dieu furieux. Un vent qui palpitait, vrombissait, vivant, rageur, ballottait la Land Rover, la secouant sur ses suspensions. Les arbres avaient été déracinés, les voitures et les immeubles étaient martelés dans la direction opposée par les vents soufflant en vrille. Tous s'effondraient sur le sol, sur la route, devant nous, derrière nous. Il y a eu une tornade juste devant la Land Rover, le maelström déchirant, fouettant partout autour de nous, touchant une camionnette, la fouettant de toutes parts, la soulevant et la fracassant contre la vitrine d'un magasin. Il a fait exploser les vitrines de l'immeuble. Puis le cyclone s'est retiré. Montgomery est arrivé devant l'endroit où une camionnette avait été retournée par le vent. Il n'a pas ralenti.

Il buvait tranquillement tandis que nous traversions une petite ville à la lisière de La Nouvelle-Orléans. Puis il a emprunté la route 10, en direction de l'ouest, avant de tourner et de quitter la nationale. Une fois de plus, il a marmonné et juré. Il ne nous ramenait pas à la maison. Il nous emmenait vers le nord. Suivant la tempête.

Nous avons roulé des heures, sur des terres que je ne reconnaissais pas, que je n'aurais pas reconnues même en plein jour. Quelques-unes de ces villes n'étaient guère parées pour les ouragans les plus violents. Les fils électriques suspendus au-dessus des arbres avaient brûlé ou lacéraient l'air, ou bien encore claquaient et gisaient sur la route, ensevelis sous des trombes d'eau. Les feux de la route étaient arrachés de leurs câbles — quelques-uns d'entre eux fonctionnaient encore. Les feux suspendus, tordus et retournés sur leurs câbles, dansaient une gigue folle et maladroite. D'autres étaient emmêlés avec les lignes téléphoniques, entortillés sur les arbres ou écrasés sur le pavé. Un feu était même tombé sur le siège d'une voiture garée. Il passait méthodiquement du vert à l'orange puis au rouge.

J'ai regardé Montgomery conduire, les pupilles rétrécies, les doigts crispés sur le volant, le souffle rauque et haletant. Il était ivre. Ivre comme je ne l'avais jamais vu. Mais il se contrôlait. Il était capable de manœuvrer la Land Rover, de négocier des tournants étroits et d'éviter les arbres couchés.

Comme les heures passaient, lentement, l'ouragan s'est calmé, nous poussant vers la vallée de la rivière du Mississippi avant de tourner à l'est et de se précipiter vers l'Atlantique sur des vents dominants. L'abominable rugissement qui nous avait persécutés s'est adouci pour s'arrêter. La route hideuse qui nous avait tyrannisés est devenue plus facile. Montgomery a allumé la radio dès que les vents se sont adoucis et nous avons écouté les comptes rendus de décès, de dégâts et de pillages.

Il y avait une inondation massive sur les côtes que les digues ne protégeaient plus, quelques villes étaient englouties sous quatre mètres d'eau. L'alerte avait été insuffisante pour permettre aux habitants de se préparer à l'affronter ou de prendre la fuite. Les estimations des dégâts étaient effroyables et ne cessaient de croître. La Nouvelle-Orléans comptait six morts et les hôpitaux étaient envahis par les blessés. La garde nationale avait été mobilisée pour lutter contre les pilleurs ; les arrestations avaient déjà commencé.

J'ai retiré les échardes enfoncées dans ma paume avec mes dents. Et léché le sang qui suintait. Toute ma paume était bleue. Une rafale de vent a fouetté les nuages dans le ciel, découvrant une floraison d'étoiles comme on en avait rarement vu jusqu'ici. Nous allions toujours vers le nord, empruntant des chemins de traverse. Abandonnant le lieu de la catastrophe, nous avons débouché dans des zones qui avaient été épargnées par les tornades de vent et la pluie. Les rues étaient mouillées, mais sans traces de dégâts.

Un peu avant l'aube, nous avons dépassé des routes départementales et obliqué à l'ouest. *Dieu du ciel... où nous emmenait-il ?*

Une demi-heure plus tard, tandis qu'une lumière grise brillait dans le ciel derrière nous, nous avons tourné sur une route, puis sur une autre. Encore une autre. L'asphalte était craquelé, grêlé, crevassé. Puis il n'y a plus eu de bitume. Juste un sentier à deux voies, bordé d'arbres, boueux, cabossé. Le gazouillement des oiseaux matinaux et le coassement des grenouilles fendaient l'air.

Une maison a surgi. Au début, ce n'était guère qu'un point sombre éclairé par nos phares. En amiante, au loin, gris ou vert pâle. Un porche effrité. Une belle maison. Un jardin dissimulé dans les bois. La glycine et le chèvrefeuille étouffaient un arbre. L'endroit avait l'air désert, abandonné. Comme s'il était resté longtemps vide. Montgomery s'est arrêté et a éteint les phares. Je n'avais pas encore vu l'écusson. L'oiseau de proie des DeLande : les ailes déployées, les talons ensanglantés. Il a coupé le moteur et est sorti de la voiture.

J'ai porté Morgan contre moi sous une légère pluie le long du béton fissuré et endommagé, enjambant des pierres, chacune de la taille d'un trèfle à quatre feuilles. La quatrième feuille semblait avoir été arrachée sur chacune de ces pierres. Signe que la chance nous avait quittés ? Ou alors acte de vandalisme ?

Il s'agissait de dégâts récents, dans le bois. Quelqu'un était venu il y a peu. On remarquait des empreintes au sol. Quelqu'un était venu jusqu'à la porte. Montgomery nous préparait-il une prison ? À moins que ce ne fût un des DeLande qui s'en était occupé pour lui.

Il tenait le col de la bouteille de Jack Daniel's d'une main et la clé. De l'autre il portait Dessie, jetée sur son épaule, qui feignait de dormir. Il a déverrouillé la porte et reculé pour me laisser entrer. Toujours prévenant. Même ivre. Même lorsqu'il n'était pas tout à fait lui-même, il était courtois. Cette évidence était, d'une certaine manière, plus menaçante que toutes les heures qu'il venait de passer à me chuchoter des menaces. J'ai pénétré à l'intérieur de la maison.

Le lieu était froid, avec une odeur de renfermé, les murs étaient moisis et humides. Le papier peint s'écaillait dans les coins. Le mobilier était dépareillé et usé. On percevait un grattement dans la cuisine. Des rats ? Dans la pièce principale, une sorte de salon, puis un salon proprement dit, une cuisine, deux chambres et une salle de bains attenant sur le côté. Montgomery a appuyé sur un interrupteur, le plastique usé a cliqueté dans l'air immobile.

Il y avait de l'électricité dans ce taudis, des lumières blafardes, un four et un réfrigérateur qui datait des années quarante. Un seul endroit disposait de l'air climatisé. Des ventilateurs électriques étaient disséminés tout autour de la pièce, du genre qui pivote sur soi-même, installés de manière à répandre l'air frais dans les chambres et la salle de bains. Mais ni l'air climatisé ni les ventilateurs ne fonctionnaient pour l'instant, accroissant la sensation de renfermé et d'humidité qui régnait dans la petite maison. Montgomery a balancé Dessie sur le canapé fatigué, lâché ses clés, bu encore un peu de liquide sombre stagnant au fond de la bouteille. Ses yeux étincelaient comme des soleils bleuâtres, ils lançaient des éclairs de haine. Ses cornées jaunes étaient injectées de sang.

Il ne s'était pas rasé. Sa barbe, qui n'avait pas été coupée depuis des jours était d'un ton plus clair que sa chevelure rousse que l'on apercevait sous le globe lumineux dans la pièce. C'était de l'or, mêlé à l'écarlate de ses cheveux, qui jetait des éclairs de lumière sur son menton. Ses cheveux, rebelles, étaient trop longs. Noirs de pluie. Sans un mot, il s'est détourné et est ressorti.

J'ai précipitamment assis Morgan sur le canapé près de Dessie, lui adressant un pauvre sourire pour répondre au regard inquiet qu'il me lançait. J'ai visité la maison. Pas de téléphone. Aucun fil décelable. S'il y en avait un, il était caché sous les meubles. Montgomery a installé Shalene près des autres enfants, jeté ma valise par terre et claqué la porte. Ce bruit marquait une conclusion, définitive, irrévocable. Nous étions enfermés.

Avant que Montgomery ne se retourne, je me suis emparée de Morgan, pour vérifier l'état de ses couches, et j'ai farfouillé dans le sac que Terry lui avait préparé. Une douzaine de couches en tissu, des serviettes, du talc, une sucette dont le bébé ne s'était jamais servi. Pas de nourriture. Morgan était mouillé. J'ai disposé une couche et les serviettes sur la table basse.

Les filles étaient réveillées maintenant, silencieuses, les yeux écarquillés de peur tandis qu'elles nous regardaient, tour à tour, Montgomery et moi. Montgomery s'est tenu debout devant moi, me regardant et attendant. J'ai attrapé le bébé.

— Qui est-ce ?

La voix de Montgomery était basse, presque inarticulée.

Je suis restée silencieuse, ai détaché les épingles à nourrice, enlevé la couche, puis séché les fesses de Morgan.

— Qui est le salopard avec qui tu couches ?

J'ai déplié une nouvelle couche, soulevé Morgan et glissé le tissu sous son corps. Je l'ai légèrement talqué.

— Celui avec qui Miles t'a vu ? Celui-là ?

Mes mains tremblaient tandis que j'enfonçais les épingles dans le tissu et fixais la couche autour de la taille du petit. Puis le revêtement de plastique.

Montgomery a bu une longue lampée à la bouteille, sa gorge se contractant à chaque gorgée. J'ai vivement regardé de côté.

— Réponds-moi, Nicole.

La bouteille était presque vide.

J'ai assis Morgan sur les genoux de Dessie enroulant le bras de la petite fille autour du ventre rebondi du bébé et suis venue à la fenêtre. L'atmosphère était puante et humide et j'ai allumé l'air conditionné, reconnaissante qu'il fonctionne et disperse un courant d'air froid. Mais cet air semblait aussi moite et renfermé que celui du reste de la maison. Il s'est un peu rafraîchi après un laps de temps. Je sentais les yeux de Montgomery posés sur moi, brûlants et possessifs. Je suis retournée vers l'intérieur de la maison pour brancher les ventilateurs. Le lieu était d'une propreté presque scrupuleuse, à l'exception de la moisissure persistante et de l'effritement qui régnaient là. La salle de bains ressemblait au rêve d'une femme des années cinquante avec son revêtement en céramique, son lavabo à pied, sa baignoire de trois mètres, le tout fleurant légèrement l'huile de pin. Le sol était recouvert de tommettes rouges et grises, fissurées et usées.

— Les filles, la salle de bains est propre. Vous voulez y aller ?

J'étais heureuse de constater que ma voix était calme. J'étais absolument terrifiée mais les filles ne s'en apercevraient pas.

En remuant lentement, elles ont fendu la pièce, restant à distance respectueuse de Montgomery comme elles le faisaient toujours quand les effluves de whisky étaient prononcés et qu'il était en colère.

Elles avaient peur de leur père. Non pas la peur respectueuse que ressent un enfant devant l'image de l'autorité. Il s'agissait d'une peur physique. La peur paralysante que ressent la victime. Cette pensée était nouvelle et troublante. Ces signes étaient subtils, presque imperceptibles. Mais je voyais cette peur, je la voyais maintenant. Depuis quand mes filles avaient-elles peur ? Ne l'avais-je pas remarquée ou en avais-je ignoré les signes ?

Dessie a emporté Morgan, son frère présentant un bien faible rempart entre son père et moi. Elle me l'a confié. Je me tenais dans l'embrasure de la porte, tandis qu'elles utilisaient les toilettes, faisant barrière entre Montgomery et elles.

— Lavez vos mains. Z'avez faim ?

Les deux filles ont acquiescé. Shalene a actionné la chasse

d'eau, les anneaux de la vieille chaîne ont cliqueté tandis que l'eau se déversait. Je suis passée devant Montgomery pour fouiller la cuisine. Le globe lumineux pendu au plafond répandait une faible lumière sur les placards de bois sombre.

La pièce avait été entièrement nettoyée, mais de petites crottes de souris jonchaient les coins des meubles et un paquet de chips — déchiré à un angle — en contenait davantage. J'ai découvert deux boîtes de raviolis, que j'ai fait réchauffer; puis j'ai rempli cinq assiettes, préalablement lavées, ainsi que cinq verres de jus de fruits lyophilisé.

Nous avons tous mangé, même Montgomery après que j'ai récité le bénédicité. Morgan avait du mal à manger tout seul. Lâchant sa cuiller, il a plongé ses doigts dans les pâtes gluantes. La vue de mon fils répandant allégrement la sauce tomate sur lui m'a fait sourire. Je n'ai pas regardé une fois Montgomery tandis que lui n'a pas détaché ses yeux de moi.

Après le repas, j'ai de nouveau lavé toute la vaisselle, balayé les crottes de souris et mis finalement mes filles épuisées au lit, Morgan et les poupées trempées et dépenaillées entre elles. C'était l'aube mais aucun d'entre nous ne s'était convenablement reposé dans la Land Rover. Je savais qu'ils dormiraient tous.

Enfin je me suis tournée vers Montgomery.

— Je t'ai posé une question, Nicole.

Sa voix était rauque, creuse, dépourvue d'intonation.

Je suis passée devant lui, prenant garde de ne pas le toucher mais souhaitant désespérément uriner. J'ai poussé la porte de la salle de bains et me suis dirigée vers les toilettes. La porte a violemment claqué derrière moi.

Je me suis interrompue. Sans me retourner. C'était la nouvelle version d'un ancien jeu. Nicole apprivoisée. J'ai défait méthodiquement mes vêtements, me suis soulagée. Le bruit de l'urine était clair et distinct dans la petite pièce avant que je ne tire la chasse d'eau et qu'un torrent d'eau ne vienne chasser le dernier petit son.

Me rhabillant, je suis repassée devant Montgomery toujours sans le regarder et j'ai ouvert ma valise. Le 9 mm était toujours enveloppé, camouflé dans la soie délicate vert d'eau. Les teintes prune, orchidée, lavande de la robe de chambre ressemblaient étonnamment à la couleur du ciel déchiré après l'ouragan quelques heures auparavant. Je devais trouver un endroit pour cacher l'arme.

J'ai rangé les jeux et les livres de coloriage sur la table basse, séparé les vêtements des filles, mis en pile les culottes, les shorts, les tee-shirts, les chaussures. J'ai apporté leurs brosses à dents et autres effets de toilette dans la minuscule salle de bains, les disposant sur la tablette au-dessus des toilettes. À chacun de mes voyages, je suis passée devant Montgomery, en silence, l'évitant des yeux.

Puis j'ai fait couler un bain. Il n'y avait pas de pommeau de douche, mais l'eau était chaude. J'ai ajouté à l'eau une pleine cuillerée de sels de bain qui sentaient bon la framboise. Ils ont fondu au contact de l'eau qui scintillait en bouillonnant sous la lumière crue. Tandis que le niveau de l'eau montait, je suis allée refermer ma valise et l'ai traînée dans la seconde chambre.

J'avais installé les enfants dans la plus petite des deux et j'étais heureuse de constater qu'elle avait une télé antédiluvienne en noir et blanc. Aucune des deux filles n'avaient jamais vu un modèle aussi ancien mais j'étais convaincue qu'elles sauraient la mettre en marche.

Dans ce que l'on pouvait appeler ironiquement « la Suite du Maître », j'ai déballé mes vêtements sous la surveillance constante de Montgomery. On n'entendait que le whisky qui clapotait, l'eau du bain qui se répandait, mes petits gestes brefs, le cliquetis sec de l'air climatisé.

J'ai plié mes vêtements dans le second tiroir de la commode. La penderie était misérable, sans style. Sonja n'aurait pas supporté de si pauvres objets. J'ai presque souri à cette pensée.

J'ai ouvert le tiroir supérieur du meuble et cherché ma robe de chambre prune. Montgomery a éclaté de rire.

— Tu voulais me tuer, Nicole ?

Sa voix grondait, assourdie par le whisky.

Je me suis immobilisée, mes doigts à quelques centimètres à peine du tissu.

— Tu voulais pointer ton petit joujou sur moi et appuyer sur la gâchette ?

J'ai saisi la soie : il n'y avait plus rien dedans. Le 9 mm avait disparu ! Je n'ai rien rétorqué, secouant simplement le vêtement froissé et l'emportant dans la salle de bains.

Montgomery avait dû fouiller la valise pendant que je faisais la vaisselle. C'était la seule fois où il avait disparu un instant et je n'y avais pas prêté attention.

Sous le regard de Montgomery buvant toujours dans l'embrasure de la porte, j'ai ôté les vêtements humides que je portais depuis la veille et les ai entassés dans le lavabo. Puis j'ai pris mon bain.

Mon mari buvait toujours à la bouteille, qui semblait sans fond. Ses yeux étaient comme des charbons bleus sur ma peau. J'étais assez avancée dans ma grossesse pour que ma poitrine soit pleine et ronde, les mamelons saillants et plus sombres, le ventre à peine gonflé.

Sa respiration a changé pendant que je me baignais. Elle est devenue plus intense, puis brutale et rauque comme s'il respirait les mâchoires serrées.

Je me suis prélassée dans l'immense baignoire, lavant mes longs cheveux, le laissant me regarder. Pour me rincer, j'ai rapproché mes mains en cœur sous le jet d'eau fraîche et m'en suis aspergée. Lisse et rafraîchie, je suis sortie du bain, me suis enroulée dans une serviette et ai lavé la baignoire avant de revêtir la robe de chambre prune.

Je peignais mes cheveux mouillés devant le lavabo lorsque Montgomery m'a attaquée.

Il m'a empoignée par les cheveux, les a tordus sur son poing, tirant ma tête en arrière. Je ne voyais plus qu'une longue traînée de peau blanche de ma gorge devant le miroir. Mes globes oculaires semblaient déformés tant sa pression était forte sur mon visage.

Montgomery a souri en observant nos reflets. Resserré son étreinte. Et reposé la bouteille.

Il a fait glisser son pouce de haut en bas sur ma gorge. Lentement. Doucement. Encerclé ma gorge de ses longs doigts effilés. Lentement. Doucement.

— Ne m'oblige pas à t'abîmer, a-t-il chuchoté, suppliant, sa voix chargée de whisky, douce contre ma peau. Dis-moi juste son nom.

Il s'exprimait tranquillement, posément, patiemment.

— Ou est-ce Sonja ? Vous étiez si proches toutes les deux. Est-ce allé plus loin maintenant ? Tu trouves ce que tu cherches entre les jolies cuisses de cette cul-de-nègre à la peau basanée ?

Son ton est devenu plus pénétrant. Ses doigts se sont contractés sur ma gorge. Il n'y avait plus d'air.

— Elle te parle de moi quand elle te donne du plaisir ? Ou est-ce son beau frère avocat après tout ? Celui que Miles Justin aime tant. Celui qui a donné ces poupées à mes filles.

Il m'a entraînée dans la chambre, en trébuchant, agrippant toujours ma tête en arrière, le cuir chevelu picotant de douleur. Je ne voyais plus que le plafond fendillé d'un gris sale. Quelqu'un avait tenté une fois de l'éclairer par des touches de couleur. Les cristaux brillaient toujours dans la pénombre.

Il m'a poussée sur le lit. M'a menottée au montant du lit. J'avais dit à Adrian Paul qu'un DeLande ne portait jamais la main sur une femme. J'avais tort.

Avec ses dents, ses poings, sa main, il m'a rouée de coups. Il s'est concentré sur mon visage, mes côtes, mon buste, mon dos. Je n'avais jamais su si on entend un os se fracturer. Mais on peut. J'ai entendu chacune de mes trois côtes. Un simple craquement, distinct du bruit de son poing sur ma peau. Plus personnel, plus intime. Un bruit intime. Une douleur intime. Pendant tout cela, il me répétait, comme une litanie :

— Dis-moi, Nicole. Dis-moi la vérité.

Montgomery a replié mes doigts, mes coudes, mes épaules, à chaque fois qu'il me déplaçait, déverrouillant et reverrouillant les menottes à chaque fois. Il a sorti mes bras de leurs épaules, démis mon bras gauche. Je n'avais jamais ressenti une telle douleur auparavant. Je ne savais pas qu'un tel martyre et une telle agonie pouvaient hanter une même chair torturée.

Ça a été la seule fois où j'ai pleuré. De manière incontrôlée. Incapable de taire mes cris. Pas même lorsque Shalene s'est précipitée dans la pièce et a frappé Montgomery de ses poings minuscules. Pas plus lorsque Montgomery l'a giflée du dos de la main, la projetant à travers la pièce, l'a emmenée dans le salon et a claqué la porte sur elle. Pas plus que je n'ai pu empêcher mes gémissements lorsqu'il a défait les menottes et remis mon épaule, obligeant les articulations à reprendre leur place.

Alors est venu l'autre moment de ma punition. Le moment le plus personnel. Celui qui devait me rappeler qui j'étais. Ce que j'étais. Et à quoi j'étais bonne. J'ai maintenu mon bras blessé contre ma poitrine pendant qu'il m'« utilisait ». En essayant de le garder calme et immobile comme il roulait sur le lit, pesant de tout son poids sur moi, ne quittant jamais de ses yeux bleus mon visage couvert d'ecchymoses. Des larmes que je ne pouvais plus refouler ruisselaient le long de mes joues meurtries, le sel qu'elles contenaient provoquant une brûlure douloureuse, aiguë et lancinante.

Il marmonnait de nouveau comme il l'avait fait dans la Land Rover.

— La tuer... peux pas... aimer... leur donner... maison.

Il avait perdu toute apparence de raison, pourtant il tenait étroitement sa folie en bride, la retenant et la contrôlant comme un cheval enragé. Ses yeux étaient des flammes brûlantes, bleues, dérangées.

— Dis-moi, Nicole. Dis-moi la vérité.

Après ce qui m'a paru être des heures, il a grommelé et s'est détourné de moi. J'ai ramené mes genoux sous moi et pleuré silencieusement avant de me pelotonner dans le lit. La pièce, avec sa porte fermée, empêchant l'air froid de nous parvenir, était d'une chaleur étouffante. La vague de sueur que son corps et la douleur avaient laissée sur moi m'engluait dans une douleur visqueuse.

— Dis-moi. Dis-moi qui c'est. Dis-moi la vérité.

Je ne pouvais pas lui dire. Je ne pouvais pas lui dire que je savais qu'il s'était livré à des attouchements incestueux sur ses enfants. Je savais que si je le faisais... ma punition serait pire. Bien pire que celle-ci.

Alors j'ai pleuré simplement, roulée en boule dans les draps froissés, élimés et usés. Mon visage meurtri, mes côtes brisées et la douleur persistante me gardaient immobile contre le mouvement de mes sanglots.

Je l'ai senti, entendu partir. Il s'est éloigné de mon corps avec la grâce des DeLande. Même ivre, il se déplaçait comme un danseur. Un prédateur. Un chat, encore affamé, même après avoir été nourri. Je l'ai entendu lécher ses phalanges écorchées, qu'il avait écorchées en me frappant. Je l'ai entendu remettre son pantalon et remonter sa braguette, un bruit aigu et craquant dans la pièce. Il a passé une menotte à mon poignet valide et m'a poussée sur le matelas pour pouvoir m'enchaîner au montant du lit. Avant de quitter la pièce, il a rabattu le drap sur mon visage. Je sentais le feu de ses yeux sur moi.

— Dis-moi juste la vérité.

Il chuchotait.

Cette lente punition a duré toute la journée. Mais il ne m'a plus battue, ni de sa main ouverte, ni de son poing. C'était la vieille punition, celle du sexe, cette douleur entre les côtes causée par son poids et par la force de son étreinte. Mes lèvres ne supportaient pas ses baisers. Et souvent il me répétait :

— Dis-moi. Dis-moi qui c'est. Dis-moi la vérité, Nicole.

Ou alors il marmonnait de nouveau la rengaine incohérente qu'il avait susurrée pendant la tempête. J'ignore s'il était conscient de prononcer ces phrases étranges ou de proférer ces menaces bizarres.

Mais jamais, au cours de la brutalité de ses étreintes, il n'a blessé l'enfant que je portais. Son bébé. D'une certaine manière, il ne doutait pas d'en être le père. Ce n'est que le soir, au terme de cette longue journée moite, que je l'ai toisé pour la première fois, plongeant dans ses yeux, avec passivité. Il était moins ivre. Avait l'air plus calme. Presque incertain. Déconcerté. Comme s'il attendait quelque chose ou affrontait quelque dilemme, quelque secrète énigme. Ses yeux me fixaient, m'interrogeaient. Mais cette fois il ne m'a rien demandé, gardant le silence.

— Je dois aller dans la salle de bains, ai-je dit d'une voix douce et égale.

Il s'est lentement levé du lit, a retiré mes menottes et les a balancées sur le sol. Il a attrapé le drap chiffonné qui y gisait, l'a secoué et m'en a enveloppée. La robe de chambre prune avait été saccagée depuis longtemps entre ses mains brutales.

Il m'a escortée dans la salle de bains, a fermé la porte, me fixant d'un œil déterminé. Sans lui demander la permission, j'ai ouvert l'eau du robinet de la baignoire pour apaiser le feu de mes ecchymoses. Quand elle a été pleine, j'ai actionné la chasse d'eau, observant l'eau.

Puis j'ai lâché le drap et me suis installée dans le tub froid. Je m'y suis enfoncée jusqu'au cou regrettant le jacuzzi de Moisson et les sels de bain de La Nouvelle-Orléans. L'eau froide a calmé le feu de mes blessures. Vingt minutes plus tard, j'ai fermé le robinet avec mes orteils et rampé hors de la baignoire, courbatue et frissonnante.

Pour les filles, j'ai appliqué un soupçon de maquillage sur mon visage, peigné mes cheveux emmêlés, examinant les dommages subis par ma figure au-dessus du lavabo. Mes deux yeux étaient noirs, les bleus n'étant qu'à demi cachés par le fard. Le rouge à lèvres était trop clair, trop rose sur ma peau blanche. Mes cheveux avaient séché dans le lit, leur lustre avait terni. Ils avaient pris un faux pli.

Je démêlais mes nœuds d'une seule main, tenant mes côtes cassées de l'autre. La douleur me faisait venir des larmes silencieuses aux yeux. Montgomery a pris le peigne.

Doucement, il a dénoué l'enchevêtrement de mes cheveux. Patiemment. Avec la même patience que celle avec laquelle il m'avait battue auparavant.

Enfin, ma chevelure a été lissée et il a attrapé ma brosse, la passant dans mes cheveux, encore et encore, avec un rythme identique à celui avec lequel il m'avait giflée. Il était caressant. Caressant. Caressant.

— Les filles doivent avoir faim, ai-je dit pour faire cesser cette cadence insupportable.

— Le congélateur est rempli.

J'ai hoché la tête, reculé d'un pas, faisant de la serviette mon dernier rempart de pudeur. Je remarquais que mes vêtements sales, ceux que j'avais laissés en tas dans le lavabo, étaient pliés dans un coin. J'ai jeté le drap par-dessus.

De retour dans la chambre, j'ai enfilé un short, un tee-shirt, laissant Montgomery m'aider, incapable de revêtir seule le vêtement en le passant par la tête. Il a même utilisé les lambeaux de la robe de chambre pour me confectionner une écharpe et caler mon bras.

Avant de quitter la chambre, j'ai saisi les menottes dans un coin et les lui ai tendues, rencontrant de nouveau ses yeux. Il a eu l'air un moment stupéfait, puis la rage a assombri son visage et il est parti.

J'ai enlacé les filles dans la pièce voisine, les ai suppliées d'être courageuses, avertissant Shalene de ne pas essayer de me défendre, et changé Morgan. Dessie s'était occupée de lui toute la journée, lui donnant du jus de fruits lyophilisé dans son bol en plastique, lui pelant des bananes, lui donnant des tartes surgelées et du lait. Il était rassasié, assis sur le canapé, tirant sur les cheveux bouclés de la poupée de Shalene, me regardant de ses yeux calmes et sages.

J'ai trouvé des crevettes dans le congélateur, environ dix kilos, et fait bouillir une gigantesque soupière. Il y avait des salades vertes dans le réfrigérateur, des tomates, du persil frais, des carottes, des concombres, une courge jaune, des pommes de terre, des aubergines et trois sortes de poivrons. C'étaient exactement les mêmes que ceux que m'apportaient Miles Justin quand il venait en visite. Je suis restée un moment à fixer les anodins légumes multicolores. *Miles avait-il organisé cette prison pour moi ?* J'ai rabattu la porte du réfrigérateur. Un flacon de vinaigrette tout neuf sur une étagère m'a permis de faire une salade.

Avec l'aide de Dessie, je l'ai confectionnée avec les crevettes bouillies. C'est alors que j'ai découvert qu'il n'y avait pas de couteaux dans la cuisine. Pas d'assiettes en porcelaine, pas de verres. Toute la vaisselle était en plastique. *Aucune arme dans cette maison.* Dessie savait se servir de couverts à salade et nous avons pu la couper. J'ai débusqué des pièges à souris et les ai présentés en silence à Montgomery. Il a étalé du beurre de cacahuète sur les pièges comme si nous étions à Moisson, et éparpillé ceux-ci aux coins de la pièce sans oublier le réfrigérateur. Nous avons mangé sans souffler mot. Montgomery me dévisageait, ses yeux aigus comme ceux d'un faucon dans la maison chichement éclairée.

Il n'y avait pas de lampe à lancer. Rien de lourd pour frapper un homme. Il m'a observée toute la soirée, assis à table, ses mains tournant lentement la bouteille de Jack Daniel's, encore et encore, sur la table. Ce bruit était patient et rythmé, bruyant dans la cuisine silencieuse, inquiétant.

J'ai lavé la vaisselle d'une main, puis les couches de Morgan et les ai mises à sécher sur le dossier des chaises de la cuisine. J'ai remarqué une porte au coin de la pièce derrière le frigidaire. C'était certainement une porte dérobée menant à la cuisine. Cela ressemblait à un espace vide juste avant que je ne remarque le petit levier. Ce n'était pas un loquet. Il n'y avait pas de serrure. Juste une targette.

J'ai nettoyé les trois enfants, leur ai passé leur pyjama, lu deux histoires et chanté une berceuse. J'avais la respiration haletante à cause de mes côtes cassées mais ils n'ont pas semblé le remarquer. C'était exactement comme si nous étions de retour à Moisson, à l'exception de la nervosité qui bruissait dans l'air et de la tension qu'exerçait le regard de Montgomery dans mon dos.

Tard dans la soirée, je suis allée au lit. Il m'a fallu tout mon courage pour retourner sur le matelas où j'avais subi mes punitions.

Bien qu'épuisée, le sommeil n'est pas venu. Mes côtes me brûlaient à chacune de mes inspirations, je ne pouvais pas trouver une position confortable sur le matelas étroit et bosselé. À chaque fois que je m'éveillais douloureusement, je rencontrais le regard de Montgomery, posé sur moi dans la nuit. Étincelant. Il ressemblait davantage à un cristal clair qu'à un bleu humain.

Le matin suivant, ma douleur était pire et mes courbatures si violentes que je n'ai pu m'extraire du lit sans le secours de Montgomery. Il m'a à demi portée dans un bain chaud et m'y a laissé tremper pendant une heure, préparant le petit déjeuner des enfants : des crêpes, du sirop, du jus de pomme, des œufs brouillés.

Il m'a nourrie, assise dans la baignoire, portant chaque bouchée à mes lèvres, tenant le verre de jus de fruits pour me permettre de boire. Essuyant délicatement mes lèvres lorsque le liquide me brûlait ou que le sirop se répandait. Il m'a tendrement souri. Chacun de ses mouvements était déterminé, paisible, calculé. Silencieux.

Il y avait comme un présage dans cette attention pleine de sollicitude, cette considération empressée. Comme si Montgomery me préférait écrasée de douleur, totalement dépendante. La peur, que j'avais tenue à distance pendant les coups qu'il m'infligeait la veille, m'a assaillie et s'est amplifiée sous l'effet de sa douceur troublante, de sa tendre attention.

Après le repas, il a rajouté de l'eau chaude dans le bain, ôté sa chemise. Sous l'eau qui coulait, il a massé mes pieds, mes genoux, mon dos. Peut-être était-ce seulement la peur qui me faisait penser que ses doigts s'attardaient sur chacun des os fragiles, délicats de ma nuque. Comme s'il mesurait la limite exacte d'élasticité de chaque vertèbre.

Je savais que ma punition n'était pas finie.

Elle venait à peine de commencer.

11

Montgomery m'a laissée seule toute la matinée, sans me toucher, sinon des yeux. Des yeux qui ne me quittaient pas. De mon bras valide, j'ai replié des couches, préparé de la bouillie pour Morgan en mixant des légumes, lavé les vêtements sales des filles, joué avec les enfants. Montgomery a rapporté deux souris mortes, tombées pendant la nuit dans ses pièges. Il en a monté d'autres.

Une fois, tard dans la matinée, Shalene est venue en courant dans la cuisine, sa culotte et son short tire-bouchonné car elle n'avait pas su les remettre aux toilettes.

— Maman, je suis coincée, a-t-elle dit réclamant mon aide et me montrant ses fesses nues.

Je me suis agenouillée, arrangeant les vêtements chiffonnés, les lui ai remis. J'ai jeté un clin d'œil à Montgomery. Ses yeux étaient rivés sur mes doigts posés sur le derrière de Shalene. Des yeux curieux. Concupiscents. J'ai détourné les yeux, tapoté la tête de ma fille.

— Va jouer, ma petiote.

Un piège à souris a claqué derrière le frigidaire. L'animal a couiné horriblement. Puis le silence s'est fait. Je me suis relevée et suis retournée vers l'évier.

Ma punition a recommencé dans l'après-midi.

C'était une punition sexuelle. Entièrement. Exotique, inventive, douloureuse.

— Dis-moi, Nicole. Dis-moi qui c'était. Dis-moi la vérité.

Je suis restée silencieuse pendant toute l'épreuve, grognant seulement quand la douleur était trop violente. J'ai gardé l'esprit vide, le visage impassible, le regard vague. Mais de temps en temps je me remémorais son regard. Ses yeux posés sur ma main pendant que je touchais la petite. La lubricité qui se lisait dans ses yeux. Le désir. Et j'ai su que je devais partir.

Les relents de whisky dans l'organisme de mon mari se sont évacués lentement durant cette longue journée, emportant les restes de sa colère. Ses punitions se montraient moins inventives, moins douloureuses. Ses yeux devenaient moins fous.

Le silence semblait ébranler mon mari ou désamorcer sa colère. Mais il ne cessait de murmurer :

— Dis-moi. Dis-moi son nom.

Une litanie si insistante qu'elle ressemblait à une supplication.

Cette nuit-là, il a préparé le dîner pour les filles et moi, me laissant me reposer sur le canapé avec Morgan. Il a dégelé des cuisses de poulet, mélangeant la viande avec des pommes de terre nouvelles, servi les enfants et ajouté de la salade et un épi de maïs grillé. Il a même nettoyé la cuisine après, et emporté les souris mortes dehors. Je ne sais pas où il avait appris à cuisiner et à ranger.

Il m'a aidée à baigner les filles, le visage dénué de l'expression que j'y avais surprise plus tôt. Sauf une fois. Il a battu des paupières si vite que j'ai failli rater ce cillement. C'était du désir. Pour ses petites.

J'avais vu cette expression passer sur son visage pendant des années, si fugitive que je n'avais pas pu l'identifier. Mais je la reconnaissais maintenant. Et je me suis mise à le haïr pour cela.

Je devais m'en aller. Il devait y avoir un moyen d'emmener les filles à l'abri. Mais je n'avais pas d'armes. Pas de clé de voiture. Pas de téléphone.

Quand les filles ont été en sécurité au lit, Montgomery m'a fait couler un bain chaud. Parfumé avec mes sels de bain. Il m'a regardée me dévêtir, monter dans le tub, m'allonger et soupirer. Et il m'a laissée seule.

Il est parti pendant une heure avec la Land Rover pour acheter de la nourriture et de la lessive. Il ne m'avait pas donné de serviette et m'avait enfermée dans la salle de bains. Mais cette heure de solitude a été un vrai paradis pour moi. Elle a donné un sens à ma fuite.

Quand Montgomery a resurgi, j'étais assise dans l'eau, massant méthodiquement mon épaule gauche toute bleue. Les tendons brûlants étaient courbatus et je sentais les ligaments enflés de l'épaule et de la clavicule crispés sur le haut de mon bras. Ma peau était moite et endolorie. Il a ouvert la porte, inspecté le sol, vu les flaques d'eau. Puis il m'a toisée, le visage calme. J'ai haussé les épaules, faisant gicler l'eau.

— J'ai dû aller aux toilettes. Tu avais oublié de me donner une serviette.

Montgomery est entré dans la minuscule pièce, semblant absorber tout l'air de cet espace confiné. Il a hoché la tête, est allé chercher une serviette.

Il a remis de l'ordre, m'a tendu une serviette sèche, puis il m'a regardée m'essuyer, sortir de la baignoire, poser mes pieds sur le linge humide qu'il avait laissé sur le sol. Ses yeux étaient paisibles et étonnamment tristes.

Il m'a fait l'amour cette nuit-là. Sans exercer de violence. Sans m'infliger de punition. Et il m'a embrassée comme il le faisait il y a si longtemps. Tendrement. Avec passion. Comme lorsqu'il me faisait la cour et m'apprenait l'amour. Avant que le sexe ne devienne un sport et parfois un châtiment. Après m'avoir aimée, il m'a caressé le dos et les cheveux jusqu'à ce que je me rassérène. Il a sorti un sac contenant un bandage, qu'il avait spécialement acheté à mon intention, pour les côtes cassées.

Je ne lui ai pas dit que plus personne ne les utilisait de nos jours. Et cette pression sur ma douleur m'a fait du bien. Elle était peut-être un peu étouffante. Et peut-être était-ce là son intention. Il m'a proposé de l'aspirine et du Doliprane, deux comprimés de chaque, et déposé un gobelet d'eau glacée sur la table de nuit près de moi au cas où j'aurais soif pendant la nuit.

L'eau s'est condensée dans le plastique, a ruisselé, faisant des traînées d'eau sur le bois nu endommagé. Le dessus était abîmé par des anneaux et des brûlures de cigarette. Cela m'ennuyait de le voir se détériorer ainsi. Je me suis endormie, Montgomery aussi.

Le matin, j'ai mis mon plan à exécution.

J'ai nourri les filles et Morgan en riant et en plaisantant beaucoup avec eux. Je les ai enlacés à plusieurs reprises. La tension qui se lisait sur leurs visages s'est dissipée. Je leur ai préparé un déjeuner : des sandwiches pour les filles, un Tupperware rempli de purée d'oranges, de pommes de terre, de bananes, de poulet. La même nourriture que la nôtre, mais broyée. J'ai sorti un sac où j'ai rangé les jouets, les couches de Morgan, du jus de fruits lyophilisé et j'ai mis le tout derrière la porte en bois, contre le mur de la cuisine. Celle que j'avais vue mais dont je ne m'étais jamais approchée.

— Est-ce sûr pour les enfants de jouer dehors aujourd'hui ?

Montgomery a lentement acquiescé. Il m'avait vue m'affairer, ne posant aucune question. Patient. Tolérant. Soupçonneux.

— Pas de serpent ? Pas de bassin ?

Je n'étais pas sortie une seule fois depuis notre arrivée. Je n'avais même pas regardé par la fenêtre.

— Il y a une clôture dans le jardin. Miles l'a installée pour toi. Il a même fixé une balançoire au fond.

Je me suis souvenue des trois sortes de poivrons. Miles les avait toujours adorés. Je savais maintenant qu'il avait préparé cette maison, l'avait astiquée, remplie de victuailles, transformée en une magnifique prison. C'étaient les marques de ses pneus sur les dalles de l'entrée ! Les DeLande séquestrés ensemble. J'ai frissonné.

J'ai badigeonné les filles d'écran total et me suis avancée vers un petit cellier vitré. Il y avait là une machine à laver rouillée, plusieurs balais et un assortiment d'outils de jardinage. Mais rien d'acéré. La balançoire consistait en une planche de bois attachée à une corde épaisse, suspendue à un chêne blanc. L'herbe avait été fraîchement tondue. Une penderie, récemment accrochée, se trouvait juste devant le porche. Miles avait dû s'attendre à nous voir rester longtemps.

J'ai étreint les filles, glissé la main de Morgan dans celle de Dessie et je me suis accroupie devant eux. J'ai regardé les filles comme je le fais toujours quand je vais leur faire part de quelque chose d'important. Elles haïraient ce regard en grandissant. Je les imaginais déjà, adolescentes, roulant des yeux blancs et poussant de longs soupirs exaspérés. Cette supposition m'a fait sourire.

— Les filles, je veux que vous restiez dehors toute la journée jusqu'à ce que je vous appelle. Quoi qu'il arrive, vous entendez ? S'il pleut, jouez sous la véranda. Et surveillez Morgan. Mais ne rentrez pas dans la maison avant que je vous le demande. Compris ?

— Qu'est-ce qui se passe si on veut faire pipi ?

On pouvait faire confiance à Shalene pour être pragmatique en toutes circonstances. Et toujours souligner ce qui clochait dans une entreprise. J'ai couru chercher un rouleau de papier toilette dans la salle de bains que j'ai ajouté au sac que je leur destinais et que j'avais posé sur le sol.

— Nous partons bientôt, n'est-ce pas ? a chuchoté Dessie.

J'ai souri lentement et hoché la tête. Dessie s'est éclairée, a de nouveau saisi la main de Morgan dans la sienne, l'emmenant au coin du porche, descendant la marche qui menait à la balançoire. J'ai refermé la porte en bois et tourné les talons.

Montgomery était assis dans le salon, dans un fauteuil, les pieds nus tendus, les chevilles croisées. Il m'attendait. Me regardait.

J'avais une garde-robe bien peu fournie, si on pouvait appeler cela une garde-robe, mais j'ai fait ce que je pouvais. J'ai revêtu un des vieux tee-shirts de Montgomery, un de ceux qu'il portait quand il travaillait dans le garage à Moisson. Blanc, élimé, trop juste, le vêtement tirait sur mes seins. J'avais retiré ma bande. Je ne portais pas de soutien-gorge. Un short ample, trop long, roulé haut sur mes cuisses. Les pieds nus. Un soupçon de maquillage. Les cheveux défaits. J'avais l'air d'une enfant. D'une adolescente. Et alors, il les aimait jeunes, non ?

Je me suis rapprochée de lui, contemplant son visage, me suis immobilisée devant ses pieds nus. J'ai encerclé ses pieds des miens, mes orteils nus remontant lentement sur sa peau.

— Tu m'as dit que tu voulais savoir pourquoi. Qui ?

Il a opiné. Une lueur est passée dans ses yeux. Comme la victime d'une torture attendant le coup suivant. Il souffrait.

— Glorianna DesOrmeaux.

Un million de pensées ont parcouru le visage de Montgomery, certaines d'entre elles si lentement que j'ai été capable de les déchiffrer. La culpabilité. L'état de choc. Le soulagement. Le rire. Un petit froncement de sourcils qui voulait dire « et après ? ». Une expression, enfin, d'incrédulité.

— Elle a un enfant, ai-je dit, il a deux ans.

Je lui ai répété tout ce que je savais sur elle. À quoi elle ressemblait, à quoi ressemblait l'enfant, où ils vivaient. Je lui ai mentionné l'arrangement financier qu'il avait conclu avec sa mère. Et qui serait renégocié quand l'enfant atteindrait sa majorité.

Comme il ne disait toujours rien, quelque chose s'est brisé en moi. Quelque chose de rare, de précieux, que j'avais autrefois chéri. Cela a craqué, paru faire un bruit en se cassant, comme le son de mes côtes sous ses poings. Et j'ai hurlé.

Hurlé sur ce que je pensais de la confiance, de la fidélité et des serments que nous nous étions faits. J'ai hurlé ma douleur, mon chagrin, et mon regret de notre lune de miel à Paris. J'ai hurlé tous les sentiments que j'avais éprouvés à la vue de mon mari embrassant Glorianna. J'ai hurlé tous les sentiments que j'avais éprouvés cette nuit-là. Toutes ces émotions douloureuses, toute cette douleur refoulée parce que la douleur de mes filles était plus forte que la mienne. La plus grande horreur était pour elles, la plus grande trahison.

Je me suis déchaînée dans la maison tandis qu'il ne répliquait toujours rien. Je lui ai jeté la vaisselle au visage, les petites assiettes en plastique léger ne pouvant lui causer aucun mal. J'ai retourné la table de la cuisine. Et j'ai enfin eu la satisfaction de voir les expressions que j'avais vu passer sur son visage être remplacées par quelque chose d'autre, que je ne m'étais pas attendue à voir : de l'admiration.

J'ai vidé les placards de la cuisine, lancé des boîtes de conserve sur son passage. Mes projectiles l'ont manqué à chaque fois. Il s'écartait d'un côté ou de l'autre. Un danseur. Ou un escrimeur. Et pendant tout ce temps, l'admiration croissait sur son visage.

Quand les placards ont été vides, je me suis attaquée au mobilier. Mes larmes coulaient avec sincérité. C'étaient des larmes de colère. J'ai cassé une chaise. Retourné le canapé.

Une petite part de moi restait là à regarder exploser le reste de ma personne. Un recoin calme et rationnel qui surveillait mes gestes et observait les réactions de Montgomery. Son visage, la manière dont il se mouvait, son corps. Une part de moi qui me suggérait plus de précision dans mon tir ou dans le choix de la chaise à casser. Une part de moi froide et insensible. Résolue.

J'ai frappé les ventilateurs en marche, faisant voler l'un d'entre eux en une pluie d'étoiles. J'ai fracassé le panneau d'une fenêtre. Démoli la table basse où se trouvaient les vêtements propres des filles. Puis je m'en suis prise à lui. J'ai tenté de griffer son visage. Je l'ai giflé. Mordu quand il m'a saisie par le bras et embrassée. Le sang a coulé. Et il a ri, d'un rire profond et guttural. Un rire de victoire, rempli de désir et de convoitise sexuelle. Je l'ai repoussé le long de la pièce. Insulté.

Je n'ai rien avoué sur mes vraies raisons de partir. Je les connaissais trop bien. Je savais d'une certaine manière que Montgomery ne me laisserait pas lui dire qu'il se livrait à des attouchements incestueux sur les filles. Je le *savais*.

Soudain, je me suis apaisée, mon tee-shirt strié de sueur, immobile au centre du salon saccagé, ma poitrine contractée à chacune de mes pénibles respirations ; j'avais le visage marbré, boursouflé par les ecchymoses et les larmes. La douleur de mon épaule me poignardait, remontait le long de mes doigts, les ankylosant.

J'ai patienté. Patienté pour voir ce qu'il ferait. Montgomery est venu vers moi au milieu du mobilier brisé, se déplaçant comme un chat à l'affût de sa proie. Il était devant moi. Lentement, il a levé la main, effleuré mon visage, baisé tendrement mes lèvres. Il m'a chuchoté qu'il était navré. M'a supplié de lui pardonner. M'a promis de se débarrasser de Glorianna.

Et il pensait chacun de ces mots. Je le lisais dans ses yeux. Il aurait sacrifié le monde pour moi en cet instant précis. Car il désirait cette nouvelle femme que j'étais devenue. Il désirait ce feu, cette fureur. Cette violence.

Un appétit sexuel est monté en lui, il irradiait de ses yeux. Il m'a prise, là, sur le plancher, parmi les meubles cassés, les conserves éparses, la vaisselle, le pied d'une chaise renversée labourant mes reins. Puis, immédiatement après, sur le lit. Une troisième fois dans la petite salle de bains, mon corps tressautant sous ses assauts, assise sur le lavabo à pied.

Il était insatiable. Et j'ai fait en sorte qu'il le reste. Je lui ai fait l'amour toute la matinée, une partie de l'après-midi, sans même nous interrompre pour manger. Je lui ai fait l'amour jusqu'à ce qu'il soit saturé, épuisé, et que nous soyons tous deux courbatus. Je lui ai fait l'amour jusqu'à ce qu'il ne soit plus sur ses gardes.

Quand le soleil s'est couché, je suis venue dans la véranda, appelant mes enfants, brûlés par le soleil. Je les ai baignés. Leur ai préparé un énorme repas avec la vaisselle que j'avais jetée sur le plancher du salon. Je les ai couchés. Puis j'ai lavé Montgomery dans le tub, massé son dos, sa nuque, ses épaules et je l'ai mis également au lit. Je me suis moi-même contentée d'un bain rapide et l'ai rejoint dans la chambre plongée dans la pénombre.

Mon mari dormait. Ronflant légèrement. La bouche entrouverte. Il portait une barbe de quatre jours. Il avait l'air innocent et vulnérable.

J'ai observé son visage, faiblement éclairé par les jeux de lumière et d'ombre. J'ai levé haut mon bras. Au-dessus de ma tête. Puis je l'ai rabattu et l'ai frappé. Fort, au bas du crâne, avec une brique mouillée que j'avais descellée dans le réservoir des toilettes.

Il a grogné et je l'ai frappé de nouveau. Il n'a pas bougé.

— Oh, mon Dieu, ai-je soupiré. Oh, mon Dieu. Oh, mon Dieu. Oh, mon Dieu. (J'ai reculé d'un pas.) Oh, mon Dieu. Oh, mon Dieu. Oh, mon Dieu. Oh, mon Dieu. Oh, mon Dieu. Oh, mon Dieu. Oh, mon Dieu.

Allumant la lumière, je me suis emparée des menottes que Montgomery avait laissées sur son bureau, avec la clé dessus.

Ramenant ses bras au-dessus de sa tête, j'ai tiré ses poignets sur le montant du lit, enroulé la courte chaîne autour de la colonne de bois massif et l'ai verrouillée.

— Oh, mon Dieu. Oh, mon Dieu. Oh, mon Dieu. Oh, mon Dieu.

J'ai balancé la clé par la porte ouverte sur le plancher du salon. Je ne pouvais plus respirer. La bile me montait à la gorge.

La tête de Montgomery saignait là où je l'avais frappé. Pas fort, mais un peu — une gouttelette rouge clair dans les boucles auburn.

— Oh, mon Dieu.

Je me suis rappelé son expression quand il avait regardé Shalene, ma main posée sur ses fesses. Et j'ai frémi.

— Oh, mon Dieu.

J'ai rabattu le drap sur son corps nu. J'ai eu un haut-le-cœur. Violemment dégluti. Empoignant la valise, je l'ai remplie avec les vêtements, j'ai enfilé une jupe fendue et un tee-shirt blanc, des tennis usées. J'ai fouillé dans les affaires de Montgomery jusqu'à ce que je trouve les clés de voiture et le 9 mm. La recharge avait disparu. Elle n'était pas dans ses vêtements.

J'ai traîné la valise dans le salon, y ai fourré les vêtements des filles, leurs jouets, ramassant par terre, dans le salon, les culottes, les shorts, les chaussettes, les livres de coloriage. J'aurais pu tout laisser sur place. Il n'y avait rien ici qui ne pût être remplacé. Mais il me semblait, d'une certaine manière, obscène de laisser quoi que ce soit derrière Montgomery. Une sueur brûlante m'est montée aux aisselles et s'est répandue le long de mon dos. Elle dégoulinait tranquillement. Un picotement qui ne pouvait être arrêté par la fraîcheur de l'air climatisé.

— Oh, mon Dieu. Oh, mon Dieu.

Je me suis ruée vers les toilettes. M'immobilisant soudain, j'ai couru vers Montgomery. Il était toujours froid mais respirait régulièrement. L'hémorragie avait cessé. J'allais le toucher mais j'ai retenu ma main. J'ai attrapé la brique, me suis précipitée dans la salle de bains. Je l'ai rincée dans l'évier. Refixée dans le réservoir des toilettes. J'ai lavé mes mains jusqu'à ce qu'elles soient propres et que le siphon sous le lavabo soit lavé de tout son sang.

C'était très freudien. Répandre le sang de quelqu'un, puis passer le reste de sa vie à tenter de s'en purifier.

Il n'était pas mort, me suis-je rappelé. *Il n'était pas mort.*

J'ai porté la valise dans la Land Rover, la déchirant presque dans mon effort. En plusieurs voyages, j'ai amené des couvertures, des oreillers, des biscuits, un bocal neuf de beurre de cacahuète et les jouets des filles. Il faisait noir comme dans un four : pas d'étoiles ni de lune. Le ciel était maculé de nuages gris sombre.

À l'intérieur, j'ai déniché un couteau à beurre large et émoussé, rampé sur le plancher à l'aide de mes mains et de mes genoux. J'ai cherché une prise de téléphone. Je savais qu'il y en avait une. Quelque part. Je l'ai enfin débusquée dans la cuisine, à côté du frigidaire, près d'un des pièges à souris de Montgomery. Avec le couteau, j'ai lacéré le câble et tiré sur les fils. Jaunes, rouges, verts, noirs. Je les ai sectionnés.

Mes psalmodiements ont cessé. On n'entendait plus que mon souffle, rauque, saccadé, inégal, puissant, malgré le ronflement de l'air conditionné.

J'ai trouvé une deuxième prise téléphonique derrière le lit sur lequel était couché Montgomery. En tirant le lit, les muscles bandés, je l'ai arrachée aussi.

Soudain, l'évidence m'est apparue. Je me suis précipitée vers la véranda du fond. Dans la nuit noire éclairée seulement par la lumière du cellier, j'ai découvert la ligne de téléphone. Avec une courte houe qui se trouvait là, les griffes émoussées par des années d'usure, j'ai sectionné la ligne, la laissant choir comme le cadavre de mon serpent à sonnette, avachi sur la terre noire.

J'ai entassé les enfants endormis dans la Land Rover, calé Morgan contre des oreillers sur le siège du passager. Les filles se sont pelotonnées sous les couvertures et m'ont adressé un regard endormi.

Après avoir fait une impeccable marche arrière dans le jardin, j'ai entendu craquer les pierres sous mes pneus. Je suis descendue le long du sentier à deux voies éclairé par les phares. Nous charrions derrière nous des rameaux de chêne, comme s'ils avaient voulu nous retenir de leurs doigts pleins de ressentiment.

Une pluie fine a commencé à tomber, giclant sur le pare-brise en longues et épaisses gouttes qui ruisselaient en larges sillons épais comme des larmes. Le sentier faisait bien quatre kilomètres. Des grenouilles en liberté coassaient si bruyamment que je pouvais les entendre malgré le bruit du moteur et de l'air climatisé à l'intérieur du véhicule. Ma sueur a continué de perler, lourde, collante de peur. Je tremblais. Mais j'étais capable de conduire.

Quand nous sommes arrivés sur la route goudronnée, j'ai inspecté la jauge d'essence. Elle était presque vide. En furetant dans la Land Rover, j'ai trouvé mon porte-monnaie. Je n'avais pas d'argent. Seulement un chéquier et de vieilles cartes de crédit que j'utilisais à Moisson. J'ai tâté les cartes en réfléchissant. Il était dangereux de m'en servir, elles laisseraient des traces. Non seulement Montgomery pouvait me filer mais il pouvait faire annuler ces cartes. Il l'avait peut-être déjà fait. Et si je tentais de m'en servir après qu'elles avaient été annulées, je pouvais finir en prison pour usage de faux. Et passer directement de la prison à Montgomery.

Je me figurais son visage quand il me récupérerait cette fois. Pour chasser cette pensée, je me suis tournée vers les filles. Shalene était endormie. Dessie m'observait.

— Tu nous as enlevés, a-t-elle dit en souriant.

— Pas encore vraiment.

J'ai secoué Shalene. Elle ne réagit pas. Elle aurait pu dormir même si un train était passé au-dessus de sa tête.

— Ma petiote, il faut que je t'emprunte de l'argent. Réveille-toi, ai-je murmuré.

Puis je l'ai secouée plus fort.

— Maman a besoin d'argent. Tu en as un peu ?

— Combien ? a-t-elle marmonné d'une voix ensommeillée.

— Vingt dollars ? Trente ? Si tu as...

Elle a soupiré et tâté autour de sa taille pour y trouver la ceinture-portefeuille que Miles lui avait offerte il y avait si longtemps. Elle s'est complètement réveillée quand elle s'est aperçue qu'elle n'était pas là. Ses yeux noirs grands ouverts dans la semi-obscurité de la Land Rover, elle s'est mise à fouiller partout, l'air catastrophé.

— Ma poupée! a-t-elle crié. Ma poupée!

J'étais surprise. Non qu'elle soit choquée de se retrouver soudain dans la Land Rover plutôt que d'être dans son lit, mais qu'elle soit si horrifiée.

— Elle est sur le sol à tes pieds, ma petiote.

Elle a tendu la main vers la poupée. Dessie la contempla avec des yeux satisfaits.

Shalene a retroussé les jupes du jouet, exposant son corps doux et rembourré. La ceinture-portefeuille était attachée à la taille de la poupée.

— Je comprends maintenant pourquoi tu étais si décidée à emmener ton jouet, ai-je murmuré.

Elle m'a décoché un sourire de conspiratrice et a défait la ceinture. J'ai tressailli.

— Combien tu as là-dedans?

Cela ressemblait à une petite fortune. Elle a haussé les épaules d'un air innocent.

— Sais pas. Onc'Miles dit qu'il y en a pour plus de deux cents, mais mon futur m'a donné plus pour mon trousseau.

J'ai contenu un rire.

— Puis-je t'en emprunter cinquante, alors?

Elle a considéré cette hypothèse pendant que la Land Rover venait à bout de sa mince réserve d'essence. Elle a brandi deux doigts.

— Deux dollars d'intérêt.

J'ai baissé la tête.

— Adjugé. Dès que nous reviendrons à La Nouvelle-Orléans.

Elle a acquiescé et s'est penchée pour me serrer la main. Shalene. Mon petit homme d'affaires. Sa main était petite et frêle dans la mienne. Elle m'a confié la ceinture-portefeuille et m'a surveillée anxieusement tandis que je comptais cinquante dollars. J'ai extrait tout au fond un billet de cent dollars chiffonné.

— Où as-tu trouvé ça?

— Onc'Miles. C'est un billet de cent dollars.

— Oui, je sais.

Prête à m'évanouir, j'ai rangé le billet, lui ai restitué la ceinture et j'ai tourné à droite. C'était le seul tournant dont j'étais capable de me souvenir depuis notre arrivée.

Nous avons pris de l'essence dans une petite station-service à un croisement. Il y avait deux pompes à l'extérieur, des barreaux aux fenêtres, une façade en planches, plusieurs écriteaux mais aucune pancarte. L'endroit était fermé mais un garçon au visage joufflu remontait dans son camion de livraison pour s'en aller. J'ai glissé une coupure de dix dollars dans son poing graisseux. Il a souri, déverrouillé la porte et ouvert le magasin. L'argent le faisait aller plus vite que n'importe quelle histoire larmoyante que j'aurais pu lui servir. Il est même allé jusqu'à me servir en personne et m'indiquer la direction à suivre pour me rendre à la ville la plus proche.

Mais il m'a dévisagée à plusieurs reprises, ses pupilles dilatées et effrayées. Quand je suis remontée dans la Rover, j'ai consulté mon miroir de poche et me suis maquillée.

Deux heures plus tard, il était presque minuit, nous avons atteint la ville de Sainte-Geneviève et nous nous sommes de nouveau arrêtés dans un petit bar-restaurant cajun. J'ai réveillé les filles qui m'ont suivie à la queue leu leu. Nous avons acheté une carte, une douzaine de petits boudins — farcis au porc et au riz épicé —, des beignets d'oignons, des couches pour Morgan et une thermos de café pour moi. Même si la jauge d'essence signalait que le réservoir était presque plein, je n'avais pas de réserve. Mes cinquante dollars s'étaient envolés.

De retour dans la voiture, j'ai grignoté des oignons en cherchant Sainte-Geneviève sur la carte. J'étais bien plus au nord de l'État que je ne l'avais cru et ce n'était pas les chemins qui manquaient pour rejoindre le sud à partir de cet endroit ! Pour éviter que Montgomery ne nous repère s'il se libérait plus tôt que prévu, nous avons pris la direction du nord puis de l'est jusqu'à Natchez dans le Mississippi. Sous une pluie diluvienne, nous avons emprunté la route 61 jusqu'à une région que j'ai enfin reconnue.

Nous avons joué à des jeux et chanté des chansons jusqu'à ce que la fatigue s'abatte sur les filles. On n'entendait plus que le silence, les ténèbres et le grondement du tonnerre dans le lointain. Et mes réflexions se muaient en terreur au fur et à mesure que je conduisais.

Je connaissais les DeLande. Je connaissais Montgomery. Je savais qu'il ne me pardonnerait pas ce que je venais de faire. Il avait pu désirer une femme de glace et de feu qui l'accusait d'adultère et brisait des meubles. Une femme que je n'avais jamais été auparavant. Mais il ne pardonnerait jamais à une femme de l'avoir trompé. De l'avoir frappé avec une brique et séquestré dans une maison de campagne au fond de bon Dieu sait quel trou.

Je ne pouvais m'empêcher de scruter les phares derrière moi dans le rétroviseur. Ni de penser à Eve Tramonte. À Ammie. Aux piles de vêtements maculés de sang dans ma salle de bains de Moisson. Pourquoi n'avais-je rien fait pour Ammie ? Pourquoi l'avais-je laissée mourir ?

Nous avons gagné Baton Rouge vers quatre heures du matin et réservé une chambre dans un Holiday Inn. J'ai donné assez d'argent au réceptionniste pour rester jusqu'à quatre heures de l'après-midi.

J'étais épuisée, épuisée par des jours sans sommeil, des souffrances sans nom. J'ai fermé la porte de la chambre d'hôtel à clé, attaché la chaîne de sécurité, couché tous les enfants dans un lit, choisi l'autre pour moi et me suis instantanément assoupie.

J'ai dormi jusqu'à midi. Si profondément que j'étais restée immobile dans mon sommeil, me levant tard, tout ankylosée et les paupières gonflées.

La baignoire de l'hôtel n'était pas assez profonde pour que je puisse m'y prélasser et apaiser ma douleur, mais je me suis sentie mieux, simplement en restant assise dans l'eau chaude.

Nous avons retrouvé La Nouvelle-Orléans juste après six heures. Quatre jours après l'ouragan. Pour une fois la Ville Croissant ne m'a pas accueillie. Je percevais des yeux posés sur moi à chaque coin de rue et un danger encore plus oppressant que la chaleur ambiante.

Après un arrêt chez le garagiste, puis à la banque pour rembourser Shalene et lui acquitter ses intérêts, je suis allée chez l'armurier pour acheter des munitions. Je me suis dirigée vers le Quartier Français au coucher du soleil, le 9 mm posé sur le plancher près de moi, Morgan enveloppé dans ses oreillers. Son siège de bébé improvisé était certainement plus confortable que la banquette de la voiture. Les filles étaient agitées et capricieuses, lasses de séjourner dans la voiture. Elles réclamaient à manger.

Après plusieurs arrêts, j'ai repéré une cabine téléphonique. J'ai surveillé la rue. Des sans-abri rôdaient, sentant le vin et la marijuana, dormant sous les porches, pelotonnés sur eux-mêmes. Les habituels dealers étaient toujours à l'affût, puant aussi la bière et l'alcool. J'ai glissé mon doigt sur la sécurité du 9 mm et l'ai dissimulé sous mon tee-shirt tout en sortant de la Land Rover. La Nouvelle-Orléans n'était pas l'endroit le plus tranquille du monde après la tombée de la nuit et le Quartier Français encore moins pour une femme seule avec trois enfants.

J'ai introduit une pièce de vingt-cinq cents dans la cabine et composé de mémoire un numéro : celui d'Adrian Paul. Il a décroché dès la troisième sonnerie. Je devinais, derrière un bruit de voix, des tintements de porcelaine et de couverts. Était-il dans une soirée ?

— Adrian Paul ? C'est Collie.

— Bon Dieu, fillette.

Les bruits en arrière-fond ont diminué comme s'il avait posé sa main sur l'écouteur.

— Je... Nous avons tous été morts de terreur. Où êtes-vous ?

— Où êtes-vous, vous ? lui ai-je répété.

Le bruit en arrière-fond ne ressemblait pas à celui d'un appartement. Cela résonnait davantage. Comme s'il n'y avait pas de meubles.

— À une soirée organisée par ma société. J'ai fait transférer mes appels. Sonja et Philippe sont là aussi.

— Je suis en danger.

Puis une vague de panique m'a submergée. Une panique horrible, paralysante. Que ferait Montgomery ? Les larmes ont ruisselé sur mon visage, un torrent de larmes, et je me suis cachée pour que les filles ne puissent pas me voir d'où elles étaient dans la voiture. Je ne pouvais plus respirer.

— Oh, Seigneur ! J'ai blessé Montgomery !
Il y a eu un bref silence sur la ligne.
— Où êtes-vous ?
Il était soucieux. Je devinais ses pupilles rétrécies par l'inquiétude.
— J'ai besoin... J'ai besoin que vous veniez... (Ma respiration s'est amplifiée.) Que vous quittiez cette soirée...
— Naturellement.
— Je veux que vous veniez à l'endroit où Shalene a adopté JP.
— Vous voulez dire...
— Non ! ai-je hurlé. Pas de lieu. Pas de nom. J'ai peur. Putain ! J'ai peur. Pas de noms !
— Collie...
— Rendez-vous à cet endroit et attendez devant la cabine téléphonique. Arrangez-vous pour ne pas être suivi. Vous m'entendez ?

J'avais l'air d'une hystérique. Un couple est passé à distance respectueuse, évitant cette folle et son ton larmoyant. Un homme seul s'est arrêté. Il écoutait. Me regardait. J'ai baissé la voix mais gardé mes yeux posés sur lui, ma main sur la crosse du revolver sous la chemise. Il buvait au goulot une bouteille qui était dans un sac en papier.

— Et dites à Sonja de venir. Vous vous souvenez de l'endroit où était la dame quarteronne ? ai-je interrogé en utilisant le lexique de Shalene.
— Oui.

Les inflexions de sa voix étaient différentes, plus basses, plus intenses. Plus tendues, plus saccadées.

— Il y a un téléphone à cent mètres ou un peu plus. Une de ces petites cabines qu'on ne peut pas manquer si on est en voiture. Dites-lui d'attendre. Elle n'aura pas à sortir de la voiture. Dites-lui que je l'appellerai.

Je me suis interrompue, j'ai inspiré profondément, ce qui me fit très mal aux côtes, puis j'ai essayé de ralentir mon élocution.

— Oh, mon Dieu. Je dois faire une déposition. Filmée. En présence d'un médecin. Pouvez-vous m'organiser ça ? Cette nuit ? Tout de suite ?

— Oui.
— Mais pas d'appels téléphoniques que les DeLande puissent enregistrer. Seulement des cabines à pièces.
— Quand voulez-vous que je sois à l'endroit... dont vous m'avez parlé?
— Quand pouvez-vous y être?
— Dans dix minutes. Peut-être cinq.
J'ai fait une pause. Cela signifiait qu'il était ici, tout près, dans le Quartier Français.
— Arrangez-vous pour ne pas être suivi. Je pense que j'en ai déjà trop dit.
— J'y serai.
— Est-ce... (j'ai reniflé et me suis mouchée)... JP va bien? ai-je demandé d'une voix timide.
— Il va bien.
Il y avait un sourire dans sa voix.
— L'œil du cyclone a quitté votre maison peu après votre départ. Philippe est venu et l'a trouvé. Il a presque étouffé votre chat en le serrant.
Il s'est tu, puis a repris :
— Nous nous sommes inquiétés, Collie.
Une partie du poids qui m'oppressait a quitté mes épaules, mais sa disparition m'a procuré une immense souffrance dans les côtes. À la fois une douleur, un embrasement, une fièvre.
— Ouais. Bien. Je vous appelle dans dix minutes pour être sûre.
— Que je ne suis pas suivi, je sais.
Il a raccroché. Mes mains tremblaient pour trouver la porte de la cabine. Je suis remontée dans la Land Rover, ai verrouillé les portières, vérifié deux fois la sécurité du pistolet avant de le placer sur le plancher. Me penchant en avant, j'ai reposé mes mains sur le volant, appuyant ma tête sur mes bras, respirant profondément. Les filles se disputaient à l'arrière.
— Les filles, si vous êtes sages, je vais essayer de vous faire rencontrer JP ce soir.
Elles se sont calmées instantanément.
— Vous pourriez même dormir avec lui. Mais restez tranquilles. D'accord? Lisez un livre.

— Il fait trop noir pour lire, maman, a répliqué Shalene, soulignant cette évidence avec un petit ton irrité.

— Il y a certainement une petite lampe à droite au-dessus de vos têtes, ai-je insisté. Tournez l'interrupteur.

La veilleuse a éclairé la voiture. Je me suis redressée et j'ai mis le contact. L'ivrogne avec sa bouteille avait disparu.

J'ai déniché une autre cabine téléphonique dans la rue Saint-Louis, moins sombre que la première, juste à l'extérieur d'une taverne remplie de pochards. J'ai appelé la cabine devant chez Van : le restaurant où Shalene avait adopté JP. Adrian Paul a immédiatement décroché.

— Collie ?

Il semblait haletant.

— Avez-vous été suivi ?

— Non, à moins que quelqu'un ne m'ait vu me faufiler par la porte de service de chez Petunia, traverser le jardin en courant et sortir par la porte principale... Oh, c'est sans importance. (Il s'est tu et a pouffé.) C'est sans importance. J'ai laissé ma veste de smoking à Sonja. Roulé mes manches. J'ai l'air d'un garçon en retard pour prendre son service.

Il a ri de ce rire profond, rassurant, enchanteur qui m'avait fait le choisir comme avocat lors de notre premier entretien.

— Vous voyez une voiture Avis de location ? Regardez autour de vous. Je leur ai dit de faire le tour du pâté de maisons jusqu'à ce qu'on leur fasse signe devant chez Van. Le chauffeur est censé avoir baissé sa vitre. Son bras doit pendre à l'extérieur, un mouchoir à la main. C'est un modèle foncé, quatre portes.

— Je la vois, m'a-t-il interrompue.

— Faites-lui signe.

— Il m'a repéré, a dit Adrian Paul au bout d'un moment.

Je me suis soudain sentie faible et me suis agrippée au lourd récepteur de métal de la cabine téléphonique, encore brûlant de la chaleur de la journée. Peut-être les enfants seraient-ils bien maintenant. Peut-être seraient-ils en sécurité.

— Entrez. L'homme de chez Avis va sortir. Allez jusqu'au Trade Center et attendez-nous là. Nous vous rejoindrons.

— D'accord. Pour la déposition, Philippe est allé dans une

cabine publique rue Bourbon au coin de chez Petunia. Il règle les détails.

— Parfait.

J'ai raccroché et fait le tour du Quartier Français avec la Rover, allant en direction du Trade Center vers la prochaine cabine publique. Toute ma route était tracée, j'avais utilisé une de ces cartes qui indiquent les sens uniques, les parkings publics et les panneaux de signalisation. J'avais indiqué par une petite étoile chaque cabine téléphonique et inscrit les numéros en marge.

J'ai appelé Sonja dans la cabine suivante. Elle devait être arrivée. Elle a répondu avant même que je n'entende la sonnerie.

— Où es-tu, bon sang ? Tu vas bien ?

J'ai ri, d'un rire qui ressemblait plus à un sanglot qu'à un gloussement. J'avais toujours été ainsi, même enfant.

Relativement calme au cœur d'une crise, puis m'effondrant dès qu'un adulte surgissait pour reprendre les choses en main. Le jour où Sonja avait été mordue par les serpents, j'avais pleuré sur tout le chemin tandis que Sonja hoquetait, allongée dans le bateau à fond plat du Vieil Homme Frieu. Elle n'était pas hors de danger mais quelqu'un d'autre s'occupait d'elle et Sonja allait survivre.

Et il m'est brusquement apparu que j'allais survivre assez longtemps pour mettre les enfants en sûreté.

— Je vais bien. Si on veut...

— Qu'est-ce que ça veut dire, bon Dieu ?

J'ai entendu un camion passer près de Sonja. Il avait sérieusement besoin d'amortisseurs.

— Je vais te voir ce soir et tu vas pouvoir en juger par toi-même. Des gens ont-ils surveillé la maison ?

— Ouais. Deux voitures au coin, garées en face de l'immeuble. Philippe dit qu'il y en a une autre dans la rue derrière, nous ne pouvons donc pas les rouler au retour et prendre un taxi. Ils nous suivent partout où nous allons, ces sales petits cons.

Elle s'exprimait très vite, avec un fort accent cajun. Elle ressemblait davantage à la Sonja avec laquelle j'avais grandi.

— Vous avez été filés en sortant de chez Petunia ?

— Ils auraient bien voulu, a-t-elle répliqué, l'air plutôt satisfait. Mais Philippe a payé deux sans-abri pour qu'ils bloquent la route pendant que je m'en allais. Je ne suis pas sûre, mais je pense qu'un des hommes... s'est soulagé sur le capot de la voiture qui me poursuivait. L'autre tendait la main à la portière, suppliant les types d'avoir pitié de lui et de lui donner un peu d'argent pour un repas. J'espère qu'aucun d'eux n'a été tué.

Un silence aigu a suivi ces mots. Le genre de silence que seuls des êtres plus proches que votre famille peuvent partager avec vous. Le genre de silence qui met les étrangers mal à l'aise et semble pourtant faire plaisir aux amis. Sonja m'avait une fois appelé son âme sœur.

J'ai respiré profondément.

— J'ai blessé Montgomery.

Elle n'a rien dit, mais je la sentais presque m'écouter. Je la voyais attendre que je poursuive.

— Je l'ai frappé sur la tête avec une brique du réservoir des toilettes.

Elle a gloussé, d'un rire bref, saccadé, incrédule.

— Deux fois.

Elle a ri de nouveau, mais cette fois de façon dure et froide.

— Je l'ai assommé pour de bon. Et je l'ai menotté au lit. J'ai ensuite arraché les fils du téléphone et je l'ai planté là.

Pendant un moment, elle n'a rien ajouté.

— Tu t'es bien occupée de ce salopard.

Elle a presque grogné ces mots, comme un grondement, puis sa voix s'est transformée :

— Quand ?

C'était Sonja l'avocat qui parlait, mais je m'interrogeais sur ce grondement. Son intensité. Sa brutalité. Sa violence souterraine.

— Il y a vingt-quatre heures à peu près.

— Ses charlots se sont pointés ce matin, vers neuf heures.

— Alors, soit Montgomery s'est libéré et a pris la fuite, soit il... est mort... et un DeLande l'a trouvé.

Sonja n'a plus rien ajouté mais j'avais l'impression qu'elle espérait qu'il soit mort. C'est étrange les choses que l'on peut percevoir dans le silence de l'autre.

— Sonja, pourquoi détestes-tu tant Montgomery ? ai-je chuchoté. (Et je l'ai entendue respirer.) Il m'a dit quelque chose. À propos... à propos de tes jolies petites cuisses. Il m'a demandé ce que tu m'avais dit sur lui. Comme si tu savais quelque chose que j'ignorais.

Le silence avait une intensité différente maintenant. Plus épais, plus dense, ce genre de silence qu'il y a quand un brouillard bas, lourd et blanc vous enveloppe et vous coupe du reste du monde.

— Je t'en parlerai plus tard.

Sa voix était basse. Un ton d'enterrement.

— Ce soir, Wolfie. Ce soir.

— Où te verrai-je ?

J'avais le sentiment qu'elle changeait de sujet, même si elle ne refusait pas de me répondre.

— Prends la route 10 en direction de Slidell. Une fois que tu seras sûre de ne pas être suivie, prends la première sortie en direction de Baton Rouge. Je serai à l'aéroport. Tu te souviens où ton amie a failli accoucher ?

— Le magasin où Leza a perdu les eaux ? Je m'en souviens.

— Retrouve-moi là.

L'endroit que je décrivais à Sonja disposait de sorties innombrables.

— Je t'emmènerai à l'hôtel où je suis descendue ce soir.

J'ai esquissé un sourire.

— Et, Sonja, tu peux enlever toute la bimbeloterie que tu portes sûrement. Le voisinage ne sera pas ton style.

— On va dans un taudis ?

— Tout à fait.

— Je me changerai dans la voiture.

— Fais attention, Wolfie.

Je la voyais sourire.

— Toi aussi.

La route était courte jusqu'au Trade Center. J'ai immédiatement repéré Adrian Paul. Il était garé près d'un lampadaire, son mouchoir noué à l'antenne de la radio, comme un signal, j'imagine. Comme la voiture Avis était la seule voiture alentour, cet attirail n'était pas vraiment nécessaire.

Je me suis avancée lentement, ma vitre baissée, rencontrant son regard. Le silence s'est accru entre nous pendant qu'il examinait mon visage contusionné. Ce n'était pas le même silence que celui que j'avais échangé avec Sonja, ce silence ouvert et communicatif des vieux amis. Mais c'était une sensation calme et paisible.

J'étais follement heureuse de rencontrer un familier. Sans lui demander la permission, j'ai mis les enfants dans sa voiture, attaché Morgan dans le siège pour bébé que je lui avais réclamé. Adrian Paul était debout, me contemplant. Ne m'aidant nullement. Sans doute parce qu'il ne comprenait pas ce que je faisais, ni pourquoi. Il me surveillait silencieusement, comme s'il avait pu énumérer chacune de mes douleurs à ce moment précis. Mes côtes, mon épaule qui me brûlaient tandis que je me baissais et me relevais. Mon visage couvert d'ecchymoses. La douleur moins apparente et cependant réelle de mettre mes enfants dans sa voiture. Le symbole de ce dernier adieu.

J'ai embrassé chaque enfant, les ai assurés qu'Adrian Paul prendrait soin d'eux pendant quelques jours et ai refermé la porte. J'ai attrapé la valise à moitié vide et l'ai déposée par terre au pied du coffre. Adrian Paul a hissé la valise à l'intérieur. Tous mes effets personnels gisaient sur le plancher de la Land Rover à côté du pistolet, dans deux sacs en plastique.

— La voiture est louée, ai-je dit sans nécessité et tout en refoulant mes larmes. Je l'ai payée avec ma carte de crédit. Cela veut dire que Montgomery peut nous retrouver. Mais cela devrait encore aller pour quelques heures. Est-ce que vous les emmèneriez... à la maison... chez vous, ce soir ? Est-ce que Sonja les garderait quelque part où Montgomery ne puisse pas les retrouver ? Vous et elle pourriez avoir... à m'apporter des affaires. Si je ne suis pas de retour dans deux semaines.

Il n'a rien répliqué ; ses yeux noirs me scrutaient.

— Cette procuration que vous m'aviez demandé de signer, vous l'avez ? Je veux que vous et Sonja preniez les choses en main si je ne revenais pas.

Je décelais une tension sur tout son corps, ses épaules, son visage. Toute une gamme d'émotions parcourait ses yeux. Pourtant, pendant un long moment, il n'a pas bougé. Ni prononcé une parole. Je sentais la présence du Mississippi, humide, noir. Le léger parfum de whisky et de cigare qui l'imprégnaient. Puis il s'est rapproché. J'ai reculé d'un pas, m'appuyant sur le capot encore chaud de la Rover, et j'ai croisé les bras, repliant mon membre blessé contre moi.

Adrian Paul a posé sa main droite sur le toit de la Land Rover, et doucement, de sa main gauche, a effleuré ma lèvre tuméfiée. Les cernes bleus sous mes yeux. Toujours en silence.

— J'avais tort. Un DeLande bat une femme. Très efficacement, même. (J'ai tenté de sourire.)

— Avez-vous consulté un médecin ?

— Non. Et je n'en ai pas besoin, sinon pour me filmer. Si c'était vraiment aussi moche que ça en a l'air, je devrais être morte maintenant. Mais il n'y a pas d'hémorragie interne. J'ai juste besoin de temps pour me remettre. Mais je veux faire une déposition. Exhiber toutes mes ecchymoses.

— Et après ?

Je devinais qu'il avait déjà des soupçons.

— Après, j'irai voir Montgomery.

— Vous n'avez pas à faire cela.

Son souffle s'est accéléré.

— Il y a...

— Ouais. Les moyens légaux. Ou je peux fuir.

Je me suis avancée vers lui. Si près que je pouvais discerner les traits fins de son visage, humer sous les effluves de cigare et de whisky son parfum profond, viril, sensuel. Il était si proche qu'il ne pouvait se méprendre sur mes mots ou leur signification.

— Je n'ai jamais fui quoi que ce soit. Ou quiconque. Pas même Montgomery. Et je n'ai pas l'intention de commencer. J'y ai bien réfléchi. J'y ai réfléchi pendant qu'il me battait, j'y ai réfléchi quand il me baignait. Me nourrissait. Et me battait encore. J'y ai réfléchi quand il m'a « utilisée ». Ça s'appelle aussi du viol, vous savez.

Il a fermé les yeux. Ses mains se promenaient le long de ma nuque.

— C'est lent, méthodique et douloureux. Comme les coups. Et vous avez largement le temps de penser pendant que vous le subissez.

Il a essuyé une de mes larmes. Je n'avais pas vu que je pleurais.

— Et j'ai compris que je devais affronter Montgomery. Lui et la vérité sur ce qu'il a fait aux filles. Et à moi. Je sais que je peux ne pas échapper à cette confrontation.

Ces derniers mots étaient étrangement banals. Ce n'étaient pas des paroles de vie ou de mort.

J'ai plongé dans les prunelles d'Adrian Paul. Noires et étincelantes sous la lumière crue du lampadaire. Si proches que nous aurions pu nous embrasser. Mais la tension qui régnait entre nous n'avait rien de sexuel. Du moins, pas tel que j'entendais le sexe...

— Vous devriez avoir votre avocat avec vous.

Il a souri et touché de nouveau ma lèvre fendue.

— Ou votre thérapeute. Ou une armée.

J'ai hoché la tête.

— Je ne vais rien faire de stupide. Je veux vivre. Je veux essayer de trouver un moyen pour que Montgomery m'autorise à le quitter.

Après un moment il a tourné les talons, ouvert la porte de la voiture, sorti un dossier qu'il a ramassé sur le plancher. Il a dit :

— Vous en aurez besoin. Les pages du début concernent la transcription d'une conversation qu'Ann Nezio-Angerstein a eue avec une femme qui déclare être une DeLande. La sœur de Montgomery. Elle a vérifié toutes les informations. Ann vous l'avait apporté le jour de la mort de Max. Vous l'avez abandonné par terre dans le cottage de Sonja lorsque vous avez dormi tout la journée. L'avez-vous lu ?

J'ai secoué la tête.

— Non.

— Je vous suggère de le faire. Et le reste aussi. Et de lire chaque mot avant de revoir Montgomery.

— Très bien.

J'ai balancé le dossier par la fenêtre ouverte à l'intérieur de la Land Rover. Je lui ai indiqué le nom de mon hôtel, le numéro de la chambre. Il a froncé les sourcils pendant que je lui expliquais comment s'y rendre. C'était vraiment dans un quartier peu recommandable.

— Si vous voulez être présent pour la déposition.

— J'y serai.

— Je veux que les enfants soient en sécurité.

— J'ai appelé la société de gardiennage, d'une cabine à pièces, a-t-il ajouté avant que je puisse l'interrompre, et j'ai réclamé deux vigiles pour la nuit. Nous garderons tous les enfants ensemble dans un endroit sûr et sous bonne garde avant de régler tout cela.

J'ai acquiescé.

— J'y serai dans une heure environ. Y a-t-il une manière particulière de frapper quand j'arriverai pour que vous sachiez que c'est moi ? Vous savez, une sorte de signal.

Il a donné deux petits coups secs sur le capot de la Land Rover en faisant un sourire pour m'inciter à lui sourire à mon tour.

— Je ne veux pas être tué derrière la porte.

J'ai tenté de sourire. Sans succès.

— Bien sûr. Pourquoi pas ?

Nous nous sommes quittés ainsi. Sans nous être dit l'essentiel. Trop de choses interdites entre nous. Il serait à l'hôtel ; je savais qu'il tenterait de me dissuader à nouveau de mon projet. Mais j'étais heureuse qu'il soit là.

J'ai retrouvé Sonja à l'aéroport, la reconnaissant à peine dans son vieux jean et son tee-shirt trop grand qu'elle avait retroussé aux manches. Elle avait relevé ses cheveux sous une casquette de base-ball, de fines boucles retombant dessous comme si elle s'était coiffée pour aller dans une soirée et avait simplement dissimulé son élégante coiffure sous un chapeau. Elle avait l'air d'une adolescente.

Et son expression quand elle m'a vue, boursouflée et l'œil au beurre noir, m'a prouvé qu'elle me reconnaissait à peine.

— Bon Dieu Sainte Vierge pleine de grâce que t'est-il arrivé ? a-t-elle dit sans détacher aucune syllabe, comme si sa phrase ne formait qu'un seul mot.

J'ai haussé les épaules.

— Montgomery.

C'était suffisamment explicite.

Je l'ai ramenée dans le terminal de l'aéroport, puis conduite dans un autre et encore un autre au cas où elle se serait fait suivre.

Enfin, nous avons atterri dans la Land Rover.

Ce n'est que lorsque nous avons été à l'abri derrière les portières verrouillées que je me suis exprimée de nouveau. Et ce n'est qu'après avoir vérifié le 9 mm — que j'avais emporté de peur de le laisser à l'intérieur — et l'avoir posé sur mes genoux que j'ai pu trouver mes mots.

Nous nous sommes embrassées. Nous avons ri un peu. J'ai conduit, empruntant une route circulaire jusqu'à l'hôtel miteux, au cas où Sonja aurait été filée depuis l'aéroport.

J'ai parlé tout en conduisant, lui racontant tout. Tout ce que Montgomery avait fait. Tout ce qu'il avait dit. Tout ce que j'avais fait et déclaré, sans oublier le bris du mobilier et de la maison.

Elle a été impressionnée. M'a dit que c'était plus dans ses manières que dans les miennes, et je crois qu'elle n'avait pas tort. Je lui ai raconté tout ce que j'avais fait croire à Montgomery... et dans quel état je l'avais laissé.

Elle m'a posé des questions sur quelques points. Cela me servait de répétition pour ma déposition. Je lui ai parlé pendant une heure alors que nous attendions. Attendions qu'Adrian Paul mette les enfants en sécurité. Attendions qu'il apprenne à Philippe — à l'abri des oreilles indiscrètes — le nom de mon hôtel. Attendions qu'ils soient tous arrivés. Enfin, j'ai tout déballé. Et nous sommes restées assises en silence, la télévision éclairant la pièce d'une image neigeuse. Dans un brouillard noir et blanc Gene Kelly dansait dans un fond encore plus neigeux. J'ai alors attendu qu'elle parle. Qu'elle me dise tout ce que Montgomery lui avait fait pour qu'elle le haïsse tant. Qu'elle révèle le secret que Montgomery et elle partageaient, qui la rendait si amère à son égard. Un secret dont j'avais été exclue. Mais Sonja n'a pas prononcé un mot sur l'animosité qu'elle éprouvait contre Montgomery. Et, avant que je puisse aborder la question, notre premier visiteur est arrivé.

Réunis dans la minuscule pièce, assis ou allongés sur le lit fatigué, ou bien vautrés dans l'un des fauteuils en tube d'aluminium qui flanquaient une table en formica minable : tous mes appuis juridiques étaient là. Philippe, toujours propre et impeccable, un peu vieux jeu peut-être, mais élégant dans son smoking, et Sonja qui ressemblait à une petite fille déguisée. Un médecin qui sentait le scotch mais avait l'air sobre. Une dactylo, les yeux ahuris, les cheveux rabattus d'un côté comme si on l'avait tirée du lit et amenée ici clandestinement sans peigne ni rouge à lèvres. Sur la table était ouverte sa machine : un ordinateur portable avec une imprimante. Ann Nezio-Angerstein se tenait sur le côté avec une caméra vidéo.

Adrian Paul a été le dernier à arriver, tambourinant deux petits coups pour gagner le droit d'entrer dans la pièce. Je lui ai souri quand j'ai aperçu sa tête dans l'embrasure de la porte ; il apportait un peu de fraîcheur dans cette pièce. Il m'a rendu mon sourire.

Puis la déposition a commencé. J'ai raconté mon histoire, parlant lentement pour que la dactylo puisse saisir chaque mot et la caméra vidéo en capturer chaque image. J'ai tout dit, tout montré : chaque ecchymose, chaque morsure, chaque écorchure. Chaque os cassé.

Le médecin m'a examinée, a ausculté mon cœur, écouté ma tension, mon pouls, palpé mes côtes, mentionnant les risques de pleurésie, d'infection et d'artérite consécutifs à la fracture. Je l'écoutais d'une oreille distraite et me suis rhabillée dès que nous avons eu terminé. Je n'aimais pas être dénudée dans cette pièce pleine de gens. Mais c'était nécessaire : c'étaient mes témoins.

La dactylo a relu son travail, imprimé des copies et fait signer la déposition. Elle faisait aussi office de notaire. Une de ces employées aux aptitudes multiples que les avocats s'arrachent.

C'est seulement en partant que j'ai retrouvé son nom : Bonnie. Habillée de façon terne et austère pour être en harmonie avec le décor de ma chambre d'hôtel.

Ils s'attendaient à ce que je passe la nuit ici. Après tout, pourquoi aurais-je menti ? Mais au lieu de cela, je suis repartie dans la Land Rover juste après mon dernier hôte.

Je me sentais un peu comme une mère-pélican, stupéfaite, son nid tombé dans l'herbe. S'envolant pour échapper au chasseur. Faisant n'importe quoi pour protéger ses petits. Je ne savais toujours pas pourquoi Sonja détestait Montgomery. Elle ne m'avait jamais dit ce qu'il avait fait, même lorsque je le lui avais demandé en présence de Philippe. Même lorsque lui-même l'avait exhortée à m'en parler. Elle avait alors croisé les bras sur sa poitrine et mordu sa lèvre inférieure comme une jeune fille : Philippe et moi avions ri en chœur.

Mais quand je suis remontée dans la Land Rover, j'ai vu sur le siège du passager une lettre dans une enveloppe cachetée. Elle m'était adressée à mon nom de jeune fille et à mon adresse chez maman à Moisson. Le tout écrit de la main de Sonja. Le timbre sur le coin droit était périmé. Il était étrange que cette lettre n'ait jamais été postée.

Je suis arrivée à Moisson avant d'avoir eu le courage d'ouvrir cette enveloppe et de lire cette lettre. Elle était datée de deux semaines avant mon mariage.

12

Chère Collie,
J'imagine que tu t'es demandé pourquoi récemment j'ai été si différente, si silencieuse. Je ne voulais pas l'être. J'ai essayé de rester la même, pour ton bien et pour la sauvegarde de notre amitié. Mais si tu épouses Montgomery, si tu l'épouses vraiment *et vis avec lui et as des* bébés *avec lui, alors il faut que tu saches. Même si tu ne me crois pas. Même si tu demandes à Montgomery ou si tu l'interroges sur ce que je t'écris et qu'il nie ou qu'il dit que c'était ma faute. Philippe dit que je* dois *te le dire.*

Elle avait souligné les mots *vraiment, bébés,* et *dois* avec un stylo d'une couleur différente. La lettre était rédigée à l'encre violette sur du papier lavande, mais les soulignements étaient noirs.

Je ne t'ai jamais remerciée pour Philippe, d'ailleurs. Je ne l'aurais jamais rencontré si nous n'avions pas fait autant de voyages à La Nouvelle-Orléans avec ta mère en grandissant. Te souviens-tu du jour où nous avons fait connaissance?

Elle éludait le sujet. Mais l'éludait-elle?

J'étais venue à La Nouvelle-Orléans tard cette année-là, l'année de nos dix-huit ans. J'étais descendue en bus, vous rejoignant comme d'habitude à la station Pontchartrain sur l'avenue Saint-Charles. Et les Rousseau avaient organisé une soirée dans la vieille salle de banquet. Nous y étions allées ensemble, toi, moi et ta mère, et nous étions littéralement tombées sur Philippe.

Je me souvenais. Sonja avait été étrange pendant des jours, soucieuse. Elle réfléchissait. C'était seulement le soir précédent qu'elle m'avait parlé de l'héritage LeBleu. Du sang « de couleur », du *plaçage*. Mais Philippe avait changé tout cela — son silence, son comportement étrange et son expression soucieuse.

Elle s'était fiancée à Philippe en moins d'une semaine. Fiancée à un homme âgé de cinq ans de plus qu'elle et encore étudiant à la faculté de droit de Tulane. Un homme qui avait la même origine qu'elle, mais qui avait beaucoup d'argent, beaucoup de prestige et une position dans la société. Car même à La Nouvelle-Orléans, si vous avez assez d'argent et de pouvoir politique, vos racines n'importent pas. Ou du moins pas autant.

Eh bien, quoi qu'il en soit, tu sais ce qui est arrivé après ça, combien les choses ont été merveilleuses et tout.

Sonja s'était installée chez la mère de Philippe, qui l'avait prise sous son aile pour ainsi dire, et avait veillé à ce qu'elle soit convenablement chaperonnée pendant les six semaines qui avaient été nécessaires pour organiser son mariage.

La propre famille de Sonja n'y avait pas participé. Elle ne s'était même pas montrée. Mais pourtant, ils avaient prévu qu'elle s'installe à New York, se marie luxueusement et conjure les stigmates de son héritage passé. On le savait à Moisson.

Mais je ne t'ai jamais dit pourquoi j'étais arrivée en retard à La Nouvelle-Orléans cette année-là. Tu sais que ma famille a toujours planifié de grandes choses pour moi. Du moins, c'est ce qu'ils m'ont dit. Mais la semaine avant mon dix-huitième anniversaire, ils m'ont révélé la vérité.

Et c'est ce qu'il y a de plus difficile, Collie. Ce que Philippe veut que je te dise, mais que je ne sais pas comment te dire. Alors, je vais tout révéler comme je le fais toujours en espérant que tu me croiras.

Mon père avait signé un contrat avec Montgomery. Tu te souviens du jour où Montgomery est venu à Moisson dans cette vieille voiture et s'est arrêté pour nous demander son chemin ? Eh bien, il a aimé ce qu'il a vu ce jour-là et a décidé de rester. Ce que j'essaie de te dire, c'est que j'ai plu à Montgomery.

Ce surlignage noir à nouveau. *J'ai plu à Montgomery.* Sonja lui avait *plu*. Mon rythme cardiaque s'est légèrement accéléré.

Il a signé un contrat avec mon papa pour acheter ma virginité. Pour avoir le droit de me baiser, si tu préfères.

Mon cœur s'est arrêté. J'ai chiffonné la lettre. Je ne pouvais pas en lire davantage. Pas maintenant. Pas ça !

J'étais courbatue dans chacun de mes muscles, assise dans un coin de la baignoire jacuzzi. Dans mon propre tub, dans ma propre maison à Moisson. La baignoire était presque remplie maintenant. Les bulles montaient à un demi-centimètre au-dessus du niveau de l'eau. J'ai fermé les robinets, tendu la main vers mon verre de vin et bu une gorgée. Me suis dévêtue. Suis montée dans la baignoire. Ai lancé une chiquenaude aux remous.

L'eau et la mousse bouillonnaient et battaient autour de moi, me débarrassant de la tension, de la douleur, du chagrin. Le vin apaisait la brûlure et la tristesse de ma poitrine. Je suis restée assise pendant une heure alors que l'eau me dorlotait, me suis lavée avec le seul savon que j'avais trouvé dans la cabine de douche. Je ne pensais pas une seule fois à Sonja et à sa lettre maudite.

C'était un savon au lait d'avoine, fait main par une Française qui vivait au sud-ouest de l'État. Il lui avait fallu des mois pour le confectionner. Elle avait élaboré un savon si pur et si propre que j'aurais pu me laver les cheveux avec. Et j'en ai profité pour nettoyer tout mon visage et mon corps. C'était mon dernier savon, je l'avais oublié dans la douche lorsque j'avais quitté Moisson. Il me faudrait bientôt en racheter.

J'ai rasé mes jambes, frotté mes talons avec une pierre ponce, repoussé les cuticules de mes ongles et me suis lavé les cheveux. De nouveau, ce comportement freudien.

Mais je ne pouvais pas rester assise indéfiniment là à ignorer cette lettre. À conjurer cette rengaine qui me harcèlerait aussi longtemps que je macérerais dans l'eau.

Il a signé un contrat avec papa pour acheter ma virginité.

Alors je suis sortie du bain, me suis séchée, rendue dans la cuisine, emportant avec moi la lettre, le vin, mon 9 mm et une robe de chambre. À pas feutrés, dans la maison vide et silencieuse, je me suis préparé une légère collation sur un plateau télé avec les provisions que j'avais achetées à La Nouvelle-Orléans. J'ai déplié la lettre froissée. Le papier était raide et craquant comme des céréales dans un bol de lait. Mes yeux se sont immobilisés sur la ligne à laquelle je m'étais arrêtée.

Quatre jours avant que tu ne partes pour la Nouvelle-Orléans cette année-là, mon papa a appelé. Tu te souviens ?

Je me le rappelais. J'ai grincé des dents.

Il a dit que j'étais malade et que je ne pouvais pas venir cette année. Que j'avais la grippe. Montgomery était là, il écoutait. Moi aussi. Et alors papa m'a donnée à Montgomery.

Je ne te parlerai pas de cette nuit, tu entends ? Jamais. Alors ne me demande rien. Je l'ai raconté à Philippe. Je n'en parlerai plus jamais. J'en suis incapable. Montgomery m'a gardée jusqu'à mon dix-huitième anniversaire. Quatre jours entiers.

Le lendemain de mes dix-huit ans, il m'a proposé un contrat. La version DeLande du plaçage. J'aurais été riche dans dix ans. Vraiment riche. Et libérée du contrat. Dix ans d'un arrangement avec ton mari, alors que tu vivrais avec lui. Souviens-toi que tu étais vraiment fiancée avec lui.

Je me le rappelais. Trop bien. Et je me souvenais d'avoir discuté de ça avec Sonja pendant des heures à la fin de notre voyage, lorsqu'elle nous avait finalement rejointes. Pas étonnant qu'elle ne m'ait rien dit.

J'ai fui Montgomery, filé à la banque, rassemblé toutes mes économies et suis partie prendre l'autobus.

Ce n'était pas ma faute, Collie. Et je suis navrée. J'espère que nous pourrons rester amies. Et j'espère que tu n'épouseras pas Montgomery.

Avec mon amour pour toujours,

Wolfie.

Elle n'avait jamais envoyé la lettre.

J'ai dormi cette nuit-là dans le vieux lit de la maison où j'avais vécu naguère avec Montgomery. C'était une bonne vie. Pleine, rassurante, équilibrée. Un mensonge.

Le matelas était moelleux contre mon dos, un lit luxueux avec des draps de soie. Lisse, doux, sans plis. Je crois que c'est la raison pour laquelle je pouvais dormir là. Quelqu'un — Rosalita certainement — avait changé les draps. Personne n'y avait dormi. Pas Montgomery.

J'étais arrivée en ville après le crépuscule et j'avais trouvé la maison dans un état identique à celui dans lequel je l'avais laissée. Ou presque. Le jardin était à l'abandon. La boîte aux lettres était débordante. Il n'y avait pas de factures — elles avaient toutes été envoyées au bureau où LadyLia s'en occupait —, mais seulement des magazines, des catalogues, et des prospectus. La plus grande partie a directement rejoint la poubelle.

Il y avait une mise en demeure des autorités publiques de Moisson accrochée sur la porte et pendue au loquet par un long fil jaune. L'électricité serait coupée dans deux jours pour impayé. Montgomery devait avoir demandé à LadyLia de ne rien régler. C'était curieux.

Un oubli ? Montgomery marquait-il un point ? Il me restait deux jours pour apprécier l'air frais artificiel, les bains chauds et la nourriture chaude. Je n'avais pas l'intention de payer la facture. Mais j'ai pris les devants et rempli la cuve. Notre réserve en cas de tempête. Le lendemain matin j'ai sorti le Butagaz et les bouteilles de butane, les bougies et tous les restes du congélateur.

Je me suis débarrassée de tout ce qui était pourri dans le réfrigérateur. Pas besoin de flairer la viande et les légumes ! La plupart des denrées étaient moisies. Il n'y avait rien à manger de frais dans la maison. Rosalita avait peut-être emporté les victuailles. En nettoyant à fond la cuisine pour son dernier jour de travail. Cela remontait à plusieurs semaines, je pouvais l'assurer. Il y avait une épaisse couche de poussière partout. Je me suis demandé si Montgomery l'avait licenciée.

Le mobilier avait été déplacé. La collection d'armes se trouvait dans la suite du maître. Tous les meubles avaient été rassemblés dans cette pièce, même le vieux lit des filles. Étrange. Comme si Montgomery avait vécu dans ces lieux entouré par les quelques effets tangibles que je lui avais laissés.

J'ai vérifié les pistolets. Me suis assurée qu'ils étaient chargés. La maison était restée vide un bout de temps. Je ne voulais pas être surprise dans la nuit par un voleur qui tenterait de surveiller la maison. Ou par les charlots engagés par Montgomery pour me tirer dessus. Les ordres du chef, vous savez...

J'ai inspecté le fusil de chasse. Il y avait un tas de munitions. J'avais de quoi me nourrir au moins, même s'il fallait chasser pour ça.

Il y avait quelques légumes frais dans le jardin, mais pas énormément. Je ne mourrais pas de faim. Je m'en sortirais. Jusqu'au retour de Montgomery. Et après? J'évitais cette pensée.

Cet après-midi-là, le camion de la compagnie d'électricité est arrivé dans le jardin et a coupé le courant. Je venais de sortir de mon bain. J'avais à nouveau rasé mes jambes, verni mes ongles de mains et de pieds. J'avais lavé mes cheveux. Soudain, plus de lumière. Plus d'eau.

J'avais d'une certaine manière perdu une journée. Je me demandais si j'avais dormi vingt-quatre heures depuis que j'étais arrivée ici. C'était possible. Mais j'étais impeccable. Je me suis nourrie avec les restes froids et me suis éclairée à la bougie. J'allais me coucher tôt. Je n'avais pas beaucoup d'activité. Pendant les trois jours suivants, j'ai dépouillé l'intégralité des documents que m'avait fournis Ann Nezio-Angerstein (j'avais cessé de l'appeler Ann Machintruc, même pour moi seule).

Ces documents étaient effrayants — en tout cas, certains d'entre eux. Ann avait bien gagné son argent. Je lui aurais volontiers décerné un diplôme pour un si bon travail.

Je ne pouvais pas en lire beaucoup à la fois. Deux pages, puis je faisais un petit tour dans le jardin. Encore deux de plus, puis j'allais à quai vers le bayou m'asseoir quelque part dans la chaleur pour regarder les lézards se dorer au soleil et les tortues émerger à la surface de l'eau. On aurait dit de petites souches ou des ramilles. Des araignées pendaient mollement dans l'air immobile; celles-là, je les exécutais avec l'extrémité de ma houe. Je détestais les araignées. Puis je retournais à l'intérieur pour lire un peu plus.

Très vite il n'a plus fait bon dans la maison, l'air climatisé était balayé par le soleil de Louisiane. J'ai entrebâillé les fenêtres au fond du patio et suis restée davantage dehors. Je prenais du poids. La gaine du pistolet 9 mm était trop serrée autour de mon estomac. Mais je la gardais constamment. Aurais-je pu tuer un charlot si Montgomery m'en avait envoyé un?

N'y pense pas. Non. Attends simplement. Cela viendra en temps voulu. Cela viendra.

Je me suis alors remise à prier, pendant ces longues journées solitaires dans la canicule. Et même à réciter mon rosaire en déambulant dans la propriété. La paix qui s'était finalement abattue sur moi était satisfaisante. Pas très profonde. Ni très spirituelle. Mais elle me suffisait. Même avec tout ce que j'apprenais en lisant les rapports de la détective.

Montgomery avait conclu un accord financier avec mon père quand nous nous étions fiancés. Un pour les fiançailles. Un pour le mariage. Un appointement annuel aussi longtemps que durerait le mariage. Pas de doute que maman se soit sentie trahie quand j'avais quitté Montgomery. Cet argent représentait une petite fortune.

J'ai entrepris une promenade après avoir épluché ce rapport-là, procurant un peu d'exercice à un corps que j'avais ignoré depuis des mois. Marchant vite, pensant peu. Peut-être souffrant un peu pour cette mère que je n'avais pas connue. Puis j'ai regagné la véranda du fond, mon petit patio reculé, ombragé, pour découvrir un nouveau dossier.

Ann avait également découvert une sœur DeLande, une de celles sur laquelle les gens chuchotaient beaucoup. Les rumeurs avaient toujours tourné autour du nombre de grossesses illégitimes, de l'argent, et du nombre d'enfants qui avaient semblé prendre la fuite dès qu'ils avaient eu dix-huit ans, si ce n'était pas moins.

Ann l'avait appelée Miss X, et l'avait interviewée dans le vieux bar Absinthe du Quartier Français. J'ai parcouru la première page de cet entretien avec Miss X et me suis interrompue, reposant la page et fermant les yeux. Après un moment, je me suis redressée, ai réenfilé mes tennis usées et suis partie sur le ponton.

J'avais emporté avec moi un os de jambon. Il était resté suffisamment de glace dans le congélateur pour quelques jours, aussi avais-je pu conserver quelques aliments. J'ai attaché l'os à un coin du ponton et l'y ai laissé.

C'était exactement le genre de mets qui attirerait les crabes. Comme cet appât m'apporterait mon dîner, j'ai rincé mon filet, en lissant les nœuds rigides, utilisant la poignée pour chasser les toiles et les araignées nichées dedans.

Assise dans le renfoncement du quai, j'ai attendu. Mais quand j'ai refermé les yeux, j'ai vu ce qu'il y avait d'écrit sur cette page.

ANN : *Racontez-moi la vie de la maison DeLande quand vous y avez grandi. (Note : Le sujet fume cigarette sur cigarette et boit du scotch sec. Ci-joint addition.)*

X : *Quand j'ai eu douze ans, ma mère, la putain de Grande Dame, m'a donnée à mon frère. C'est une tradition DeLande, vous savez, dans cette demeure. Dès que vous avez vos premières règles, vous êtes offerte en cadeau à un des fils de la salope pour jouer avec et vous « entraîner ». On vous enferme dans une pièce avec lui. Vous partagez sa nourriture, son lit, ses besoins sexuels. Et croyez-moi, les besoins sexuels viennent en premier pour un DeLande. Votre cher frère vous enseigne tout sur votre propre corps. Comment lui donner du plaisir. Comment rendre le plaisir à l'autre. Pour mon treizième anniversaire, on m'a donné la pilule. Pour mon quinzième, j'ai quitté la maison au beau milieu de la nuit sans rien emporter avec moi sinon mon argent et mes bijoux. J'ai même abandonné mon fils.*

ANN : *Qui était le père de votre fils ?*

X : *Montgomery. Il avait à peu près vingt ans à cette époque.*

Le lien qui tenait l'os du jambon a oscillé légèrement à la surface de l'eau noire et l'os a plongé au fond avec de légères bulles. Le lien a de nouveau oscillé. Des crabes attaquaient l'os de viande. À moins que ce ne soit un petit poisson-chat ou un brochet.

J'ai sauté sur mes pieds, attrapé le filet — du genre de ceux qu'utilisent les pêcheurs — et le seau au bout du quai. Très tranquillement j'ai ramené le filet au-dessus de l'eau avec l'os qui émergeait. Au moment où l'appât a frôlé la lumière, toujours à quelque six centimètres de la surface de l'eau, j'ai fait claquer le filet et l'ai brutalement sorti. Trois crabes bleus, dont l'un avait une taille monstrueuse, cramponnés à l'appât, avaient été fait prisonniers. Des petites créatures affamées que ces crabes. Même menacés dans leur existence, ils n'en oubliaient pas de dîner.

Sur le chemin du retour, je me suis répété comme une litanie l'entretien d'Ann avec Miss X, comme si j'étais assise avec elle dans le bar Absinthe. Je la devinais presque en train de fumer, d'exhaler la fumée par ses narines, de boire son scotch, recrachant la fumée à chacune de ses paroles.

— *Qui était le père de votre fils ?*
— *Montgomery. Il avait à peu près vingt ans à cette époque.*

J'ai préparé du gumbo cette nuit pour ma première journée sans électricité. Cuisiné dans le patio, sur mon petit réchaud à deux feux. D'abord j'ai bouilli les crabes, ôté leurs coquilles, utilisant les précieux outils de Montgomery pour briser leur carapace et en extraire la chair. Après les avoir entièrement dépecés, j'ai lancé les déchets par-dessus la clôture. Cela attirerait les charognards, et alors ?

J'ai confectionné un roux avec de la graisse de bacon et de la farine. C'était un roux épais. Plus épais que je ne le faisais habituellement. Je l'ai complété avec des épices, des légumes et l'ai laissé réduire. Sur l'autre feu, j'ai fait revenir des oignons, de l'ail, des poivrons. Dès qu'ils ont été dorés, je les ai mélangés au roux, avant de faire bouillir l'eau et le riz.

Un bon gumbo doit mijoter longtemps à faible température avant d'y ajouter la viande, aussi ai-je laissé frémir le tout tandis que le riz cuisait. Je me suis préparé un thé instantané. Il était fort et amer, mais n'importe quelle boisson froide me rafraîchissait.

Je regrettais déjà les douches et les bains depuis que l'eau avait été coupée. La chaleur était oppressante. La brise du bayou derrière ne l'apaisait nullement et je « sentais bien fort » comme aurait pu le dire maman en se moquant des petites canailles blanches qui vivaient dans le quartier. Les éponges de la baignoire ne parvenaient pas à me détendre dans cette fournaise.

En allant dans le patio, j'ai ouvert le dossier d'Ann, mon thé tiède par terre près de moi, le gumbo fumant cuisant à mes côtés. L'entretien avec Miss X faisait deux pages. Il me procurait un aperçu des DeLande dont je ne m'étais jamais doutée.

C'était comme d'ouvrir la fenêtre d'une maison abandonnée et de fouiner à l'intérieur. Ce n'était que pourriture, décrépitude, moisissure. Un bref coup d'œil m'a fait répondre à beaucoup d'interrogations. Et en poser autant d'autres. Dont la plus importante était : Pourquoi ? Pourquoi la Grande Dame avait-elle donné ses filles à leurs fils pour « s'entraîner » selon les paroles de Miss X elle-même ? Pourquoi voulait-elle garder les enfants qui provenaient de ces unions incestueuses ? Même ceux qui n'étaient pas exactement « parfaits » comme le fils de Miss X. Il était gravement retardé et était né avec un troisième mamelon sur sa poitrine. Le médecin qui s'était occupé de lui avait tenu à dire qu'il s'agissait d'un accident de naissance. Quelques secondes de trop sans oxygène tandis qu'il sortait du ventre de sa mère avec le cordon ombilical enroulé autour de son cou. Mais le médecin ne savait rien de l'inceste !

Miss X avait refusé de répondre à plusieurs questions d'Ann. Par exemple où elle habitait, comment elle vivait, quelle était la dernière fois où elle avait vu un DeLande. Des questions pourtant capitales ! « Et le sujet a disparu depuis, ayant déménagé de sa dernière adresse en date ; nouvelle adresse inconnue. » Dans son résumé, Ann avait ajouté : « Je pense que le sujet est mentalement instable, secret, vindicatif, rancunier, colérique et franchement psychotique. Mais je crois qu'elle disait la vérité telle qu'elle la concevait. »

J'ai posé son rapport sur la table, introduit la viande dans le gumbo, y éparpillant les miettes de crabe avec une grande cuiller que j'avais dénichée au fond d'un tiroir vide de la cuisine.

Montgomery avait un autre enfant, celui-là de sa propre sœur. Combien d'autres étaient cachés dans tout l'État ? Et comment avais-je vécu autant d'années avec un homme que j'ignorais totalement ?

J'ai goûté le gumbo. Il était merveilleux, chaud et épicé. Prêt pour le *filé*. J'ai pris mon nouveau flacon d'herbes amères, en ai mesuré une portion dans le creux de ma main et l'ai jeté dans le gumbo. Elle a fondu instantanément. Au bout d'un moment, comme il était fort et épicé sur ma langue, j'ai remis un peu de *filé*. Puis, après avoir refermé le bocal, je suis retournée aux rapports.

Ann avait, en quelque sorte, « resquillé » un entretien avec Priscilla, la première femme d'Andreu, celle qui vivait dans un couvent près de la ville de Des Allemands. Cette brève conversation n'avait pas excédé dix minutes. Et Priscilla avait refusé de révéler les raisons qui l'avaient conduite à quitter son mari. Ann n'avait pas été autorisée à taper l'interview, la conversation était résumée dans son rapport.

J'étais la cause de la dissolution de leur mariage.

> *Le sujet proclame que chaque femme DeLande est mariée jeune et entraînée à des pratiques sexuelles par son mari.*
>
> *Chaque femme doit faire en sorte de se rendre disponible pour chacun des frères qui la désire sexuellement. On appelle ce procédé de manière informelle « partage » et il a commencé six semaines avant la naissance de son second enfant, si ce n'est pas plus tôt.*
>
> *Quand Nicole Dazincourt a épousé Montgomery, il l'a installée dans une résidence privée au lieu de la propriété DeLande. Autant qu'une épouse DeLande le sache, il ne l'a jamais forcée à souscrire à la tradition familiale. Le sujet a décidé qu'elle n'avait pas à suivre les méthodes traditionnelles si Nicole pouvait s'en passer. Elle s'est refusée*

à Richard quelque temps après la naissance du second enfant de Nicole. Richard l'a punie, puis violée. Il l'a fait devant l'époux du sujet, avec le plein consentement de celui-ci.

Dès qu'elle l'a pu, le sujet est parti. Elle a obtenu le divorce sans difficulté parce qu'elle a laissé la charge de l'éducation de ses enfants à la Grande Dame. Les enfants sont maintenant grands.

J'ai lâché le rapport, soudain habitée par une nausée si violente que j'ai eu du mal à aller au fond du patio. J'ai vomi mon thé. Le malaise ne s'est pas dissipé facilement car Sonja n'était pas près de moi pour me badigeonner le cou de serviettes fraîches et demeurer près de moi. Mais le fumet du gumbo m'a rassérénée. Et quand le malaise s'est dissipé, j'ai dîné : du gumbo, du riz et un verre de vin.

Avec un peu de ma précieuse eau, j'ai épongé ma sueur et suis allée au lit avant le coucher du soleil. J'ai dormi profondément plusieurs heures sur les draps de soie, dans la maison presque fraîche.

Mais à deux heures du matin environ, la chaleur s'était accrue dans la pièce ; l'air était confiné et humide, me rappelant la petite maison près de Sainte-Geneviève. Ma prison. J'ai ouvert plus de fenêtres à l'arrière de la maison pour la ventiler. Une brise s'est répandue dans l'air avec la sensation d'une pluie imminente. En souriant, je suis retournée à mes draps moites. Les bruit des gouttes a retenti avec le chant des criquets et le coassement des grenouilles. Je me suis rendormie.

Au matin, j'ai déplacé le mobilier. J'ai installé le vieux lit des filles dans le salon. J'ai sorti les plateaux télé — deux dans le patio, un dans le salon, un sur le seuil, un près de mon lit — et j'ai calé le pistolet sur le plancher entre ses pieds. La table de jeu et les chaises sont allées dans le coin petit déjeuner. J'ai laissé sur la table, à l'entrée principale, l'unique lampe tempête et je l'ai entourée de bougies.

Je n'ai pas compté les jours qui ont suivi. Mes poils ont poussé sur mes jambes et sous mes aisselles. Le vernis s'est écaillé sur mes ongles, mes ongles se sont cassés. J'étais à court de vêtements, après avoir lavé ceux que je portais plusieurs fois pour les faire sécher dans le patio.

Une fois, un bateau a rôdé dans le bayou, après avoir coupé son moteur près de l'appontement. J'ai attendu une agression pendant dix minutes, le souffle coupé, me demandant s'il s'agissait des charlots, de Montgomery ou de simples cambrioleurs. Puis le moteur a rugi de nouveau et s'est éloigné. Une demi-heure s'est écoulée avant que je ne trouve le courage de descendre le sentier jusqu'au bayou, mon automatique 20 mm sur l'épaule.

Il y avait une glacière sur le quai. Je m'étais attendue à des serpents ou à quelque chose qui ressemblait à un film d'horreur. J'ai ouvert le couvercle, le pistolet pointé à l'intérieur. C'était une darne d'alligator fraîche sur un lit de glace. Un couteau en peau était fiché dans la viande. Celui du Vieil Homme Frieu, celui que Miles lui avait laissé il y a tant d'années lorsqu'ils avaient joué au poker et que Miles était venu acquitter sa dette en billets flambant neufs. Je n'avais pas la moindre idée de la façon dont le vieil homme avait su que j'étais là, mais les steaks grillés ont été un délicieux repas.

J'avais presque entièrement terminé les conserves et j'ai tué une fois un lapin pour dîner qui était venu se rassasier dans mon jardin en friche. J'ai mangé du poisson que je pêchais à quai dans l'eau noire du bayou, des crabes, quelques langoustes attrapées au filet dans la baie sombre. J'ai fouillé dans les mauvaises herbes pour dénicher quelques carottes, de petites courges, des haricots verts et blancs, faisant ainsi concurrence aux guêpes. J'ai bu un verre de vin par jour. J'ai beaucoup marché. Je suis allée partout où mes pas me conduisaient et je n'ai rencontré qu'une seule fois le laitier.

Je me déplaçais toujours avec le Glock 9 mm, noué à ma taille qui s'épaississait sous mes vêtements, le retirant seulement pour me laver à la fin de la journée et pour dormir.

J'avais garé la Land Rover dans le garage de Montgomery. C'était une profanation que de mettre un véhicule moderne dans son sanctuaire, mais ainsi personne empruntant le chemin étroit ne pouvait repérer ma présence. Et j'ai lu ces documents maudits. Un par un. Sur le monstre que j'avais épousé.

Quand je rêvais, c'étaient des cauchemars. J'étais attrapée par-derrière par des mains brûlantes. Je me réveillais, refoulant un cri. Ou alors j'étais le serpent, brûlant sur le couvercle de la poubelle sous la chaleur suffocante, se contorsionnant et cuisant, désemparé.

Chaque jour brûlant et misérable me conduisait au suivant. J'ai entrepris ma convalescence et suis enfin parvenue à me souvenir des jours passés dans la petite maison avec Montgomery après la tempête. À me souvenir des mots qu'il marmonnait en conduisant, quand il me battait ou qu'il me fixait avec des yeux trop clairs. Des mots dont je ne crois pas qu'il savait qu'il les prononçait. Des mots que je n'avais pas compris à cette époque tant ils ressemblaient aux élucubrations d'un esprit brouillé par l'alcool

— J'aurais dû écouter, avait-il marmonné. Te mettre dans la grande maison avec elle. Ou encore... t'éduquer comme il faut. J'aurais dû. J'aurais dû... Les filles aussi. J'aurais dû. Mettre les filles plus tôt. Le faire. Les mettre avec elle. Ne partagerai pas. Ne peux pas. La tuer plutôt.

Ce balbutiement avait repris pendant la première partie de ma punition lorsque Montgomery avait été trop saoul pour s'entendre parler. C'était un discours distinct, séparé de sa litanie « Dis-moi. Dis-moi la vérité ». Et je n'avais pas compris.

Montgomery avait pensé que je devrais être tuée. Il planifiait de confier mes enfants à la Grande Dame pour qu'elle les élève. Il m'aurait tuée si je l'avais combattu. Mais j'étais revenue. Cassant le mobilier, glapissant, lui fournissant la seule raison qu'il accepterait pour me laisser partir : la jalousie. Ne voulant pas le partager avec Glorianna. Il n'y avait aucune chance pour que Montgomery me laisse disparaître. J'avais menti à Adrian Paul quand je lui avais donné mes raisons pour venir à Moisson. Je savais qu'il n'y aurait pas de divorce. Pas de deuxième chance.

J'imagine qu'il lui a fallu une semaine pour me trouver, bien que j'aie perdu tout repère temporel dans la monotonie de mon train-train quotidien. J'ai entendu la voiture venir à deux kilomètres, longtemps après le crépuscule, comme j'essorais mon éponge de bain, un mince filet d'eau ruisselant sur le ciment au fond du patio. Je me suis interrompue, coupant l'eau en plein milieu. J'ai reposé mon saladier et séché mes mains sur la serviette près de moi. Ce mouvement a tiré sur l'étui du pistolet que j'avais renoué autour de ma taille après mon bain.

J'ai regardé en direction de la maison éclairée par les bougies. Une lueur brillait à plusieurs fenêtres. Je suis entrée, l'esprit vide, et j'ai allumé la lampe tempête sur le seuil. Sa douce chaleur était rassérénante et joyeuse dans la pièce presque vide.

J'ai débouché une bouteille de vin, le préféré de Montgomery, le meilleur blanc, et l'ai versé dans deux verres, le liquide jaune s'éparpillant dans le cristal. J'en ai gardé un. J'ai posé l'autre sur le plateau télé qui supportait la lampe tempête près du seuil. Je me suis appuyée contre le mur peuplé d'ombres du salon et j'ai attendu.

Il conduisait une voiture ancienne, une Auburn. Une nouvelle acquisition de sa collection ou un prêt de l'un de ses frères. Il s'est garé dans le jardin, effectuant une marche arrière de façon à faire face au chemin. Il a coupé le moteur. Il est sorti. Il a refermé la portière. Ouvert le coffre. Il a marché jusqu'au seuil.

Lentement, il est entré, la lumière creusant son visage. Il ne s'était toujours pas rasé, mais sa barbe était taillée proprement, brossée et luisante de sueur sous la chaleur. Il était bien habillé, élégant et décontracté. Le style *Vogue Hommes*. Ses yeux étaient durs et froids, sa bouche une mince fente.

La porte s'est refermée derrière lui. Il a pris le verre de vin dans une main et l'a bu nonchalamment, comme s'il s'agissait de la fin d'une journée ordinaire et non de notre vie commune. Je me suis interrogée sur ce coffre ouvert conne une gueule béante, noire dans la nuit.

Nous avons siroté notre vin tiède et nous nous sommes dévisagés dans la pièce. Montgomery dans sa mise raffinée, moi dans le tee-shirt dans lequel j'avais dormi, les jambes et les pieds nus. Trois grenouilles coassaient en arrière-fond, dans une troublante cacophonie.

Je lui ai révélé ce que mes petites m'avaient raconté. Je lui ai révélé tout ce que j'avais appris par la détective. Tout ce que j'avais réuni dans ma mémoire, les certitudes anciennes et nouvelles. Chacun des actes ignobles qu'il avait commis depuis le jour où sa mère lui avait donné sa sœur âgée de douze ans pour jouer avec et l'éduquer aux attouchements horribles qu'il avait prodigués à ses petites. Il est resté là, debout, la lueur de la lampe vacillant sur ses mains tandis qu'elles torturaient le pied du verre.

Il a écouté patiemment comme s'il me laissait une chance de tout lui dire. Il a bu une gorgée quand j'ai eu fini, avec ses gestes élégants et raffinés, ses manières policées. J'ai conclu mon monologue en lui annonçant que j'allais divorcer. Que s'il refusait, la vérité serait révélée au tribunal. Toute la vérité.

Il a alors souri, un sourire inconnu pour moi dans son visage hérissé de barbe. Doux, sensuel et si froid.

— Je tiens nos enfants, tu sais, a-t-il dit de façon anodine. Quatre hommes encerclent la maison. Je les ai regardées jouer dans le jardin. Je les ai regardées se déshabiller la nuit par les fenêtres.

Il a bu. Une flamme froide a irradié le creux de mon estomac, se diffusant dans mon corps. J'ai posé le verre sur le plateau, cognant son revêtement de bois. J'ai répandu le vin. Le verre s'est fendillé et cassé, des fragments ont scintillé dans le vin ruisselant.

— Elles sont vraiment belles, jolies, ces petites.

Il a collé ses lèvres au verre, sa gorge se contractant sous la lampe. Il était si sensuel !

— J'ai promis Dessie à Richard dès que tu seras partie.

Montgomery a souri.

— Il aime vraiment les blondes, tu sais.

Il a tranquillement porté son vin sur le plateau près de la lampe. Fait un pas. Son sourire s'est agrandi. Il a caressé la paume de l'une de ses mains avec les phalanges de l'autre. C'était un geste qu'il se faisait à lui-même, froid comme ses yeux bleus.

— Je suis navré, Nicole. Mais la Grande Dame avait raison à ton sujet. Tu dois vraiment partir.

Et il s'est jeté sur moi.

Il semblait remuer lentement. Comme s'il dansait sous l'eau. Son visage était immobile quand il s'est approché de moi. Il avait un masque glacé.

C'est étrange comme j'étais calme. Presque paisible. Je n'ai même pas eu à y penser. Mes réflexes étaient vifs comme la foudre.

J'ai dégainé le 9 mm et tiré. À deux reprises.

Les balles l'ont touché, l'une à la poitrine, trop haute pour l'arrêter, l'autre au visage, au-dessous de la joue gauche. Leur bruit était décuplé dans la maison vide, l'écho se répétant à l'infini.

Il n'est pas tombé. Il s'est précipité sur moi comme un démon, giclant de sang, mais il n'a pas ralenti.

Nous avons lutté à terre, son sang ne nous donnant aucune prise sur le sol glissant. Il m'a frappée. Il m'a mordue. Je l'ai griffé. J'ai perdu le pistolet. L'ai éloigné de lui. Couru jusqu'à la chambre.

Il faisait noir au fond de la maison. Il n'y avait pas de bougies. J'ai roulé le long du lit, sur le sol. J'ai tâtonné frénétiquement à la recherche du deuxième pistolet. Je l'ai effleuré dans la pénombre près du lit, le métal était frais dans cette fournaise.

J'ai brandi l'automatique 20 mm. L'ai ajusté contre mon épaule. J'ai tiré alors qu'il s'encadrait dans l'embrasure de la porte.

Il n'est toujours pas tombé, mais a fait marche arrière vers le salon. Je l'ai suivi, trébuchant dans son sang. Je l'ai à nouveau visé. Il a chancelé une fois. Une deuxième fois devant la porte.

Enfin, il a glissé et est tombé, son sang éclaboussant la pièce. Puis se répandant en une large flaque sous lui.

Je suis restée au-dessus de lui, le pistolet pointé sur son visage, tandis que son masque changeait, s'adoucissait. J'ai regardé la vie le quitter. Et c'est seulement quand il a été mort depuis longtemps et que l'arme est devenue lourde entre mes mains que je me suis reculée.

J'ai trouvé l'Auburn dans l'obscurité du jardin. Le silence vivant du bayou et du marais retentissait de pépiements, de croassements et de rugissements qui étaient noyés sous le bourdonnement dans mes oreilles endolories par les rafales de pistolet.

J'ai ouvert la portière et me suis glissée sur le siège ; le cuir était frais contre ma peau gorgée de sang. J'ai cherché dans la nuit avec des mains tremblantes le téléphone portable que je savais être là.

Assise dans l'Auburn, dans les ténèbres du jardin, le sang coagulant sur ma peau, j'ai téléphoné à Adrian Paul à La Nouvelle-Orléans. Il a décroché à la troisième sonnerie. Il avait son rire merveilleux.

— Hello !
— Où sont mes petits ? me suis-je écriée.

Puis j'ai aspiré une grande bouffée d'air.

— Montgomery dit qu'il y a quatre hommes là, qui encerclent les lieux, ai-je glapi. Quatre hommes. Ils vont emmener mes petits ! Adrian Paul, vous m'entendez ? Ils vont emmener mes petits ! Adrian Paul ! Adrian Paul !

Il a resurgi au bout du fil et j'ai compris qu'il venait de parler à quelqu'un d'autre.

— Adrien P...
— Collie.
— Adrien Paul, vous m'écoutez ? (Je sanglotais.) Il a quatre hommes. Quatre hommes. Quatre hommes. Il va emmener mes petits.

Je me laissais glisser du siège sur la pelouse près de l'Auburn, en hoquetant et en berçant le téléphone sur mes genoux comme un enfant. Des criquets ont commencé à crier dans les lauriers-roses près de l'endroit où j'étais assise.

— Il va emmener mes petits, ai-je répété. Il va emmener mes petits !

J'ai roulé sur la pelouse, le visage écrasé contre le sol.

— Collie !

Il criait. Adrian Paul criait ?

— Collie ! Les enfants sont tous avec moi. Vous comprenez ? Ici avec moi. Et les vigiles que nous avons engagés les ont regroupés dans la salle de bains par sécurité et ont appelé la police. Les enfants sont en lieu sûr. Dessie, Shalene et Morgan. JP aussi.

— Ce n'est pas la peine de crier, ai-je chuchoté.

J'étais soulagée d'être allongée. On nous apprenait à l'école d'infirmières que l'on ne peut pas mourir si l'on est couché.

J'ai respiré profondément avant de lui annoncer :

— J'ai tué Montgomery.

13

Je n'ai pas pu me forcer à entrer à l'intérieur. Je n'ai pas pu me forcer à me lever de la pelouse. Je suis restée couchée dans le noir, les bruits de la nuit s'amplifiant au fur et à mesure que mes oreilles revenaient à la normale. L'écho du pistolet projetait un écho dans ma mémoire, encore et encore.

J'ai tué mon mari.
J'ai tué mon mari.
J'ai tué mon mari.

Les moustiques ont bourdonné autour de moi, attirés par l'odeur du sang frais et de la transpiration. J'ai tiré le tissu de mon tee-shirt sur mes genoux recroquevillés pour m'assurer une petite protection. Les moustiques m'ont piquée à travers mon vêtement.

Si impossible que cela paraisse, je crois que j'ai dormi. Ce n'était pas le moment pourtant. Le jardin a été envahi par les phares, les fumées, les sirènes bleues et des voix surexcitées.

Adrian Paul avait dit qu'il s'occuperait de tout. Mais où était-il ? Il lui fallait des heures pour venir ici de La Nouvelle-Orléans. Les flics ont tourné autour et crié. Je les entendais s'affairer dans la maison.

Terry Bertrand s'est planté devant moi, silencieux, son arme officielle de la police pointée sur moi. On n'entendait que les voix des flics dans la nuit.

— ... a tiré sur lui...
— ... arme du crime ?

— ... calibre 20... tué... premier coup...

Terry m'a tout d'abord laissée seule. Me mettant sur mes pieds à l'arrivée d'une femme flic.

Ils m'ont posé des milliers de questions tandis que le shérif observait la scène. Je n'ai pas répondu. Je ne crois pas que j'aurais pu répondre.

J'ai tué mon mari.
Mais mes petits étaient en lieu sûr.

J'ai été accusée de la mort de mon mari. Avec préméditation, car il n'était pas armé. Et moi je l'étais. Car on avait l'impression que je l'avais invité, tenté de le séduire en lui servant du vin et tiré sur lui. Le séduire ! Dans mon vieux tee-shirt. Avec des jambes velues. Dans une maison sans air climatisé ni eau courante. Incroyable.

J'ai eu le droit de m'habiller, puis j'ai été menottée et emmenée en prison. On m'a photographiée, on a relevé mes empreintes digitales, on m'a déshabillée, soumise à la fouille corporelle, puis autorisée à me rhabiller.

Enfin on m'a laissée seule et placée dans une petite pièce pendant deux heures parce que la paroisse de Moisson n'avait pas de cellules pour les femmes et que j'avais refusé de répondre à la police. Je me suis assise sur la vieille chaise en plastique, tordant mes mains, grattant le sang sur mon corps. L'éparpillant là où le sang mêlé à la sueur ne pouvait sécher sur ma peau huileuse.

J'avais vraiment besoin d'une douche.

Je n'ai pas cessé de me toucher. De passer la main dans mes cheveux poissés de sang. En pleurant.

J'étais vivante.
Montgomery était mort.
Mes petits étaient en lieu sûr.

Enfin Adrian Paul est entré dans la pièce, m'a regardée. Il s'est arrêté, en état de choc. Je crois que je devais vraiment être hagarde. Il était accompagné de Philippe et d'un autre frère Rousseau. À les voir tous trois ensemble, il n'y avait plus de doute. C'était le célèbre Gabriel Alain Rousseau, le conseiller criminel du cabinet Rousseau. Il ne s'est même pas présenté. Il s'est juste mis à parler. J'ai

dévisagé Adrian Paul pendant que Gabriel me questionnait. Adrian Paul m'a rendu mon regard.
— Madame DeLande.
J'ai tressailli.
— Avez-vous parlé avec la police ?
J'ai secoué la tête.
— Non.

Mes larmes ont coulé de nouveau, répandant des taches de sang sur les vêtements propres que je portais. Le tee-shirt sanglant que j'avais pour tuer Montgomery était maintenant une preuve à conviction.

— Je n'ai pas ouvert la bouche, ai-je dit, depuis que j'ai parlé avec Adrian Paul.

— Je sais que vous avez été blessée après avoir été enlevée par votre mari. Qu'il vous a battue il y a un peu plus d'une semaine.

Adrian Paul était vêtu d'une chemise en coton blanc et d'un pantalon noir. Ses cheveux trop longs étaient ébouriffés. J'ai acquiescé. *Une semaine seulement ?*

— Vous souffrez ?

J'ai ri, malgré les larmes qui coulaient sur mon visage. Un tremblement m'a prise, violent, par spasmes. Si violent que mes dents ont claqué. Le monde s'est assombri d'un coup, se refermant sur lui-même jusqu'à ce qu'il ne reste plus qu'un point de lumière éclairant le visage d'Adrian Paul. Puis ça a été la nuit.

Quand je me suis réveillée, Gabriel avait pris les choses en main, arguant de ma grossesse et des coups que j'avais reçus pour me faire obtenir un traitement spécial. On ne pouvait pas me garder en prison avec les hommes. En dépit des objections du shérif, on m'a installée dans un hôtel sous une garde permanente jusqu'à ce que l'on fixe le montant de ma caution.

J'ai pris une douche, pendant que le shérif adjoint montait la garde derrière la porte. J'ai été examinée par un médecin, on m'a donné des vêtements propres. J'ai eu le droit de dormir.

Étrange, je n'ai pas eu de rêves cette nuit-là.

Gabriel me trouverait probablement un juge qui me permettrait de rester à La Nouvelle-Orléans jusqu'au procès. C'était un arrangement qui permettait à la paroisse d'économiser de l'argent et bien des soucis. Il me donnait le temps de me soigner loin de la presse, des racontars et des regards mauvais qui pesaient sur moi à Moisson. Le temps de voir le thérapeute, le docteur Aber. Le temps d'apprendre à mes enfants que j'avais tué leur père, de leur permettre d'assumer sa mort et de me voir comme une meurtrière. Le temps de vivre paisiblement avec eux pour acquérir une sorte de paix dans mon épuisement.

Et les mois ont passé, s'écoulant aussi calmement que les eaux noires du bayou.

Cinq mois après avoir tiré sur Montgomery, j'ai accouché à l'hôpital Mercy de La Nouvelle-Orléans. Sonja, à mes côtés, m'exhortait et jurait que si je ne poussais pas un peu mieux, bon sang! elle me botterait les fesses. La sage-femme qui m'accouchait avait souri.

Une semaine après la naissance, deux chèques sont arrivés par la poste. Cent mille dollars pour mon nouveau fils, Jason Dazincourt DeLande. Le même montant pour moi. Une politesse de la Grande Dame.

J'avais tué mon mari, mais il semblait que la tradition DeLande se poursuivait quand même, sous la forme du cadeau de naissance. J'ai ouvert un compte rémunéré pour Jason et utilisé mon argent pour assurer ma défense.

Le procès avait été différé. Puis à nouveau différé. Une fois par Gabriel, plusieurs fois par l'accusation. Il y avait des raisons valables à chaque fois, mais Adrian Paul me dit qu'ils n'avaient pas envie que je comparaisse au tribunal à un stade avancé de ma grossesse en déclarant que j'avais tué mon mari pour protéger mes enfants et défendre ma vie. Le facteur de sympathie déclenché par une accusée enceinte était plus que ce que l'accusation pouvait supporter.

Bien que je n'aie plus eu besoin d'Adrian Paul comme avocat pour divorcer, il aidait Gabriel pour la préparation de ma défense. *Pro bono,* bien sûr — j'en remercie Sonja et Shalene.

Nous étions devenus amis, le mâle Rousseau aux yeux noirs et moi. Mais j'avais compris qu'il attendait plus. Il était patient. Et mes amis étaient rares durant les mois qui avaient précédé le procès.

De retour à Moisson, les rumeurs allèrent bon train, déformées par chaque parcelle de vérité divulguée à la presse par « les sources confidentielles de la police ». J'ai toujours pensé que ces sources confidentielles émanaient de Terry Bertrand. Mais il n'y avait aucun moyen de le prouver. Ma famille m'avait abandonnée, mon Église m'avait condamnée, et mes vieilles copines d'école, celles de Notre-Dame-de-Grâce, se repaissaient de ces cancans.

La presse locale me voua aux gémonies. On me catalogua comme une meurtrière, on m'accusa d'adultère et de toutes sortes d'actions démoniaques. Les grands journaux de La Nouvelle-Orléans, Lafayette et Baton Rouge affichèrent des positions plus libérales, soutenus par les associations de femmes de tout le pays. Toutes ces femmes se mobilisèrent contre les abus conjuguaux, l'enlèvement, la violence domestique. Leurs déclarations figuraient en première page, mélangées aux détails de mon crime. Je crois que c'est Sonja qui leur a parlé de la cassette, bien qu'elle l'ait toujours nié.

Je suis restée loin de Moisson à vivre tranquillement dans le minuscule cottage de Sonja avec mes quatre enfants. L'automne tardif et un hiver précoce et pluvieux se sont écoulés. Puis Noël, avec une débauche de cadeaux de l'oncle Miles, comme d'habitude, bien qu'il ne soit pas venu pour les vacances comme jadis.

J'ai fait peu de choses ces mois-là, sauf dormir et me concerter avec mes avocats. Le temps a passé dans une sorte de brouillard ; j'étais détachée de la réalité autour de moi. Désocialisée. Ma vie se résumait à mes enfants, aux Rousseau, à Snaps.

Sonja et moi n'avons jamais parlé de la nuit de la mort de Montgomery. Nous n'avons jamais parlé de la lettre qu'elle m'avait écrite. Jamais évoqué les blessures que Montgomery avait causées en elle. Peut-être ne le ferions-nous jamais. Même entre les amis les plus intimes, il y a toujours des secrets, des mystères, des points obscurs qui doivent être évités dans la conversation. Mais cette lettre et la mort de mon mari ne sont jamais devenues un obstacle entre nous. Nous étions plus proches que jamais.

La semaine précédant le procès, Ann Nezio-Angerstein, qui allait certainement pouvoir prendre sa retraite avec ce que je lui avais réglé depuis dix mois, a enfin retrouvé la trace de Miss X. Miss X, la sœur DeLande qui avait déclaré être la mère d'un enfant de Montgomery quand elle avait quinze ans. Elle a été trouvée dormant sous une porte de la cathédrale Saint-Louis dans le Quartier Français. Elle était saoule. Si saoule qu'elle a dû être désintoxiquée avant de pouvoir témoigner.

Si saoule que le procès aurait bien pu se terminer avant qu'elle soit redevenue sobre et lucide. Même consciente, nous n'avions pas la moindre garantie qu'elle accepterait de témoigner contre sa famille.

Priscilla, quoi qu'il en soit, avait accepté de venir. Et son témoignage sur le mode de vie des DeLande nous servirait, un mode de vie que j'essayais d'épargner à mes enfants quand j'avais tué Montgomery... selon le rapport de mon avocat. Le témoignage de Priscilla nous aiderait mais nous avions vraiment besoin de celui de Miss X, sobre et coopérative.

J'ai pris des décisions pour l'avenir de mes enfants, les confiant à la garde de Sonja et d'Adrian Paul si je venais à être condamnée. Pourquoi ne l'aurais-je pas été ? J'avais tué mon mari, après tout. Et je l'avais tué à maintes reprises dans mes rêves, l'imaginant tomber, l'imaginant tomber, l'imaginant tomber et agoniser dans le ralenti de la mémoire et du cauchemar.

J'ai passé mes derniers jours de liberté avec mes enfants, à bercer mon dernier fils, à lire des histoires à Morgan qui s'était enfin décidé à parler, à partager mes soucis avec Dessie et Shalene, qui avaient autant besoin que je leur dise la vérité que d'être rassurées. Elles avaient aussi besoin de connaître mes choix. Non pas qu'elles fussent inquiètes. Shalene se tint debout au centre de la pièce et donna des ordres précis à Adrian Paul pour m'éviter la prison. Ses yeux scrutant les miens dans la pénombre, il approuva gravement.

Le procès fut programmé pour la dernière semaine de février, cette période épouvantable et glacée où rien ne fleurit et où la pluie tombe en rideaux serrés du ciel huileux. Le temps semblait suspendu, figé dans un air immobile.

Je me suis retirée avec Sonja et les garçons dans la maison de Moisson pour le procès. Les filles sont restées à La Nouvelle-Orléans avec oncle Philippe pour aller à l'école. Elles sont venues deux fois à Moisson, lorsque Gabriel a pensé que leur présence me ferait du bien. Il pensait qu'elles auraient une influence positive sur le jury, assises derrière moi en silence, dans leurs jolies robes blanches.

Le premier jour de l'audience, je suis venue au tribunal avec Adrian Paul et Gabriel, entrant dans l'immeuble par-derrière pour éviter les journalistes, arrivés tôt pour recueillir une déclaration. Le tribunal était situé dans un pâté de maisons qui faisait face à une cour au milieu de laquelle se trouvait une statue en bronze d'un héros confédéré sur un cheval. À l'intérieur se trouvait le commissariat de police, les bureaux du comté de l'État et la mairie. Toutes ces bâtisses étaient majestueuses et avaient été construites plusieurs années avant la guerre de Sécession, lorsque Moisson était en pleine expansion, regorgeait d'argent et que l'avenir souriait. Elles avaient été édifiées par une main-d'œuvre d'esclaves, à la sueur de leur front.

Les entrées dans le bâtiment étaient fermées aujourd'hui et resteraient fermées pendant toute la durée du procès. La cour était réservée à la presse, aux associations de femmes venues m'assurer de leur soutien et aux curieux.

J'étais habillée de façon classique, dans une robe à fleurs de teinte pastel, avec une veste et des chaussures assorties. J'avais l'air d'une femme féminine et vulnérable. Pas d'une dame qui avait tué son mari de sang-froid comme le répétait l'accusation. Je tremblais, je ne pouvais rien avaler, la douleur de mon ulcère se réveillant, brûlante et aiguë, après mon café du petit déjeuner. J'avais pensé que des mois de Maalox me feraient du bien. Mais si les médicaments m'avaient guérie, le stress m'avait rendue de nouveau malade, j'imagine.

Je me suis pratiquement évanouie en gravissant les dernières marches qui menaient au tribunal. Adrian Paul m'a attrapé le bras, son visage près du mien. Il a souri. Je n'ai pas pu lui rendre ce sourire.

La sélection des membres du jury avait été lente et fastidieuse, un peu comme si tout le monde dans la paroisse de Moisson m'avait connu moi ou ma famille ou les DeLande. Quant aux autres, rares, qui n'avaient pas de relations avec nous, ils avaient lu les journaux, regardé la télévision et entendu les commérages. Gabriel a réclamé que le procès ait lieu ailleurs, déclarant que je n'aurais pas un jugement équitable dans la paroisse de Moisson.

Le juge Albares, un Français avec un nom espagnol et un accent du Sud — chose très fréquente dans la région —, avait refusé et la sélection s'était poursuivie. Au bout de deux semaines, j'avais épuisé toute ma garde-robe. Depuis la naissance de mon fils, j'étais trop grosse pour la plupart de mes vêtements, il me faudrait maintenant porter les mêmes encore et encore. Enfin, j'ai eu un jury composé de douze personnes et de deux remplaçants. Sept hommes, cinq femmes, divisés également entre Français, Noirs et Anglo-Saxons. Le procès a débuté.

Je pense que j'ai dormi. Oh, non pas les yeux fermés en faisant de beaux rêves, mais avec des yeux vitreux dans un état hagard. Tout ce qui se passait au tribunal me parvenait comme filtré. Quelquefois, après une déposition de la police sur les lieux du meurtre, étayée par des photographies de preuves à convictions sanguinolentes, tout ce dont je pouvais me souvenir était le bruit de la pluie dégoulinant le long des fenêtres. Ou encore le souvenir du « banc des DeLande » comme je le nommais en silence.

Ils étaient tous présents, chaque jour. Les DeLande au grand complet. Andreu, l'aîné, les tempes grisonnantes, le regard aigu et déterminé. Richard, concentré et froid. Marcus, bloquant le passage avec sa chaise roulante. Miles Justin, élégant et décontracté, avec son chapeau de cow-boy gris et ses bottes en peau de serpent. Ils entouraient leur mère, la Grande Dame, d'une beauté glacée, qui souriait légèrement comme si elle s'amusait.

Avait-elle vraiment séduit tous ses fils ? pensais-je en l'observant. Son sourire semblait devenir séduisant et sensuel sous mon regard. *Avaient-ils, en retour, réellement séduit leurs sœurs ?*

Le procès, au terme du second jour de témoignages, n'allait pas fort. Le témoignage le plus accablant était venu du policier en service, un bleu, qui avait raconté la scène avec des détails vivants : depuis les bougies qui brûlaient encore aux deux verres de vin et aux parquets gorgés de sang. La description qu'il avait faite de moi refusant de coopérer et couverte de sang ne m'aidait guère.

La déposition de l'enquêteur de la criminelle après ce témoignage ne m'avait guère aidée non plus. Il avait raconté que je conservais un pistolet chargé à côté de mon lit en permanence, et un autre sur moi. Et que j'avais tué Montgomery avec les deux. Son accent cajun résonnait dans l'enceinte du tribunal. Il avait déclaré que je portais l'étui du 9 mm quand j'avais été fouillée par la police. Que j'avais refusé de répondre aux questions. Qu'« elle semblait calme et imperturbable après le meurtre ».

Et quand le médecin pathologiste qui avait assuré l'autopsie conclut son rapport, je vis la présomption de culpabilité se dessiner sur le visage des membres du jury. J'étais coupable d'avoir organisé et perpétré de sang-froid le meurtre de mon mari.

Gabriel, quoi qu'il en soit, semblait immunisé contre leurs réactions, leurs visages fermés, leurs yeux rivés sur moi. Il avait à peine souri, confiant dans la batterie de témoins qu'il allait produire à la barre quand viendrait le moment d'assurer ma défense. Et je dois admettre que j'étais stupéfaite de la diversité des gens qui acceptaient de témoigner en ma faveur. Ou plutôt, à l'encontre de Montgomery.

D'abord, avec la permission du juge, Gabriel a introduit Priscilla. Je me suis retournée et j'ai regardé le « banc des DeLande » quand on l'a appelée.

— Priscilla DeLande, pour la défense.

Andreu était stupéfait. Il s'est retourné pour regarder l'épouse qui s'était enfuie il y a si longtemps. Il ne l'avait pas vue depuis des années, je le savais, et il l'a dévorée du regard

tandis qu'elle s'avançait. Ses yeux se sont remplis de larmes et de désir quand elle est passée devant lui.
Il l'aimait toujours. Cette révélation m'a fait un choc.
Marcus a ri ouvertement, ses yeux fixés sur l'aîné comme s'il prenait plaisir au malaise de son frère. Richard, d'une certaine manière, était contrarié : ses yeux m'ont fusillée. Entre eux tous, il semblait le seul à comprendre ce que j'allais faire. Révéler le secret DeLande. La Grande Dame a plissé les yeux et levé un sourcil dans ma direction. Son expression était indéchiffrable. Miles Justin, le pacificateur de la famille, le rebelle, m'a souri, légèrement amusé. Nos yeux se sont fixés un moment et il a levé sa main, pour me saluer avec un chapeau imaginaire.
J'ai presque ri, mordu mes lèvres, me suis tournée vers l'avant de la salle pour regarder Priscilla à la barre. Elle portait un tailleur bleu ciel en crêpe avec des souliers assortis, des bas et un minuscule sac bleu.
Elle était belle, cette épouse en fuite. Ses yeux étaient de la même teinte que son ensemble, ses cheveux flottaient en vagues. Tout en elle était naturel. Sa chevelure soyeuse, luxuriante, retombait sur ses épaules. Elle avait une peau de satin étonnante pour ses quarante ans. Elle était petite et tremblait si fort qu'elle donnait l'impression qu'elle allait tomber de sa chaise.
L'accusation n'était nullement préparée à recevoir son témoignage. Elle s'exprimait si doucement que l'on pouvait à peine l'entendre. On lui a demandé d'élever la voix pour que le jury puisse l'entendre. Elle a raconté son histoire.
Elle nous a expliqué comment elle avait épousé l'aîné débonnaire, le charmant Andreu. Lui avait fait deux enfants. Elle avait été « livrée » à la demeure des DeLande pour motifs pratiques. Ignorée. Fuie par son mari qui avait déclaré l'aimer. Plus tard, quand sa solitude avait atteint des proportions vertigineuses, elle avait été séduite par Marcus. Et lui avait fait un enfant.
C'est seulement à ce moment-là qu'on lui avait expliqué le mode de vie des lieux. Cette liberté sexuelle qui devenait une servitude sexuelle.
Andreu, quant à lui, était revenu vers elle pendant une année

entière après la naissance du fils de Marcus. Ces retrouvailles étaient merveilleuses, intenses, passionnées. Puis ç'avait été le tour de Montgomery.

— J'ai eu aussi un enfant de lui. Puis j'ai été restituée à Andreu.

Je me suis dandinée sur mon siège, me cramponnant fermement à la table devant moi, les phalanges blanchies par l'effort. Ses yeux ont croisé les miens et elle a souri.

— C'est alors que Montgomery a amené à la maison sa nouvelle femme.

— Est-elle au tribunal aujourd'hui ?

Avec un haussement de sourcils, un pincement de lèvres, la petite silhouette de Priscilla s'est décontractée. Elle a presque ri.

— Oui. Nicole Dazincourt DeLande, la prévenue. Elle a mis mon univers sens dessus dessous. Nous ne savions même pas qu'elle existait avant que Montgomery ne la présente. Elle n'avait pas été approuvée, vous comprenez. Le reste d'entre nous avait été approuvé comme des épouses futures, jaugées par la Grande Dame avant le mariage. Et nous nous étions mariées, chacune d'entre nous, dans la propriété DeLande, sous le regard du maître, la Grande Dame.

Son ton était sarcastique. Ses lèvres ne souriaient plus.

— Nous vivions toutes dans la grande maison, nous les épouses, sous les lois DeLande. Mais elle, elle vivait à Moisson, dans sa maison à elle avec ses petits à elle, et elle n'avait pas à prodiguer ses attentions aux frères. Elle n'avait pas à savoir que son mari couchait avec la femme de son frère ce mois-ci. Elle était l'exception, alors que nous couchions avec celui qui nous désirait. Et quand Richard a réclamé... mes attentions, j'ai refusé. Si elle n'était pas obligée de vivre ainsi, pourquoi l'aurais-je dû ?

Ce n'était pas une question. C'était un défi.

— Je haïssais Richard, a-t-elle chuchoté, son regard plongé dans celui d'Andreu. Je le haïssais.

Tous les regards de l'assistance étaient rivés sur elle. Même les rapporteurs qui copiaient les dépositions furieusement et à toute vitesse, l'esprit vide et le regard absent, se sont interrompus, leur stylo en l'air.

— J'ai appris alors qu'une femme ne refuse pas. Jamais. Andreu m'a enfermée dans une pièce reculée dans une aile reculée. Il a bu du cognac et il a regardé Richard me « châtier »... et me violer.

Sa voix était sèche, un murmure nu dans la pièce silencieuse. Un léger écho comme ses mots s'élevaient vers le plafond. Gabriel lui a tendu un verre d'eau, l'a regardée boire, a souri en attendant qu'elle poursuive. L'accusation a interrompu cet instant paisible.

— Votre Honneur. Qu'est-ce que tout cela a à voir avec notre affaire ? C'est un rapport fascinant, bien sûr — s'il est vrai — mais il n'y a nulle relation entre lui et le cas présenté à la Cour.

— Votre Honneur ? Ma cliente tente de prouver qu'elle protégeait ses enfants quand elle a tiré sur son mari et l'a tué. Elle essayait de les protéger contre un mode de vie contraire à la nature, une existence de perversion, et a de fait agi en état de légitime défense en exécutant Montgomery DeLande.

— Accordé.

Gabriel s'est retourné vers Priscilla.

— Poursuivez, je vous prie.

— Je suis partie. J'ai trouvé un endroit pour me cacher. Je vis avec des religieuses dans... une espèce de couvent. Je ne peux pas vous dire où, Votre Honneur. Je tiens à mon intimité. Mais...

Elle a ouvert son petit sac bleu et lui a tendu un morceau de papier.

— Voilà mon adresse. Je travaille à la nursery, je m'occupe des nouveau-nés jusqu'à ce qu'ils soient adoptés.

Le juge Albares a acquiescé, rangé le papier et secoué la tête.

— Mentionnez sur le rapport que le témoin vit dans un couvent de l'État de Louisiane.

— Merci, Votre Honneur.

Elle s'est retournée vers le jury en parlant vivement comme si elle voulait en finir au plus vite et revenir à la sécurité de son couvent, aux prières et aux hymnes des nonnes.

— Il a fallu plusieurs années mais j'ai réussi à convaincre Andreu que je voulais divorcer. Il a accepté et me voilà. Seule.
— Et vos enfants? lui a demandé Gabriel. Que sont-ils devenus?

Les yeux de Priscilla se sont soudain remplis de larmes.
— Ils sont toujours dans la propriété DeLande, je suppose. J'aimerais pouvoir les en faire sortir. Je ne veux pas qu'ils soient élevés comme... comme je sais qu'ils l'ont été. Je n'aurais pas dû les laisser. J'aurais dû les emmener avec moi.

Ses larmes ont ruisselé et Priscilla a repris son petit sac bleu pour en sortir un mouchoir et s'essuyer les yeux.
— Que feriez-vous maintenant de différent que ce que vous aviez fait à l'époque? a demandé Gabriel en balançant doucement ses jambes.

Il était assis au bord de la table destinée à la défense, se penchant en avant légèrement, les bras croisées sur ses jambes.
— De différent? (Elle s'est redressée sur sa chaise.) Que ferais-je de différent...?

Des sentiments indistincts ont parcouru son visage, comme des ombres.
— Je tuerais ce fils de pute que j'ai épousé, a-t-elle dit doucement. (Ses yeux ont à nouveau plongé dans ceux d'Andreu.) Je le tuerais exactement comme Nicole a tué Montgomery, j'emmènerais mes enfants et je vivrais dans un endroit où ils seraient en sécurité. (Son visage s'est crispé.) La loi n'est pas assez forte pour protéger quiconque contre les DeLande. Ils ont leurs propres règles. Leurs propres lois. La moitié des législateurs et des personnalités officielles de l'État ont été élus grâce à l'influence et à l'argent des DeLande. La loi ne peut pas vous garantir contre un DeLande. Vous devez vous garantir vous-même. Je tuerais Andreu et je m'enfuierais. (Elle a examiné le mouchoir dans ses mains.) Si je pouvais réussir tout ça, je le tuerais et je compterais mes chances au tribunal. Au moins mes enfants seraient en sécurité.

L'accusation a demandé une suspension des débats pour juger la déposition du témoin, et le procès a été ajourné jusqu'au lendemain. Les jurés nous ont observées Priscilla et moi, une fois, puis de nouveau avant de sortir, le visage

perplexe et interrogateur. C'était le premier signe positif.
 Je crois que j'ai commencé à me réveiller ce jour-là. Ces longs mois de vacuité, d'épouvante à peine contrôlée, de peur, de tension, de mauvais rêves ont semblé toucher un terme lorsque Priscilla est venue témoigner à la barre. Elle s'est arrêtée en passant devant le bureau de la défense, a rencontré mes yeux et souri.

— J'espère que vous retrouverez vos enfants, lui ai-je soufflé
— J'en ai bien l'intention, m'a-t-elle répondu dans un sourire.

Le jour suivant, l'accusation avait du renfort. L'assistant du procureur lui-même, souriant et jovial, à peine un peu soucieux quand il a pris sa place.

On racontait que les DeLande avaient insisté pour être autorisés à fournir une assistance légale au jeune procureur. Ils avaient voulu amener un procureur au nom prestigieux de La Nouvelle-Orléans, lui payant le voyage pour s'assurer que « la meurtrière recevrait ce qu'elle méritait ». Le juge et le bureau du procureur avaient refusé.

L'information s'était propagée selon laquelle les DeLande n'étaient pas accoutumés à voir l'État de Louisiane leur refuser leurs désirs. Mais on n'avait pas encore publiquement « déballé leur linge sale ». Jamais autant d'opprobre n'avait pesé sur cette famille puissante. L'État de Louisiane s'amusait follement. La presse clamait à l'unanimité son étonnement horrifié et les journalistes affluaient de partout, en même temps qu'une odeur de scandale se répandait au tribunal. Aussi l'assistant du procureur fit-il chorus en s'assurant que tous les aspects négatifs seraient gommés et tous les aspects positifs montés en épingle pour que personne ne puisse dire que l'État n'avait pas fait son travail. Des rumeurs circulaient selon lesquelles l'accusée serait l'ange exterminateur. Et qu'un jury hostile pourrait même l'acquitter.

Les DeLande se sont attribué une aile isolée du tribunal pour leur propre usage. Les sœurs les plus âgées et les épouses venaient chaque jour, portant des perles, des bijoux, des vêtements couture, et même, un jour, des fourrures. Toutes étaient là pour montrer au monde que, en dépit de certaines dépositions, être une DeLande n'était pas si mal.

Le reste de la semaine, l'organisation de ma défense s'est concentrée sur le rapport des experts témoins. Le docteur Tacoma Talley est venu pour soutenir que Dessie avait subi des attouchements incestueux. Le docteur Aber — Anita Hebert — était aussi venue pour expliquer les effets à court et à long terme des traumatismes sexuels sur les enfants en général et sur mes enfants en particulier. Et pour examiner, vis-à-vis de l'accusation, les effets sur mes enfants de « leur père tué de sang-froid par leur mère ».

— Objection, Votre Honneur.
— Je vais reformuler la question, Votre Honneur.

Gabriel avait même convoqué à la barre le shérif adjoint qui devait délivrer la citation à comparaître à Montgomery pour qu'il témoigne de la violence de mon mari. Les jurés en raffolèrent. Et la presse donc !

Le vendredi, Gabriel a convoqué Glorianna DesOrmeaux à la barre. Il en a informé le jury qui était maintenant intrigué, curieux ou offensé selon l'inclination personnelle de ses membres car Miss DesOrmeaux était un témoin hostile à la défense, et son traitement par Gabriel serait probablement brutal.

Le juge Albares avait sommé Gabriel de s'adresser directement au jury. Mais c'était de manière tellement anodine que presque tous l'avaient ignoré.

Alors Gabriel avait passé la pauvre fille sur le gril concernant ses relations sentimentales, sexuelles et financières avec Montgomery. On lui avait présenté une copie de l'original du contrat de Montgomery avec sa mère. On lui avait présenté le contrat financier en vigueur depuis qu'elle avait atteint sa majorité. Il concernait sa maison, ses revenus, l'assurance qu'elle toucherait à la mort de Montgomery. Il la questionna à propos de son voyage à Paris et de ses relations avec Richard.

La femme de Richard, Pamela, s'était levée et était sortie à cet instant précis. Pam ne savait à l'évidence rien sur l'espèce de plaçage que pratiquaient les hommes DeLande. Elle avait été suivie de près par Janine, la femme d'Andreu. Apparemment Janine avait été surprise d'apprendre l'existence de la voisine de Glorianna. La maîtresse d'Andreu.

Adrian Paul, assis près de moi, avait esquissé une grimace et empoigné ma main sous la table devant l'agitation qu'avait suscité le départ des femmes. Les journalistes avaient adoré ça, la moitié d'entre eux poursuivant les épouses en colère. Gabriel avait l'air tout aussi heureux quand il s'était retourné vers le banc de la défense. Ni le juge ni le jury n'avaient pu voir son expression de contentement.

Nous avions tous fait la fête cette nuit-là. Mais le meilleur restait encore à venir. Miss X avait accepté de témoigner à la reprise du procès le lundi.

Rassasiée de nourriture et de bon vin, j'avais bien dormi cette nuit-là ainsi que les deux qui avaient suivi. Vraiment dormi. Sans rêves. Sans cauchemars. Sans m'éveiller au plus fort de la nuit avec des sueurs froides. Juste dormi. Énormément.

Je m'étais éveillée l'esprit clair, me sentant forte le lundi matin. J'avais mis mon ensemble favori, pêche et crème, que j'avais été incapable de porter depuis des mois, à cause de la naissance de Jason. Il m'allait parfaitement bien, et j'étais ravissante avec mes cheveux relevés et mes boucles d'oreille en perles. Mon alliance à l'annulaire.

Le médecin qui m'avait examinée la nuit de ma déposition était le premier témoin appelé à la barre ce matin-là. C'était un de ces praticiens débonnaires, âgés, qui peuvent avoir l'air d'un médecin marginal à un moment et à un autre du parfait prototype d'Oxford. Il était éloquent, brillant, ouvert, sincère. Crédible même. Il devait l'être. Il m'avait coûté les yeux de la tête.

Bien que l'accusation ait tenté de l'arrêter, la cassette vidéo de ma déposition a été présentée comme preuve à conviction. Pour préserver mon intimité, on a alors fait sortir du tribunal les spectateurs et les journalistes. Seul le jury a eu le droit de la visionner. Chacun de mes yeux au beurre noir, chaque trace de morsure, chaque côte cassée, chaque écorchure causée par les menottes a pu être vue par le jury. Et par un seul journaliste qui avait réussi à se faufiler dans la salle.

Adrian Paul m'a tenu la main sous la table pendant un long

moment avant que je ne la lui retire. Je n'étais pas encore prête pour cela. Pour cette flamme qui brûlait dans ses yeux et pour la caresse de sa main. Mais j'ai compris qu'il ne faudrait pas longtemps pour que je doive reconnaître ce qui advenait entre nous.

Cet après-midi-là, dans une salle bourrée à craquer et alors que la pluie fouettait les vitres, Gabriel a appelé son dernier témoin. Bella Cecile DeLande.

Le contingent des DeLande a blêmi, est devenu pâle comme un cachet d'aspirine, puis « vert aux entournures », comme aurait dit ma maman avec ses expressions imagées, si elle m'avait toujours parlé. Je le savais parce que je les regardais. Ils ont essayé d'empêcher sa déposition et sont parvenus à obtenir une suspension d'audience pour que l'accusation puisse considérer l'impact de ce nouveau témoin. Cette suspension d'audience nous a permis de rentrer tôt à la maison, et j'ai souri sur tout le chemin du retour dans la voiture d'Adrian Paul.

Le matin suivant comme nous nous trouvions de nouveau tous devant le juge, le banc des DeLande était manifestement vide. Il ne restait qu'Andreu et Miles Justin. Andreu, froid et calculateur dans son complet italien, Miles, amusé et détendu, ses jambes croisées. Il avait aussi croisé les bras et son chapeau omniprésent de cow-boy était posé près de lui sur le banc.

J'imagine qu'il pensait avoir accompli son devoir pour le prestige du nom des DeLande en portant un complet jusqu'à présent. Et maintenant que ce nom allait être traîné dans la boue, il était temps pour lui de revenir à la normale. Une chemise, un jean, un chapeau et des bottes.

Il avait l'air heureux, accueillant pour sa sœur, m'adressant un clin d'œil chargé de... quoi donc ? D'amusement sans doute. Miles avait toujours l'air amusé. Mais aussi avec... du plaisir ? Du respect ? De l'admiration ?

J'ai observé le box des témoins. Bella Cecile, Miss X, était une beauté au teint pâle, mais tous les DeLande étaient beaux. Elle avait les yeux bleus de Montgomery, mais ses cheveux étaient plus sombres, presque noirs avec des reflets auburn et des fils d'argent. Elle était mince au point d'être maigre, mais elle savait comment s'habiller pour mettre son corps en valeur.

En blanc. Pas exactement en blanc, mais en crème. Un sweater ample et souple, avec un col roulé. Des pantalons blancs amples qui épousaient les mouvements de son corps quand elle se déplaçait. Elle avait même des bas et des souliers blancs, malgré la saison. On était en plein hiver. Et elle avait revêtu un blazer déstructuré d'une sorte d'étoffe en cachemire tissé rouge sang qui mettait en valeur ses cheveux coupés en bob.

Gracieuse comme si elle n'avait jamais été ivre morte sous le porche d'une cathédrale, elle a donné son nom, son âge, son métier. Elle était call-girl à temps partiel.

— C'est ce à quoi je suis la meilleure, vous savez, a-t-elle dit en pinçant les lèvres et en examinant longuement le banc des DeLande.

— Pourquoi donc ? avait interrogé Gabriel, la voix paisible, curieuse, triste.

— Parce que ma mère — la Grande Dame DeLande pour être plus précise — m'a donnée à mon frère quand j'avais douze ans. Pour être son jouet. Son élève.

Elle a souri et contemplé le jury, avec soudain les yeux écarquillés et l'air innocent d'une enfant qui va révéler des secrets de famille. Bella Cecile avait un visage sur lequel se lisaient toutes les émotions, expressif et ouvert, infiniment mobile, un miroir parfait de son existence intérieure. À la fois constante et capricieuse, passant d'un attendrissement sur soi-même amusé au plaisir de choquer ses interlocuteurs. Elle a inspecté le tribunal un moment, comme si elle ménageait ses effets, relevant délibérément un coin de sa bouche.

— Vous n'imaginez pas l'effet que ça fait à une petite fille de douze ans d'être tirée de la chambre des enfants et jetée dans le lit de son frère pour apprendre le sexe.

Il y a eu un silence quand ses mots sont tombés. Puis des murmures ont parcouru le public et le jury. Une femme a porté la main à sa poitrine en état de choc. Les visages étaient crispés. En colère.

— Montgomery DeLande était, quoi qu'il en soit, un excellent professeur. De loin le meilleur amant que j'aie jamais eu.

Un juré s'était levé puis, se rappelant son devoir, rassis. Bella avait baissé les yeux, les doigts noués, soudain pensive. Je n'avais jamais vu quelqu'un de si changeant, de si inconstant et pourtant de si fascinant. Depuis quelques secondes à peine qu'elle était à la barre, elle nous tenait tous dans le creux de sa main.

— Le concept d'une chambre de filles était plutôt un euphémisme, vous comprenez. Une fois que mon père est mort, tous les enfants les plus jeunes ont couché avec la Grande Dame. (Elle a souri légèrement.) La Grande Dame a un immense lit recouvert de soie et de dentelle italienne. C'est comme le pays des merveilles. Le rêve de toute petite fille.

Bella avait l'air de regretter. Elle a levé la main pour la passer dans ses cheveux, puis s'est interrompue. Le tribunal était silencieux. Ménageant son souffle.

— Ma mère a toujours été plutôt froide envers nous, les filles, tandis que nous grandissions. Elle délivrait plutôt aux garçons ses étreintes, ses baisers, ses sourires maternels. Et soudain elle changeait, nous emmenait dans son lit... et là, c'était le paradis. Pour la première fois, elle se mettait à nous toucher. Tout d'abord c'était innocent, puis cela passait rapidement des étreintes et des baisers à autre chose. Je comprends maintenant qu'elle nous touchait d'une manière que la Cour pourrait classer comme... inappropriée ou... inacceptable.

Sa voix était soudain douce et mielleuse, et les jurés se sont penchés en avant, avides d'entendre la suite.

— Et dès qu'elle pensait que nous étions prêtes, elle nous donnait à nos frères. Un par un.

L'avocat de la partie civile avait bondi sur ses pieds, de manière désordonnée, comme si ses jambes s'étaient endormies sous la table et qu'il ne savait pas qu'il était à demi debout.

— Objection, Votre Honneur. Ce type d'interrogatoire, ce récit horrifiant et malsain n'a pas lieu d'être produit dans notre affaire.

L'avocat, les yeux posés sur Bella, était écarlate, les lèvres serrées.

Gabriel s'était levé au même instant, coupant la parole à l'avocat.

— Votre Honneur, ma cliente défend sa vie devant le tribunal, et n'importe quoi, n'importe quelle circonstance qui pourrait l'avoir conduite à saisir une arme pour défendre sa vie ou celle de ses enfants doit être autorisé...

— Il me revient de décider ce qui doit ou ce qui ne doit pas être autorisé dans ce tribunal, monsieur Rousseau. Aussi, maintenant, j'autorise ce type d'interrogatoire, mais ne le poussez pas trop loin, maître.

— Je vous remercie, Votre Honneur.

— Je n'ai jamais pensé que c'était mal jusqu'à ce que je voie mon fils et combien... il était anormal. Le médecin a tenté de faire porter la responsabilité sur un accident de naissance. Le cordon était enroulé sur son cou quand il a été expulsé. Il a été privé d'oxygène un long moment. Mais je savais que c'était plutôt à cause de Montgomery et de moi.

Elle a souri, ses lèvres remuant imperceptiblement tout en regardant les jurés.

— Je suis partie quand j'ai été de nouveau enceinte. (Ses paroles étaient distinctes et espacées.) Ils n'ont pas la moindre idée de l'endroit où se trouve le second enfant. Et ils ne le sauront jamais.

— Ils... qui? a interrogé Gabriel.

Ses traits se sont crispés sous l'effet de la colère. Elle a légèrement rougi.

— Les DeLande, bien sûr. Ma famille.

— Êtes-vous en train de nous dire que c'était un usage de donner les enfants filles à leurs frères? Pour... comme une espèce... de jeu?

Gabriel avait l'air horrifié, comme s'il n'avait pas entendu son histoire plusieurs fois auparavant. C'était un avocat accompli. Un acteur accompli.

— Absolument.

Bella a souri, sauvagement cette fois, faisant étinceler ses dents blanches. Elle s'est penchée en avant, a posé ses bras sur la barre qui entourait le box des témoins sur trois côtés. Elle semblait sur le point de livrer une confidence. Un secret.

— On exige d'eux qu'ils nous apprennent tout sur le sexe et sur la façon d'avoir des bébés. Tout sur nos corps et comment en éprouver du plaisir. Montgomery a eu un contrôle certain et complet sur mon corps pendant trois ans. C'était à la fois merveilleux et horrible et si elle ne l'avait pas tué, peut-être me serais-je suicidée un jour. (Bella s'est rassise.) Je comprends très bien la décision de Nicole de protéger ses enfants contre tout ça. Grandir dans une famille qui est en fait un bordel en bousille plus d'un.

Elle a souri de nouveau, parlant comme une gosse des rues au langage vulgaire qui a tout vu et tout fait.

— Le sexe deux fois par jour devient une norme. Et peu importe lequel de vos frères réclame votre attention.

Elle savait qu'elle choquait tout le monde au tribunal. Elle y veillait. Elle en tirait du plaisir. Cette instabilité, ces fluctuations d'humeur presque maniaques, tout était calculé chez elle. Travaillé. Bella Cecile n'était pas une femme sur le point de s'effondrer, de perdre le contrôle de soi. Elle punissait sa famille. Elle jouissait de ce moment de pouvoir, du contrôle qu'elle exerçait sur les DeLande. Si elle avait eu une arme automatique ou une bombe, elle les aurait tous exécutés et nous avec sans la moindre hésitation. Mais dans cette situation, elle a utilisé ses mots comme des armes.

— Pourquoi ? Pourquoi une mère ferait-elle subir un sort si horrible à toute sa famille ? l'a interrogé Gabriel en posant son bras de manière anodine sur la barre des témoins.

Il avait l'air d'un voisin amical qui bavarde par-dessus la clôture du jardin.

— Pour la Grande Dame, le sexe est une responsabilité. Un devoir. Et un châtiment. Le tout mêlé intimement. Presque une religion.

La voix de Bella était devenue rapide maintenant, presque haletante.

— Elle parle constamment d'amour et de sexe. L'amour et le sexe sont totalement... interchangeables... pour elle. Mais elle ne nous aime pas. Pas du tout. Elle nous hait tous. Et toutes ses filles. Absolument et complètement. Une mère doit haïr ses enfants pour les donner les uns aux autres, n'est-ce pas ?

L'avocat de la partie civile a baissé les yeux sur ses mains.

L'assistant du procureur a fait de même. Puis ils ont pris leur tête dans leurs mains en soupirant doucement.

— Ma sœur Jessica a été donnée à Andreu. Il a eu le premier choix. Elle avait quatre enfants de lui quand j'ai quitté la maison. Marie Lisette a été pour Richard. Elle s'est enfuie et a aussi caché son bébé. Mais alors, aucune des sœurs n'aimait beaucoup Richard. Il adorait nous faire mal.

— Objection, Votre Honneur. Je ne vois pas la validité du propos de... ce monologue. Ce n'est même pas une façon d'interroger.

— Le tribunal l'autorise pourtant, mais venez-en au fait, maître.

— Anna Lisette a été donnée à Marcus. Je crois savoir que la fille aînée légitime de Marcus a été promise à Miles Justin, mais qu'il a refusé. Naturellement, ce ne sont que des on-dit...

Bella a fixé la salle silencieuse et toisé Miles.

— Il devrait y penser à deux fois. Il serait préférable à Richard comme professeur. Et personne ne dit qu'il doit l'« utiliser ».

Je me suis retournée et j'ai saisi une expression sur le visage de Miles que je n'avais encore jamais vue. Celle de la colère. Une colère violente et irraisonnée. Il dévisageait Andreu, le corps bandé comme s'il était prêt à l'attaquer. Tandis que je le regardais, ses yeux ont étincelé, ses doigts se sont crispés sur le bois du banc devant lui, s'y enfonçant comme des griffes.

Andreu l'a ignoré, se concentrant sur la femme qui déposait à la barre. Elle a ri en observant la scène.

— J'ai l'impression que j'emmerde vraiment Miles, je vous demande pardon, Votre Honneur.

J'ai regardé mes mains crispées sur mes genoux. Je torturais l'anneau à mon doigt. L'alliance que je portais toujours, les grappes de glycine enlaçant mon doigt, ma vie, me suffoquant. Je l'ai retirée. L'ai fourrée dans ma poche. Je savais que je ne la porterais plus jamais.

— Il n'y a pas moyen de vous protéger contre eux, les tout-puissants DeLande. Marie Lisette est allée à la police à propos des violences qu'elle avait subies. Elle a raconté ce qui se passait sur la propriété DeLande. Et vous savez quoi ? Ils l'ont trouvée. Ils l'ont enfermée dans une clinique. Elle y est restée pendant trois ans avant de pouvoir sortir. Nous autres, on avait compris la leçon et on s'est tenus tranquilles. La loi n'est pas assez forte pour protéger quiconque du pouvoir des DeLande.

— Pensez-vous que ces violences se perpétuent? Pensez-vous que les enfants continuent d'être maltraités dans la propriété DeLande?

Gabriel avait un ton pénétré, comme si son cœur saignait pour ces générations d'enfants violées depuis tant d'années.

— Je ne sais pas.

Bella avait regardé ses mains qu'elle avait nouées sur ses genoux.

— Si je pouvais deviner...

— Objection, Votre Honneur. Je dois dire encore que cette façon d'interroger employée par la défense est gratuite et ne révèle aucun lien visible avec l'affaire qui nous préoccupe ici. L'accusée n'a jamais vécu dans la propriété DeLande et par conséquent rien de ce qui aurait pu se produire dans un autre endroit de l'État n'a quelque chose à voir avec cette accusation de meurtre avec préméditation.

— Au contraire, Votre Honneur. Ma cliente tente de prouver qu'elle protégeait ses enfants et elle d'un terrible destin quand elle a tué son mari.

Gabriel était tendu, les poings crispés sur ses hanches.

— Votre Honneur.

Le juge a frappé deux coups de marteau.

— Messieurs, venez à la barre.

L'entretien a été paisible. La défense s'est retirée. Et nous sommes rentrés à la maison.

Les conclusions du lendemain ont de nouveau monté le public contre moi. L'avocat de la partie civile a rappelé au jury que personne n'a le droit de disposer de la loi et de tuer un autre être humain. Puis il a ajouté que j'avais réorganisé le mobilier, allumé des bougies, servi du vin. Que je portais un étui de revolver quand j'avais été fouillée par la police.

Que j'avais donné un verre de vin à mon mari puis que je lui avais tiré dessus.

Une fois dans la poitrine, une fois au visage.

Puis, froidement, tandis que mon mari perdait tout son sang dans la maison, j'étais allée chercher un pistolet que je gardais près du lit et avec lequel je lui avais encore tiré dessus. J'étais restée là, à le regarder se vider de son sang. Ce fait était incontestable. Nicolette Dazincourt DeLande était une meurtrière.

Gabriel a conclu en récapitulant le genre de vie des DeLande, l'instinct protecteur d'une mère qui m'avait guidée, mon enlèvement, les coups que j'avais reçus, la propension de Montgomery à la violence préalablement prouvée par son agression du shérif adjoint.

Puis j'ai été emmenée. Je n'ai pas eu le droit de retourner voir mes enfants avant que le verdict ait été prononcé. J'ai été gardée dans une minuscule cellule près du tribunal, n'ayant le droit de retourner chez moi qu'à la tombée de la nuit. Les deux premiers jours ont été supportables. Mais au bout du troisième, j'étais si épuisée, si tendue que je n'avais plus de lait pour Jason et j'ai dû lui donner le biberon. J'utilisais jusque-là un tire-lait et conservais mon lait au réfrigérateur. Mon fils a pleuré et refusé ce truc qui avait si mauvais goût jusqu'à ce que la faim ait raison de lui. Ce jour-là ses yeux sont devenus hostiles et il m'a promis de se venger. J'avais le sentiment qu'il me témoignerait une authentique rébellion pour me ramener à lui. C'était un vrai DeLande.

La pensée que je pourrais ne plus jamais revoir mes enfants, sauf pendant les visites officielles, me terrifiait. Combien d'années de réclusion aurais-je pour un meurtre avec préméditation? Une vie sans liberté conditionnelle? Trente-cinq ans? Vingt? J'ai lutté contre la dépression et attendu, heure par heure. C'était une cellule humide où il n'y avait rien à faire, sinon regarder la moisissure croître sur les murs, l'eau suinter le long des briques et la rouille recouvrir le lavabo.

Le tribunal avait été construit au milieu du siècle dernier, selon les techniques d'architecture en vigueur à l'époque. Les murs de ma cellule, en briques, avaient une épaisseur de trois mètres — sans fenêtres. Poreux et rugueux, ils absorbaient l'eau du sol, l'air. Comme le niveau de l'eau se trouvait à seulement quelques centimètres, les briques étaient toujours humides. À la saison des pluies, plus fréquente que l'hiver, l'eau s'infiltrait, grimpait le long des murs et imprégnait le revêtement de plâtre qui les recouvrait. Le tribunal était connu pour « pleurer » dans la passé quand les eaux montaient. J'étais convaincue qu'il allait bientôt pleurer pour moi. Même si je n'étais pas au sous-sol, c'était tout comme. Les murs étaient mouillés, le sol en briques aussi, le siège de toilette taché et corrodé par cinquante années de pourriture. Et au-dessus de moi un jury composé de mes pairs décidait de mon sort. Mes pairs. Cela signifiait-il qu'eux douze avec leurs deux remplaçants avaient vu leurs enfants maltraités ? Avaient tué leurs maris pour les protéger ?

Non. Je n'avais pas de pairs. Et je le savais.

Pendant ce temps, mes filles vivaient chez Sonja, oubliant leur maman et tout ce qu'elle avait fait pour les protéger. Ou du moins me semblait-il. Même quand elles étaient là, à Moisson, dans la maison où elles avaient été élevées et où Montgomery avait été tué, même quand j'allais les voir au terme d'une journée de procès, elles avaient l'air distantes. Froides. Comme si elles se préparaient au jour où je ne reviendrais plus à la maison.

Deux cellules plus loin, mes avocats, Gabriel et Adrian Paul débattaient de la stratégie à adopter.

La porte s'est ouverte dans le couloir. Il était cinq heures de l'après-midi. C'était la fin de la semaine. J'ai entendu des voix douces, des pas qui se rapprochaient. Adrian Paul est entré dans ma cellule, s'est approché du tabouret où je me tenais, fixant le plafond. Il a pris mes mains dans les siennes.

— Bien.

J'ai failli lui dire « Vaste sujet », pour faire une plaisanterie. Au lieu de cela, je l'ai regardé. Il était incroyablement séduisant, cet homme qui ne m'avait pas quittée, négligeant son métier depuis des semaines. Les yeux sombres, la peau semblant encore plus sombre sous la faible lumière de la cellule. Il était soucieux.

Et moi donc !

— Le jury est de retour.

Il m'a fallu un moment pour comprendre la signification de ces paroles.

— Le jury est de retour ? ai-je chuchoté.
— Ils ont délibéré. Lavez-vous le visage, maquillez-vous un peu. Nous avons cinq minutes.

Je tremblais si fort que je ne pouvais pas me mettre de rouge à lèvres. Adrian Paul, qui me regardait depuis la porte, s'est approché, m'a pris le tube des mains et m'en a étendu un peu sur la bouche. C'était le même rose clair que je portais pendant le procès. J'ai brossé mes cheveux, les répandant sur mes épaules pour me cacher dessous si jamais j'entendais prononcer la sentence : coupable.

— Lâche.
— Je vous demande pardon ? a dit Adrian Paul stupéfait.

J'ai souri, me forçant à remonter les coins de ma bouche.

— Je me disais des méchancetés.

J'ai respiré profondément, lissé ma veste de tailleur et l'ai jetée sur mes épaules.

— Je suis prête.

Il m'a enlacée, m'empêchant de trembler. Je me suis glacée sur place.

— Vous êtes beaucoup de choses, Collie. Mais pas lâche.

Il y avait des mois qu'un homme ne m'avait pas tenue dans ses bras. Des mois. J'ai inhalé le parfum musqué de sa peau, un parfum riche, légèrement épicé. Je l'ai laissé m'étreindre un long moment, respirant cette force, ce corps solide et puissant, si dur contre le mien.

Sans lever les yeux, j'ai reculé d'un pas et je l'ai suivi. Le garde m'a menottée devant lui, le regard baissé et navré tout en le faisant. C'était le même garde, avec toujours le même regard depuis le début du procès : « Je suis navré. Je fais juste mon travail. »

Mais cette fois il a fait une pause, a croisé mon regard, défait les menottes et les a refixées à sa ceinture.

— Bonne chance, madame, a-t-il dit avec un fort accent cajun.

Je ne pouvais plus me souvenir de son nom, bien que ç'ait été le même garde pendant toute la durée du procès. J'ai lu son nom sur le badge qu'il portait.

— Merci, officier Deshazo.

Il m'a indiqué le chemin partant des cellules du premier étage dans les boxes du tribunal pour aller au deuxième étage où la sentence serait rendue. Même si cela ressemblait à des couloirs de métro, nous sommes passés dans un labyrinthe de corridors de brique, humides, « en pleurs », recouverts de mousse, éclairés de façon intermittente par des néons fluorescents, à la lisière de la lumière et de l'activité des hommes. Des pas ont retenti sur les dalles de marbre jusqu'à ce que nous entrions dans la salle proprement dite et que le bruit des jurés, des spectateurs et des journalistes en noie le son.

Il pleuvait de nouveau, l'eau dégoulinait lentement le long des vitres de six mètres de haut. L'air était froid et humide, et j'ai frissonné. Tenté de m'éveiller de ce rêve misérable dans lequel j'étais sur le point d'être condamnée à passer le reste de ma vie dans une cellule lépreuse.

Je n'avais pas le choix, j'avais envie de hurler. Montgomery ne m'avait pas laissé le choix. Oui, j'avais tué mon mari. Mais pour protéger mes enfants.

Adrian Paul avait empoigné mes mains dans les siennes. Je l'ai laissé les tenir ; sa chaleur apaisait la froideur de ma peau comme un gant de métal brûlant. Le jury est entré et s'est assis. Puis le juge Albares. Adrian Paul a dû m'aider à me lever. Mon tremblement s'est intensifié et je suis presque tombée tandis que mes jambes se sont dérobées. Je suis parvenue à m'asseoir, affalée sur ma chaise avec une douleur dans la nuque.

Soudain, Montgomery était devant moi, me souriant de cet élégant sourire enjôleur qui réveillait mes sens comme une jeune fille. Ses yeux bleus brûlant de désir, il caressait mon visage du bout de ses doigts.

Adrian Paul a écarté les cheveux de mon visage, les yeux inquiets. J'ai dégluti. Je n'ai pas entendu les paroles, les odieuses paroles juridiques, qui sortaient de la bouche du juge Albares pour demander au jury son verdict. Mon verdict. Si formelles, ces paroles, ces syllabes qui portaient ma condamnation.

— Nous avons délibéré, Votre Honneur.

J'ai avalé ma salive, luttant contre la nausée et la douleur taraudante avec laquelle j'avais vécue si longtemps. Mon ulcère. Mon verdict. J'ai lutté contre un désir presque incontrôlable de glousser. Mon image de Montgomery m'a encore souri. Je me suis détournée d'elle.

Le président du jury a fait part de son verdict au juge, qui a prononcé silencieusement les paroles officielles. Ses lèvres se sont pincées, ses sourcils levés un moment, avant qu'il ne replie le papier et ne le tende au secrétaire du tribunal. La femme l'a déplié, lu une fois silencieusement, avant de le lire à haute voix.

— Nous, le jury dans l'affaire de l'État de Louisiane, contre Nicolette DeLande accusée de meurtre avec préméditation, jugeons la prévenue... non coupable.

Un rugissement s'est emparé de moi. En moi. Non coupable !

— Est-ce là votre verdict ? a demandé le secrétaire du tribunal.

La réponse s'est perdue dans la rumeur.

Adrian Paul m'a mise debout, m'enlaçant de ses bras. Il a embrassé mon visage immobile. Mes lèvres froides. Non coupable. Je me suis retournée. Le « banc des DeLande » était vide. Non coupable.

Adrian Paul m'a fait sortir par-derrière pour éviter la foule. Les portes du tribunal de Moisson se sont ouvertes lentement, majestueusement devant nous.

Non coupable.

Une brise mouillée m'a frappée au visage, a éparpillé mes cheveux répandus sur mes épaules. La lumière du soleil a brillé. La lumière du soleil ? Je pensais qu'il pleuvait. Les tuiles du bâtiment étaient mouillées. Un rayon de soleil au-dessus de ma tête. Définitif. Non coupable ?

Non coupable.

Deux policiers se sont inclinés vers les portes extérieures du tribunal, les massives portes centenaires, édifiées pour contenir le soulèvement des esclaves en colère, l'assaut des pirates ou l'attaque des Yankees. Et les ont ouvertes pour moi.

La lumière du soleil m'a aveuglée un moment. J'ai fermé les yeux devant cette clarté. Une clarté qui m'a arrachée au recoin sombre où je m'étais dissimulée depuis que j'avais tué mon mari. J'ai regardé partout, tentant de concentrer mon regard sous la lumière trop crue. Même son fantôme était parti.

Non coupable ! Je suis libre !

La lumière du soleil était douce contre ma peau. Je n'avais pas vu l'hiver. Oui. Nous étions en mars maintenant. Un printemps précoce. Le soleil se frayait doucement un chemin tandis que les nuages qui avaient dispersé toute la pluie traînaient paresseusement à sa surface. Adrian Paul m'a menée jusqu'au sommet des marches. On y avait installé un podium, au centre des marches blanches. J'ai respiré profondément, stupéfaite par la légère fragrance des roses et du chèvrefeuille... et de la glycine. Il n'était sûrement pas trop tôt dans la saison pour que quelque chose fleurit.

Une colombe en deuil cria son chagrin dans la brise printanière. On l'entendait à peine dans la foule bruyante rassemblée dans le jardin. Les associations de femmes clamaient leur victoire. L'irritation de la ville qui avait perdu un fils prodigue et puissant leur faisait concurrence. Le silence compassé et les regards réprobateurs des bigotes plus âgées qui considéraient que j'aurais dû m'accommoder de tout cela, des coups et de la violence. Leur silence était bruyant. Elles refusaient toujours de croire que Montgomery s'était livré à des attouchements incestueux sur ses petites. Ma mère était-elle dans ce groupe ?

Je me suis redressée au sommet des marches, les yeux soudain clos, ignorant la foule des spectateurs autour de moi, ignorant la cacophonie des journalistes qui me posaient des questions stupides, le micro brandi vers le visage.

Comment, bon sang, est-ce que tu sais comment tu te sens, petite imbécile ? Je suis hébétée. Et je suis libre !

J'ai lentement ouvert les yeux, reposant lentement mon corps contre celui d'Adrian Paul, l'autorisant enfin à me soutenir comme il le désirait depuis le premier instant où nous nous étions rencontrés.

C'était une pensée surprenante. Mais réelle. Même à travers son chagrin et malgré mes tracas, il avait souhaité me soutenir. Me secourir. M'aimer. Pensée idiote. J'aurais tout le temps pour ça plus tard. Plein de temps. Tout le temps du monde. Il a resserré son bras autour de ma taille.

La cour du tribunal grouillait de monde. Certains étaient

joyeux, d'autres furieux. La statue d'un rebelle conquérant s'élevait au-dessus de cette foule de têtes. Une horde de pigeons déféquait depuis cent ans sur les épaules du soldat confédéré, sur sa tête et sur son cheval.

C'était horrible. C'était beau. *Je suis libre !*

La rumeur de la foule a grandi. Comme le grondement du tonnerre. Des corps se bousculaient contre le mien. Adrian Paul restait calme et tiède contre moi.

Les policiers se sont massés autour de moi, comme une phalange de protection. Des sirènes ont aboyé à distance.

Une averse soudaine est tombée d'un ciel presque sans nuages. Personne ne l'a remarquée. Il n'y a rien d'anormal que la pluie tombe du ciel bleu par ici.

L'accès de la cour était barré, le jury ayant travaillé pendant le déjeuner. L'huissier, bavardant avec les journalistes, leur avait plus ou moins dit que le verdict était imminent. Ils l'avaient tous appris avant mon avocat ou moi. J'ai enfin souri et la foule a clamé son approbation.

Adrian Paul m'a étreinte. *Je suis libre !*

Devant moi, juste devant la barricade, au coin de la foule qui grouillait, il y avait une Chevrolet 1958, vert foncé, familière. Un modèle de collection. Je l'ai contemplée, avec sa peinture étincelante, ses chromes brillant sous le soleil. La voiture était vide. Mais contre la portière fermée du conducteur, un homme était appuyé. Indolent, les bras croisés sur sa poitrine, les pieds croisés sur ses chevilles, il me fixait, de ses yeux verts perçants. Andreu. L'aîné.

Je me suis raidie et détournée d'Adrian Paul, qui n'avait pas repéré cet homme seul dans la foule qui allait en s'enflant. C'était un message, à mon unique intention. Ils savaient que je remarquerais la voiture.

Et avant même de regarder, j'ai su. Je me suis pourtant forcée à me retourner. À ma droite, derrière la barricade, il y avait Richard, ses yeux perçants s'étrécissant dans la lumière, déchirant la liberté momentanée que j'avais ressentie. Comme son frère, il se tenait contre la portière d'une antique Chevrolet, dans la même position.

J'ai tremblé. J'aurais souhaité être plus forte. Pouvoir résister au poids de ces yeux que je sentais sur moi. Mais je ne l'étais pas. Lentement, je me suis tournée vers ma gauche. Et à côté de la dernière barricade, il y avait Miles Justin, se tenant exactement comme ses frères contre sa Ford 1952, décontracté, en jean et bottes en peau de serpent.

Miles. Le frère en qui j'avais eu confiance, et qui me regardait, m'empalait avec les yeux verts de sa mère, jetant des éclairs tandis qu'il croisait les miens au-dessus de la foule.

Lentement, il a levé un bras, saisi le bord de son chapeau gris de cow-boy et l'a levé. La brise a soulevé ses cheveux fins, éparpillé ses boucles. Le parfum des roses s'est intensifié, ainsi que la senteur de la glycine.

Je ne suis pas libre. Ce n'est pas fini. Pas encore.

14

Je me suis retournée vers Adrian Paul, ai pris le haut de son bras entre mes doigts et l'ai secoué légèrement. Il a croisé mon regard, en riant, de ce bruit merveilleux, égaré dans le tumulte des voix humaines. Gabriel parlait dans une nuée de micros, il disait quelque chose sur « le droit fondamental de protéger nos enfants ». Quand Adrian Paul s'est penché, son visage a complètement dissimulé mon autre avocat. Le souffle chaud contre mon oreille, il m'a demandé :
— Voulez-vous faire une déclaration ?
— Non. Sortez-moi juste d'ici.

Et soudain le souvenir d'Ammie m'est apparu le jour où elle était venue me voir à Moisson pour me dire qu'elle quittait Marcus et m'avouer sa destination. Elle avait menti. Elle n'avait aucune intention d'aller à Daingerfield, au Texas. Elle n'était même pas allée à l'ouest. Ses déclarations étaient un mensonge. Un mensonge pour les induire en erreur, les entraîner ailleurs. Je le savais avec une certitude indéniable. Pourtant, les frères l'avaient retrouvée.

Une idée m'est venue. Parfaitement mûrie. Comme ces fleurs qu'on voit éclore dans un film au ralenti. J'ai été secouée que cette chose, cette pensée, ait germé en moi. Un rire m'a échappé, perdu dans le bruit. Ces images étaient si précises, c'était plus un souvenir qu'une idée, comme si un coin de mon esprit avait depuis longtemps constaté ce danger et travaillé à la nécessité de le résoudre depuis des mois.

Adrian Paul et les policiers s'étaient frayé un passage à l'intérieur du tribunal, puis à droite, passant devant la grande salle du tribunal, empruntant les marches dissimulées jusqu'aux entrailles noyées d'eau du vieil immeuble. Je pensais que j'avais échappé à tout cela... Mais je n'avais échappé à rien. La moisissure enduisait les murs, son odeur me suffoquait. Nous sommes passés devant des bureaux. Pauvrement éclairés. Lépreux. Je n'avais pas réalisé que les employés avaient partagé mon enfermement, et je me suis demandé quel crime hideux ils avaient commis pour qu'on leur attribue de tels bureaux. Adrian Paul m'a tiré par la main tout le long du chemin.

Le soleil a brillé de nouveau, encore plus brillant après les ténèbres. J'étais toujours aveuglée quand un policier a posé sa main sur ma tête et m'a entraînée vers la voiture. La BMW d'Adrian Paul a vrombi vers la vie, ressemblant un instant à cette foule devant nous.

Les journalistes se sont précipités, suivis par les cameramen, et nous sommes sortis au milieu des curieux, fuyant la puanteur du vieux tribunal. Cachés et protégés par les vitres teintées de la voiture. En lieu sûr.

Cette illusion m'a fait rire, et Adrian Paul a ri avec moi, sa voix avait l'air libre et jeune du héros conquérant. Mon propre rire était rempli de colère et de dérision. Il n'a pas semblé le remarquer.

— Où va-t-on?
— Chez moi, ai-je répondu doucement.
— Comment vous sentez-vous, madame?

Je n'ai pas répondu, mon esprit hanté par tout ce dont j'avais besoin là où j'allais. Mon visage était tendu, mes yeux secs. Adrian Paul a pressé ma main comme s'il comprenait.

Le chemin vers la maison s'est effectué presque en silence, Adrian Paul émettant de rares commentaires, mais semblant se satisfaire de mon laconisme. Les immeubles se sont éloignés, le bayou a entouré la voiture, les nénuphars jonchaient les rives et la surface de l'eau.

Ma maison est apparue, l'herbe fraîchement tondue, les murs repeints, la pancarte « à vendre » bien en évidence sur le devant. Le prix de vente était modique. Même dans une société moderne comme la nôtre, rares étaient les gens à vouloir acquérir une maison où quelqu'un était mort assassiné. Les fantômes, vous savez...

Un camion de journalistes était garé devant, deux personnes en faisaient le tour. Une femme, dans une longue robe marine avec une veste, se regardait dans un miroir de poche. Elle en a claqué le couvercle dès qu'elle a vu la voiture et s'est mise à courir vers le chemin. Adrian Paul l'a ignorée et s'est avancé.

— Nous devons parler, Collie. De la propriété de Montgomery et de ses dernières volontés. Le testament peut être homologué maintenant, à moins que les DeLande ne le contestent.

Il s'est interrompu, prudent, pour éviter la journaliste blonde et le cameraman. Elle hurlait des questions à la surface réfléchissante des vitres fermées, tandis que le cameraman y observait son propre reflet. Je ne pouvais pas entendre ses paroles. Les BMW sont construites pour conjurer le bruit du monde extérieur.

— Vous allez être une femme très riche.

Un argent couvert de sang. Mais je ne lui ai pas dit.

— Vous devez penser à l'avenir.

J'y pense. Je pense aux DeLande qui vont venir me tuer et emmener mes enfants. Mais je ne le lui ai pas dit non plus. Adrian Paul a fait le tour de la maison, jusqu'au garage. Le garage sacro-saint de Montgomery. Les voitures de collection étaient garées dans un coin, les klaxons en chrome à quelques centimètres à peine. On devait ramper entre les capots pour pénétrer dans les véhicules. Profanation. Mais j'avais eu besoin de place pour la Land Rover et la Volvo de Sonja. Et maintenant pour la BMW. Il y avait à peine la place. La porte du garage est retombée derrière nous, chassant la lumière du jour et la journaliste. Elle est restée dehors. Ce devait être une novice.

Si je survivais à tout cela, je devrais vendre les voitures. Les modèles de collection. J'aurais le temps d'y penser plus tard. Nous sommes sortis de la BMW, mes yeux s'accommodant à la pénombre. J'ai regardé autour de moi. J'aurais besoin de plusieurs choses ici, y compris du téléphone portable. Montgomery en avait deux, il devait donc y en avoir un deuxième par ici. La police avait pris celui que j'avais utilisé la nuit de sa mort. Ils avaient aussi les pistolets. Il me restait les autres.

Je me suis penchée sur l'établi du garage, consciente qu'Adrian Paul me regardait. J'en ai fait le tour, farfouillant dans les ténèbres. Il n'y avait pas de fenêtres dans l'atelier. La lumière pouvait abîmer le cuir et les capotes. Je ne voulais pas de lumière artificielle. Le téléphone se trouvait dans un coin derrière. Mes yeux s'étaient habitués à la nuit et je me suis mise à chercher.

— Collie ? Qu'est-ce que vous faites ?

— J'ai besoin de plusieurs choses. Et je suis au courant du testament. Et de la propriété. Et de l'assurance-vie qui va arriver. Ça attendra.

Je me suis arrêtée et l'ai dévisagé, repérant son visage dans la lumière grise.

— Vous avez toujours ma procuration, n'est-ce pas ?

— Bien sûr, mais...

— Eh bien, vous commencez les actes... J'ai... J'ai besoin de me tenir loin... des trucs légaux, pendant un moment.

Je me suis tue. J'avais trouvé une lampe, des piles de rechange, une cantine, une thermos, une tente, un hamac, une couverture de lit, une petite trousse à outils que je pourrais mettre dans ma poche avec le téléphone. Les filles avaient offert cette trousse à Montgomery à l'occasion d'une fête des pères. Je me suis demandé si c'était avant que l'inceste avec leur père ne débute ou après.

— Si... si quelque chose m'arrivait... les enfants sont-ils toujours protégés en vertu des papiers que j'ai signés avant la mort de Montgomery ? Ceux qui vous en confient la garde à vous et à Sonja ?

— Collie ? Qu'est-ce qui se passe, bon sang ?

— Sont-ils toujours valables ? ai-je répété, en détachant chaque syllabe.

Il a passé une main dans ses cheveux. Ils avaient l'air doux et soyeux, et j'avais envie de les toucher.

— Oui. Ils le sont.

— Bien.

Je me suis remise à chercher.

— Vous allez graisser votre tailleur.

Sa voix avait une intonation curieuse. Je ne m'y suis pas attardée davantage. Je lui ai adressé un sourire.

— Il n'y a pas de graisse ici. Nulle part. Ce n'est pas un garage, c'est une clinique ici, c'est l'endroit où les voitures de collection sont diagnostiquées et soignées. C'est si propre qu'on pourrait se rouler par terre tout nu.

Je répétais les expressions de Montgomery. Une fois, lorsque nous étions amoureux, nous nous étions roulés par terre, nus, juste pour prouver ses affirmations. Il n'y avait aucune trace de graisse sur notre peau après cette expérience.

— Où allez-vous?

Je ne lui ai pas répondu tout d'abord, ajoutant une boîte de munitions, des chevrotines calibre 3 pour mon autre pistolet à vingt coups. Et une recharge pour mon 9 mm, le SIG Sauer de fabrication suisse dont la crosse était recouverte de perles et que Montgomery m'avait offert pour notre quatrième anniversaire de mariage. C'était une nuit terriblement romantique. Du champagne, du pâté, des crackers importés, du fromage, des fruits et le pistolet. Mon mari avait vidé une boîte de cartouches sur mon corps sur le lit de l'hôtel. Nous avions fait l'amour dans ce désordre, les empreintes des balles et du foie gras imprimées sur ma peau. J'étais heureuse que ce n'ait pas été mes draps.

— Collie.

Sa voix était plus grave. Elle avait une densité que je ne lui connaissais pas. Ce n'était pas de l'inquiétude ni de l'amitié. Quelque chose de plus.

— Ne me demandez pas, Adrian Paul. Ne me demandez pas, l'ai-je imploré.

J'ai laissé ma pile d'objets là et nous sommes sortis. La journaliste blonde était invisible. Cette nuit-là, je l'ai passée avec mes enfants, Sonja et les siens, Adrian Paul, JP et Philippe. Ce fut un moment joyeux, consacré à jouer, à manger des pop-corn sur le tapis qui recouvrait le parquet imprégné de sang sur lequel Montgomery était mort. J'ai déambulé dans la maison, touchant les objets, les rassemblant, écrivant un message ou deux, avant de les cacher quelque part. Adrian Paul me regardait, les yeux soucieux et interrogateurs. Patient.

Quand j'avais quitté Moisson, j'avais laissé tous mes vêtements d'hiver dans la penderie. La teinturerie me les avait livrés quelques mois auparavant. J'avais tout ce dont j'avais besoin. Des bottes, des pantalons, une veste de l'armée. Chaude et imperméable. Pour ce printemps précoce, je n'avais peut-être pas besoin... Non. Pas du tout. Pas pour ce climat-là.

Je suis parvenue à préparer un sac au moment le plus bruyant et le plus affairé de la soirée. Également un peu de nourriture. Épuisée, je suis allée tôt au lit, m'effondrant sur les draps de soie, fixant le plafond sombre, le ventilateur qui tournait lentement autour de moi. Il jetait des ombres profondes alors que ses lames fendaient le plafond. Le sommeil restait loin de moi. Lentement la maison s'est apaisée tandis que les Rousseau et mes enfants s'endormaient. Le temps semblait s'étendre comme un brouillard, ténu et sans substance.

Ma porte s'est lentement ouverte sur les ombres noires du couloir. Je n'ai pas tourné la tête. Je suppose que je savais qu'il viendrait. La main levée, j'ai attendu. Adrian Paul est entré silencieusement dans la pièce, les yeux écarquillés dans la pénombre. Il a retiré lentement ses vêtements et s'est glissé dans le lit près de moi. Il m'a enlacée. C'est seulement à ce moment-là que j'ai compris combien j'étais froide, alors que son corps brûlait le mien dans la nuit.

Son amour m'a laissée tremblante. Il n'y avait pas de technique, à aucun moment, rien que l'intuition de ce qui me donnerait du plaisir. Rien qu'une grande tendresse, si profonde qu'elle m'enveloppa, conjurant mes peurs, apaisant mes craintes, me rassurant. Cette nuit-là j'ai appris la différence entre la passion et la convoitise. La passion pouvait être comblée par le sexe. La convoitise ne l'était jamais.

J'ai dormi pendant une heure dans ses bras. Je souriais dans la nuit. Il ronflait.

Et puis je suis partie.

Sans un bruit, je me suis habillée, j'ai dactylographié les messages que j'allais laisser, les ai épinglés sur la porte du fond, tiré mes sacs jusqu'au garage, chargé la Land Rover. La tente, le lit de couchage, une moustiquaire. Un bâton pour chasser les serpents, et un tas de sacs en tissu. Une petite pelle, un marteau, un marteau en caoutchouc, vingt litres d'essence, quatre bidons vides de cinq litres d'eau. Une glacière. Tous les autres objets que j'avais rassemblés pendant la journée. Les pistolets.

Le seul objet que j'avais pris pour me surprendre était le rosaire que Montgomery avait laissé pendu dans l'atelier, le faisant glisser autour de ma tête pour le nicher entre mes seins. Il était froid et abîmé d'avoir passé autant de mois dans l'atelier, la chaîne en argent se réchauffant lentement au contact de ma peau. La pierre qui contenait les chapelets et le crucifix sont restés froids plus longtemps.

En respirant lourdement, j'ai compris que je n'allais jamais réussir à charger tout cela dans la barque à fond plat. Après avoir fait glisser la porte du garage, je suis montée dans la Rover, j'ai mis le moteur en marche au moment où la porte coulissait.

J'ai manœuvré la Rover hors du garage au moment où les lumières s'allumaient dans la maison. J'ai vu Adrian Paul dans le rétroviseur, vêtu seulement de son pantalon noir, sur le porche.

— Collie ! Non !

J'ai ignoré son angoisse, la douleur qui perçait dans sa voix et je suis partie dans la nuit.

J'ai regardé ma montre. Quatre heures du matin, le magasin Chaisson et Castalano devait être ouvert. Un nom bien élégant pour un magasin de chasse et pêche qui était à peine plus grand qu'un taudis avec des barres aux fenêtres, des W.-C. publics à l'arrière, et à peu près cent cinquante mille dollars de matériel de pêche, de fusils de chasse, de pistolets, de munitions, d'appâts. À l'arrière du magasin il y avait un terrain de tir. Les clients de chez Chaisson et Castalano pouvaient s'exercer avec leurs acquisitions possibles. Ils avaient un commerce florissant, même en été.

J'avais vu la maison personnelle de Chaisson une fois. Une demeure monstrueuse en briques de trois cent mille dollars située sur le bord protégé de la digue, entourée d'une clôture de briques d'un mètre cinquante, parfaite pour emballer des sacs de sable quand les digues menacent de céder en période de crue.

Je suis arrivée devant le magasin au même moment que les vendeurs du matin. J'étais la troisième cliente. Les vendeurs du matin n'étaient autres que Castalano elle-même et sa fille de douze ans. Les deux femmes étaient également petites, trapues avec les yeux sombres. Elles auraient pu être la même personne à quelques années de différence. Je me rappelais de la première fois où j'avais vu Adrian Paul et JP. Et j'ai chassé cette pensée.

J'ai chargé ma glacière de dix kilos de glace, rempli les bidons d'eau et suis entrée. J'ai complété avec des rations de nourriture suffisantes pour une armée, mes articles indispensables ainsi qu'un baume antimoustique que j'avais oublié. Quelques autres choses. Le café. Comment avais-je pu l'oublier ? Une cafetière spéciale pour camping-gaz. Des fruits secs. Une bouteille de propane. Des comprimés pour purifier l'eau. De l'aspirine. Deux petites bouilloires. Du riz. De l'assaisonnement pour le gumbo. De l'huile végétale.

Quand je me suis approchée de la caisse, Castalano a regardé mes articles, puis moi.

— Les DeLande ont un compte. Vous le gardez toujours ?

Prenant rapidement une décision, j'ai répondu oui.

— On règle le 15 du mois. Il faut payer le 25. Sinon, vous vous expliquez avec Chaisson.

C'était un arrangement qui me convenait. Chaisson n'était pas quelqu'un à qui je voulais devoir de l'argent.

J'ai acquiescé.

— J'aurais besoin d'un bateau à fond plat à tirer derrière le mien. Et j'ai besoin de sortir le mien.

— Vous savez comment vous en servir ? C'est compliqué de draguer une pirogue dans le bayou.

J'ai de nouveau hoché la tête.

— Particulièrement avant que le soleil se lève.

J'ai fait la moue. Je comprenais enfin. J'allais dépenser un maximum, et même si j'avais un compte, j'étais loin d'avoir tout l'argent de Montgomery. Mon sourire était ouvert et je me sentais étrange. Je ne pensais pas avoir beaucoup souri toute cette dernière année.

— Je paierai pour le bateau. Et pour le reste.

Je lui ai tendu ma Gold Card. Celle que j'avais utilisée pendant les mois où j'avais attendu le procès.

Castalano a consigné tous mes articles et m'a tendu le ticket à signer.

— J'la garde jusqu'au 15, si je n'vous vois pas ou si vous n'r'venez pas pour payer.

J'ai hoché la tête.

— Castalano? Payez-vous maintenant. Il se pourrait bien que je ne sois pas là le 15.

Elle a grommelé, observé autour d'elle. Nous étions seules pour l'instant.

— Y sont après vous, fillettes? Eux, Les DeLande?

Un frisson m'a parcourue. Elle savait.

— Oui, je crois.

Ma voix était faible et essoufflée.

— Vous avez assez de munitions?

J'ai ri. N'importe qui d'autre aurait dit :

— Allez voir la police. Engagez des gardes du corps. Ne soyez pas imbécile, vous n'êtes qu'une femme.

Pas Castalano. J'avais le sentiment que j'avais manqué l'occasion de connaître une personne unique en son genre pendant toutes ces années.

— Sais pas. J'espère.

— Qu'est-ce que vous prenez?

— Du calibre 3.

— Et le 20 mm?

— Oui, j'en ai un. Et un 9 mm.

— Des balles?

J'ai secoué la tête.

— Non.

Castalano m'a dévisagée un moment, de la tête aux pieds. Puis elle s'est baissée et a disparu sous le comptoir, son derrière de mammouth émergeant au-dessus de la caisse. Quand elle s'est redressée, elle a déposé un carton de munitions sur le comptoir.

— Des balles à fragmentation. Quand ça pénètre, ça éclate et explose à l'intérieur.

Elle a joint ses mains, pour mimer ce qu'elle disait, écartant ses doigts, comme une fleur qui éclôt.

— Ça vous déchire les chairs.

J'ai hoché la tête, me représentant le dommage causé sur un corps humain.

— Z'ont des gilets ?

— Des gilets ?

— En kevlar. Pare-balles.

— Je... ne sais pas.

— Si z'en ont, tirez dans le bas de l'abdomen ou la tête. Une balle à fragmentation les arrêtera. Même si vous touchez une extrémité, ça les arrêtera probablement. Le haut du bras ou la jambe.

J'ai fermé les yeux, inspirant profondément.

— Vous avez un gilet ?

— Non.

— Venez. J'en ai un qui devrait vous aller au fond.

Au fond ? Je pensais qu'il n'y avait qu'une seule pièce... Quand j'ai gagné le mur du fond, Castalano a déverrouillé une porte à demi cachée derrière une rangée de gilets de sauvetage. Elle a fait un pas à l'intérieur d'une penderie longue et étroite d'environ trois mètres de long et d'une profondeur d'un mètre de chaque côté, où les murs étaient couverts d'armes et de munitions entassées sur des petites étagères. Un entrepôt en tout genre. Je n'ai pourtant pas regardé trop précisément cet assortiment. J'avais le sentiment que tout ce qui se trouvait là n'était pas à proprement parler légal.

— Retirez votre veste.

Je me suis exécutée, Castalano a noué une veste en kevlar sur mon buste, ajustant les bandes Velcro à ma taille. Le rosaire était écrasé contre ma peau.

— Votre Gold Card suffira pour tout ça ?

— Oui, mais notez seulement qu'il s'agit de marchandises. Je ne veux pas qu'ils sachent ce que j'ai acheté.

— Ouais, bien sûr.

Elle a chassé les mèches de cheveux qui lui tombaient dans les yeux.
— Vous avez des jumelles ?
— Non. J'ai oublié.
Je me demandais ce que j'avais oublié d'autre.
— Ici.
Elle a tiré un étui noir vers moi, y a ajouté un grand sac imperméable et une besace.
— Pour vot' flingue s'il pleut.
La lumière s'est éteinte, les serrures se sont refermées et je l'ai suivie à la caisse. Nous étions toujours seules. Sa fille était sortie parler à des garçons chassant des insectes. J'ai refermé ma veste sur mon gilet pare-balles, glissant la lanière des jumelles par-dessus mon épaule. Le gilet était léger et fluide, mais me rendait tout de même claustrophobe. Je le sentais peser contre mes côtes.

Mon addition était faramineuse. Il ne me resterait plus rien une fois le total prélevé sur mon compte. Je n'aurais plus jamais à y penser.

Castalano s'est avancée sur le quai pendant que je sortais la Land Rover et opérais un lent tournant sur la droite. Les eaux noires du Grand Lac étaient silencieuses de l'autre côté des appontements.

La propriétaire du plus grand hangar à bateaux de la paroisse de Moisson a sorti un jeu de cartes et les a battues. Puis elle a pris une fourche et extrait mon bateau de sept mètres d'un enchevêtrement de bateaux de pêche élégants, de hors-bords pour ski nautique et l'a mené sur l'eau. D'une main délicate, elle l'a attiré sur le lac sous l'éclair jaune de vapeurs de sodium. C'était le même bateau que Miles Justin avait acheté tant d'années auparavant. Celui qu'il m'avait donné. L'un des rares bateaux à fond plat qu'elle gardait. La plupart des gens amarraient leurs bateaux à leur propre appontement, du moins ceux qui les utilisaient.

Avant le lever du soleil, nous avions chargé mon matériel sur le bateau, et sur sa remorque. D'un placard, Castalano a sorti deux rames et une longue perche, pour guider le bateau dans l'eau noire. Deux gilets de sauvetage orange clair étaient alignés sur les étagères, dans des sacoches qui couvraient toute la longueur du bateau.

— J'm'occupe du Mercury si tombe. Devrait aller.

Elle a ajouté deux bidons d'huile, a fait le plein et a fixé la remorque sur mon bateau. Ses mouvements étaient rares et économes. Elle travaillait en parlant.

— Je n' recommande pas plus qu' vingt à l'heure avec la remorque. P't-être moins. La remorque n'va pas s'envoler derrière vous, bien plus facile sans la vitesse dont ce vieux Merc est capable. Si je savais où vous allez, j' vous mettrais un moteur dessus.

— C'est très bien comme ça. Je ne suis pas pressée pour l'instant.

— Non, a-t-elle répliqué pensivement. Une fois qu' vous aurez touché le bassin, personne n'ira vous trouver, à moins qu' vous vouliez être trouvée...

La question est restée suspendue en l'air entre nous. J'ai soupiré. L'odeur aigre du bassin a traversé mes narines. Le poisson, les détritus pourris de la côte, les arbres moisis et décomposés, l'épuisement, l'essence.

— J'ai emporté un téléphone. Une fois que je saurai où je suis, j'appellerai.

Castalano a sorti une carte de la poche de sa chemise et l'a enfouie dans celle de ma veste.

— Faites-le donc.

Je ne voulais pas dire que j'allais l'appeler, mais après tout !

Après m'être attachée, j'ai introduit la clé dans le moteur et fait glisser le support dans l'eau. J'ai fait monter la pression sur la jauge d'essence une demi-douzaine de fois avant de tourner la clé. Le vieux moteur Mercury de trente chevaux a vrombi dans la nuit et projeté dans l'eau un nuage de gaz et une puanteur d'essence.

— Attendez une minute, a crié Castalano.

Elle a allumé la veilleuse de sécurité et est revenue avec un tas de chapeaux.

— Cadeau de la maison, a-t-elle crié.

J'ai éclaté de rire devant sa générosité, remarquant le logo du magasin sur les chapeaux. Ils lui coûtaient probablement plus d'un dollar.

— Comment vous appelez-vous ? ai-je crié dans le rugissement du moteur. Votre prénom, ai-je ajouté, sûre qu'elle allait juste me répondre Castalano.

Elle a roulé des yeux blancs.

— Calleux. Mais gardez-le pour vous. Mes clients ne me laisseraient jamais le porter.

J'ai ri de nouveau. *Calleux.* Ça lui allait pas mal...

J'ai posé un des chapeaux sur ma tête, actionné l'accélérateur et me suis frayé un passage dans les vapeurs de sodium et les ténèbres. Quand je me suis retrouvée à vingt mètres, j'ai allumé mon clignotant, les phares rouge et vert et donné juste un peu d'essence au moteur.

Juste avant d'aborder le tournant qui menait au bayou, j'ai regardé derrière moi. Castalano était toujours sur le quai, me suivant du regard, mais elle n'était plus seule. Le Vieil Homme Frieu était avec elle, son corps court et trapu aisément identifiable dans la nuit. Castalano me désignait du doigt. Le vieil homme se grattait l'estomac. Je me suis tournée vers le lac.

Et j'ai disparu dans la noirceur du bassin, le moteur si bruyant qu'il semblait étouffer tous les sons.

Des gens vivaient toujours là, en petits groupes isolés ou même dans des maisons encore plus éloignées. Le gouvernement avait essayé de les chasser quand le bassin avait été construit pour devenir une partie contrôlée par le Mississippi mais certains étaient restés. Pourtant beaucoup étaient partis.

Des taudis stagnaient sur des pilotis créosotés, tout moisis et gluants, des mollusques et des détritus infiltrés dans le bois. Le bois pourri attaquait l'intérieur de toutes les maisons et partout on voyait affleurer le bois nu. Du goudron et des journaux colmataient les fissures dans les lames. Les toits rouillés flottaient au-dessus de ces lieux vétustes et, par-devant, des quais s'enfonçant dans l'eau étaient tirés par de nouvelles poulies creusées dans le fonds boueux. Une maison est sacrée !

À quinze à l'heure, mon périple allait être long. Deux jours peut-être. Le soleil s'est levé et j'ai enfilé le manteau kaki, le gilet en kevlar, me suis enduit de crème solaire, ai natté mes cheveux et remis le chapeau. Je me rendais à l'est et au nord, le long du lac du bayou de Big Gator.

J'allais emmener la remorque jusqu'au grand bayou et me rendre dans le petit bayou sans nom que le Vieil Homme Frieu m'avait fait découvrir il y avait si longtemps, lorsque je me promenais avec Miles. Je m'enfoncerais à l'intérieur autant que je le pourrais, puis je m'installerais au moment où je trouverais le camp que je cherchais pour décharger mes provisions. Si j'avais de la chance et pas de pluie, je pourrais dormir sur un sol sec d'ici deux nuits. *Sec* était un terme relatif, naturellement.

Il a fait de plus en plus chaud au fur et à mesure que la matinée s'est avancée. Trente. Puis trente-cinq degrés. J'ai revêtu mon bleu de travail, mis davantage de crème, mangé des fruits secs, bu beaucoup d'eau.

Les animaux hibernaient encore il y a une semaine. Mais là ils sortaient de terriers de boue, émergeant des arbres abattus, des racines noueuses de vieux chênes, de crevasses dans le bois pourri, pour se chauffer au soleil. Une pluie fine est tombée comme un nuage passait, trempant les serpents et les tortues et les alligators avides de soleil. Les alligators étaient une de mes préoccupations principales, et j'ai gardé mon pistolet chargé près de moi sur le plancher du bateau, enveloppé dans mes provisions. Bien que les alligators ne soient pas normalement agressifs envers les bateaux à moteur, je ne voulais pas me précipiter contre une de ces grosses mères alligators qui l'ignorerait. Je me figurais qu'un coup tiré dans l'eau par mon pistolet l'effraierait plus que tout. J'espérais juste que, dans cette situation d'urgence, je n'allais pas me tromper et tirer carrément dans la carcasse du bateau. On ne savait que trop bien que ça arrivait...

Des aigrettes chassaient par dizaines. Elles étaient neigeuses, délicates sur leurs longues pattes osseuses et noires, avec un aspect fragile et doux, pêchant dans l'eau saumâtre le long de la côte, qui se reflétait dans l'eau noire. Un pélican brun se tenait sur la souche d'un arbre de deux mètres tombé dans un terrain marécageux et étendait ses ailes au soleil pour les sécher, son grand et large bec posé sur sa poitrine. Des oies sauvages et des canards se reposaient dans des flaques immobiles, hivernaient au soleil.

Vers midi, je suis passée devant une famille de rats musqués et j'ai frissonné. L'homme qui avait amené ces bêtes hideuses d'Amérique du Sud aurait dû être abattu. Les visons, que l'on appelle castors de la baie d'Hudson sur le marché des fourrures à New York, étaient en fait des bêtes de cinq kilos, intermédiaires entre le castor et le rat d'eau. Ils avaient des pieds pour nager et des incisives aiguisées comme des lames, et j'avais entendu des histoires de visons qui avaient sauté sur un bateau à fond plat. J'aurais saccagé à coup sûr l'arrière de mon bateau si une telle bête avait sauté dedans.

Le moteur était monotone, avec un bruit rauque à cette faible vitesse. De temps à autre, un oiseau effrayé par le bruit s'envolait sur l'eau.

Quelques lilas avaient des bourgeons. Ils étaient également importés comme les visons et causaient tout autant de troubles. Mais la plupart des fleurs étaient encore fermées. Les roseaux sauvages, les vignes et les lis d'eau qui n'étaient pas vraiment des lis. Qu'était-ce donc? Des jacinthes d'eau. Mais rien ne fleurissait. J'ai rencontré un pêcheur. Nous nous sommes salués et sommes repartis chacun de notre côté.

Vers le milieu de l'après-midi, j'ai ralenti et tourné vers le bayou du Big Gator, regardant sous l'eau pour y dénicher le petit bateau rose soufflé il y a bien longtemps par l'ouragan, précipité à l'intérieur des terres par des courants violents et des vents forts et englouti. Au sens littéral du terme. Je l'ai enfin vu, à demi caché par les lis d'eau.

L'odeur a commencé à changer, passant de celle du bayou à quelque chose de plus aigre. De stagnant. L'odeur du marécage.

Je suis passée devant la cabane d'été du Vieil Homme Frieu, cette bicoque que Miles avait recouverte de billets et décorée de pistolets le jour où il avait perdu au jeu.

J'ai tourné dans le bayou étroit, en ralentissant, pour atteindre son artère principale à ma droite, plongeant mon bateau dans les eaux noires. Près de moi, les grenouilles sautaient de nénuphar en nénuphar, traversant l'eau sans se mouiller. Un énorme lézard ou une salamandre, noire sur le dos et blanche dessous, a plongé dans l'eau en faisant *floc*. Une salamandre, c'est sûr. Mais une grosse mère salamandre, pas sûr.

Les oiseaux, qui se nichaient au sommet des chênes et des arbres à pécan et des noyers s'envolèrent au bruit de mon moteur. Une douzaine de busards me regardaient depuis les branches mortes d'un arbre isolé, un cyprès tué par le sel. C'était un lieu paisible et éloigné, et si je commettais la moindre erreur, j'allais mourir ici et mon corps ne serait jamais retrouvé. Bien... C'était ce que je voulais, non ? Disparaître dans un territoire que je connaissais mieux qu'aucun d'entre eux. Leur indiquer une trace à suivre. Comme la maman oiseau qui entraîne le chasseur loin de son nid.

Je me suis accordé une pause tard dans l'après-midi comme le soleil commençait à décliner dans le marécage derrière moi et l'air à se rafraîchir. Les lis d'eau m'avaient bouché la route devant moi et je savais qu'il me faudrait ramer ou pousser la perche pour pénétrer plus avant.

Après avoir cherché j'ai trouvé un terrain sec — enfin, à peu près — et garé les bateaux. J'ai sorti mes effets pour la nuit. Un piquet planté entre deux solides arbres à pécan, la moustiquaire drapée sur les branches du dessus, retombant au sol.

Avec la mousse et l'écorce sèche d'un saule blanc, j'ai allumé un feu en entassant des branchages et des fougères. Je conserverais mon Butagaz pour la pluie. Le feu a fumé, mais la fumée garderait à distance les prédateurs et les moustiques. J'ai fait bouillir de l'eau et emmené avec moi une tasse de café bien chaud. Il y avait une anse à quelques mètres à peine de l'endroit où j'avais garé les bateaux et un arbre écroulé étendait ses ramures blanches dans une flaque.

En me déplaçant lentement et en buvant du café dans une tasse en étain, j'ai jeté quatre lignes à l'eau, assez profond pour que l'appât, une tranche d'escalope prélevée sur mes réserves, percée d'un hameçon, affleure à la surface. En tendant les lignes dans les branches au-dessus, je me figurais que je pourrais à la fois pêcher et me détendre. Le soleil s'est couché dans une étonnante farandole de rouges prune et de roses fuchsia. Mon escalope allait m'apporter mon repas du soir et je suis restée à attendre que les flots rougeoyants s'agitent. Une demi-heure plus tard, j'avais pêché deux petits poissons-chats et une perche. Un dîner honnête.

Ce n'est jamais très agréable de décortiquer un poisson-chat, mais j'y suis parvenue tout de même et j'ai écaillé et savouré ma perche avant qu'il ne fasse nuit. J'ai chauffé la poêle et fait frire le poisson avec un peu de farine et de pâte de maïs, pour manger dans le noir.

Puis, épuisée au-delà de toute expression, j'ai déroulé mon lit sous le piquet que j'avais planté et je suis tombée dedans en priant pour qu'il ne pleuve pas. Si c'était le cas, je regretterais de n'avoir pas déployé ma tente.

Le feu a crachoté et craqué, les oiseaux de nuit ont chanté, les chouettes hululé, les petits animaux chasseurs de nuit plongé dans l'eau. Pourtant, c'était le silence qui m'a gardée éveillée. Le silence bruyant du bayou. Et le souvenir des mains d'Adrian Paul sur mon corps la nuit précédente. Je n'étais jamais restée seule dans le bayou auparavant.

J'y étais toujours allée autrefois avec mon frère Logan ou Sonja ou Montgomery. Ou même mon père quand j'étais très jeune et que je voulais faire tout ce que mon papa faisait. Mais jamais seule. Aussi le souvenir des mains d'Adrian Paul me caressant sous les draps de soie était-il rassurant. Mes joues s'enflammaient dans la nuit, à cette image.

Il faisait froid, et comme la température chutait, le silence s'est abattu, un silence authentique comme un manteau sur le monde. Il recouvrait toute chose, une couverture de calme sur mon univers solitaire. Le feu s'est éteint et m'a laissée dans la noirceur sous le ciel étoilé.

Debout avant l'aube, j'avais bouclé mes affaires avant que le soleil ait percé le brouillard bas qui planait sur l'eau comme le fantôme d'un serpent roulé le long du bayou noir. Je suis partie avant que l'on ne puisse voir avec assez de sûreté, mais je n'étais pas loin du but à présent. J'ai laissé le bateau de cinq mètres amarré, dissimulé sous les feuilles. Je serais de retour ce soir. Plus tôt si le bayou n'était pas complètement obstrué par les nénuphars.

Avec le moteur Mercury, j'ai avancé un bon moment jusqu'à

ce que les canaux se rétrécissent, que les nénuphars deviennent plus denses, me ralentissant jusqu'à m'enfermer dans un lit de magma vert. La végétation devant moi était intacte. Je n'avais pas le choix, j'ai coupé le moteur, le soulevant pour que l'hélice ne s'empêtre pas dans la beauté suffocante des nénuphars.

Le reste du chemin devait s'accomplir à la rame et à la perche. L'après-midi, j'ai atteint le campement. Je ne crois pas qu'il avait été utilisé depuis la fois où le Vieil Homme Frieu, Miles Justin et moi nous y étions installés pour observer les alligators s'accoupler.

La clairière était plus petite que dans mon souvenir. Mais elle était sèche. Et le toit sur mesure était toujours entier, protégeant les lits en métal rouillé. Les provisions de l'armée pendant la Seconde Guerre mondiale. Si résistant que les lits avaient tenu bon Dieu sait comment toutes ces saisons où ils avaient été livrés aux éléments.

J'ai déballé mes provisions et me suis avancée à l'aide de la perche plus avant dans les nénuphars. J'avais laissé la trace de mon bateau sur les feuilles écrasées, les souches, les racines noueuses. Un aveugle aurait pu me suivre, comme on dit. Quand les DeLande viendraient, il n'y avait pas le moindre doute qu'ils me trouveraient. Et ils viendraient. J'en étais convaincue.

Même si j'étais épuisée, mon second voyage a été plus facile. J'ai pu allumer le moteur la plupart du temps sans que les nénuphars étouffent le Mercury. Le crépuscule est pourtant tombé avant que je n'arrange le campement, dresse la tente, le piquet planté entre deux arbres à l'écart, le feu allumé. Les têtes de poisson odorantes que j'avais conservées la nuit précédente étaient une tentation parfaite pour les crabes. Un filet, un seau, un morceau de viande pourrie attaché à un fil et du riz bouilli. Quelle recette pour un gumbo ! J'ai laissé l'eau bouillir dans mes deux petites bouilloires, une pour le riz, une pour les crabes, et je suis retournée en direction de l'eau. Dix minutes plus tard, j'en avais assez pour dîner.

Je n'avais pas de couverts appropriés, mais je me suis arrangée avec des pinces et un petit marteau. J'ai fait fondre un peu de graisse dans ma poêle, ajouté de la farine, fait un roux, y ai jeté un sachet de légumes déshydratés. J'ai eu très vite à dîner. C'était la première fois que je faisais du gumbo avec des brocolis, du chou-fleur et sans oignons, mais maman n'était pas là pour se plaindre. Je n'avais rien mangé de toute la journée, aussi ai-je trouvé ce repas merveilleux.

J'ai préparé du café et plongé une éponge dans l'eau avant de le faire couler. Le café m'a satisfait. Pas la toilette.

J'avais fait bouillir l'eau du bayou, laissé frémir pendant une demi-heure, puis je m'étais lavée avec du liquide à vaisselle.

J'avais oublié le savon. J'ai lavé la vaisselle avec la même eau. Comme je le disais, maman n'était pas là pour se plaindre.

Le soleil s'est levé tard le lendemain. Bien avant son apparition, j'avais rallumé le feu, préparé le café, et rassemblé assez de mousse pour me confectionner un matelas. Je ne dormirais plus sur la terre nue. J'ai prié qu'il n'y ait pas d'araignées ou d'œufs dans cette mousse, sachant que c'était le refuge favori de toutes espèces d'insectes.

J'ai fourbi mes armes et rempli le réservoir d'essence de mon bateau à fond plat. J'ai chargé mon équipement dans le bateau et caché mon charbon sous un tas de pierres pour plus tard.

Je me sentais plutôt sûre de moi, mais il faisait plus froid aujourd'hui, le ciel se striait de bleu entre les nuages. Les nuages ont commencé à dégager le ciel bleu au fur et à mesure que le jour progressait. Je me suis mise à penser que mes certitudes ne dureraient pas.

À l'aide du moteur et de la force de mon bras, j'ai poussé le bateau et suis arrivée jusqu'à l'île que le Vieil Homme Frieu nous avait une fois montrée, à Miles Justin et à moi. J'allais chasser le serpent.

Selon le vieil homme, cette île avait plus de serpents mocassins au mètre carré que n'importe quelle autre au monde. Elle était encerclée sur trois côtés par le bayou, sur le quatrième par un marais, si épais qu'il s'apparentait à un limon noir et vert et à la mort. Il y avait partout des souches. Rien de vivant.

Peut-être l'île contenait-elle plus de mocassins que partout ailleurs, mais sous ce climat frais il m'a fallu six heures pour débusquer quatre serpents. Et je ne les aurais pas trouvés si le soleil ne s'était pas levé pendant une heure. D'accord, c'était l'hiver. Mais il faisait chaud pour l'hiver. Vous pouvez espérer que les serpents émergent pour prendre l'air et un rayon de soleil.

Contrairement à ce que croit la terreur populaire, aucun serpent n'est dangereux si on ne lui marche pas dessus. Même là, dans cinquante pour cent des cas, si le serpent a peur, sa morsure est bénigne. Le reptile retient son venin délibérément. Dans les autres cinquante pour cent de cas, vous pouvez vous faire du souci. Et pas moyen d'interroger le serpent pour savoir s'il s'agit d'une morsure bénigne ou venimeuse.

À cette époque de l'année, attraper les serpents était facile. Je n'avais besoin que d'un bâton, d'un sac en tissu et d'une cordelière pour fermer le sac. Mon bâton consistait en un vieux club de golf avec une poignée et un morceau de métal courbé soudé au bout. Capturer un serpent consistait à ouvrir le sac en tissu quelques mètres à côté de l'endroit où celui-ci se chauffait sous un faible rayon de soleil. Tout ce que j'avais à faire alors était de pousser le serpent avec mon crochet et le mettre dans le sac. Facile.

La seule difficulté pour moi était de m'obliger à prendre et à fermer le sac.

Les serpents prisonniers n'ont pas beaucoup apprécié le retour au camp. Mon idée de passer un bon moment ne correspondait pas non plus à celle d'être ballottée et secouée au fond du bateau à fond plat. Au moment où j'ai pu apercevoir mon campement, mes serpents étaient franchement agités, se tortillant et se convulsant au fond du sac.

Il me restait juste assez de glace dans la glacière pour les assoupir. J'ai versé l'eau fraîche et posé les quatre serpents au-dessus de la glace. Deux minutes plus tard, mes mocassins étaient endormis. J'ai ouvert le sac avec précaution et transféré les serpents dans le plus grand sac dont j'ai fermé le col. J'ai accroché le sac à l'ombre, au bout d'une longue branche.

J'avais établi le nid de serpents loin de mon campement, naturellement. Je ne voulais pas le heurter au milieu de la nuit en allant aux toilettes. Les toilettes étaient un autre arbre, à l'arrière du camp. Il y avait une pelle à côté de cet arbre, plantée dans le sol, pratique et maniable.

Avec les heures de jour qui restaient, j'ai exploré les lieux, dîné, caché mon bateau derrière l'île. C'était facile de le dissimuler sous des branches et les branches inférieures feuillues d'un chêne. J'aimais toujours le poisson et je me suis fait frire une perche avec beaucoup de poivre noir cette nuit-là. Je me suis même offert une douceur dérobée dans l'atelier de Montgomery. Une bouteille de scotch pur malt dix ans d'âge. Je n'ai jamais été une grande buveuse de whisky, mais il se mariait parfaitement avec la perche.

Cette nuit-là, avec un gobelet de whisky dans une main et une tasse de café sur ma table de fortune, j'ai pris le téléphone portable de Montgomery et composé le numéro de Castalano. J'avais besoin d'entendre une voix humaine. Et pas une de celles qui me feraient pleurer.

— Allô.
— Calleux.
— J'savais que j' d'vais pas vous donner c'nom.

Mais elle avait l'air heureuse de m'entendre.

— Le monde existe toujours ?
— Un peu. Et pas mal de gens vous cherchent, p'tite.
— Ah ouais ?
— Ouais. Tu connais un joli garçon ? Cheveux noirs, yeux noirs, l'air frenchy ?

Elle aurait pu être en train de parler de la moitié de la paroisse, mais j'ai hasardé, en sirotant mon whisky :

— Adrian Paul Rousseau ?
— En personne. Il est vraiment emmerdé. Et sa femme donc !
— Sa femme ?

J'ai secoué le whisky dans son gobelet, en répandant un peu sur ma main.

— Paraît. J'ai jamais vu un homme qui pouvait avoir l'air contrarié comme ça, à moins qu'y soit marié avec.

J'ai fait la moue dans la nuit. Sonja.

— Cheveux noirs ? Courts ? Vêtements chics ?
— N'oublie pas sa bouche.
— C'est sa belle-sœur.
— Ouais, bon, quoi qu'il en soit, ils sont v'nus hier. J'ai

repéré la Rover d'puis la rue. Voulaient que j'vous suive et que j'vous ramène.

J'ai ri en regardant une chauve-souris s'envoler.

— Y sav' pas grand-chose su' le bayou, hein ?

— Très peu, ai-je admis.

— J'leur ai dit q'vous aviez l'téléphone. S'imaginent q'vous allez les appeler bientôt. Y restent à vot' vieille maison jusqu'à c'que vous les y appeliez. J'espère bientôt.

— Pourquoi donc, Calleux ?

— Écoutez. Vous allez me donner un nom, pourquoi pas Cacahuète ? C'est co' ça que les gars m'appellent.

— D'acc, Cacahuète.

— Mais pas Caca.

— Je vous le promets, ai-je dit en riant.

Seigneur, comme le son d'une voix humaine m'avait manqué !

— En tout cas, y'z'ont dû appeler une douzaine de fois aujourd'hui pour vous. Puis la police. Le shérif.

— Terry Bertrand ?

— Ouais. Çui-là.

Terry Bertrand était toujours shérif, mais pour combien de temps ? Les policiers fédéraux cherchaient à connaître son rôle dans mon enlèvement la nuit de la tempête.

— Il était ici. Officieusement, vous comprenez. Posait des questions. J'ui ai dit la même chose qu'aux autres. Qu'vous étiez partie dans le bassin. C'est tout.

— Ouais. Bien. Quelqu'un d'autre ?

— Un DeLande. Çui qui porte un chapeau.

— Miles Justin.

— Et des bottes. Il était saoul. Bon, pas saoul, mais y buvait. Et y était franchement écœuré, j'vous dis.

— Qu'est-ce qu'il a dit ?

— Qu'y cherchait après vous, mais qu'vous aviez filé.

— Je lui téléphonerai.

— J'imagine. Il est à l'hôtel du Vieux-Trou près d'Loreauville.

— Ce taudis ?

Je la voyais pratiquement tressaillir.

— Vous voulez son numéro ?
— S'il vous plaît.

Elle m'a donné le téléphone, le numéro de sa chambre, et nous nous sommes dit au revoir. Mais avant d'appeler Miles, j'ai téléphoné à la maison. Je pensais que j'étais peut-être capable de le supporter maintenant. Leur parler, les entendre, sans pleurer. J'avais tort. Les larmes se sont mises à ruisseler dès qu'on a décroché le récepteur.

— Collie ?

Même pas un bonjour.

— Wolfie.

— Où es-tu, bon Dieu ?

Elle avait l'air terrifié. Ce n'était plus ma vieille amie. Elle n'avait même pas juré.

— Dans le bassin.

— Pourquoi ?

Elle pleurait, ce qui m'empêchait encore plus de retenir mes propres larmes.

— Pour que les DeLande puissent me trouver. À mes conditions. Pour que personne d'autre ne soit blessé.

— Tu es stupide, pauvre conne. Je me suis occupée de toi. Tu as de l'argent maintenant. Adrian Paul m'a dit combien.

C'était une indiscrétion dans notre relation avocat-client, mais je n'étais pas exactement dans une situation qui m'autorisait à lui en vouloir.

— Tu pourrais engager une armée effrayante avec autant de fric.

Elle a reniflé.

— Et passer le reste de ma vie à scruter par-dessus mon épaule. Ils me trouveraient probablement. Et alors ils embarqueraient les enfants. Je ne peux pas laisser faire ça.

— Le Département des affaires sociales enquête sur les DeLande. Très vite...

— Très vite, tout va sauter, l'ai-je interrompue.

Je ne voulais pas qu'elle me réponde. Je savais que je prenais la bonne décision. Je le savais.

— Très vite un autre scandale touchera la presse, et alors les membres officiels qui ont exhumé au grand jour les secrets des

DeLande vont enterrer l'affaire, ou l'égarer ou... C'est le seul moyen, Wolfie.

— Adrian Paul est là, a-t-elle dit d'une petite voix. Il veut...

— Non. (Je n'avais pas voulu crier.) Dis-lui juste... dis-lui merci. Il saura pourquoi. Et je vous verrai tous bientôt. J'dois m'en aller, Wolfie.

J'ai coupé la communication, raccroché et sangloté. J'ai pleuré jusqu'à expulser tout le whisky de mon corps, toute la peur. Enfin, presque. Une heure plus tard, j'ai eu suffisamment le contrôle de moi-même pour téléphoner à l'hôtel du Vieux-Trou et demander la chambre 127. Plutôt amusant pour un hôtel qui ne comptait que douze chambres. Mais qui disposait de draps propres, du câble et de *Playboy*, le tout pour un tarif modique : 19,95 dollars en saison. La saison de pêche. Et 19,95 dollars hors saison. Les pêcheurs au lancer trouvent que c'est plutôt raisonnable. Ou du moins c'est ce que j'en sais.

Miles a répondu dès la première sonnerie, la télé beuglait en arrière-fond.

— Allô.

— Miles.

La télé s'est tue instantanément.

— Collie ?

— Elle-même.

J'étais si polie. Les religieuses auraient été ravies.

— Où es-tu ?

— Je t'attends. Qui vient dîner ? J'ai prévu du poisson-chat, mais tu devras apporter les pommes de terre et la salade. Et de la polenta.

Je plaisantais parce que j'étais nerveuse.

— Je n'ai plus de légumes et je suis à court de farine et de pâte de blé. Plus de bière non plus.

— Je m'en souviendrai.

Je percevais un rire forcé dans sa voix. Pourquoi fallait-il qu'il soit avec eux ?

— Qu'est-ce que l'aîné a prévu pour moi, Miles ? La même chose que vous autres avez faite à Ammie ?

Il a aspiré une grande bouffée d'air.

— Ou plutôt quelque chose dans le genre de ce qu'a subi

Eve Tramonte? ai-je ajouté doucereusement. As-tu prévu de m'aider?

— J'en serai. Je suis navré, Collie.

Et il avait l'air navré. Autant qu'un DeLande peut l'être.

— Tu te souviens de l'endroit où le Vieil Homme Frieu nous a emmenés une fois, là où les alligators s'accouplent?

— Je me souviens.

— Tu crois que tu peux retrouver?

— Oui.

Sa voix était si douce et si triste qu'elle vous aurait déchiré le cœur. Peut-être parce qu'il savait ce qu'il avait prévu de me faire.

— J'attendrai.

J'ai raccroché le téléphone et l'ai remis dans sa sacoche. Même s'ils partaient au lever du jour, il leur faudrait une journée pour arriver là. Ce ne serait que dans deux jours que je les verrais.

J'avais tout le temps de pleurer.

15

La température est finalement tombée jusqu'à quinze cet après-midi-là, juste avant que « le derrière ne tombe ». Les Yankees utilisent-ils cette expression, je me demande, pour un déluge ou pour de gros ennuis ? Eh bien, mes gros ennuis ont commencé avec la pluie. Beaucoup de pluie. Je n'ai pas pu allumer de feu, même sous le toit sur mesure. Et aucun poisson digne de ce nom ne serait allé se nourrir sous ce déferlement. La surface noire du bayou devenait opaque sous la force de la pluie violente. C'était une averse torrentielle.

Mais d'abord, j'ai pris une douche. La pluie était chaude et paresseuse. Elle a rincé mes cheveux et mon corps du liquide de vaisselle dont je les avais couverts. Je suis restée sous la pluie pendant quinze minutes avant de me glisser enfin nue sous la tente et de frissonner jusqu'à ce que je sois sèche. Je me fiche de savoir ce que quinze degrés signifient au beau milieu de l'hiver. C'est tout de même trop froid pour une douche dehors.

Juste avant le coucher du soleil, avec la chute de la température, le ciel s'est éclairci. C'est alors que j'ai senti la fumée. Quelqu'un faisait du feu. Les DeLande. Je me suis levée dans ma tente, propre et humide. Je n'étais pas encore prête pour eux. Ils étaient en avance. La fumée s'est envolée aussi rapidement qu'elle était entrée et l'air s'est rafraîchi après la pluie.

Je m'étais attendue à les voir le matin. Mais ils n'avaient pas à emporter de provisions. Et ils avaient probablement loué un bateau. Depuis combien de temps étaient-ils là ? Avant l'orage ? Prendraient-ils le risque de venir dans le bayou pendant la nuit quand le ciel au-dessus est aussi noir que la terre ? Un DeLande tentait n'importe quoi.

J'ai regardé mes mains. Elles tremblaient de nouveau et cela n'avait rien à voir avec le froid. J'ai pris la vieille torche, celle que Montgomery utilisait quand il chassait l'élan avec Terry Bertrand... à moins que ce ne soit l'orignal ?... l'ai enveloppée dans mes pantalons humides, sales, noirs pour en abriter la lumière. Je l'ai enfouie dans mon sac de couchage, sous la mousse. J'y ai ajouté quelques provisions. Les deux bouilloires, d'autres vêtements sales, le téléphone. Je me sentais exactement comme un enfant qui fait une mauvaise blague en colonie de vacances. Cachant tout sous mon lit pour que le surveillant croit que je dorme alors que je jouais dans le lac avec les garçons.

J'ai sorti avec précaution le sac de mocassins sur le sac de couchage. J'ai dénoué le sac et j'en ai sorti ces choses remuant lentement sur le lit froid.

Ils étaient léthargiques, prêts pour hiberner. Refroidis par la pluie et la température en chute. J'ai rabattu le sac de couchage sur eux lentement, en éteignant la faible lumière. Quand je la rallumerais, le sac se réchaufferait à la lumière de la lampe. Les serpents se dirigeraient vers cette source de chaleur. Sortiraient de leur hébétude et redeviendraient nerveux.

Sous le toit sur mesure, j'ai allumé le four et préparé du café. Un plein pot. J'ai bu le café noir, assise sur la digue, là où je pouvais être nettement vue, observant une aigrette pêchant dans les bas fonds. J'aurais aimé de la crème et du sucre et des beignets chauds. J'ai préparé un second pot de café, ai rempli la thermos et un troisième pot que je siroterais quand la nuit s'abattrait sur moi. Je me suis demandé ce qui était arrivé à mon ulcère avec toutes ces journées passées à manger du poisson, boire du café, sans une convulsion.

Les rations de l'armée sont meilleures chaudes que froides. Mais je les ai mangées. Assise devant le petit four, satisfaite de la chaleur qu'il me prodiguait, je me suis offerte à la vue de n'importe quel DeLande qui aurait voulu regarder. J'ai peigné mes cheveux encore humides, les ai séchés à la chaleur du four, et natté de nouveau. Une longue natte à la française qui partait de la racine des cheveux. Mais je l'ai relevée. Mes cheveux avaient poussé durant cette année. Ils tombaient presque à ma taille maintenant, même nattés. Pendant tout ce temps, je suis restée assise, à boire du café.

La nuit venue, j'ai rangé le campement comme je le souhaitais. En essayant de rester le plus loin possible de la faible lumière du four, j'ai caché quelques provisions dans un endroit où elles ne seraient pas découvertes pendant une fouille hâtive.

J'ai glissé le bâton à serpents sous la branche la plus basse d'un chêne le long de la côte, pour pouvoir récupérer mes serpents plus tard. J'ai sorti un de mes containers de vingt litres sur mon bateau. Ils étaient tous restés dessus le temps que j'avais passé sur l'île. Je l'ai enfoui dans les ténèbres près du toit sur mesure. J'ai éparpillé mes autres denrées indispensables dans le même périmètre.

Éteignant le four, tout en espérant pouvoir l'emporter avec moi sous la tente, j'ai tiré la fermeture Éclair de la tente. En pleine nuit, je me suis vêtue plus chaudement, j'ai rassemblé mes provisions et mes armes, allumé la torche dans le sac de couchage, et me suis glissée hors de la tente. J'étais désolée de lacérer une si bonne tente, mais sortir par-devant était hors de question.

En me déplaçant aussi silencieusement que je le pouvais, je me suis avancée dans la nuit noire vers le coin le plus éloigné de l'île. Une odeur de poisson mort, aigre et fétide, flottait dans l'air. L'arbre que je voulais existait, c'était un vieux chêne, incliné et tordu. Il ressemblait à un bonsaï de maman.

Le jour où j'étais partie en exploration, j'avais trouvé le vieux chêne, j'étais montée dessus, et j'avais choisi une branche large sur laquelle m'asseoir pour observer le campement. Tôt dans la nuit, il n'y avait pas de lune et je n'ai pas osé prendre une torche au cas où quelqu'un surveillerait l'île. Après ce qui m'a semblé être des heures, j'ai déniché le vieil arbre malgré l'absence de clair de lune.

Passant devant, j'ai trébuché dessus mais il était exactement à l'endroit où il était censé être. J'ai dissimulé mes provisions dans ses ramures et je suis grimpée dessus, m'installant pour attendre.

Il s'est passé un long moment avant que j'entende quelque chose, bien après minuit — et encore — c'était le léger frémissement d'une rame dans l'eau.

Je n'avais jamais entendu ça avant : ramer silencieusement. Les moustiques étaient féroces, le climat chaud de la semaine passée en ayant charrié des centaines de l'endroit où ils établissaient d'ordinaire leurs nids. La pommade antimoustique était relativement efficace, mais j'avais oublié d'en badigeonner mon cou à l'endroit où ma natte découvrait plus de peau que d'habitude. J'ai souffert de nombreuses piqûres dans cette zone sensible avant de me souvenir de l'enduire de crème blanche collante.

Les chauves-souris voletaient et piquaient sur moi. Les lourdes ailes d'une chouette ont battu l'air. Les criquets et les grenouilles ont rempli la nuit de leur cacophonie. La lune s'est levée, bas sur l'horizon, jetant des ombres sur la cime des arbres, propageant des ombres sur la terre. Un cri a déchiré la nuit. Horrifié, paniqué, rempli de douleur, le cri de quelqu'un dont les cauchemars sont devenus une réalité. Mon cœur a tressailli. Une sueur froide a coulé sur ma peau. Le hurlement s'est poursuivi. Je ne pouvais pas regarder ma montre. Je ne voyais rien du tout. Même avec les jumelles. Étais-je dans le bon arbre ? Regardais-je dans la bonne direction ? Les cris se sont soudain atténués, devenant haletants, frénétiques. Un bruit désespéré dans la nuit. Un gloussement.

— Collie ?

C'était la voix de Miles, il criait. Avec une intonation bizarre : amusée. Aussi quelque chose d'autre.

— Nicole ! (C'était Richard, furieux.) Nicole, je sais que vous êtes-là. Je le sais. Je peux vous sentir, sale putain.

Les chauves-souris, effrayées par les cris, s'envolaient dans les arbres.

— Je vous ai vue sous la pluie, sale putain, exhibant votre petit cul. Nous vous avons tous vue.

Mon visage me brûlait. J'ai ouvert ma veste kaki. Le bruit haletant s'est mué en grognements laborieux.

— Andreu a beaucoup apprécié, il a revendiqué le droit d'aînesse pour vous avoir en premier. Vous entendez ?

Sa voix résonnait dans les arbres, faisait écho dans le bayou. Elle était plaintive et donnait le frisson. Puis ce fut le silence. Les grognements provenaient seulement du campement, les bruits se répercutant en écho dans les arbres, semblant provenir de partout et de nulle part.

La lune était claire, et je voyais un léger brouillard s'élever des eaux noires vers les arbres. Les grognements se sont assourdis, puis tus.

— Il vous a voulue en premier. Toutes mes sœurs ont aimé Andreu. Tout comme elles aimaient Montgomery. Elles disaient qu'ils étaient les meilleurs.

Il a ri, son rire se perdant dans la brume.

— Pouvaient toujours les faire jouir, vous voyez. Mais ils sont morts tous les deux, maintenant, Nicole.

J'ai mordu ma lèvre, dégainé le 9 mm. Je l'ai tenu dans mes mains tremblantes, dans la nuit, transpirant de peur.

— Vous les avez tués tous les deux. Andreu... (Il a fait une pause, gloussé de nouveau, le bruit s'éparpillait dans les branches d'arbres autour de moi comme les chauves-souris.) Andreu détestait les serpents, Nicole. Un de vos joujoux, bien réchauffé dans votre sac de couchage, l'a pris à la gorge. Vous savez ce que peut faire un mocassin à un homme qui respire quand il lui saute à la gorge ? Il devient rouge et enfle instantanément en souffrant comme s'il avait avalé de l'acide.

Richard a encore ri. Il avait l'air de bien s'amuser, comme s'il s'agissait d'une plaisanterie excellente.

— Alors ses bronches se ferment, Nicole. Et il hurle de douleur jusqu'à ce que le poison le suffoque. Il meurt. Mais vous avez oublié une chose, Nicole. Andreu mort, c'est moi qui deviens l'aîné. Vous aviez oublié ça ? Ou n'avez-vous jamais su ce que cela signifiait ?

Il a attendu, comme si nous menions une conversation tranquille et que c'était à mon tour de parler. J'ai eu soudain froid et j'ai frissonné dans l'arbre.

Une brise nocturne a filtré entre les branches du chenier. Le bayou a paru soupirer. La brume s'est levée et étendue partout. Le parfum de la terre était musqué, le sol riche et humide. L'eau répandait une senteur délicate en dessous de tout cela.

— L'aîné prend toutes les décisions. En affaires et en famille. Il choisit en premier les sœurs, les nièces et même les petits garçons. Je ne suis pas difficile, Nicole. Je baise n'importe quoi. Vous m'entendez ?

Sa voix s'était amplifiée. Il y avait de la colère dedans. De la fureur. Non pas la colère contenue et délibérée de Montgomery. La colère de Richard était énorme. Incontrôlée.

— Vous m'entendez ? Quand j'en aurai fini avec vous, j'irai à Moisson chercher vos enfants. Ils seront à moi, Nicole, parce que personne ne sera capable de les trouver. Vous m'entendez ?

J'ai dégluti en silence, mes mains agrippant le pistolet. La brise s'est apaisée. Une chouette a hululé à distance, d'un bruit obsédant et serein.

— J'ai déjà préparé la petite Dessie. Et je l'utiliserai jusqu'à ce qu'elle souhaite être morte.

Mes larmes ont commencé à ruisseler. Des larmes de colère, d'impuissance, de peur.

— Vous m'entendez ?

Il a hurlé. Le bruit de ses paroles retentissait sur les arbres, au-dessus de l'eau.

Il y avait de la lumière maintenant. Un éclair de flamme, trop rapide, trop intense, qui ne pouvait être que celui de l'essence. J'ai dégainé le SIG et chaussé mes jumelles pour observer le campement entre les arbres. Ils y avaient mis le feu avec tout mon bois de chauffage. Ils avaient renversé un seau d'essence sur les branches à peu près sèches et grillé une allumette. Les flammes s'élevaient haut, enflammant même le toit qui l'avait protégé. Le bois flambait joyeusement, procurant une impression faussement gaie et accueillante à distance.

Je distinguais Andreu à la lumière du feu, les bras étendus sur le sol comme des ailes d'aigle, le visage exposé au ciel nocturne, la tête retournée, la poitrine nue et ensanglantée, comme s'il s'était lacéré avant de mourir. Ses deux mains étaient enfoncées dans le sol humide, déployées de chaque côté, cramponnées à la terre.

Les flammes dansaient dans la nuit, diffusant des ombres qui rendaient les arbres vivants. Deux silhouettes remuaient dans mon campement, élégantes, raffinées. Cette inexplicable élégance de mouvement que possédait chaque DeLande. Cette grâce qui transformait leurs gestes les plus anodins en une danse. En colère, c'était une danse sauvage. Ils brûlaient mon repaire !

Ils incendiaient ma tente. D'une certaine façon, je ne m'y étais pas attendue. À quoi m'étais-je attendue ? A ce qu'ils voient les mocassins, prennent peur ? Retournent en courant chez la Grande Dame, la queue entre les jambes ?

Richard était maintenant l'aîné.

J'ai saisi les jumelles, les ai passées autour de mon cou, serré ma veste kaki autour de moi et enfoncé mes mains froides dans les manches. J'ai attendu. Vers l'aube, Richard a de nouveau crié.

— Nicole ! Écoutez-moi, salope !

C'était le moment le plus noir de la nuit, les ténèbres complètes juste avant que le ciel ne devienne gris. La lune était bas à l'horizon, un brouillard épais et lourd planait avec un léger vent le long des cimes des arbres. Je le voyais s'élargir autour de moi. Je me suis étirée sur la branche, cherchant à trouver une position confortable, sentant des picotements et des courbatures dans mes membres contractés. Mes muscles étaient gourds à cause de la circulation sanguine trop faible qui les irriguait.

Presque irrévérencieusement j'ai remarqué que Richard était le seul DeLande que j'avais vu s'exprimer grossièrement... à la seule exception des mots que j'avais entendu Montgomery proférer lorsqu'il me battait. Je ne sais pas pourquoi j'ai trouvé cela amusant, mais j'ai pouffé. Le bruit a résonné dans l'air immobile. C'était un rire irréel.

— Il ne vous reste plus rien, salope. Vous ne trouverez pas ça si drôle quand vous aurez soif. Ou faim. Nous avons trouvé votre jerricane d'eau derrière la tente. Il était vraiment charmant à la lueur de vos victuailles en flammes.

— Mon eau, ai-je murmuré, en appuyant ma tête contre l'arbre.

Non.

Imbécile. Et où avais-je mis les pastilles purifiant l'eau ?...

Dans la tente, bien sûr. Qui était en cendres. Oh, mon Dieu.

J'étais vraiment idiote.

J'ai entendu un moteur vrombir, suivi par trois coups de fusil, puis par le ronronnement d'un bateau puissant dans le bayou.

J'ai prié pour que le moteur s'empêtre dans les nénuphars, mais Dieu ne m'écoutait pas aujourd'hui. Le moteur entraînait l'écho dans les ténèbres, il était magnifié par le brouillard, il s'est éloigné.

Pourquoi étaient-ils partis ? Je m'étais attendue à les voir ramener à la civilisation la victime des morsures de mocassins pour chercher de l'aide, un voyage qui aurait pris une journée entière. Une journée pendant laquelle je me serais préparée à la deuxième partie de mon projet, qui impliquait une confrontation directe avec mes beaux-frères. Mais Andreu était mort... alors, pourquoi partir ? Mon dessein précis, facile à suivre était soudain moins clair.

Je suis descendue de l'arbre, sautant d'une certaine hauteur et atterrissant durement sur le sol, mes cuisses bleuies par les racines. Mon visage noir de crasse. De toute façon, j'étais allongée, alors je me suis reposée, j'ai versé quelques larmes, la respiration lourde. Si un DeLande m'attendait sur l'île pour m'enlever, il n'aurait aucune difficulté à me trouver. Il suffirait de suivre le bruit de mes plaintes. Mais j'étais seule. Il n'y avait que moi, les insectes, les chauves-souris, les rats musqués et les araignées.

J'ai pleuré jusqu'à ce que mon nez coule, que ma voix me quitte et j'étais faible comme un bébé. Ces sanglots étaient délicieux. J'étais morveuse, épuisée, j'avais la migraine.

C'était atroce. Je n'avais jamais beaucoup pleuré dans ma vie, mais depuis que j'avais été enceinte de Jason, et que j'avais quitté Montgomery, il me semblait que je pleurais tout le temps. Je me suis levée, j'ai rassemblé mes affaires dans le chenier, les ai examinées. J'ai bu un peu de mon café chaud, avalé une aspirine, et grignoté rapidement une barre énergétique, avec du sucre dessus.

Mon repaire était fichu. Encore fumant. Tout y était calciné ou fracassé, même mon petit four. J'ai réussi à retrouver un fil de pêche, mon filet, qui pouvait être raccommodé avec le fil, ma canne à pêche et mon dévidoir ainsi que quelques appâts factices dans mon matériel de pêche. Les appâts alléchants et savoureux, nécessaires pour pêcher au lancer, avaient fondu.

J'ai évité de sortir par le devant de la tente.

L'herbe était rare et raclée, comme si quelqu'un l'avait arrachée avant de mourir. Andreu était-il vraiment mort ? Cela aurait dû être Richard.

Cette pensée m'a surprise, et je suis restée debout dans la lumière de l'aube à fixer la brume. Je suppose que, dans les recoins de mon esprit, j'avais pensé que Richard mourrait du fait des serpents. C'était son corps que je m'imaginais, se contorsionnant sur le sol et mourant. Où était le remords ?

Et la douleur que j'aurais dû ressentir d'avoir tué un autre être humain ? J'ai empilé mes provisions et me suis propulsée dans le bayou en terminant mon café.

Je ne pense pas que papa aurait approuvé la manière dont j'utilisais son éducation. L'éducation qu'il m'avait donnée.

Jusqu'à présent, j'avais tué un homme et j'en avais empoisonné un autre avec des morsures de serpents. Tous deux étaient morts grâce à des pratiques qu'il m'avait apprises. Je devrais lui envoyer une lettre de remerciement. Si jamais je survivais.

Mon bateau à fond plat, dissimulé sous des branches dont je croyais qu'elles le rendaient invisible, était gorgé d'eau, son extrémité enfoncée à deux mètres de profondeur. Il avait coulé parce qu'il était percé de trois trous. Les balles avaient d'abord traversé les containers d'eau, puis l'aluminium à l'arrière du bateau.

Je suis restée là à observer le bateau au fond du bayou comme s'il allait se remettre à flot. Il ne l'a pas fait. La lumière du jour s'est répandue autour de moi.

Je n'avais pas de solution de rechange pour pallier la perte de mon bateau. Mon esprit était vide.

De petits frissons d'épouvante ont parcouru mon âme, gelant ma capacité de penser. De planifier. L'image d'une fleur que j'avais vue éclore une fois était soudain morte et flétrie.

J'ai pataugé dans l'eau, pour sauvegarder la perche, les rames et les gilets de sauvetage. Mes pieds et mes chaussures étaient mouillés, mais j'avais un tas de braises pour les réchauffer, grâce aux DeLande. Toujours voir le bon côté des choses.

C'était le conseil de maman.

Je me suis demandé quel bon côté des choses elle voyait quand son père abusait d'elle. Ou si elle regardait juste le bon côté des choses parce que le mauvais était trop insupportable.

J'ai empaqueté mes affaires, employé une rame pour me frayer un passage dans la tente consumée. Le téléphone était un magma noir et le gilet pare-balles en lambeaux. Mon argent avait été jeté par les fenêtres. C'en était presque risible.

J'ai déniché les pastilles purifiant l'eau. Elles étaient un peu abîmées, mais c'était tout ce qui me restait, aussi les ai-je mises dans ma poche. Le flacon de comprimés était chaud contre ma peau et a tiédi le rosaire entre mes seins. Je l'avais oublié.

J'ai découvert trois serpents. Ils étaient morts. J'ai espéré que celui qui avait mordu Andreu était parti. Une récompense pour bonne conduite. J'ai ajouté une bouilloire dentelée à la pile de mes biens et les ai énumérés. Il y en avait à la fois trop et si peu. Du moins j'avais emporté dans le chêne, cette nuit, toutes mes rations alimentaires, des rations suffisantes pour une armée. Ils ne savaient pas que je les avais.

J'ai laissé les rames et la perche, mais j'ai pris mon bâton à mocassins, les armes, le matériel de pêche, la nourriture, me demandant ce que je pouvais faire du bâton pour les serpents et du gilet de sauvetage. J'étais toujours dans le campement en train de m'interroger sur ce dont j'avais vraiment besoin et sur l'endroit où j'allais me rendre, maintenant que je n'avais plus de moyen de transport, lorsque j'ai entendu le bateau. Un ronronnement puissant dans le bayou, le son charrié par le brouillard sur des kilomètres.

Ils étaient de retour. Je me suis redressée et j'ai fui les lieux, emportant tout ce que je pouvais sur mes épaules.

Emprunter une direction. N'importe laquelle.

Je me suis immobilisée, haletante. Essayant de chasser la panique de mon esprit. Alors je me suis précipitée vers l'île des serpents. Les reptiles étaient mes amis, n'est-ce pas ? Et ils détestaient les DeLande.

J'ai couru de toutes mes forces avant qu'un point de côté ne m'oblige à m'arrêter. J'ai posé la bouilloire, le pistolet, les jumelles, le fil de pêche, mes vêtements d'hiver glacés à l'exception de la veste kaki, les attachant tous dans un arbre, haut au-dessus du sol. Je ne pouvais pas comprendre pourquoi j'avais emporté la bouilloire. La panique, sûrement.

La sueur dégoulinait le long de mon corps. La peur. Je puais.

La respiration lourde, j'ai attaché la ligne endommagée avec des doigts tremblants, l'écorce de l'arbre écorchant mes phalanges. Alors je l'ai entendu. Le chien. Aboyant derrière moi.

Je suis tombée en avant, les mains sur les genoux, cherchant à accommoder mes yeux aux ténèbres. J'ai suffoqué.

— Les chiens ! D'accord, maman. Il n'y en a qu'un. C'est le bon côté des choses. Bien.

Ma voix était rauque d'avoir pleuré, d'avoir couru, aspiré l'air matinal. Je me suis levée, allégée de mon fardeau, mais sans défense. S'il pleuvait, je serais trempée. Si j'avais besoin du pistolet, c'était bien dommage.

— Bien sûr, j'aurais de la chance si j'arrive à passer cette journée. Qu'en dis-tu, maman ?

Je n'avais pas parlé à ma mère depuis des mois. Et voilà que j'étais en train de m'adresser à elle juste parce que j'allais mourir. Et j'aurais aimé avoir encore ce putain de téléphone.

Je lui téléphonerais. Lui demanderais comment gérer ce petit problème. Savoir s'il suffisait d'être courageux. J'ai ri dans ma barbe, me sentant légère. Un peu folle. Le point de côté était revenu, un accès de douleur brûlante. J'ai alors fui l'île.

N'importe quel lambeau de terre un peu sèche constitue une île dans le bassin, notamment pendant la saison des pluies.

L'hiver. À présent. Le marais ou le bayou encerclent chaque centimètre carré de terre. J'avais couru dans la boue, le sol humide la plupart du temps, sans même remarquer que la boue adhérait sur moi et m'enlisait à chaque pas. La façon dont le sol était gorgé d'eau le rendait de moins en moins praticable. Soudain il n'y a plus rien eu. Plus de terre. Juste l'eau noire, les nénuphars et un alligator qui se chauffait au soleil sur une rive éloignée.

Où étaient donc passées toute cette brume et cette nuit totale ?

J'avais rempli la thermos et le container avec de l'eau du bayou avant de quitter mon repaire et mis dedans une demi-pastille pour purifier l'eau. Le doseur ayant brûlé, j'ignorais si cette quantité suffisait, si je devais encore attendre ou si je devais rajouter de l'eau pour dissoudre le comprimé dans la thermos. Un comprimé devait convenir pour cinq litres d'eau.

J'ai avalé tout le contenu de la thermos. J'avais si soif que je n'ai pas fait attention au goût. J'ai juste versé un peu plus d'eau dans la thermos vide, rajouté un demi-comprimé, et scellé le couvercle. Je suppose que j'aurais dû laisser la thermos auprès du pistolet, mais le couvercle du container était humide sur le bord. Peut-être fuyait-il. Même s'il était encombrant, je l'ai emporté avec moi.

J'ai vérifié le 9 mm à la crosse en perles et mes balles à fragmentation. J'avais deux boîtes pleines de ces balles, chacune en contenant neuf. J'avais laissé les balles normales avec le pistolet. Si je n'y arrivais pas avec dix-huit coups...

Qu'allais-je donc faire ?

Tuer les DeLande.

Cette pensée m'a secouée. Je ne m'étais jamais autorisée à penser ces mots. J'ai soufflé : « Lâche. »

J'ai enveloppé le SIG et la recharge de munitions dans le sac imperméable fourni par Castalano, laissé flotter le gilet de sauvetage sur l'eau croupie, ajouté la sacoche remplie de nourriture, la thermos, la veste kaki, le bâton à mocassins, le pistolet.

Le tout ficelé dans le gilet de sauvetage pour ne pas sombrer.

Miraculeusement, il a flotté. Enfin, j'ai retiré mon pantalon et uriné dans plusieurs endroits puis je l'ai ajouté à mes biens, et j'ai plongé dans l'eau.

Le chien était étonnamment proche. J'aurais pu me soulager dans l'eau, mais n'importe quelle fille de la campagne sait que les chiens de chasse ne peuvent plus filer une proie si leur flair s'égare. La senteur de l'urine allait le confondre. Peut-être cela me donnerait-il un délai.

Le bayou ne disposait d'aucun courant marin, mais je me suis dirigée vers le sud, là où je croyais être l'aval. À quelques mètres de la côte, mes bottes se sont enfoncées dans la boue, prisonnières des racines d'arbres morts.

J'ai traîné un bon moment dans le virage du bayou avant de me souvenir des crocos. J'ai regardé par-derrière; l'eau était immobile. Aucun alligator. J'ai traversé l'eau de l'autre côté et grimpé sur le rivage, la main contre ma hanche. Le point de côté persistait.

Le ciel était du bleu des yeux de Montgomery quand il était en colère. Le soleil m'a aveuglée, imprimant un reflet jaune clair sur mes paupières quand je les fermais. J'entendais les voix de mes poursuivants, répercutées par les arbres. Leurs paroles se perdaient dans le lointain.

Une crampe soudaine m'a saisie. Elle se répandait à partir de mon point de côté, m'accablant de secousses de douleur. Je suis tombée à genoux, pelotonnée en position fœtale. Si je survivais à ça, je finirais par jurer aussi bien que Sonja. Peut-être mieux. Les spasmes se sont apaisés. Ont finalement disparu.

Je me suis traînée sur les genoux, toujours hoquetant, j'ai retiré mon bleu de travail mouillé et l'ai noué autour de ma taille. Mon tee-shirt était humide et adhérait à ma peau comme une deuxième peau transparente, le rosaire et les pointes de mes seins dressées par dessous.

Enveloppant le tout dans la sacoche, nouant les manches de la veste par-dessus et chargeant le container sur mon épaule avec le bâton à mocassins, je suis partie. De quel côté? Loin du chien, naturellement. Certaines décisions dans la vie sont si simples à prendre!

Je me suis déplacée le long des berges du bayou, à pas prudents, surveillant les serpents et les crocos qui se chauffaient au soleil. C'était l'île aux serpents. Il me fallait un arbre. Un chêne, ancien et patiné. Une vieille mère, comme aurait dit le Vieil Homme Frieu.

Bien plus tard, le chien s'est rapproché. J'ai imaginé que je pouvais l'entendre respirer, souffler et renifler. Mais les voix des hommes ne paraissaient pas plus distinctes. Peut-être divaguais-je. Ça en avait tout l'air. Mes pieds étaient rêches et transpiraient dans les bottes. Je soufflais comme une forge.

La crampe que j'avais à la hanche s'était déplacée et avait gagné mes intestins, c'était une douleur chaude et constante.

Mon dos et mes jambes étaient si las que je ne pouvais envisager l'idée de faire un pas de plus, pourtant j'ai persévéré, attirant le chien et les hommes près d'une demi-douzaine de serpents qui se chauffaient au soleil. Peut-être un DeLande marcherait-il sur l'un d'entre eux et mourrait-il.

J'ai traversé un autre bayou, me déplaçant le long du rivage, buvant plus d'eau, urinant sur le sol et faisant de nouveau marche arrière. J'aurais dû être indienne. En fait, il y avait eu quelques Indiens dans l'ascendance de papa. Naturellement, maman aurait été terrassée de l'apprendre. Ouais. Je perdais la tête.

Alors j'ai vu mon arbre. Un vieux chêne noueux, les racines gracieusement entrelacées loin dans l'eau et profondément dans les terres. Facile à grimper. J'ai uriné de nouveau, bu toute mon eau, même celle qui était dans le container. Il était à demi vide et fuyait. J'en ai absorbé encore. Je ne pouvais pas savoir si les pastilles purifiantes étaient efficaces. Mon abdomen était douloureux et contracté, mais je ne savais pas si c'était à cause de ma course prolongée ou de l'eau polluée. Je savais juste que mes hanches me faisaient souffrir.

J'ai grimpé dans l'arbre, mes provisions pendues à mon épaule, essayant de me souvenir ce qui advenait pendant la grossesse aux articulations des hanches. Toute la région pelvienne se détend pour que le bébé puisse se frayer un passage entre les os quand il emprunte le col utérin. C'est quelque chose comme ça. Dieu, dans son infinie sagesse, n'a pas prévu qu'une femme pouvait devoir courir pour sauver sa vie à travers tout le pays bayou deux mois seulement après avoir enfanté.

Je suis montée sur le tronc couvert de mousse, me propulsant de branche en branche, mes bottes humides étant plus un handicap qu'une aide jusqu'à ce que j'atteigne une grosse branche. J'ai examiné toute la circonférence de l'arbre, pour choisir enfin une place dix mètres au-dessus du sol. C'était une branche massive, retombant dans l'eau, jouxtant les branches d'un arbre plus petit de l'autre côté. J'avais bien fait de m'arrêter. La terre et l'eau se mélangeaient un peu plus loin, formant un magma épais et glissant. Un marais. Infranchissable.

Le bayou se terminait. Un limon vert épais recouvrait la surface de l'eau. Des algues. Les troncs des cyprès émergeaient du limon, tordus et rabougris. Un chêne et un noyer poussaient là où l'eau n'était pas profonde. Tous étaient alourdis par la mousse. Des centaines et des centaines de moustiques omniprésents bourdonnaient. Les souches de cyprès, les restes de vieux arbres morts saillaient au-dessus de l'eau.

C'était le marais du Vieil Homme Frieu, cette fange sauvage qui s'étendait sur plusieurs kilomètres sur laquelle j'étais passée il y a plusieurs jours. J'avais accompli des kilomètres le long du chemin, en empruntant la voie de terre. Pas sur un bateau. Pas étonnant que j'aie les pieds couverts d'ampoules.

J'ai rampé au-dessus de l'eau jusqu'à ce que je trouve une assise sur la branche et je me suis installée en enroulant mes jambes tout autour. J'ai ouvert ma sacoche et dégusté un délicieux repas. Un poulet Cordon-Bleu. Une boîte avec du fromage fondu et du riz sous vide. Ces trucs ne se réchauffent pas bien. Il faut ajouter de l'eau pour manger ces saloperies. Vraiment. Maman m'aurait lavé la bouche avec du savon pour avoir dit ça. Sauf qu'il n'y avait pas de savon. Je commençais à me sécher quand le chien et les hommes se sont rapprochés. Je puais quand je me suis sentie. Presque autant que la pourriture du marais en dessous.

C'était une belle journée pour s'ébattre dans le marais. Une brise légère, une température de vingt degrés, un ciel sans nuages. Un vrai temps de printemps. Si je n'avais pas été si épuisée, j'aurais pu l'apprécier. En m'étirant sur la branche, face au ciel, j'ai effleuré mon point de côté. Il était vraiment persistant.

J'ai fermé les yeux en respirant légèrement. Le chien se rapprochait. Vite. Vite. J'ai essayé de ne pas penser à Miles. Une lumière douce comme une plume a éclairé mon visage. Ma main. Je me suis redressée, agrippant la branche de mes jambes. Battant mes bras autour. Me giflant. Essayant de ne pas pleurer. Des araignées. Oh, Seigneur. Des araignées. Il y en avait une dans mon tee-shirt. Je l'ai écrasée entre mes doigts. Le sang noir de l'araignée a imprégné le tissu sale. J'ai frappé et frappé.

La chaleur les avait tirées de leur sommeil. Ou alors elles habitaient là. L'une d'entre elles s'était prise dans le pli de mon coude et avait mordu dedans, encerclant ma peau de ses pattes. Je l'ai attrapée et jetée dans l'eau. J'ai perdu l'équilibre. Je suis tombée. Silencieusement dans l'eau. Je n'ai pas crié. J'ai même gardé la bouche fermée. Mais le *flac* a résonné dans l'eau, à travers les arbres.

L'eau était profonde ici. J'ai lutté contre l'appel des profondeurs avec des bottes gorgées d'eau. Pesantes. Ma tête a fait surface. A replongé. J'ai vu une araignée ramper sous l'eau. Elle se noyait. Meurs, toi, horrible chose. Meurs. J'ai refait de nouveau surface. J'entendais le chien. Si près. Je n'avais pas le temps de remonter dans l'arbre. Je me suis débattue, nageant à la seule force de mes bras, laissant lourdement pendre mes pieds jusqu'à ce qu'ils touchent le fond.

J'ai nagé jusqu'à ne plus avoir de l'eau que jusqu'à mi-jambe, à proximité du rivage. J'ai essayé de me tenir debout, mes jambes s'enfonçant dans la boue jusqu'aux genoux. J'ai réussi à atteindre la terre ferme.

J'entendais le chien. J'entendais Richard. Il jurait. Il criait. Si proche.

Pas le temps pour l'arbre, pour l'arme qui était encore dessus. Je les voyais avancer parmi les arbres sur la côte.

Pas la place de courir. Il ne me restait que le marais. Ils ne s'y attendaient pas, n'est-ce pas ? Que j'irais dans le marais.

Je pouvais m'y engager un peu, les égarer, et rebrousser chemin. Faire un tour pour récupérer le pistolet.

J'ai fixé le soleil, il luisait si paisiblement sous la dentelle des branches emmêlées, rassemblé mes forces, et couru.

J'ai couru jusqu'à ce que le sol soit détrempé. Puis disparaisse sous le limon. Et j'ai encore couru. Plongeant dans le fumier, parfois jusqu'aux genoux, parfois plus. Une fois j'ai glissé, je suis tombée, je me suis retrouvée le visage dans la boue, la bouche remplie d'immondices.

J'ai hoqueté et craché. Le rosaire a tournoyé sur sa chaîne, battant l'air, puis ma poitrine, en coups longs et paresseux. La puanteur était insupportable. Je suis passée devant quelque chose de mort qui gisait à demi sous l'eau. Les rats musqués se repaissaient de sa carcasse.

J'ai regardé en arrière. Me suis arrêtée. Respirer était si douloureux, comme si des flammes irradiaient mes poumons à chaque inspiration laborieuse.

J'avais laissé une trace. Incertaine et hagarde. Ils n'avaient pas besoin du chien pour me suivre. Et il n'y aurait pas de retour possible pour récupérer le pistolet. Le limon s'était refermé sur moi. Ma progression était délimitée par une longue traînée noire, une spirale de boue affleurait à la surface.

J'ai jeté un coup d'œil en direction du soleil et changé de direction, espérant que je retournerais vers la maison du vieil homme, vers le bayou. Vers les armes que Frieu avait accrochées sur ses murs. Je les entendais, juste derrière moi. De l'autre côté. Mais pas de chien. Je me demandais ce qu'ils avaient fait du chien.

Je me suis remise à courir. Courir jusqu'à ce que je n'aie plus le moindre souffle et suffoque à chaque pas. Ma bouche était rêche, et ma peau dénudée trempée de sueur et écorchée par les moustiques. J'avais des centaines de piqûres. Mes mains saignaient. Elles attiraient encore plus d'insectes. Peut-être aussi d'autres animaux affamés.

Je me suis contrainte à respirer la bouche fermée pour empêcher les insectes nuisibles de pénétrer dans mes poumons. Je suis tombée. J'ai roulé sur mes pieds. Appuyé ma main sur un cyprès. Le bois était chaud et soyeux sous mes doigts moites.

Mon cœur bourdonnait dans mes oreilles, ma respiration était si bruyante que je ne pouvais plus entendre mes assaillants. Il allait faire nuit. Oh, Seigneur ! Pas la nuit dans le marais !

Des grenouilles se sont mises à coasser. Un alligator a grogné.

Une énorme araignée, de la taille de ma main, a levé une patte sur mon pouce, cherchant quelque chose. Je l'ai écrasée sous ma paume. « Connasse », ai-je soupiré.

La balle m'a touchée à gauche. J'ai senti la brûlure avant même d'entendre la détonation. Je suis tombée à genoux.

Déséquilibrée par la force du coup.

J'ai regardé par terre sous la lumière soudaine. Un coup précis. Dessus, dedans, d'avant en arrière. Un peu en dessous de la taille, situé dans un quart de cercle gauche. Trop bas pour toucher un rein. Mais peut-être la rate ? Un morceau d'intestin ?

Mon esprit était clair comme le cristal à ce moment-là. Aucune émotion. Aucune peur. Juste la logique. Une pensée claire et précise comme si mon esprit était illuminé par une éclatante lumière blanche.

Combien de temps me restait-il ? Combien de temps allais-je survivre avec ce trou au côté ? Continuer d'avancer. La maison était juste au-dessus. N'est-ce pas ?

Je me suis aspergée d'eau. Me déplaçant lentement. Luttant pour rester debout.

Richard a ri.

— Nicole. Vous avez l'air bien mal en point, jeune fille.

Il y avait un taillis d'arbres devant. Peut-être une demi-douzaine. La terre ferme ? Un endroit pour m'asseoir ? Une crampe m'a interrompue pendant un long moment, à bout de souffle. Un autre pas. Un autre.

— Ça va être bon de vous prendre, Nicole. Même répugnante et sanglante comme vous l'êtes. Et quand j'aurais fini, je vais vous donner en pâture aux alligators.

Je l'entendais clapoter devant moi d'un côté. Le bruit de pas plus lents de l'autre côté du rivage.

— Alors, quand j'aurai fini, je vais rentrer, prendre une longue douche chaude (il traînait sur les mots pour les rendre plus évocateurs, plus imagés, pour que l'on ait envie de se damner pour eux) et boire deux litres d'eau bien fraîche.

J'ai refoulé mes larmes. Fait un autre pas. Le sol s'inclinait plus loin. Il faisait de plus en plus nuit. La nuit descend promptement dans le marais. La lumière du jour ne dure qu'un moment. Le suivant, il fait nuit. La terre sèche. Juste à quelques mètres de moi.

— Et après j'irai chercher Dessie. De la chair fraîche. Tu entends ça, Miles ? Peut-être changeras-tu d'avis, mon garçon, quand tu verras la petite Dessie. Miles ne les aime pas jeunes, a-t-il crié, sa voix me glaçant, mais il les aime blondes.

Un autre pas. Un autre. Le sang ruisselait sur moi le long de mon corps dans l'eau noire.

— Hein, mon garçon ? Je l'habillerai de sorte qu'elle ait l'air plus vieille. Alors, tu la prendras. D'accord, mon garçon ? Vous entendez ça, Nicole ? De la chair fraîche.

J'ai éclaté en sanglots, essayant d'étouffer ce bruit. Juste un pas de plus. Un autre.

Un pistolet a tiré sur ma gauche. Un mouvement à ma droite.

— Nicooooole... (Sa voix ressemblait à une mélodie.) Nous vous avons eue.

Il était si près. Juste derrière moi, à gauche. Il riait. Un mouvement dans les ténèbres, juste devant moi. J'ai levé les yeux.

Stupéfaite. Plongé dans des pupilles rétrécies, comme des perles noires dans la nuit. Le Vieil Homme Frieu, debout sur la terre sèche dans le taillis d'arbres.

— Lève-toi, fillette.

Il chuchotait.

Je me suis enfoncée dans l'eau.

La détonation a été fracassante. Si près qu'elle a brûlé mon visage de chaleur. Fait taire le marais.

Le bruit du clapotis. Je me suis retournée, j'ai vu un trou noir de la taille de mon poing. Il était beaucoup plus bas, à sa taille. Le sang, plus noir que le mien, plus noir que la nuit, bouillonnait. Il clapotait sur l'eau noire.

Le bruit d'un pistolet a encore retenti.

— Tu pars, mon gars, ou tu meurs aussi.

Richard est tombé dans l'eau en hurlant.

Miles a levé la main au-dessus de sa tête, son fusil de chasse haut en l'air, qu'il balançait entre ses deux paumes ouvertes.

— C'est un nouveau. Je ne veux pas l'abîmer, a-t-il proféré doucement.

Sa voix portait par-delà les cris de Richard, son agitation dans la boue. Par-delà les hoquets et les cris étouffés. Amusé. Élégant. Un peu compassé. Un DeLande en pleine forme.

Il a déposé prudemment le fusil sur la terre sèche, aux pieds du Vieil Homme Frieu. Il a de nouveau levé ses mains en l'air. Reculé d'un pas. Le fusil formait une frontière au milieu.

— Vous n'avez pas besoin de me tuer, vous savez, a-t-il dit, l'air amusé, joyeux, éloquent.

Bon sang, il était réjoui. Comme un jeune homme ravi.

Les crampes me harcelaient, m'enfonçant dans l'eau. Je ne pouvais plus respirer.

— Pourquoi ça ?

— Parce que je ne veux pas lui faire de mal. Parce que, dès que Richard sera mort, je serai l'aîné. À l'exception de Marcus, naturellement. Mais comme il est à moitié mort, il ne compte pas. Et en tant qu'aîné, je choisis de laisser la vie à Collie. Voilà pourquoi.

C'était si simple. Si facile. Si candide que nous avons tous regardé Richard se contorsionner dans l'eau noire. Grognant comme un animal mourant. Sans paroles. Juste un grognement faible, haletant. Une bête. Comme Andreu. L'air s'est soudain rempli de l'odeur de déjections.

Miles a ri doucement.

— Ma parole là-dessus, vieil homme. Ma parole.

— La parole d'un DeLande, ça n'veut jamais rien dire.

— La parole de ce DeLande, si.

Le ton était implacable. Je ne pouvais pas distinguer son visage dans la nuit. Mais j'avais le sentiment que le Vieil Homme Frieu le pouvait. Et qu'il se souvenait d'une liasse de billets de cent dollars, accrochée avec un couteau en peau de serpent. Un pari tenu.

Des instants se sont écoulés pendant lesquels Richard a

suffoqué. Ma douleur s'est accrue. Je ne me sentais plus capable de la supporter. J'allais mourir ici avec Richard. Soudain j'ai souri. Dessie était protégée de Richard.

— Qu'est-ce'tu souris à, fillette ?

J'ai ignoré la question du Vieil Homme Frieu et regardé Miles, me concentrant sur sa silhouette noire dans le crépuscule.

— Ta parole, j'ai dit.

C'était juste un murmure, ce son serpentant le long du marais immobile.

— Ta parole que tu nous laisseras tranquilles. Vous nous laisserez tous tranquilles, y compris la Grande Dame.

Des dents ont étincelé dans les ténèbres. Miles souriait.

— La Grande Dame n'a aucun vrai pouvoir, Collie. Aucune puissance financière. Plus maintenant. L'aîné est celui qui a le plus de pouvoir. Le plus de contrôle sur les finances de la famille. Et chaque fois qu'un frère meurt, son vote — son mandat — est transmis à l'aîné. Un arrangement singulier, j'en conviens, mais voilà, nous sommes les DeLande. Je suis le DeLande, maintenant.

Il était si posé. Il aurait pu se trouver dans un conseil d'administration à parler aux actionnaires. J'ai ri, sachant qu'aucun son ne sortait de ma bouche. Seulement un halètement frénétique. J'allais survivre. Je n'allais pas mourir isolée dans le marais avec mes ennemis sur les talons et un chien à mes trousses.

— Je... Je veux que ce soit écrit... quand nous reviendrons. Que tu vas me laisser moi et les miens tranquilles. Mes enfants. Ma vie. Et mon argent, ai-je ajouté.

Pourquoi pas ? C'était là quelque chose qu'un DeLande pouvait comprendre.

— Certainement. Si tu acceptes de me signer un mandat. Il n'entrera pas dans le cadre du contrat de famille des DeLande. Tu peux avoir l'argent. J'en veux juste le contrôle. Et d'abord le choix des voitures de collection de Montgomery.

— Adjugé.

C'était un souffle. Je n'avais plus de voix. Plus de respiration.

— Vous avez un bateau, mon vieux ? Est-ce que vous nous

emmèneriez ? J'ai besoin d'un bain. Oh ! Et me feriez-vous la faveur de ne plus pointer ce pistolet sur moi ? Certaines choses peuvent être dangereuses.

J'ai enfin ri dans l'eau, un doux gargouillement d'agonie, qui étreignait mon corps de douleur. Oh, Seigneur. Rien ne valait un DeLande pour son arrogance imperturbable !

Richard s'est arrêté de lutter et immobilisé. L'eau s'est refermée sur lui.

Miles Justin m'a soulevée dans ses bras, son visage à quelques centimètres du mien. J'ai presque crié de douleur. Des spasmes de souffrance me submergeaient. Une douleur brûlante. Il m'a tenue immobile un moment, comme s'il sentait que le moindre mouvement de sa part allait m'envoyer des ondes de choc.

— Tu vivras, de toute façon.

Je ne pouvais pas répondre. Je luttais pour respirer.

Il s'est mis à marcher, suivant le Vieil Homme Frieu à travers terres, plaçant prudemment ses pieds dans le sol boueux.

— J'ai visé un endroit qui n'était pas vital.

— Toi ?

Il a pouffé dans sa barbe. Cette vibration était presque bonne contre mon buste. Le rosaire était tiède entre nous. La puanteur du marais s'est éloignée. J'ai senti le chèvrefeuille, la douceur de l'air.

— Je suis un bien meilleur tireur que Richard ne l'est... ne l'était. Aussi j'ai tiré. Il aurait pu te causer de vrais dégâts si j'avais refusé et te tuer d'un coup.

Avant que je puisse penser à une réponse, Miles Justin, l'aîné, m'a assise sur le siège d'un bateau à fond plat, s'est installé à côté de moi, me prenant dans ses bras pour protéger mon corps des secousses de la traversée. Le bateau à moteur a vrombi, remplissant l'air de fumée. Le marais s'est évanoui, l'eau noire s'est ouverte devant nous. Le ciel noir luisait au-dessus. Un quartier de lune brillait. Les étoiles.

— Tout va bien, Collie, a-t-il chuchoté dans mon oreille. Tu es en sécurité maintenant. Et tes enfants aussi.

ÉPILOGUE

Survivre est une chose étrange, une sensation singulière partagée à parts égales entre de culpabilité, d'étonnement, mêlées à une stupéfiante perplexité, à un traumatisme et à une interrogation. Je touche mes mains, je presse la petite blessure où la perfusion s'enfonce dans la peau, je dessine les marques et les dessins que les ecchymoses ont laissés sur mes bras, caresse le nœud que les bandages font sur mon abdomen. Je suis étonnée que mon cœur batte toujours, que je respire encore. Et je suis toujours, étrangement, un peu triste, comme s'il y avait deux aspects de moi dans ce corps. Un qui observe, un qui répond. Cette dualité de la nature est déconcertante. Mais je me dis que je la vaincrai avec le temps.

Les infirmières m'ont apporté un miroir aujourd'hui, pour que je puisse me laver le visage, me peigner, me mettre un soupçon de rouge à lèvres en l'honneur de la visite de mes filles. Je me suis contemplée pendant un long moment dans la petite vitre ovale. Je m'observais toujours, la bouche légèrement entrouverte, lorsque Dessie et Shalene sont entrées, charriant derrière elles une odeur d'oignons frits, d'imperméables couverts de pluie et du parfum d'ozone de la tempête.

J'ai glissé le miroir dans le tiroir de la table de nuit, j'ai souri et je les ai étreintes aussi fort que les bandages chirurgicaux, les couches de gaze, les perfusions me le permettaient. Je leur ai dit toutes les bonnes paroles, toutes les phrases raisonnables que je pensais et je les ai regardées avec étonnement et un plaisir croissants quant elles se sont mises à parler, à plaisanter et à s'asticoter. Je ne sais pas ce qu'elles ont dit. Le contenu de ce qu'elles se disaient n'avait pas d'importance. Seuls leur bonheur et leur sécurité avaient une signification.

Pourtant... comment me ferai-je au fait que j'ai tué mon mari ? Que j'ai aimé, respecté et vécu avec un homme dont je ne savais absolument rien.

Son deuil pèse lourd entre mes mains. Je découvre l'évidence de cette mort. Elle est froide contre ma peau comme son sang qui coulait. Et encore maintenant, je frissonne en me souvenant de son corps quand il s'est effondré. S'est effondré, pour mourir.

Et je me souviens de Montgomery le premier jour où je l'ai vu, je me souviens de ses yeux bleus, de sa silhouette mince qui captivait toutes les filles à la ronde. Dieu sait que j'aurais donné mon âme pour qu'il me regarde une fois. J'ai presque réussi. Peut-être...

REMERCIEMENTS

Mes remerciements vont à :
Ronald A. Rossito, premier assistant du procureur de la paroisse de Calcasieu, 14e district judiciaire, Lake Charles, dans l'État de Louisiane. Pour ses conseils sur les procédures judiciaires en Louisiane.

Isom Lowman, médecin, et Guy Kahler pour tout ce qui concerne le viol et la terminologie médicale.

Scott Pfaff, spécialiste de l'herpès et Zerry Pollock du parc zoologique de Riverbanks, dans l'État de Columbia pour ses renseignements sur les serpents mocassins et sur les habitudes alimentaires des alligators.

Betty Louise de Westlake, en Louisiane, pour ses avis sur les poupées, et pour m'avoir permis de citer son nom ainsi que celui de deux de ses poupées et son studio à Westlake.

Irv Eisenberg, de Bonsai Unlimited à La Nouvelle-Orléans, qui m'a autorisée à citer son nom dans mon livre.

Toute erreur dans le domaine juridique, médical ou technique doit m'être imputée et non aux personnes citées précédemment.

Mes remerciements vont aussi à :
Mme Erine Bergeron Wheeler de Westlake, en Louisiane, qui m'a initiée aux subtilités du français, et pour les merveilleuses soupes qu'elle m'a servies.

Judy Thibodeaux Feagin, de Westlake en Louisiane, qui parle elle aussi le français et m'a accueillie dans sa maison.

Bruce R. Simms, président de VAN'S, pour m'avoir autorisée à citer son restaurant dans le roman. Pour les merveilleux oignons frits et *les huîtres frites po'boy !*

Hoyle Byrd Junior et Peter Thomas, propriétaires de Petunias, pour m'avoir autorisée à citer leur restaurant dans le roman.

Mes remerciements à Hoyle, R. Rip Naquin et Jay Loomis pour avoir rendu mon séjour si délicieux. Le pain perdu était divin !

Katherine Hege, de la joaillerie Hege à Rockhill de Caroline du Sud, pour les précisions techniques qu'elle m'a fournies sur les diamants.

Mike Prater, spécialiste des ordinateurs, qui m'a permis de remettre mon livre dans les délais imposés. Je n'aurais pu le faire sans lui !

Bob Prater, mon père, pour ses révélations sur le bassin et le bayou.

Rod Hunter, mon mari, pour les informations sur la Cord L-29 Cabriolet 1930. Et pour avoir dîné froid pendant quatre mois !

Le sergent Gary Leveille, du département de la police de Charlotte, pour ses renseignements sur les armes.

Jack « Mad Dog », le Chasseur. Merci pour le SIG. Ça a marché.

Kenn Cruse, des Vignobles de Cruse, à Chester, Caroline du Sud, pour m'avoir permis de citer son vin dans le livre.

Vera Duhon, de Lake Charles, en Louisiane, pour son orthographe convenable du mot « cul-de-nègre ».

Margie et Jim Crump de Mobile, en Alabama, pour nous avoir accueillis chez eux.

Jane Chelius, mon éditeur, à qui je dois le rythme du roman et de précieux renseignements sur les chats et leurs médications.

Jeff Gerecke, de l'agence littéraire JCA, pour avoir cru en moi. Et aimé le défi que représentait ce livre.

« SPÉCIAL SUSPENSE »

MATT ALEXANDER
Requiem pour les artistes

RICHARD BACHMAN
La Peau sur les os
Chantier
Rage

CLIVE BARKER
Le Jeu de la Damnation

GILES BLUNT
Le Témoin privilégié

GERALD A. BROWNE
19 Purchase Street
Stone 588
Adieu Sibérie

ROBERT BUCHARD
Parole d'homme

JOHN CAMP
Trajectoire de fou

JEAN-FRANÇOIS COATMEUR
Yesterday
Narcose
La Nuit rouge
La Danse des masques
Des feux sous la cendre

CAROLINE B. COONEY
Une femme traquée

HUBERT CORBIN
Week-end sauvage

PHILIPPE COUSIN
Le Pacte Prétorius

JAMES CRUMLEY
La Danse de l'ours

JACK CURTIS
Le Parlement des corbeaux

ROBERT DALEY
La nuit tombe sur Manhattan
L'Année du Dragon (hors série)

GARY DEVON
Désirs inavouables

WILLIAM DICKINSON
Des diamants pour Mrs Clarke
Mrs Clarke et les enfants du diable
De l'autre côté de la nuit

MARJORIE DORNER
Plan fixe

FRÉDÉRIC H. FAJARDIE
Le Loup d'écume

CHRISTIAN GERNIGON
La Queue du Scorpion
(Grand Prix de littérature policière 1985)
Le Sommeil de l'ours

JAMES W. HALL
En plein jour
Bleu Floride
Marée rouge

JEAN-CLAUDE HÉBERLÉ
La Deuxième Vie de Ray Sullivan

CARL HIAASEN
Cousu main

JACK HIGGINS
Confessionnal

MARY HIGGINS CLARK
La Nuit du renard
(Grand Prix de littérature policière 1980)
La Clinique du Docteur H
Un cri dans la nuit
La Maison du Guet
Le Démon du passé
Ne pleure pas, ma belle
Dors ma jolie
Le Fantôme de Lady Margaret
Recherche jeune femme,
aimant danser
Nous n'irons plus au bois
Un jour tu verras...
Souviens-toi

TOM KAKONIS
Chicane au Michigan
Double mise

STEPHEN KING
Cujo
Charlie

DEAN R. KOONTZ
Chasse à mort
Les Étrangers
La Cache du diable

FROMENTAL / LANDON
Le Système de l'homme-mort

PATRICIA J. MACDONALD
Un étranger dans la maison
Petite sœur
Sans retour
La Double Mort de Linda

PHILLIP M. MARGOLIN
La Rose noire

DAVID MARTIN
Un si beau mensonge

LAURENCE ORIOL (NOËLLE LORIOT)
Le tueur est parmi nous
Le Domaine du Prince
L'Inculpé
Prière d'insérer

ALAIN PARIS
Impact
Opération Gomorrhe

RICHARD NORTH PATTERSON
Projection privée
Degré de culpabilité

STEPHEN PETERS
Central Park

NICHOLAS PROFFITT
L'Exécuteur du Mékong

PETER ROBINSON
Qui sème la violence

FRANCIS RYCK
Le Nuage et la Foudre
Le Piège

JOYCE ANNE SCHNEIDER
Baignade interdite

BROOKS STANWOOD
Jogging

WHITLEY STRIEBER
Billy
Feu d'enfer

*La composition de cet ouvrage
a été réalisée par l'Imprimerie BUSSIÈRE,
l'impression et le brochage ont été effectués
sur presse CAMERON dans les ateliers de B.C.I.,
à Saint-Amand-Montrond (Cher),
pour le compte des Éditions Albin Michel.*

*Achevé d'imprimer en février 1995.
N° d'édition : 14370. N° d'impression : 3340-94/990.
Dépôt légal : mars 1995.*